이상 전집

1

이상
전집

1
소설

초판 1쇄 펴낸 날 ǀ 2025년 1월 10일

지은이 ǀ 이상
펴낸이 ǀ 홍정우
펴낸곳 ǀ 도서출판 가람기획

책임편집 ǀ 김다니엘
편집진행 ǀ 홍주미, 이은수, 박혜림
디자인 ǀ 이예슬
마케팅 ǀ 방경희

주소 ǀ (03908) 서울시 마포구 월드컵북로 375(상암동 1654, DMC이안상암1단지 2303호)
전화 ǀ (02)3275-2915~7
팩스 ǀ (02)3275-2918
이메일 ǀ brainstore@publishing.by-works.com

등록 ǀ 2007년 3월 17일(제17-241호)

서양화가 구본웅이 그린 이상 초상화

어머니 박세창(왼쪽), 친필 편지(가운데), 경성고등공업학교 시절(아래) 친부모와 양부모 사이에서의 심리적 갈등은 이상 문학에 나타나는 불안 의식의 뿌리를 이룬다. 그는 학창시절에도 유명한 까치머리를 하고 있었다.

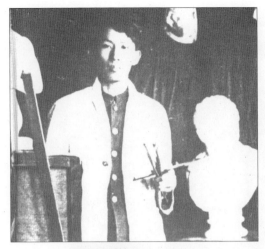

경성고등공업학교 시절(왼쪽), 어느 연극에서(가운데), 총독부기사 시절(아래) "오빠는 어릴 때부터 그림을 매우 잘 그렸습니다. 무엇이든지 예사로 보아 넘기는 일이 없는 그는, 밤을 새워 무엇인가를 골똘히 생각하고 그것을 종이에 옮겨 써보고, 그려 보고 하는 것이 버릇처럼 되었더라고 합니다.('오빠 이상」중에서)

작가 정인택의 결혼기념 사진 앞줄 왼쪽부터 두 번째 강로향, 한 사람 건너 정인택 신혼부부, 둘째 줄에 앉은 사람, 왼쪽부터 이승만, 한 사람 건너 유광렬, 두 사람 건너 조용만, 박종화, 뒷줄에 선 사람, 왼쪽부터 세 번째 정지용, 네 사람 건너 이상철, 두 사람 건너 양백화, 김환태, 한 사람 건너 이상, 한 사람 건너 박태원, 한 사람 건너 윤태영.

총독부 기사직을 사임하기 전후의 이상 (23세) 여인은 기생 금홍을 닮았다는 설이 있다.

'제비' 다방 시절(위), 정장 차림(왼쪽), 창문사 시절(오른쪽) 이때까지만 해도 이상은 수염을 깎은 단정한 모습이었다.

이상이 그린 삽화들 왼쪽이 박태원의 신문 연재소설 「소설가 구보 씨의 1일」에 그린 것이고, 나머지는 각종 잡지에 그린 것이다.

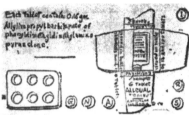

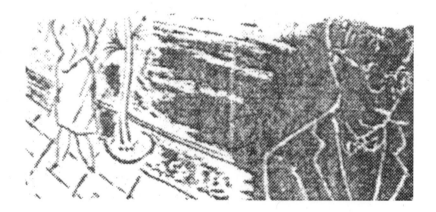

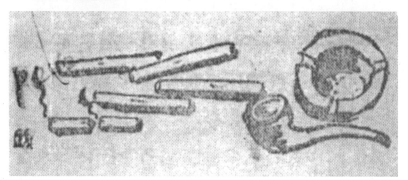

最後

林檎一個が墜ちた。地球は壊れる程迄痛んだ。最後。

最早如何なる精神も發芽しない。

距離（女去りし場合）

白紙の上に一條の鐵道が敷かれている。此は冷へ行く心の圖解である。私は毎日虚偽な電報を發信する。アスアサツクと。又私は私の日用品を毎日小包で發送した。私の生活はこの災地の様な距離に馴れて來た。

15

隻脚

松葉杖の長さも歳と共に長くなっていった。

新らしい儘溜る片方の靴の數で悲しく歩いた距離が測られた。

何時も自分は地上の樹木の次のものであると思った。

内科 ―自家用福音― ―或ハ エリエリ ラマサバクタニ―

白イ天使　コノ鬚ノ生ヘタ天使ハ キュピット ノ祖父様デアル。鬚ノ全然(?)生ヘナイ天使ト ヨク結婚シタリスル。

私ノ肋骨ハ2ダース(二)。ソノ一ツ一ツニノックヲシテ見ル。ソノ中デハ

海綿ニ濡レタお湯が沸イテイル。白イ天使ノペンネームハ

聖ピーターダト。ゴム ノ電線 ヂンヂン ゴロゴロ　鍵孔カラ偷聽(ヌスミ)。

(發信) ユダヤ人の王さま おやすみ？

(返信) ツートツートトツーツー(1)　ツートツートトツーツー(2)　ツートツートトツーツー(3)

白ペンキ塗リノ磔架(カッス)デ私が大きく延ビヲスル。聖ピーター君が私ニ

三度も知ラナイ ト云ッ ヤ否ヤ 鶏が羽搏ク……

オット お湯ヲ コボシチャ タイヘン―

骨肉の章

私は24歳。丁度母が私を産んだ齢である。聖セバスチアンの様に美しい弟・ローザルクサムブルグの木像の様な妹　母は吾等三人に孕胎分娩の苦樂を話して聞かせた。私は三人を代表して

―遂に―

オカアサマ　ボクラ　モスコシ　キョウダイガ　ホシカッタデス

―遂に母は弟の次の孕胎に六個月で流産した顛末を告げた。

アレハ　オトコダッタ　コトシデ19　(母の溜息)

三人は各々見識らぬ兄弟の幻の面貌を見た。ーコ・クライ オオキーと形容する母の腕と拳固は痩せている。二回もの咯血をした私が冷清を極めている家族のために早く娶らうと思ふ焦燥であった。私は24歳　私も母が私を産んだ様に――何か産まねばと私は思ふのであった。

◇ 街衢 ◇ 寒サ──一九三二 二月十七日ノ室内ノコト──

ねんさん……さくすぶぢなん ノ 様ニ瘦セタイル。

青──靜脈ヲ剪ッタ 紅イ動脈デアッタ。
──ト 靑──動脈 デアッタカラアレバ──
──否──紅──動脈 ダッテ アンナ 位置ニ 理シテイルト……
見ヨ!! ネオンサイン ダッテ アンナニ シ─ット シテイル様ニ見ヘテモ
實ハ不斷ニ ネオンガス 流レテイルンダヨ。
──肺病ミガ サックス フォーン ヲ吹イタラ 店ハ血ガ檢温計ノ様ニ
──實ハ不斷ニ壽命ガ流レテイルンダヨ。

◇ 骨片ニ關スル無題

ヨクモ血ニ染ミラナイ デ白イマ、
ペンキ塗リ。林檎ヲ鏡デ割ッタラ中味ハ(白イ?)イマ、
神様タッテベンキ塗り。細工ガ大好キ─
ハ白イマ・神様ハコデ人間ヲフカサれ
頭蓋骨ハ宇宙ヲ攝取シ、スカ─ラン─骨髓
アハ何デモ骨片ハ花瓶様ナ 妖摺─頭蓋骨
イワ 生キタ魚ハ見タコ トアル? 出歩ク─
アタシ、モ骨片ハ、
シヤ 人間ダ─? 植ヘタダト思フリ。

◇ 朝

妻ハ驟馬ノ様ニ手紙ヲ呑ンだま。死ンで行くらしい。疾く
に私はそれを讀んでしまっている。妻はそれを知らないのか。
午前十時電灯を消さうとする。妻が止める。夢が浮出
されているのだ。三囘の間妻は返事を書かくとして未だに
書けていない。一枚の皿の横に妻の表情は蒼く痩せている。
私はやっ出せねばならない。私に頼めばよい。オマへコヒヒヨコン
デヤラウ アレス モ シテイル

因ノ作った箱庭
露を知らないダ─リヤと海を知らない金魚とが飾られ
ている因ノ作った箱庭だ。露は何うして室内に
近道って來なひのか。露は窓硝子に觸れて早や
泣く許り。
季節の順度も終る。筭盤の高低は旅費と一致
しない。罪を捨て様。罪を棄て様。

발표 당시의 작품들 왼쪽은 「종생기」(『조광』, 1937)이고, 오른쪽은 「12월 12일」(『조선』, 1930. 2~12)이다.

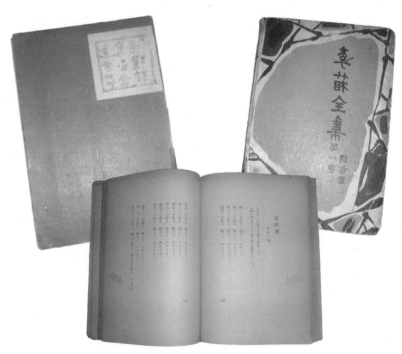

『조선 시집』(왼쪽·가운데)과 『이상 전집』(오른쪽) 『조선 시집』은 1939년 이상의 친구이자 수필가인 김소운이 일본에서 펴낸 것이고, 『이상 전집』은 1956년 문학평론가 임종국이 펴낸 것이다. 『조선 시집』에는 김소운이 친구 이상으로부터 받은 일본어 편지글을 시 형식으로 바꾸어 수록한 「청령」과 「한 개의 밤」 등이 있다.

僕はこれ札つきの亜で視ル眼鏡
トキドキ 人生の檻ヲ脱出スルノデ
園丁長さんガ心配スルノデアル

이상의 자화상들

이상의 문학비(위)**와 시비**(아래) 부인 변동림(후일 화가 김환기와 결혼하고 '김향안'으로 이름을 바꾸어 수필가로도 활동함)의 노력으로 1990년 모교 보성고등학교 교정에 세워졌다.

이상
전집

'박제가 된 천재' 이상 깊이 읽기

가람
기획

1

소설

모독당한 최초의 모더니스트

장석주

(작가 · 문학평론가)

1933년 늦여름 어둑어둑해질 무렵. 백단화白短靴에 평생 빗질 한 번 해본 적 없는 듯한 봉두난발, 짙은 갈색 나비 넥타이, 구레나룻에 얼굴빛이 양인 洋人처럼 창백한 사나이, 중산모를 쓴, 키가 여느 사람의 반밖에 되지 않는 꼽추, 키가 훌쩍 큰 또 다른 사나이, 이렇게 셋이서 종로를 걸어간다.

"어디 곡마단 패가 들어왔나 본데."

"아냐. 활동사진 변사 일행이야."

지나가던 사람들이 이 기묘한 일행을 보고 한마디씩 던진다. 백구두의 사나이가 갖고 있던 스틱을 들어 공연히 휘휘 돌려 댄다. 그러더니 느닷없이 "카카카……!"하고 웃음을 터뜨린다. 스스로 생각해도 저를 포함한 일행의 몰골이 우스꽝스러운 까닭이다. 얼마 전 그들이 배천온천에 갔을 때도 경성에서 곡마단 패가 왔다고 애들이 뒤를 졸졸 따라다닌 바 있다. 이 세 사람 가운데 백단화를 신은 구레나룻의 사나이가 바로 이상(李箱, 1910~1937)이고, 중산모를 쓴 꼽추는 화가 구본웅이다.

스물일곱 나이로 요절한 천재작가 이상. '한국 현대시 최고의 실험적 모더니스트이자 한국 시사 최고의 아방가르드 시인'이라는 평가를 받는 이상은 어두운 식민지 시대에 돌출한 모던 보이다. 그의 등장 자체가 한국 현대 문학 사상 최고의 스캔들이다. 알쏭달쏭한 아라비아 숫자와 기하학 기호의 난무, 건축과 의학 전문 용어의 남용, 주문呪文과도 같은 해독 불능의 구문으로 이루어진 시들. 자의식 과잉의 인물, 도저한 퇴폐적 소재 차용, 악질적인 띄어쓰기의 거부, 위트와 패러독스로 점철된 국한문 혼용의 소설들. 그의 모더니즘 문학과 비일상적 기행들은 이 스캔들의 원소를 이룬다.

13인의아해가도로로질주하오.
(길은막다른골목이적당하오.)

제1의아해가무섭다고그리오.
제2의아해도무섭다고그리오.
제3의아해도무섭다고그리오.
제4의아해도무섭다고그리오.
제5의아해도무섭다고그리오.
제6의아해도무섭다고그리오.
제7의아해도무섭다고그리오.
제8의아해도무섭다고그리오.
제9의아해도무섭다고그리오.
제10의아해도무섭다고그리오.

제11의아해가무섭다고그리오.
제12의아해도무섭다고그리오.
제13의아해도무섭다고그리오.
13인의아해는무서운아해와무서워하는아해와그렇게뿐이모였소.

(다른사정은없는것이차라리나았소.)

그중에1인의아해가무서운아해라도좋소.
그중에2인의아해가무서운아해라도좋소.
그중에2인의아해가무서워하는아해라도좋소.
그중에1인의아해가무서워하는아해라도좋소.

(길은뚫린골목이라도적당하오.)
13인人의아해가도로로질주하지아니하여도좋소.

시 제1호, 「오감도烏瞰圖」, 『조선중앙일보』(1934. 7. 24~8. 8)

1934년 7월 어느 날, 신문이 배포된 지 채 몇 시간도 되지 않아 조선중앙
일보사에는 빗발치는 항의와 문의전화가 쇄도한다. 이미 문단 일각에는 괴
팍하고 상식에 벗어난 문제아로 알려져 있었지만 일반 독자에게는 그 이름
조차 생소한 이상이 시 「오감도」를 발표한 직후의 반응이다.

이상은 1931년 7월에서 10월에 걸쳐 『조선과 건축』에 「이상한 가역반응」
외 5편과 일어로 된 「오감도」 8편, 그리고 「3차각 설계도」 등을 통해 우리 문
학사상 최초로 이성과 의지를 무시한 자동기술법, 숫자와 기하학 기호의 삽
입, 난해한 한자와 일어의 사용, 띄어쓰기의 무시 등을 감행한 시들을 선보
여 기성문인들에게 당혹감을 안겨준 바 있다. 그러나 이때까지 그의 작품은
주로 문학잡지가 아니라 한정된 독자를 가진 건축잡지나 종교잡지에 발표
된 것이어서 크게 눈길을 끌거나 지은이의 이름을 널리 알리지는 못한다.

『조선중앙일보』의 학예·문예 부장이던 이태준의 발탁으로 활자 세례를
받은 「오감도」 연작은 예정된 30회의 반밖에 싣지 못하고 8월 8일치 신문을
끝으로 15회 만에 중단되고 만다. 「오감도」가 나가는 동안 안주머니에 사

표를 넣고 다니던 이태준은 이 사태를 다음과 같이 전한다.

"이상의 「오감도」는 처음부터 말썽이었어. 원고가 공장으로 내려가자 문선부에서 '오감도烏瞰圖'가 '조감도鳥瞰圖'의 오자가 아니냐고 물어 왔어. 오감도란 말은 사전에도 나오지 않고 듣도 보도 못한 글자라는 것이야. 겨우 설득해서 조판을 교정부로 넘겼더니, 또 거기서 문제가 생겼어. 나중에 편집국장에게까지 진정이 들어갔지만 결국 시는 나갔어. 그 다음부터 또 문제였어. '무슨 미친놈의 잠꼬대냐' '무슨 개수작이냐' '당장 신문사에 가서 「오감도」의 원고 뭉치를 불살라야 한다' '이상이란 작자를 죽여야 한다'—신문사에 격렬한 독자투고와 항의들이 빗발쳐 업무가 마비될 지경이었지."

당대를 훨씬 앞지른 '첨단', 이 도저한 정신분열적 언어의 파행에 독자들은 이토록 거부감을 나타낸다. 당대 사람들의 의식과 정서로는 수용 불가능했던 시 「오감도」. 그러나 당대 사람들에게 모독당한 그의 시는 뒷날 구태의 한국문학과는 차별화된 새로운 모더니즘 문학의 진경을 펼쳐보인 '앞서간 문학'으로, 한국 현대문학사에서 불멸의 자리에 각인되며, 후학들에게 엄청난 영향을 준다. 뒷날 시인 이승훈은 이상에게서 '반리얼리즘적 태도, 실존의 현기, 추상성, 자아에 대한 회의'를 배웠다고 고백한다.

「오감도」 제1호에 나오는 '13인의 아해'는 무엇을 말하는 것일까. 이상 문학 연구자들은 이에 대한 온갖 해석을 내놓는다. '최후의 만찬에 합석한 기독 이하 13인' '위기에 당면한 인류' '해체된 기아의 분신' '이상 자신의 기호' '인간 역사의 한계성' '일제하의 13도' '언어도단의 세계' '시인의 공포가 아해의 불안으로 투사'……. 그러나 어떤 해석도 시대에 대한 반동 지향의 자의식에서 솟구쳐 나온 '13인의 아해'의 상징성을 다 풀어내지 못한다. 21세기의 문턱에 이른 현재까지도 이상은 온전히 이해되지 않은 아방가르드이며,

'첨단'이다.

1910년대 중반 스위스·독일·프랑스에서 일체의 전통과 기성가치를 부정·파괴하고자 한 다다이즘Dadaism, 이어서 1920년대 중반 프로이트의 정신분석학을 바탕으로 브르통Breton에 의해 시도된 기성윤리와 역사 및 현실통념을 거부하고 주관적 내면세계를 심리적으로 분석하는 기법을 차용한 초현실주의(Surrealism). 이 두 가지는 일본에서 나온 이론을 1924년 고한용이 소개한 바 있다. 그러나 다다이즘과 초현실주의는 일본에서조차 불온시된 탓으로 우리 나라에 좀처럼 뿌리를 내리지 못하다가 1930년대에 들어 건축기사 출신의 한 젊은이에 의해 본격적으로 시도된 것이다. 이상의 시는 현대인의 절망과 불안심리를 형상화한 것으로 높이 평가되고 찬사도 받지만, 기존 언어 체계와 질서에 익숙하던 일부 문인과 일반독자에게는 문학에 대한 커다란 모독처럼 여겨진 것 또한 사실이다.

「오감도」 제1호에 나오는 '13인의 아해'라는 말은 최후의 만찬에 참석한 예수의 13제자를 상징한다는 풀이를 비롯해 현실의 불안·공포·부조리·혼란·모순을 나타낸 것이라는 등 숱한 견해를 낳게 한다. 그러나 이것은 자주 들추는 하나의 보기일 뿐, 이상의 거의 모든 작품이 이처럼 고정관념과 보편성을 무시한 파격으로 치닫는 까닭에 뒷날 끊임없이 비평가들의 다각적인 연구대상에 오르게 된다.

본디 이상은 강릉 김씨이고, 이름은 해경海卿이다. 그는 우리 나라가 일본에 강제병합되던 해인 1910년 9월 23일, 서울 사직동에서 태어난다. 아버지는 구한말 궁내부 활판소에서 일하다가 손가락 셋이 잘린 뒤 이발소를 차린 김연창이다. 해경은 할아버지가 지어준 이름이다. 만 두 살이 되던 해 그는 총독부 상공과 기술관으로 있던 백부 김연필의 양자로 들어간다. 이렇게 백부의 양자가 된 것은 해경이 태어날 무렵부터 급격히 기운 가세 때문이다. 백부는 어린 해경에게 엄격하면서도 자애로운 부성애를 베풀지만, 백모는 이와 달리 증오와 소외를 맛보게 한다.

"오빠는 세 살 때, 웃는 큰어머니를 보고 무서워했대요. 그렇다고 울거나 하는 일은 없고 슬금슬금 문 밖으로 숨었대요."

누이동생 김옥희가 전하는 말이다. 그의 어린 시절은 어느 아이들과 별로 다르지 않았다고 한다. 다만 지나치게 흰 얼굴 때문에 동네 아낙네들이 "흰 둥이, 흰둥이!" 하고 부른 것 정도가 얘깃거리랄까.

해경은 일곱 살 때 인왕산 밑에 있던 신명학교에 들어간다. 당시만 해도 취학 적령기를 놓치는 경우가 많아서 입학생 중에는 스무 살짜리 젊은이도 끼어 있었다고 한다. 교과목은 조선어·일본어·산수·지리·수신·체조·도화·습자로 짜여 있었는데, 해경은 지리와 도화에 뛰어난 소질을 보인 반면 체조는 몹시 싫어한다. 다음은 백모가 전하는 말이다.

"그 애는 그림에 빠져 있기 일쑤였어요. 길가에 버려진 화투 목단 열 끗짜리를 똑같이 그려내서 사람들을 놀래기도 했지요. 내가 환쟁이는 상놈이라고 막무가내로 혼내고 말려도 소용이 없었어요. 그 애는 혼자 있을 때면 늘 무언가를 그리곤 했어요."

해경의 그림 쪽 소질은 화가 고희동이 미술교사로 있던 보성고보에 다니면서 꽃을 피우게 된다. 보성은 도상봉·이종우·장발·고유섭 같은 화가들을 배출한 학교다. 그런데 해경이 처음부터 보성에 진학한 것은 아니다. 먼저 다니던 동광학교가 문을 닫으면서 단체로 편입하게 된 학교가 보성고보인 것이다. 보성 시절에도 그는 여전히 체조를 싫어하고, 그림을 그릴 때만 마치 '강신降神한 것처럼' 눈빛이 번쩍거린다. 보성의 미술 친화적 환경 덕분에 그의 재능은 이윽고 빛을 보게 된다. 보성고보 교내 미술 전람회에서 〈풍경〉으로 1등상을 차지하는 것이다. 몇 해 뒤 해경은 조선미술전람회에 〈자화상〉을 내놓아 입선하기도 한다.

의탁하고 있던 백부의 가세마저 기울자 해경은 학교에서 현미빵을 파는 고학을 한다. 보성고보를 졸업한 그는 진로문제로 고민에 빠진다. 그가 식민지 건축 기술자 양성을 위해 세워진 경성고등공업학교(서울공대의 전신)에 들어간 것은 백부의 소망 때문이다. 백부는 그를 설득한다.

"해경아, 앞으로 너는 건축과를 가야 한다. 나도 병들고 네 아비도 늙고 가난하지 않으냐. 적선동(해경의 친가)은 식량이 떨어질 때도 많은 모양이더라. 세태가 아무리 바뀌어도 기술자는 배는 곯지 않는단다. 그러니 가난한 환쟁이는 안 돼."

이상이 「오감도」, 「3차각설계도」, 「건축무한육면각체」 등 건축과 깊은 관련을 지닌 표제어를 자주 쓰고, 아라비아 숫자와 기하학 기호 등을 시어로 차용하고 수식數式보다 난해한 시들을 쓰게 된 것은 바로 이 고등공업 시절의 영향이다.

이상이 경성고공 건축과를 나왔다는 사실은 잘 알려져 있지만, '건축가'로서의 그를 다룬 글은 찾아보기 어렵다. 그러나 문인이기에 앞서 이상은 일제시대의 건축기술 전문인력 양성소이던 경성고공 건축과를 거친 직업 건축가다. 이상은 일본인 학생들을 제치고 건축과를 수석 졸업했으며, 졸업작품으로 〈수상 경찰서 겸 소방서 설계안〉을 냈고, 폐병이 깊어지며 현장근무가 힘들어진 1933년 말까지 조선총독부의 직원으로서 공사를 직접 감독·지휘한다. 그러나 이상이 지은 건물이나 설계도면은 남아 있는 게 하나도 없다. 하지만 건축은 분명히 그의 삶을 떠받친 한쪽 기반이며, 그의 문학의 촉매인자이자 발생론적 근거인 것이다.

해경, 아니 이상의 내면에서 현실도피나 자살을 추구하는 병적인 심리가 언제부터 꿈틀거린 것인지 알 길은 없으나 고등공업 시절에 이미 증상이 나타난다. 그런데 이런 부분은 건축이나 그림이 아니라 문학을 통해 표출되기 시작한다. 이 무렵의 소설 「12월 12일」「휴업과 사정」과 시 「선에 관한 각서」 등을 유심히 들여다보면 이상의 이와 같은 이상심리가 다량 검출된다.

특히 이상의 작품치고는 기법면에서 평이하지만, 운명처럼 허무주의의 늪에 빠지는 인간형을 그려낸 소설 「12월 12일」의 서문에서, 그는 몹시 강렬한 자살충동에 시달리고 있으며, 이런 충동을 극복하기 위해 문학을 할 것이라는 '무서운 기록'을 남기게 된다.

이상의 시가 최초로 활자화된 것은 1931년의 일이다. 1929년 3월 경성고공 졸업과 함께 월급 55원을 받는 조선총독부 건축과 기사로 들어간 해경은 같은 해 12월 건축학지인『조선과 건축』의 표지도안 현상모집에 1등과 3등으로 뽑힌다. 바로 이『조선과 건축』1931년 7월호에 「이상한 가역 반응」등을 발표한 것이다. 해경이 이상이라는 필명을 쓰기 시작한 때에 대해서는 몇 가지 설이 있다.

"김해경이라는 오빠의 이름이 이상으로 바뀐 것은 1932년부터예요. 건축공사장 인부들이 '이상'이라고 잘못 호칭한 데서 비롯된 것이지요."

누이동생 김옥희의 말이다. 이상이라는 이름은 총독부 건축기사 시절 공사장 인부들이 일본식 발음으로 '긴상(金樣)'이라고 해야 할 것을 '이상李樣'이라고 잘못 부른 데서 비롯된다는 것이다. 그러나 이미 1929년의 경성고공 졸업 앨범에 이상이라는 필명이 나온다. 따라서 이상이라는 이름은 고공 시절 건축 공사장에 실습하러 갔을 때 인부가 해경을 이씨로 알고 잘못 부른 데서 비롯된 듯하다.

1933년 이상은 백부의 양자로 들어간 지 21년 만에 가족과 합치나 불과 보름을 견디지 못한다. 그는 백부의 유산으로 청진동 조선광무소 건물 1층을 전세 내어 '제비' 다방을 개업하고, 배천온천 여행중에 만난 술집 여급 출신 금홍을 불러들여 마담으로 앉힌다. 아울러 두 사람은 동거를 시작하는데, 이때 금홍은 겨우 스물한 살이었고, 금홍의 눈에 마흔이 넘은 것으로 비치던 이상은 알고 보면 스물세 살이었다.

이상은 어디엔가 '나는 추호의 틀림도 없는 만 25세와 11개월의 홍안 미소년이다. 그렇건만 나는 확실히 노옹老翁이다'라고 쓴다. 찰나적인 행복감에 젖은 이상은 '우리 내외는 참 사랑했다. 금홍이와 나는 서로 지나간 일은 묻지 않기로 하였다. 과거래야 내 과거가 무엇 있을 까닭이 없고 말하자면 내가 금홍이의 과거를 묻지 않기로 한 약속이나 다름없다'고도 쓴다.

'제비'는 당대의 일급문인들이던 이태준·박태원·김기림·정인택·윤태영·조용만 등이 즐겨 찾는다. 그러나 '제비' 다방의 경영은 여의치 않았고, 금홍은 외간남자들과 바람을 피우곤 한다. 이상은 '나는 금홍이의 오락을 돕기 위해 가끔 P군의 집에 가 잤다'고 털어놓기도 한다. 여기서 'P군'은 아마도 박태원을 이를 터. 금홍의 문란한 남자관계를 방임하던 이상은 때로 금홍의 난폭한 손찌검에 몸을 내맡긴 채 자학을 꾀한다. 어느 날 금홍이 때묻은 버선을 윗목에 팽개쳐 놓고 나가 버리고, '제비' 다방은 두 해 만인 1935년 9월 문을 닫는다. '박제가 되어버린 천재를 아시오? 나는 유쾌하오. 이런 때는 연애까지 유쾌하오'로 시작되는 소설 「날개」는 바로 금홍과의 동거체험에서 건져낸 작품이다.

1933년 이상은 정지용의 주선으로 『가톨릭 청년』 7월호에 시 「꽃나무」「1933. 6. 1」 「이런 시」를, 10월호에 「거울」을 발표한다. 김기림·이태준·박태원 같은 문인들과 어울리게 된 그는 1934년 초 '구인회'에 가입한다. 그는 곧 구인회 회지인 『시와 소설』의 편집에 관여할 뿐 아니라, 구인회 회원인 박태원의 신문 연재소설 「소설가 구보 씨의 1일」에 '하융河戎'이라는 이름으로 삽화를 그리기도 하는 등 글과 그림에 걸쳐 솜씨를 발휘한다. 같은 해 여름, 그는 『조선중앙일보』에 시 「오감도」를 발표해 물의를 일으키며 문제작가로 떠오르게 된다. 이후에도 『중앙』에 「소영위제」, 『신여성』 『월간매신』 『신동아』 등에 「혈서삼태」와 「산책의 가을」 등 파격적인 내용과 언어를 실험하는 작품을 잇달아 내놓는다.

이상은 자신의 작품만큼이나 여느 사람들은 이해하기 어려운 파행적 단

면을 보인다. 처음에는 다방 '제비'의 얼굴마담으로 금홍을 앉혀 놓고, 문우들이 일명 '도스토예프스키의 방'이라고 하던, '제비'에 딸린 골방에 틀어박혀 술만 마시거나 수염과 머리도 깎지 않은 채 거리를 쏘다니더니, 나중에는 드러내 놓고 매춘을 하는 금홍을 멀거니 지켜보기도 한다. 이처럼 피학성을 띤 극도의 자기 폐쇄성은 소설 「지주회시」에 이어 「날개」 「실화」 「봉별기」 등에서 거푸 나타난다.

특히 1인칭 독백으로 시작되는 「날개」 속의 '나'는 바로 작가 이상 자신으로, 철저하게 고립된 자아와 내면의 고독을 의식의 흐름에 따라 해부하고 있다.

주인공 '나'는 아무런 의욕도 없이 골방 속에 틀어박혀, 아내의 화장품 냄새를 맡아 보거나 돋보기로 화장지를 태우면서 하루하루를 무기력하고 권태롭게 보낸다. 한편 이런 남편이 자신의 매춘행위에 걸림돌이 된다고 생각한 아내는 그를 '볕 안 드는 방'에서 나오지 못하게 하려고 아스피린을 주는 척하며 수면제를 주기 시작한다. 아내가 하는 짓을 나무랄 뜻이 따로 없는 '나'는 아내와 연애 또는 아스피린과 아달린 등을 연구하거나, 자신이 자는 동안 아내가 무슨 짓을 했을까 궁금하게 여기며 공상을 일삼는다. 그러던 중 '나'는 문득, 날개가 돋아 현실세계를 박차고 단 한 번만이라도 날 수 있기를 간절히 바라게 된다.

1935년 가을 '제비'의 문을 닫은 이후 이상은 인사동에서 카페 '쓰루', 종로 1가에서 다방 '69' '무기' '맥' 등을 열지만 번번이 실패한다. 그러는 동안 금홍은 도로 술집에 나가며 걸핏하면 외박을 하더니, 어느 날 영영 이상의 곁을 떠나고 만다. 얼마 뒤 이상은 다시 여급 출신의 권순옥과 사귀게 된다. 그러나 권순옥을 연모하며 괴로워하던 친구 정인택이 음독자살을 기도하다가 미수에 그치는 일이 생기자, 이상은 권순옥과 정인택을 맺어 주고 두 사람의 행복까지 빌어 준다.

거듭된 경영 실패, 쇠잔한 몸, 연애의 후유증 등으로 말미암은 고독이 극에 이르자, 이상은 뒤늦게 '구인회'에 가입하며 절친한 사이가 된 김유정에게 같이 자살하자는 제안까지 한다. 그는 셋방을 전전하다가 방세를 내지 못해 쫓겨나기도 하면서, 청소부로 일하던 동생의 봉급으로 가까스로 생계를 꾸려 나간다. 그러던 중 1935년 말, 화가 구본웅의 추천으로 구본웅의 아버지가 경영하던 '창문사'에서 문예담당으로 일하게 되어 그나마 형편이 조금 풀린다.

　　그런데 이상은 여기서 구본웅의 배다른 누이동생 변동림을 만나게 된다. 금홍이나 권순옥과는 달리 이화여전을 나온 평범한 성격의 변동림과도 이상은 무슨 절차라도 되는 양 동거부터 한다. 얼마 뒤 두 사람은 신흥사에서 결혼식을 올리고 황금정(지금의 을지로)에 셋방을 얻어 신혼살림을 차린다. 이때부터 이상은 무엇에 홀린 사람처럼 글쓰기에 매달려 1935년 「정식」 「지비」 「산촌여정」, 1936년 「지비」 「역단」 「서망율도」 「조춘점묘」 「가외가전」 「여상」 「명경」 「지주회시」 「약수」 「에피그램」 「행복」 「위독」 「봉별기」 「동해」 「황소와 도깨비」 「19세기식」 등 일일이 꼽기 어려울 만큼 많은 작품을 마구 쏟아낸다. 그러나 결혼한 지 석 달 만인 1936년 10월, 이상은 모든 것을 뒤로하고 일본으로 간다.

　　고서점들이 늘어선 거리 쪽에 하숙을 정한 이상은 도쿄에서 「종생기」 「권태」 「슬픈 이야기」 「환시기」 「실낙원」 「실화」 「동경」 등을 써낸다. 그러나 얼마 못 가서 도쿄에 환멸을 느끼고 서울에 있는 친구들에게 이런 심경을 편지로 알리기도 한다. 한동안 그는 초현실주의 색채를 보이던 유학생 그룹 『삼사문학』의 동인들과 어울리며 그나마 위안과 자극을 받게 된다. 이상은 알고 보면 김기림과 함께 프랑스로 가겠다는 꿈을 안고 일본 땅에 발을 디딘 것이다. 그러나 이상은 그의 간절한 문학적 열망과는 달리 점점 악화되는 결핵, 여전히 따라다니는 서울의 가족에 대한 부채감과 생계 부담에 부대끼며 몸과 마음이 극도로 피로에 찌들게 된다.

이듬해 2월 12일 이상은 일본 경찰에 불령선인不逞鮮人으로 검거되고, 얼마 뒤 폐결핵의 악화로 병상에 눕는다. 뒷날 화가 김환기의 아내가 되어 변동림이 아니라 김향안으로 살기도 한 동림이 소식을 듣고 급히 도쿄로 간다. 1937년 4월 17일 새벽 4시, 변동림의 품에 안긴 채, 한국문학의 돌연변이였으며 이단아였던 이상은 황음荒淫과 일탈逸脫의 기행으로 얼룩진 스물일곱 해에 걸친 삶을 접는다.

"멜론이 먹고 싶소……."

요절 천재작가 이상의 입에서 흘러나온 마지막 말이다.

생전의 이상에게 '우리가 가진 가장 뛰어난 근대파 시인'이라고 갈채를 보낸 바 있는 김기림은 그의 죽음에 대해 "제 스스로의 혈관을 따서 '시대의 서書'를 쓴 이상의 죽음이 한국문학을 50년 후퇴시켰다"며 크게 슬퍼한다. 김기림은 뒷날 자신의 시집『바다와 나비』속에「우리들이 가졌던 황홀한 천재, 이상의 애도시」와 '이상의 영전에 바침'이라는 부제를 단「주피터의 추방」이라는 시를 끼워 넣는다. 이상의 요절은 김기림뿐 아니라 박태원과 최재서 등 그를 아끼던 많은 사람을 안타깝게 만든다. 이상은 20세기 한국문학사에서 명멸한 숱한 인물 가운데 가장 문제적 인물이며, 그의 연작시「오감도」는 한국 현대문학사 1백 년 동안 나온 작품 가운데 가장 문제적 작품이다. 이상 문학은 그 자체로 20세기 한국문학사에 내장된 최고의 형이상학적 스캔들이다.

일러두기

1. 각 장르별 작품 배열은 발표 연대 순으로 했다.

2. 현행 맞춤법과 띄어쓰기에 어긋나는 것은 바로잡되 작가가 의도적으로 표현한 것은 그대로 두었다. 표기는 대체로 원문을 존중하였으나, 한자는 한글로 고치고 의미상 필요하다고 판단되는 경우에만 병기하는 방식으로 처리했다.

3. 주석 및 뜻을 파악하기 힘든 어휘는 해당 작품 끝에 주를 달았다. 아울러 부록에 따로 '어휘풀이'만을 덧붙여서 본문에 자주 나오는 어려운 어휘는 쉽게 찾아볼 수 있도록 했다.

4. 본문의 내용을 이해하기 쉽도록 최대한 주를 달았으나, 가끔 이해되지 않는 부분도 있다. 이는 원고, 특히 유고가 가진 결함 때문이다.

5. 유고 가운데서도 '미발표 창작 노트의 글' 이라는 것은 문학평론가 조연현이 1960년 우연찮게 입수한 원고 뭉치를 일컫는다.

6. 이상의 전작 중 일부 난삽한 유고, 문학평론적인 성격의 글, 앙케트는 본 전집에서 제외시켰다.

"19세기는 될 수 있거든 봉쇄하여 버리오. 도스토예프스키 정신이
란 자칫하면 낭비일 것 같소. 위고를 불란서의 빵 한 조각이라고
는 누가 그랬는지 지언인 듯싶소. 그러나 인생 혹은 그 모형에 있
어서 디테일 때문에 속는다거나 해서야 되겠소? 화를 보지 마오.
부디 그대께 고하는 것이니……."

—소설 「날개」 중에서

차례

작가 앨범 _ 003

해설 | 모독당한 최초의 모더니스트 · 장석주 _ 017

일러두기 _ 029

소설

12월 12일 _ 035

지도의 암실 _ 151

휴업과 사정 _ 165

지팡이 역사 _ 179

지주회시 _ 189

날개 _ 208

봉별기 _ 235

동해 _ 244

황소와 도깨비 _ 270

공포의 기록 _ 281

종생기 _ 295

환시기 _ 319

실화 _ 329

단발 _ 345

김유정 _ 355

불행한 계승 _ 363

소설

이상
전집

12월 12일¹⁾

이때나 저때나 박행薄幸에 우는 내가 십유여 년 전 그해도 저무려는 어느 날 지향도 없이 고향을 등지고 떠나가려 할 때에 과거의 나의 파란 많은 생활에도 적지 않은 인연을 가지고 있는 죽마의 구우 M군이 나를 보내려 먼 곳까지 쫓아나와 갈림을 아끼는 정으로 나의 손을 붙들고,

"세상이라는 것은 우리가 생각하는 것과 같은 것은 아니라네."

하며 처창한 낯빛으로 나에게 말하던 그때의 그 말을 나는 오늘까지도 기억하며 새롭거니와 과연 그 후의 나는 M군의 그 말과 같이 내가 생각하던 바 그러한 것과 같은 세상은 어느 한 모도 찾아낼 수는 없이 모두가 돌연적이었고 모두가 우연적이었고 모두가 숙명적일 뿐이었다.

'저들은 어찌하여 나의 생각하는 바를 이해하여 주지 아니할까? 나는 이렇게 생각해야 옳다 하는 것인데 어찌하여 저들은 저렇게 생각하여 옳다는 것일까?'

이러한 어리석은 생각은 하여 볼 겨를도 없이,

'세상이란 그런 것이야. 네가 생각하는 바와 다른 것, 때로는 정반대 되는 것, 그것이 세상이라는 것이야!'

이러한 결정적 해답이 오직 질풍신뢰적으로 나의 아무 청산도 주관도 없는 사랑을 일약 점령하여 버리고 말았다. 그 후에 나는 네가 세상에 그 어떠한 것을 알고자 할 때에는 우선 네가 먼저 '그것에 대하여 생각하여 보아라. 그런 다음에 너는 그 첫번 해답의 대칭점을 구한다면 그것은 최후의 그것의 정확한 해답일 것이니.'

하는 이러한 참혹한 비결까지 얻어 놓았었다. 예상 못한 세상에서 부질없이 살아가는 동안에 어느덧 나라는 사람은 구태여 이 대칭점을 구하지 아니하고도 세상일을 대할 수 있는 가련한 '비틀어진' 인간성의 사람이 되고 말았다. 그리하여 인간을 바라볼 때에 일상에 그 이면裏面을 보고 그러므로 말미암아 '기쁨'도 '슬픔'도 '웃음'도 '광명'도 이러한 모든 인간으로서의 당연히 가져야 할 감정의 권위를 초월한 그야말로 아무 자극도 감격도 없는 영점零點에 가까운 인간으로 화하고 말았다. 오직 내가 나의 고향을 떠난 뒤 오늘날까지 십유여 년 간의 방랑생활에서 얻은 바 그 무엇이 있다 하면,

'불행한 가운데서 난 사람은 끝끝내 불행한 운명 가운데 울어야만 한다. 그 가운데에 약간의 변화쯤 있다 하더라도 속지 말라. 그것은 다만 그 '불행한 운명'의 굴곡에 지나지 않는 것이다.'

이러한 일그러진 결론 하나가 있을 따름이겠다. 이것은 지나간 나의 반생의 전부요 총결산이다. 이 하잘것없는 짧은 한 편은 이 어그러진 인간 법칙을 '그'라는 인격에 붙여서 재차의 방랑생활에 흐르려는 나의 참담을 극한 과거의 공개장으로 하려는 것이다.

1

통절한 자극 심각한 인상 그것은 사람의 성격까지도 변화시킨다. 평범한 환경 단조한 생활 긴장 없는 전개 가운데에 살아가는 사람으로서는 도저히 그의 성격까지의 변경을 보기는 어려울 것이다. 어느 때 무슨 종류의 일이

고 참으로 아픈 자극과 참으로 깊은 인상을 거쳐서야 비로소 그 사람의 성격 위에까지의 결정적 변화를 볼 수 있을 것이다. 이제 지금으로부터 지나간 2, 3년 동안에 그를 만나 보지 못한 사람은 누구나 다 '그'의 성격의 어느 곳인지 집어내지 못할 변화를 인식할 것이다. 이러한 변화에 따라 그의 용모와 표정 어조까지의 차라리 슬퍼할 만한 변화를 또한 누구나 다 놀람과 의아를 가지고 대하지 아니할 수 없을 것이다.

'저 사람 저 사람의 그동안 생활에 저 사람의 성격을 저만치 변화시킬 만한 무슨 큰 자극과 깊은 인상이 있었던 것이겠지 무엇일까?'

그러나 이와 같은 의아는 도리어 그의 그동안의 생활에도 그의 성격을 오늘의 그것으로 변화시키게까지 한 그러한 아픈 자극과 깊은 인상이 있었다는 것을 더 잘 이야기하는 외에 아무것도 아닌 것이다.

2

세대와 풍정은 나날이 변한다. 그러나 그 변화는 그들을 점점 더 살 수 없는 가운데서 그들의 존재를 발견할 수 없도록 하는 변화에 지나지 아니하였다. 이 첫번 희생으로는 그의 아내가 산후의 발병으로 세상을 떠나고 만 것이다. 나이 많은(많다 하여도 40이 좀 지난) 어머니를 위로 모시고 어미 잃은 젖먹이를 품 안에 끼고 그날그날의 밥을 구하여 어두운 거리를 헤매는 그의 인간고야말로 참담 그것이었다.

'죽어라 죽어 차라리 죽어라. 나의 이 힘없는 발길에 걸치적대지를 말아라. 피곤한 이 다리를 위하여 평탄한 길을 내어다오……'

그의 푸른 입술이 떨리는 이러한 무서운 부르짖음이 채 그의 입술을 떨어지기도 전에 안타까운 몇 날의 호흡을 계속하여 오던 그 젖먹이마저 놓였던 자리도 없이 죽은 어미의 뒤를 따라갔다. M군과 그 그리고 애총 메는 사람, 이 세 사람이 돌림돌림 얼어붙은 땅을 땀을 흘려가며 파서 그 조그마한 시체를 묻어준 다음에 M군과 그는 저문 서울의 거리를 걷는 두 사람이 되었다.

"M군, 나는 이제 나의 지게의 한편짝 짐을 내려놓았다. 나는 아무래도 여기서 이대로는 살아갈 수 없으니 죽으나 사나 고향을 한번 뛰어나가 볼 테야……."

"그야…… 그러나 늙으신 자네의 어머니를 남의 땅에서 고생시킨다면 차라리 더 아픈 일이 아니겠나……?"

"그러나 나는 불효한 자식이라는 것을 면치 못한 지 벌써 오래니깐."

드물게 볼 만치 그의 눈이 깊숙이 숨벅이고 축축히 번쩍이는 것이 그의 굳은 결심의 빛을 여지없이 말하고 있는 것도 같았다.

T씨(T씨는 그와의 의義는 좋지 못하다 할망정 그래도 그에게는 단 하나밖에 없는 친아우였다)―어렵기 짝이 없는 그들의 살림이면서도 이 단둘밖에 없는 형제가 딴집 살림을 하고 있는 것도 그들의 의가 좋지 못한 까닭이었으나 그러나 그가 이 크나큰 결심을 의논하려 함에는 그는 그 T씨의 집으로 달려가지 아니하면 아니 되었다.

"너나 나나 여기서는 살 수 없으니 우리 죽을 셈치고 한번 뛰어나가 벌어 보자……."

"형님은 처자도 없고 한 몸이니깐 그렇게 고향을 뛰어나가시기가 어렵지 않으시리다만 나만 해도 철없는 처가 있고 코 흘리는 저 업(T씨의 아들)이 있지 않소. 자, 저것들을 데리고 여기서 살재도 고생이 자심한데 낯설은 남의 땅에 가서 그 남 못할 고생을 어떻게 하며 저것들은 다 무슨 죄란 말이오? 갈려거든 형님 혼자나 가시오. 나는 갈 수 없으니."

일상에 어머니를 모신 형, 그가 가까이 있어서 가뜩이나 살기 어려운데 가끔은 어머니를 구실로 그에게 뜯기어 가며 사는 것을 몹시도 괴로이 여기던 T씨는 내심으로 그가 어서 어머니를 모시고 어디로든지 멀리 보이지 않는 곳으로 가기를 바라고 기다렸던 것이었다. 그가 홧김에,

"어머니 큰아들 밥만 밥입니까? 작은아들 밥도 밥이지요. 큰아들만 그렇게 바라지 마시고 작은아들네 밥도 가끔 가서 열흘이고 보름이고 좀 얻어잡숫다 오시구려……."

이러한 그의 말이 비록 그의 홧김이나 술김의 말이라고는 하나 그러나 일상의 가난에 허덕이는 자식들을 바라볼 때에 불안스럽고 면구스러운 마음을 이기지 못하는 늙은 그들의 어머니는 작은아들 T씨가 싫어할 줄을 번연히 알면서도 또 작은아들 역시 큰아들보다 조금도 나을 것 없이 가난한 줄까지 번연히 모르는 것도 아니었으나 그래도 큰아들 가엾은 생각에 하루고 이틀이고 T씨의 집으로 얻어먹으러 터덜거리고 갔었다. 또 그 외에도 즉 어머니 생일날 같은 때,

"너도 어머니의 자식 나도 어머니의 자식 너나 나나 어머니의 자식 되기는 일반인데 내가 큰아들이래서 내 혼자서만 물라는 법이 있나? 그러니 너도 반만 물 생각해라……."

그럴 때마다 반이고 3분의 1이고 T씨는 할 수 없거나 있거나 싫은 것을 억지로 부담하여 왔었다. 이와 같은 것들이 다 T씨가 그의 가까이 있는 것을 그다지 좋아하지 아니하는 까닭이었다.

"그럼 T야, 너 어머니를 맡아라. 나는 1년이고 이태이고 돈을 벌어 가지고 돌아올 터이니 그러면 그때에는……."

"에, 다 싫소. 돈 벌어 가지고 오는 것도 아무것도 다 싫소. 내가 어머니가 당했소. 그런 어수룩한 소리 하지도 마시오. 더군다나 생각해 보시오. 형님은 지금 처자도 다 없는 단 한 몸에 늙으신 어머니 한 분을 무엇을 그러신단 말이오? 나는 처자들이 우물우물하는데 게다가 또 어머니까지 어떻게 맡는단 말이오? 형님이 어머니를 모시고 다니시면서 고생을 시키든지 낙을 뵈우든지 그건 다 내가 알 배 아니니깐 어머니를 나한테 떠맡기고 갈 생각은 꿈에도 마시오."

이렇게 T는 그의 면전에서 한 번에 홱 뱉어 버리고 말았다.

어머니를 그 자식들이 서로 떠미는 이 불효, 어머니를 모시기를 싫어하는 이 불효, 이것도 오직 그들을 어쩔 수도 없이 비끌어매고 있는 적빈赤貧[2], 그것이 그들로 하여금 차마 저지르게 한 조그마한 죄악일 것이다.

그후 며칠 동안 그는 그의 길들였던 세대도구世帶道具를 다 팔아 가지고 몇 푼의 노비를 만들어서 정든 고향을 길이 등지려는 가련한 몸이 되었다. 비록 그다지 의는 좋지 못하였다고는 하나 그러한 형 그와의 불의도 다 적빈 그것 때문이었던 그의 아우 T는 생사를 가운데 놓은 마지막 이별을 맡기며 눈물 흘려 설워하는 사람도 오직 이 T 하나가 있을 따름이었다.

"어머니, 형님. 언제나 또 뵈오리이까?"

"잘 있거라, 잘 있거라."

목메인 그들의 차마 보지 못할 비극. 기차는 가고 T씨는 돌아오고 한밤 중 경성 역두에는 이러한 눈물의 이별극이 자국도 없이 있었다.

죽마의 친구 M군이 학창의 여가를 타서 부산 부두까지 따라와서 마음으로의 섭섭함으로써 그들 모자를 보내 주었다. 새벽바람 찬 부두에서 갈림을 아끼는 친구와 친구는 손을 마주잡고,

"언제나 또 만날까, 또 만날 수 있을까. 세상이라는 것은 우리가 생각하는 바 그러한 것은 아니라네. 부디 몸조심 부모 효도 잊지 말아 주게."

"잘 있게. 이렇게 먼 데까지 나와 주니 참 고맙기 끝없네. 자네의 지금 한 말 언제라도 잊지 아니할 것일세. 때때로 생사를 알리는 한 조각 소식 부치기를 잊지 말아 주게. 자, 그러면……."

새벽안개 자욱한 속을 뚫고 검푸른 물을 헤치며 친구를 싣고 떠나가는 연락선의 뒷모양을 어느 때까지나 하염없이 바라보아도 자취도 남기지 않은 그때가 즉 그해도 저무려는 12월 12일 이른 새벽이었다.

그후 그의 소식을 직접 들을 수 있는 고향의 사람에는 오직 M군이라는

그의 친구가 있을 따름이었다. 그가 처음의 한두 번을 제하고는 T씨에게 직접 편지하지 아니한 것과 같이 T씨도 처음의 한두 번을 제하고는 그에게 편지하지 아니하였다.

오직 그들 형제는 그도 M군을 사이로 하여 M씨의 소식을 얻어 알고 T씨도 M군을 사이로 하여 그의 생사를 알 수 있는 흐릿한 상태가 길이 계속되어왔던 것이다.

M에게 보내는 편지(제1신)

M군, 추운데 그렇게 먼 곳까지 나와서 어머니와 나를 보내 주려고 자네의 정성을 다하였으니 그 고마운 말을 무엇으로 다 하겠나. 이 나의 충정의 만분의 일이라도 이 글발에 붙여 보려 할 뿐일세. 생전에 처음 고향을 떠난 이 몸의 몸과 마음의 더없는 괴로움 또한 어찌 이루 다 말하겠나. 다만 나의 건강이 조금도 축나지 아니한 것만 다시없는 요행으로 알고 있을 따름일세. 그러나 처음으로의 긴 동안의 여행으로 말미암아 어머님께서는 건강을 퍽 해하셔서 지금은 일어 앉으시지도 못하시니 이럴 때마다 이 자식의 불효를 생각하고 스스로 하늘을 우러러 한숨지으며 이 가슴이 찢어지는 것과 같은 아픔을 맛보는 것일세. 자네가 말한 바와 같이 역시 세상은 우리들이 생각한 바와는 몹시도 다른 것인 모양이야. 오나 가나 나에게 대하여는 저주스러운 것들뿐이요 차디찬 것들뿐일세그려!

이곳에는 조선사람으로만 조직되어 있는 조합이 있어서 처음 도항하여 오는 사람들을 위하여 직업 거주居住 등절을 소개도 하며 돌보아도 주며 여러 가지로 편의를 도모하기에 진력하고 있는 것일세. 나의 지금 있는 곳은 고베 시에서 한 1리쯤 떨어져 있는 산지山地에 가까운 곳인데 이곳에는 수없는 조선사람의 노동자가 보금자리를 치고 있는 것일세. 이 산비탈에 일면으로 움³)들을 파고는 그 속에서 먹고 자고 울고 웃고 씻고 빨래하고 바느질

하고 하면서 복작복작 오물거리며 살아가는 것일세. 빨아 널은 흰 옷자락이 바람에 날리는 것이나 다홍 저고리와 연두 치마 입은 어린아이들의 오고 가며 뛰노는 것이나 고향 땅을 멀리 떠난 이곳일세만 그래도 우리끼리 모여 사는 것 같아서 그리 쓸쓸하거나 낯설지는 않은 듯해!

나는 아직 움을 파지는 못하였네. 헐어빠진 함석 철판 몇 장과 화재터에 못 쓸 재목 몇 토막을 아까운 돈의 몇 푼을 들여서 사다가 놓기는 하였네만 처음 당해 보는 긴 여행 끝에 몸도 피곤하고 날도 요즈음 좀 춥고 또 그날그날 먹을 벌이를 하느라고 시내로 들어가지 아니하면 아니 될 몸이라 어떻게 그렇게 내가 들어 있을 움집이라고 쉽사리 팔 사이가 있겠나. 병드신 어머님을 모시고서 동포라고는 하지만 낯설은 남의 집에서 폐를 끼치고 있는 생각을 하며 어서어서 하루라도 바삐 움집이나마 파서 짓고 들어야 할 터인데 모든 것이 다 걱정거리뿐일세. 직업이라야 별로 이렇다는 직업이 있을 까닭이 없네. 더욱 요즈음은 겨울날이라 숙련된 기술노동자 외에 그야말로 함부로 그날그날을 벌어먹고 사는 막벌잇군 노동자는 할 일이 아무것도 없는 것일세. 더욱이 나는 아직 이곳 사정도 모르고 해서 당분간은 고향에서 세간기명[4]을 팔아 가지고 노자 쓰고 나머지 얼마 안 되는 돈을 살이나 뼈를 긁어먹는 셈으로 갉아먹어가며 있을 수밖에 없네. 그러나 이곳은 고향과는 그래도 좀 달라서 아주 하루에 한푼도 못 벌어서 눈뜨고 편히 굶고 앉았거나 그렇지는 않은 셈이여.

이불과 옷을 모두 팔아먹고 와서 첫째로 도무지 추워서 살 수 없네. 더군다나 병드신 늙은 어머님을 생각하면 어서 하루라도 바삐 돈을 변통하여 덮을 것과 입을 것을 장만하여야 할 터인데 그 역시 걱정거리의 하나일세.

아직도 여행 기분이 확 풀리지 아니하여 들뜬 마음을 진정시키지 못하였으니 우선 이만한 통지 비슷한 데 그치거니와 벌써부터 이렇게 고향이 그리워서야 어떻게 앞으로 길고 긴 날을 살아갈는지 의문일세. 이곳 사람들은 이

제 처음이니깐 그렇지 조금 지나가면 차차 관계치 않다고 하네만 요즈음은 밤이나 낮이나 눈만 감으면 고향 꿈이 꾸여져서 도무지 괴로워 살 수 없네 그려. 아, 과연 나의 앞길에 어떠한 장난감을 늘어놓을지는 모르겠네만 모두들 바람과 물결에 맡길 작정일세. 직업도 얻고 어머니의 병환도 얼른 나으시게 하고 또 움집이라도 하나 마련하여 이국의 생활이나마 조금 안정이 된 다음에 서서히 모든 것을 또 알려 드리겠네. 나도 늙은 어머니와 특히 건강을 주의하겠거니와 자네도 아무쪼록 몸을 귀중히 생각하여 언제까지라도 튼튼한 일꾼으로서의 자네가 되어 주기를 바라네. 떠난 지 며칠 못 되는 오늘 어찌 다시금 만날 날을 기필할 수야 있겠나만 운명이 전연 우리 두 사람을 버리지 않는다면 일후 또다시 반가이 만날 날이 없지는 않겠지! 한 번 더 자네의 끊임없는 건강을 빌며 또 자네의 사랑에 넘치는 글을 기다리며……
친구 ○로부터.

M에게 보내는 편지(제2신)

M군! 하늘을 꾸짖고 땅을 눈 흘긴들 무슨 소용이 있겠나.

M군, M군! 어머니는 돌아가셨네. 세상에 나오신 지 50여 년에 밝은 날 하루를 보시지 못하시고 이렇다는 불평의 말씀 한마디도 못하여 보시고 그대로 이역의 차디찬 흙 속에 길이 잠드시고 말았네. 불효한 이 자식을 원망하시며 쓰라렸던 이 세상을 저주하시며 어머님의 외롭고 불쌍한 영혼은 얼마나 이 이역 하늘에 수없이 방황하실 것인가. 죽음! 과연 죽음이라는 것이 무엇이겠나. 사람들은 얼마나 그 죽음을 무서워하며 얼마나 어렵게 알고 있나. 그러나 그 무서운 죽음, 그 어려운 죽음이라는 것이 마침내는 그렇게도 우습고 그렇게도 하잘것없이 쉬운 것이더란 말인가. 나는 이제 그 일상에 두려워하고 어렵게 여기던 죽음이라는 것이 사람이 나기보다도 사람이 살아가기보다도 그 어느 것보다 가장 하잘것없고 가장 우스꽝스러운 것이라는

것을 잘 알았네. 50년 동안 기구한 목숨을 이어오시던 어머님이 하루아침에 그야말로 풀잎에 맺혔던 이슬과 같이 사라지고 마시는 것을 보니 인생이라는 것이 그다지도 허무하더라는 것을 느낄 대로 느꼈네.

M군! 살길을 찾아서 고향을 등지고 형제를 떨치고 친구를 버리고 이곳으로 더듬거려 흘러온 나는 지금에 한 분밖에 아니 계시던 어머님을 잃었네그려! 내가 지금 운명의 끊임없는 장난을 저주하면 무엇을 하며 나의 불효를 스스로 뉘우치며 한탄한들 무엇을 하며 무상한 인세에 향하여 소리지르며 외친들 그 또한 무엇하겠나! 사는 것도 죽는 것도 모두가 허무일세. 우주에는 오직 이 허무 외에는 아무것도 없는 것일세.

한 분 어머니를 마저 잃었으니 지금에 나는 문자 그대로 아주 홀몸이 되고 말았네. 이제 내가 어디를 간들 무엇 내 몸을 비끌어매는 것이 있겠으며 나의 걸어가는 길 위에 무엇 걸리적댈 것이 있겠나? 나는 일로부터 그날을 위한 그날의 생활 이러한 생활을 하여 가려고 하는 것일세. 왜? 인생에게는 다음 순간이 어찌될지도 모르는 오직 눈앞의 허무스러운 찰나가 있을 따름일 터이니깐!

나는 지금에 한 사람의 훌륭한 한 숙련 직공일세. 사회에 처하여 당당한 유직자有職者일세. 고향에 있을 때 조금 배워둔 도포업塗布業이 이곳에 와서 끊어져 가던 나의 목숨을 이어 주네. 써먹을 줄 어찌 알았겠나? 지금 나는 ○○조선소 건구도공부建具塗工部에 목줄을 매고 있네. 급료 말인가? 하루에 1원 50전 한 달에 45원. 이 한 몸뚱이가 먹고 살기에는 너무나 많은 돈이 아니겠나? 나는 남는 돈을 저금이라도 하여 보려 하였으나 인생은 허무인데 그것 무엇 그럴 필요가 있나? 언제 죽을지 아는 이 몸이라고 아주 바로 지금을 다하고 그것 다 내게는 주제넘은 일일세. 나의 주린 창자를 채우고 남는 돈의 전부를 술과 그리고 도박으로 소비해 버리고 마는 것일세. 얻어도 술! 잃어도 술! 지금 나의 생활이 술과 도박이 없다 할진댄 그야말로 전혀 제로에 가깝다고 해도 과언이 아니겠네.

고향에도 봄이 왔겠지. 아! 고향의 봄이 한없이 그립네그려! 골목이 '앵도 지리 버찌'[5] 장사 다니고 개천가에 달래 장사 헤매는 고향의 봄이 그립기 한이 없네그려. 초저녁 병문屛門[6]에 창자를 끊는듯한 처량한 날라리소리, 젖빛 하늘에 떠도는 고향의 봄이 더욱 한없이 그리워 산 설고 물 설은 이 땅에도 봄은 찾아와서 지금 내가 몸을 의지하고 있는 이 움집들 다닥다닥 붙은 산비탈도 엷은 양광陽光에 씻기워 가며 종달새 노래에 기지개 펴고 있는 것일세. 이때에 나는 유쾌하게 일하고 있는 것일세. 이 세상을 괴롭게 구는 봄이 밖에 왔건만 그것은 나와는 아무 관계가 없다는 듯이 소리 높이 목청 놓아 노래 부르며 떠들며 어머님 근심도 집의 근심도 또 고향 근심도 아무것도 없이 유쾌하게 일하고 있는 것일세.

어머님이 돌아가시던 그 움집은 나의 눈으로는 보기도 싫었네. 그리하여 나는 새로이 건너온 사람에게 그 움집을 넘기고 그곳에서 좀 뚝 떨어져서 새로이 움집을 하나 또 지었네. 그러나 그 새 움집 속에서는 누구라 나의 돌아오기를 기다리고 있겠나? 참으로 아무도 없는 것일세. 나는 일터에서 나오는 대로 밤이 깊도록 그대로 시가지를 정신없이 헤매다가 그야말로 잠을 자기 위하여 그 움집을 찾아들고 하는 것일세. 그러나 내가 거리 한 모퉁이나 공원 벤치 위에서 밤새운 것도 한두 번이 아닌 것은 말할 것도 없네.

자네는 지금 나의 찰나적으로 타락된 생활을 매도할는지도 모르겠네. 그러나 설사 자네가 나를 욕하고 꾸지람을 한다 하더라도 어찌할 수 없는 일일세. 지금 나의 심정의 참 깊은 속을 살펴 알 사람은 오직 나를 제하고 아무도 없는 것이니깐. 원컨대 자네는 너무나 나를 책망 질타만 말고서 이 나의 기막힌 심정의 참 깊은 속을 조금이라도 살펴주기를 바라네.

어머님이 돌아가신 지도 벌써 두 주일이 넘었네그려. 그 즉시로 자네에게 이 비참한 소식을 전하여 주려고도 하였으나 자네 역시 짐작할 일이겠지만

도무지 착란된 나의 머리와 손끝으로는 도저히 한자를 그릴 수가 없었네. 그래서 이렇게 늦은 것도 늦은 것이겠으나 아직도 나의 그 극도로 착란되었던 머리는 완전히 진정되지 못하였네. 요사이 나의 생활 현상 같아서야 사람이 사는 것이 무슨 의의가 있는 것이겠으며 또 사람이 살아야만 하겠다는 것도 무슨 까닭인지 도무지 알 수가 없네. 오직 모든 것이 우습게만 보이고 하잘것없이만 보이고 가치 없이만 보이고 순간에서 순간으로 옮기는 데에만 무엇이고 있다는 의의가 조금이라도 있는 것인 듯하기만 하네. 나의 요즈음 생활은 나로서도 양심의 가책을 전연 받지 않는 것도 아닐세. 그러나 지금의 나의 어두워진 가슴에 한 줄기 조그마한 빛깔이라도 돌아올 때까지는 이러한 생활을 계속하지 아니하면 아니 되겠네. 설사 이 당분간이라는 것이 나의 눈을 감는 전 순간까지를 가리키는 것이 된다 하더라도……

어머님의 돌아가심에 대하여는 물론 영양부족으로 말미암은 극도의 쇠약과 도에 넘치는 기한飢寒이 그 대부분의 원인이겠으나 그러나 그 직접 원인은 생전 못하여 보시던 장시간의 여행 끝에 극도로 몸과 마음의 흥분과 피로를 가져온데다가 토질이 다른 물과 밥으로 말미암은 일종의 토질 비슷한 병에 걸리신 데 있는 것이라고 생각하네. 평소에 그다지 뛰어난 건강을 가지셨다고는 할 수 없었으나 별로 잔병치레를 하지도 아니하여 계시던 어머님이 이번에 이렇게 한 번에 힘없이 쓰러지실 줄은 참으로 꿈밖에도 생각 못하였던 바야. 돌아가실 때에도 역시 아무 말도 아니하시고 오직 자식 낳아 길러서 남같이 호강은 못 시키나마 뼈마디가 빠지도록 고생시킨 것이 다시없이 미안하고 한이 된다는 말씀과 T를 못 보시며 돌아가시는 것이 또 한 가지 섭섭한 일이라는 말씀, 자네의 후정厚情을 감사하시는 말씀을 하실 따름이었네. 그리고는 그다지 몸의 고민도 없이 고요히 잠들 듯이 눈을 감으시데. 참 허무한 그러나 생각하면 우선 눈물이 앞을 가리는 어머님의 임종이었네. 어머님의 그 말들은 아직도 그 부처님 같은 어머니를 고생시킨 이 불효의 자식의 가슴을 에이는 것 같으며 내 일생 내가 눈감을 순간까지 어찌 그때 그 말씀을 나의 기억에서 사라질 수가 있겠나!

나는 일로부터 자유로이 세상을 구경하며 그날그날을 유쾌하게 살아가려고 하는 것일세. 나의 장래를 생각할 것도, 불쌍히 돌아가신 어머님을 생각할 것도 다 없다고 생각하네. 그것은 왜? 그것은 차라리 나의 못박힌 가슴에 더없는 고통을 가져오는 것이니깐! 마음 가라앉는 대로 일간 또 자세한 말 그리운 말 적어 보내겠거니와 T는 지금에 곧 내가 직접 알려줄 것이니 어머님의 세상 떠나신 데 대하여는 자네는 아무 말도 말아 주게. 자네의 정에 넘치는 글을 기다리고 아울러 자네의 더없는 건강을 빌며…… 친구 ○로부터.

M에게 보내는 편지(제3신)

M군! 내가 자네를 그리워 한없이 적조한 날을 보내는 거와 같이 자네도 또한 나를 그려 얼마나 적조한 날을 보냈나? 언제나 나는 자네의 끊임없는 건강을 알리우고 자네는 나의 또한 끊임없는 건강을 알리울 수 있는 것이 오직 우리 두 사람의 다시도 없는 기쁨이 아니겠나.

내가 고베를 떠나 이곳 나고야로 흘러온 지도 벌써 반년! 아, 고향을 떠난 지도 벌써 꿈결 같은 3년이 지나갔네그려. 그동안에 나는 무엇을 하였나. 오직 나의 청춘의 몸 닳는 3년이 속절없이 졸아들었을 따름일세그려! 고베 ○○조선소 시대의 나의 생활은 그 가운데 비록 한 분의 어머니를 잃은 설움이 있었다고는 하나 그러나 가만히 생각하여 본다면 그것은 참으로 평온 무사한 안일한 생활이었었네. 악마와 같은 이 세상에 이미 도전한 지 오래인 나로서는 이 평온 무사한 안일한 직선直線 생활이 싫증이 났네. 나는 널리 흐트러져 있는 이 살벌의 항巷[7]이 고루고루 보고 싶어졌네. 그리하여 그곳에서 사귄 그곳 친구 한 사람과 함께 이곳 나고야로 뛰어온 것일세. 두 사람은 처음에 이곳 어느 식당 보이가 되었네.

세상이 허무라는 이 불후의 법칙은 적용되지 아니하는 곳이 없네. 얼마 전 그의 공휴일에 일상에 사냥을 즐기는 그는 그의 친구와 함께 이곳에서 퍽 멀리 떨어져 있는 어느 산촌으로 총을 메고 떠나갔네. 그러나 그날 오후에 그는 그의 친구의 그릇으로 그 친구는 탄환에 맞아 산중에서 무참히 죽고 말았네. 그 친구는 겁결에 고만 어디로 도망하였으나 얼마 되지 아니하여 잡혔다고 하데. 일상에 쾌활하고 개방적이고 양기에 넘치던 그를 생각하여 다시 한번 더 세상의 허무를 느낀 것일세. 그와 나의 사귀는 동안이 비록 며칠 되지는 아니하였으나 퍽 마음과 뜻의 상통됨을 볼 수 있던 그를 잃은 나는 그래도 그곳을 획 떠나지 못하고 지금은 그 식당 헤드 쿡이 되어 가지고 있으면서 늘 그를 생각하며 어떤 때에는 이 신변이 약간의 공허까지도 느낄 적이 다 있네.

나의 지금 목줄을 매고 있는 식당은 이름이야 먹을 식자 식당일세만 그것을 먹기 위한 식당이 아니라 놀기를 위한 식당일세. 이 안에는 피아노가 놓여 있고 라디오가 있고 축음기가 몇 개씩이나 있네. 뿐만 아니라 어여쁜 여자(女給)가 20여 명이나 있으니 이곳 청등靑燈 그늘을 찾아드는 버러지의 무리들은 맨해튼과 화이트홀스[8]에 신경을 마비시켜 가지고 난조亂調의 재즈에 취하며 육향분복[肉香芬馥][9]한 소녀들의 붉은 입술을 보려고 모여드는 것일세. 공장의 기적이 저녁을 고할 때면 이곳 식당은 그런 광란의 뚝게[10]를 열기 시작하는 것일세. 음란을 극한 노래와 광대에 가까운 춤으로 어우러지고 무르녹아서 그날 밤 그날 밤이 새어 가는 것일세. 이 버러지들은 사회 전 계급을 망라하였으니 직업이 없는 부랑아·샐러리맨·학생·노동자·신문기자·배우·취한, 그러한 여러 가지 계급의 그들이나 그러한 촉감의 향락을 구하며 염가의 헛된 사랑을 구하러 오는 데에는 다 한결같이 일치하여 버리고 마는 것일세.

나는 밤마다 이 버러지들의 목을 축이기 위한, 신경을 마비시키기 위한 비료肥料 거리와 마취제를 요리하기에 여념이 없는 것일세. 나는 밤새도록 이 어지러운 소음을 귀가 해지도록 듣고 있는 것일세. 더없는 흥분과 피로를 느끼면서 나의 육체를 노예화시켜서 그들에게 제공하고 있는 것일세. 그 피로와 긴장도 지금에 와서는 다 어느덧 면역이 되고 말았네만!

나는 몇 번이나 나도 놀랄 만치 코웃음쳤는지 모르겠네. 나! 오늘까지 나 역시 그날의 근육을 판 그날의 주머니를 술과 도박에 떨고 떠는 생활을 계속하여 오던 나로서 그 버러지들을 향하여, 그 소음을 향하여 코웃음을 쳤다는 말일세. 내가 시퍼런 칼날을 들고 나의 손을 분주히 놀릴 때에 그들의 떠들고 날치는 것이 어떻게 그리 우습게 보이는지 몰랐네.

'무엇하러 저들은 일부러 술로 몸을 피로시키며 밤샘으로 정력을 감퇴시키기를 즐겨할까? 무엇하러 저들의 포켓을 일부러 털어 바치러 올까?'

이것은 전면全面 나에게 대하여 수수께끼였네. 한편으로는 그들이 어린애같이 보이고 철없어 보이고 불쌍한 생각까지 들어서.

'내가 왜 술을 먹었던가, 내가 왜 도박을 했던가, 내가 왜 일부러 나의 포켓을 털어 바쳤던가…….'

꾸짖으며 부끄러워도 하여 보았네.

'인제야 내 마음이 아마 바른길로 들었나 보다…….'

이렇게 생각하여 보았으나,

'술을 먹지 말아야지. 도박도 고만두어야지. 돈을 모아야지. 이것이 옳을까? 아, 그러나 돈은 모아서 무엇하랴. 무엇에 쓰며 누구를 주랴. 또 누구를 주면 무엇하랴.'

이러한 생각이 아직도 나의 머리에 생각되어 밤마다 모여드는 그 버러지들을 나는 한없이 비웃으면서도 그래도 나는 아직 그 타락적 찰나적 생활 기분이 남아 있는지 인생에 대한 허무와 저주를 아니 느낄 수는 없네. 그러나 이것이 나의 소생의 길일는지도 모르겠으나 때로 나의 과거 생활의 그릇됨을 느낄 적도 있으며 생에 대한 참된 의의를 조금씩이라도 알아지는 것도 같으나 이것이 나의 마음과 사상의 점점 약하여 가는 징조나 아닌가 하여 섭섭히 생각될 적도 없지 않으나 하여간 최근 나의 내적 생활 현상은 확실히 과도기를 걷고 있는 것 같으니 이때에 아무쪼록 자네의 나를 위한 마음으로의 교시와 주저 없는 편달을 바라고 기다릴 뿐일세. 이렇게 심리 상태의 정곡을 잃은 나는 요사이 무한히 번민하고 있는 것이니깐!

직업이 직업이라 밤을 낮으로 바꾸는 생활이 처음에는 꽤 괴로운 것이었으나 지금 와서는 그것도 면역이 되어서 공휴일 같은 날 일찍 드러누우면 도리어 잠이 얼른 오지 아니하는 형편일세. 그러나 물론 이러한 생활이 건강상에 좋지 못할 것은 명백한 일이니 나로서 나의 몸의 변화를 인식하기는 좀 어려우나 일상에 창백한 얼굴빛을 가지고 있는 그 소녀들이 퍽 불쌍해 보이네.

그러나 또 한편 밤잠은 못 잘망정 지금의 나는 딴 사람의 훌륭한 '쿡'으로서 누구에게도 손색이 없는 것일세. 부질없는 목구멍을 이어가기에 나는 두 가지의 획식술獲食術을 배웠구나 하는 생각을 하면 이 몸이 한없이 애처롭기도 하네! 쿡이니만큼 먹기는 누구보다도 잘 먹으며 또 이 식당 안에서는 그래 당당한 세력을 가지고 있는 것일세. 내가 몹시 쌀쌀한 사람이라 그런지 여급들도 그리 나를 사귀려고도 아니하나 들은즉 그들 가운데에도 퍽 고생도 많이 하고 기구한 운명에 쫓겨온 불쌍한 사람도 많은 모양이야.

이 쿡 생활이 언제까지나 계속되겠으며 또 이 나고야에 언제까지나 있을지는 나로서도 기필할 수 없거니와 아직은 이 쿡 생활을 그만둘 생각도 나고야를 떠날 계획도 아무것도 없네. 오직 운명이 가져올 다음의 장난은 무엇인지 기다리고 있을 따름일세. 처음 고베에 닿았을 때, 그곳 누군가가 말한 것과 같이 날이 가고 달이 가면 차차 관계치 않으리라 하더니 참으로 요사이는 고향도 형제도 친구도 다 잊었는지 별로 꿈도 안 꾸어지네. 오직 자네를 그리워하는 외에는 그저 아무나 만나는 대로 허허 웃고 사는 요사이의 나의 생활은 그다지 나로 하여금 적막과 고독을 느끼게 하지도 않네. 차라리 다행으로 여길까?

이곳은 그다지 춥지는 않으나 고향은 무던히 추우렷다. T는 요사이 어찌나 살아가며 엄이가 그렇게 재주가 있어서 공부를 잘한다니 T 집안을 위해서나 널리 조선을 위해서나 또 한번 기뻐할 일이 아니겠나? 자네의 나를 생각하여주는 뜨거운 글을 기다리고 아울러 자네의 건강을 빌며. ○로부터.

M에게 보내는 편지(제4신)

태양은—언제나 물체들의 짧은 그림자를 던져준 적이 없는 그 태양을 머리에 이고—였다느니보다는 비뚜로 바라다보며 살아가는 곳이 내가 재생하기 전에 살던 곳이겠네. 태양은 정오에도 결코 물체들의 짧은 그림자를 던져주기를 영원히 거절하여 있는—물체들은 영원히 긴 그림자만을 가짐에 만족하고 있지 아니하면 아니 될—그만큼 북극권에 가까운 위경도緯經度의 숫자를 소유한 곳—그곳이 내가 재생하기 전에 내가 살던 참으로 꿈 같은 세계이겠네. 원시를 자랑스러운 듯이 이야기하며 하늘의 높은 것만 알았던지 법선法線[11]으로만 법선으로만 이렇게 울립鬱立하여 있는 무수한 침엽수들은 백중천중百重千重으로 포개져 있는 잎새 사이로 담황색 태양광을 황홀한 간섭작용으로 투과시키고 있는 잠자고 있는 듯한 광경이 내가 재생하기 전에 살던 그 나라 그 북극이 아니면 어느 곳에서도 얻어볼 수 없는 시적 정조인 것이겠네. 오로지 지금에는 꿈—꿈이라면 너무나 깊이가 깊고 잊어버리기에 너무나 감명感銘 독한 꿈으로만 나의 변화만은 생의 한 조각답게 기억되네만 그 언제나 휘발유 찌꺼기 같은 값싼 음식에 살찐 사람의 지방 빛 같은 그 하늘을 내가 부득이 연상할 적마다 구름 한 점 없는 이 청천을 보고 있는 나의 개인 마음까지 지저분한 막대기로 휘저어 놓는 것 같네. 그것은 영원히 나의 마음의 흐리터분한 기억으로 조금이라도 밝은 빛을 얻어 보려고 고달 파 하는 나의 가엾은 노력에 최후까지 수반될 저주할 방해물인 것일세.

나의 육안의 부정확한 오차를 관대히 본다 하더라도 그것은 25도에는 내리지 않을 치명적 슬로프(傾斜)였을 것일세. 그 뒷둑뒷둑하는 위험하기 짝이 없는 궤도 위의 바람을 쪼개고 맥진驀進[12]하는 '토로코'[13] 위에 내 몸을 싣는다는 것은 전혀 나의 생명을 그대로 내던지려는 것과 조금도 다름없는 것일세. 이미 부정된 생을 식도食道라는 질긴 줄에 포박당하여 억지로 질질 끌려가는 그들의 '살아간다는 것'은 그들의 피부와 조금도 질 것 없이 조금 만치의 윤택도 없는 '짓'이 아니고 무엇이겠나. 그들의 메마른 인후咽喉를 통 과하는 격렬한 공기의 진동은 모두가 창조의 신에 대한 최후의 모멸의 절규 인 것일세. 그 음울한 소리를 들을 수 있는 사람은 누구나 다 싫다는 것을 억지로 매질을 받아 가며 강제되는 '삶'에 대하여 필사적 항의를 드리지 않을 사람이 어디 있겠나? 오직 그들의 눈에는 천고의 백설을 머리 위에 이고 풍우 로 더불어 이야기하는 연산의 봄도라지들도 한낱 악마의 우상밖에 아무것 으로도 보이지 않는 것일세. 그때에 사람의 마음은 환경의 거울이라는 것이 아니겠나?

나는 재생으로 말미암아 생에 대한 새로운 용기와 환희를 한 몸에 획득한 것 같은 지금의 나로 변하여 있는 것일세. 그러기에 전세의 나를 그 혈사血 史를 고백하기에 의외의 통쾌와 얼마의 자만까지 느끼는 것이 아니겠나? 내 가 그 경사 위에서 참으로 생명을 내던지는 일을 하던 그 의식 없던 과정을 자네에게 쏟아뜨리는 것도 필연컨대 그 용기와 그 기쁨에 격려된 한 표상이 아닐까 하는 것일세.

그때까지의 나의 생에 대한 신념은—구태여 신념이 있었다고 하면 그것 은 너무나 유희적이었음에 놀라지 아니할 수 없네.

'사람이 유희적으로 살 수가 있담?'

결국 나는 때때로 허무 두 자를 입 밖에 헤뜨리며 거리를 왕래하는 한 개 조그마한 경멸할 니힐리스트였던 것일세. 생을 찾다가, 생을 부정했다가 드디어 처음으로 귀의하여야만 할 나의 과정은—나는 허무에 귀의하기 전에 벌써 생을 부정하였어야 될 터인데—어느 때에 내가 나의 생을 부정했던 가…… 집을 떠날 때! 그때는 내가 줄기찬 힘으로 생에 매달리지 않았던가? 그러면 어머님을 잃었을 때! 그때 나는 어언간 무수한 허무를 입 밖에 방산 시킨 뒤가 아니었던가? 그사이! 내가 집을 떠날 때부터 어머님을 잃을 때까 지 그사이는 실로 짧은 동안…… 뿐이랴! 그동안에 나는 생을 부정해야만 할 아무런 이유도 가지지 않았던가? 생을 부정할 아무 이유도 없이 앙감질 [14]로 허탄히 허무를 질질 흘려 왔다는 그 희롱적 나의 과거가 부끄럽고 꾸지 람하고 싶은 것일세. 회한을 느끼는 것일세.

'생을 부정말 아무 이유도 없다. 허무를 운운할 아무 이유도 없다. 힘차 게 살아야만 하는 것이…….'

재생한 뒤의 나는 나의 몸과 마음에 채찍질하여온 것일세. 누구는 말하였 지.

'신에게 대한 최후의 복수는 내 몸을 사바로부터 사라뜨리는 데 있다'고. 그러나 나는 '신에게 대한 최후의 복수는 부정되려는 생을 줄기차게 살아가 는 데 있다' 이렇게…….

또한 신뢰迅雷와 같이 그 슬로프를 내려 줄이고 있는 얼마 안 되는 순간 에, 어떠한 순간이었네. 내 귀에는 무서운 소리가 들려왔어.

"○야. 뛰어내려라 죽는다……."

"네 뒤 '토로'[15]가 비었다. 뛰어내려라!"

나는 거의 본능적으로 고개를 돌렸네. 과연 나의 뒤를 몇 칸 안 되게까지 육박해온—반드시 조종하는 사람이 있어야만 할 그 토로에는 사람이 없는 것이었네. 나는 브레이크를 놓았네. 동시에 나의 토로도 무서운 속도로 나의 앞에 가는 토로를 육박하는 것이었네. 나는 토로 위에서 필사적으로 부르짖었네.

"야! 앞의 토로야. 브레이크를 놓아라. 충돌된다. 죽는다. 내 토로에는 사람이 없다. 브레이크를 놓아라……."

그러나 앞의 토로는 브레이크를 놓을 수는 없었네. 그것은 레일이 끝나는 종점에 거의 가까이 닿았으므로 앞의 토로는 도리어 브레이크를 눌러야만 할 필요에 있는 것이었네.

"내가 뛰어내려. 그러면 내 토로의 브레이크는 놓아진다. 그러면 내 토로는 앞의 토로와 충돌된다. 그러면 앞의 놈은 죽는다……."

나는 뒤를 또 한번 돌아다보았네. 얼마 전에 놀래어 브레이크를 놓은 나의 토로보다도 훨씬 먼저 브레이크가 놓아진 내 뒤 토로는 내 토로 이상의 가속도로 내 토로를 각각으로 육박해와서 이제는 한두 간 뒤—몇 초 뒤에는 내 목숨을 내던져야 될 (참으로) 충돌이 일어날—그렇게 가깝게 육박해 있는 것이었네.

'뛰어내리지 아니하고 이대로 있으면 아무리 브레이크를 놓아도 나는 뒤 토로에 충돌되어 죽을 것이다. 뛰어내려? 그러면 내가 뛰어내린 그 토로와 그 뒤를 육박하던 빈 토로는 충돌될 것이다. 다행히 선로 바깥으로 굴러떨어지면 좋겠지만 선로 위에 그대로 조금이라도 걸쳐 놓인다면 그 뒤를 따르던 토로들은 이 가빠진 토로에 충돌되어 쓰러지고 또 그 뒤를 따르던 토로는 거기서 충돌되고, 또 그 뒤를 따르던 토로는 거기서 충돌되고, 이렇게 수없는 토로들은 뒤로 뒤로 충돌되어 그 위에 탔던 사람들은 죽고 다치고……!'

나는 세 번째 또한 거의 본능적으로 뒤를 돌아다보았네. 그러나 다행히 넷째 토로부터 앞에 올 위험을 예기하였던지 브레이크를 벌써 눌러서 멀리 보이지도 않을 만큼 떨어져서 가만 가만히 내려오고 있는 것이었네. 다만 화산의 분화를 바라보고 있는 사람의 눈초리와 같은 그러한 공포에 가득 찬 눈초리로 멀리 앞을, 우리들을 바라다보고 있는 것이네. 그때에,

'뛰어내리자. 그래야만 앞의 사람이 산다…….'

내가 화살 같은 토로에서 발을 떼려는 순간 때는 이미 늦었네. 뒤에 육박해오던 주인 없는 토로는 무슨 증오가 나에게 그리 깊었던지 젖 먹은 기운까지 다하는 단말마의 야수같이 나의 토로에 거대한 음향과 함께 충돌되고 말았네 그 순간에 우주는 나로부터 소멸되고 다만 오랜 동안의 무無가 계속되었을 뿐이었다고 보고할 만치 모든 일과 물건들은 나의 정신권 내에 있지 아니하였던 것일세. 다만 재생한 후 멀리 내 토로의 뒤를 따르던 몇 사람으로부터 '공중에 솟았던' 나의 그후 존재를 신화삼아 들었을 뿐일세.

재생되던 첫 순간 나의 눈에 비처진 나의 주위의 더러운 광경을 나는 자네에게 이야기하고 싶지 않네. 그것은 그런 것을 쓰고 있는 동안에 나의 마음에 혹이나 동요가 생기지나 아니할까 하는 위험스러운 의문에서—그러나 나의 주위에 있는 동무들의 참으로 근심스러워 하는 표정의 얼굴들이 두 번째로 나의 눈에 비쳤을 때의 의식을 잃은 나의 전 몸뚱어리에서 다만 나의 입만이 부드럽게—참으로 고요히—참으로 착하게 미소하는 것을 내 눈으로도 보는 것 같았네. 나는 감사하였네. 신에게보다도 우선 그들 동무들에게—감사는 영원히 신에게 드림 없이 그 동무들에게만 그치고 말는지도 몰라. 내 팔이 아직도 나의 동체에 달려 있는가 만져 보려 하였으나 그 팔 자신이 벌써 전부터 생리적으로 움직일 수 없는 것이 된 지 오래였던 모양이데. 나는 다시 그들 동무들에게 감사하며 환계幻界 같은 꿈속으로 깊이 빠지고 말았네. 나는 어머니에게 좀더 값있는 참다운 삶을 살 수 있게 하지 못한 '내'가 악마(신이 아니라)에게 무수히 매 맞는 것을 보았네. 그리고 나는 '나'에게 욕하였고 경멸하였네. 그리고 나는 좀더 건실하게 살지 않았던 쿡 생활 이후의 '내'가 또한 악마에게 매 맞는 것을 보았네. 그리고 나는 나에게 욕하

였고 경멸하였네. 그리고 생에 새로운 참다운 의의와 신에 대한 최후적 복수의 결심을 마음속으로 깊이 암송하였네. 그 꿈은 나의 죽은 과거와 재생 후의 나 사이에 형상 지어져 있는 과도기에 의미 깊은 꿈이었네. 하여간 이를 갈아 가며라도 살아가겠다는 악지[16]가 나의 생에 대한 변경시키지 못할 신념이었네. 다만 나의 의미 없이 또 광명 없이 그대로 삭제되어버린 과거—나의 인생의 한 부분을 섧게 조상弔喪하였을 따름일세.

털끝만한 인정미도 포함하고 있지 아니한 바깥에 부는 바람은 이 북국에 장차 엄습하여올 무서운 기절期節[17]을 교활하게 예고하고 있는 것이나 아니겠나? 번개같이 스치는 지난 겨울, 이곳에서 받은 나의 육체적 고통의 기억의 단편들은 눈 깜박할 사이에 무죄한 나를 전율시키는 것일세. 이 무서운 기절이 이 나라에 찾아오기 전에 어서 이곳을 떠나서 바람이나마 인정미(비록 그러한 사람은 못 만나더라도) 있는 바람이 부는 곳으로 가야 할 터인데 나의 몸은 아직도 전연 부자유에 비끄러매여 있네. 그것은 육체적으로나 정신적으로나 의사 하는 사람은 나의 반드시 원상대로의 복구를 예언하데만 그러나 행인지 불행인지 나는 방문 밖에서,

"절뚝발이는 아무래도 면치 못하리라."

이렇게 근심(?)하는 그들의 말소리를 들었네그려.

'만일에 내가 그들의 이 말과 같이 참으로 절뚝발이가 되고 만다하면……'

나는 이 생각을 하며 내 마음이 우는 것을 느끼네.

'절뚝발이.'

여태껏 내 몸 위에 뒤집어씌워져 있던 무수한 대명찰代名札 외에 나에게는 또 이러한 새로운 대명찰 하나가 더 뒤집어지는구나. 어디까지라도 깜깜한 암흑에 지질리워[18] 있는 나의 앞길을 건너다보며 영원히 나의 신변에서 없어진 등불을 원망하는 것일세. 절뚝발이도 살 수 있을까? 절뚝발이도 살게 하

는 그렇게 관대한 세계가 지상에 어느 한 귀퉁이에 있을까? 자네는 이 속 타는 나의 물음, 아니 차라리 부르짖음에 대하여 대답할 무슨 재료, 아니 용기라도 있겠는가?

북국 생활 7년! 그동안에 나는 지적으로나 덕적德的으로나 많은 교훈을 얻은 것은 사실일세. 머지 아니한 장래에 그전에 나보다 확실히 더 늙은 절뚝발이의 내가 동경에 다시 나타날 것을 약속하네. 그곳에는 그래도 조금이라도 따뜻한 나의 식어빠진 인생을 조금이라도 덥혀줄 바람이 불 것을 꿈꾸며 줄기차게 정말 악마까지도 나를 미워할 때까지 줄기차게 살겠다는 것도 약속하네. 재생한 나이니까 물론 과거의 일체 추상醜相은 곱게 청산하여 버리고 박물관 내의 한 권의 역사책으로 하여 가만히 표지를 덮는 것일세. 모든 새로운 광채 찬란한 역사는 이제로부터 전개할 것일세. 하면서도,

'절뚝발이가?……'

새로이 방문하여 오는 절망을 느끼면서도 아직 나는 최후까지 줄기차게 살 것을 맹세하는 것일세. 과거를 너무 지껄이는 것이 어리석은 일이라면 장래를 너무 지껄이는 것도 어리석은 일일 것일세.

M군! 자네가 편지를 손에 들고 글자 글자를 자네 눈에 통과시킬 때, 자네 눈에 몇 방울 눈물이 있으리란 추측이 그렇게 억측일까? 그러나 감히 바란다면 '첫째로는 자네의 생에 대한 실망을 경계할 것이며 둘째로는 나의 절뚝발이에 대하여 형식적 동정에 그칠 것이요, 결코 자살적 비애를 느끼지 말 것들'이겠네. 그것은 나의 지금 이 '줄기차게 살겠다는' 무서운 고집에 조그마한 실망적 파동이라도 이끌어 올까 두려워서…… 나의 염세에 대한 결사적 투쟁은 자네의 신경을 번잡케 할 만치 되어 나아갈 것을 자네에게 약속하기를 꺼리지 아니하네. 자네의 건강을 비는 동시에 못 면할 이 절뚝발이의 또한 건강이 있기를 빌어 주기를 은근히 바라며. ○로부터.

M에게 보내는 편지(제5신)

자네의 장문의 편지 그 가운데에 오직 자네의 건강을 전하는 구절 외에는 글자 글자의 전부가 오직 나의 조소를 사기 위한 외에 아무 매력도 가지지 아니한 것들이었네. 자네는 왜 남에게 의지하여 살아가려 하는가. 남에게 의지하여 살아간다는 것은 곧 생에 대한 권리를 그 사람 위에 가져올 자포자기의 짓이라는 것을 어찌 모르는가? 일조일석 많은 재물을 탕진시켜 버렸다 하여 자네는 자네 아버지를 무한히 경멸하며 나중에는 부수적으로 따라오는 절망까지 하소연하지 아니하였는가? 그것이 자네가 스스로 구실을 꾸며 가지고 나아가서 자네의 애를 써 잘 경영되어 나오던 생을 구태여 부정하여 보려는 것이 아니고 무엇이겠나? 그것은 비겁한 동시에(모든 비겁이 하나도 죄악 아닌 것이 없는 것과 같이) 역시 죄악인 것일세.

어렵거든, 혹은 나의 말이 우의적으로 좋지 않게 들리거든 구태여라도 운명이라고 그렇게 단념하여 주게. 그것도 오직 자네에게 무한한 사랑을 받고 있는 나의 자네에 대한 무한한 사랑에서 나온 것인만큼 나는 자네에게 인생의 혁명적으로 새로운 제2차적 스타일을 충고치 아니할 수 없는 것일세. 그리고 될 수만 있으면 이 운명이라는 요물을 신용치 말아 주기를 바라는 것일세. 이렇게 말하는 나 자신부터도 이 운명이라는 요물의 다시없는 독신자篤信者이면서도……

'운명의 장난?'

하, 그런 것이 있을 수가 있나. 있다면 너무나 운명의 장난이겠네.

M군! 나는 그동안 여러 날을 두고 몹시 앓았네. 무슨 원인인지 나도 모르게, 이 원인 알 수 없는 병이 나의 몸을 산 채로 더 삶을 수 없는 데까지 삶아 가지고는 죽음의 출입구까지 이끌어 갔던 것일세. 그때에 나의 곱게 청산하여 버렸던 나의 정신 어느 모에도 남아 있지 않아야만 할 재생하기 전에 일어났던 일까지도 재생 후의 그것과 함께 죽 단열單列로 나의 의식 앞을 천

천히 지나가고 있는 것이었네. 그리고 나는 반 의식의 나의 눈으로 그 행렬 가운데서 숨차게 허덕이던 과거의 나를 물끄러미 바라다보고 있던 것이었네. 그것은 내 눈에 너무도 불쌍한 꼴로 나타났기 때문에, 아! 그것들은,

'이것이 죽은 것인가 보다. 적어도 죽어 가는 것인가 보다…….'

이렇게 몽롱히 느끼면서도,

'죽는 것이 이렇기만 하다면…….'

이런 생각도 나서 일종의 통쾌까지도 느낀 것 같으며 그러나 죽어 가는 나의 눈에 비치는 과거의 나의 모양 그 불쌍한 꼴을 보는 것은 확실히 슬픈 일일 뿐 아니라 고통이었네. 어쨌든 나를 간호하던 이 집 주인의 말에 의하면 무엇 나는 잠을 자면서도 늘 울고 있더라던가…….

'이것이 죽는 것이라면…….'

이렇게 그 꼴사나운 행렬을 바라보던 나의 머리 가운데에는 내가 사랑에 주려 있는 형제와 옛 친구를 애걸하듯이 그리며 그 행렬 가운데에 행여나 나타나기를 무한히 기다렸던 것일세. 이 마음이 아마 어떤 시인의 병석에서 부른,

'얼른 이때 옛 친구 한번씩 모두 만나둘 거나.'

하던 그 시경詩境에 노는 것이나 아닌가 하였네.

순전한 하숙이라만 볼 수도 없으나 그러나 괴상한 성격을 각각 가진 사람들이 많이 모여 있는 지금의 나의 사는 곳일세. 이곳 주인은 나보다 퍽 연배에 속하는 사람으로 그의 일상생활 양樣으로 보아 나의 마음을 끄는 바가 적자않았으되 자세한 것은 더 자세히 안 다음에 써보내겠거니와 하여간 내가 고국을 떠나 자네와 눈물로 작별한 후로 처음으로 만난 가장 친한 친구의 한 사람으로 사귀고 있는 것일세. 그와 나는 깊이깊이 인생을 이야기하였으며 나는 그의 말과 인격과 그리고 그의 생애에 많은 경의로써 대하고 있는 중일세.

운명의 악희가 내게 끼칠 프로그램은 아직도 다하지 아니하였던지 나는 그 죽음의 출입구까지 다녀온 병석으로부터 다시 일어났네. 생각하면 그동안에 내가 흘린 '땀'만 해도 말[斗]로 계산할 듯하니 다시금 푹 젖은 욧바닥을 내려다보며 이 몸의 하잘것없는 것을 탄식하여 마지않았으며 피 비린 냄새 나는 눈망울을 달음박질시켜 가며 불려 놓았던 나의 포켓은 이번 병으로 말미암아 많이 줄어들었네. 그러나 병석에서도 나의 먹을 것의 걱정으로 말미암아 나의 그 포켓을 건드리게 되는 주인의 동정이 너무나 컸던 것일세. 지금도 그의 동정을 받고 있을 뿐이야. 앞으로도 길이 그의 동정을 받지 않으리라고는 단언할 수 없으며.

　　'돈을 모아 볼까.'

　　내가 줄기차게 살아 보겠다는 결심으로 모은 돈을 남의 동정을 받아 가면서도 쓰기를 아까워하는 나의 마음의 추한 것을 새삼스레 발견하는 것 같아서 불유쾌하기 짝이 없네. 동시에 나의 마음이 잘못하면 허무주의에 돌아가지나 아니할까 하여 무한히 경계도 하고 있었네.

　　M군! 웃지 말아 주게. 나는 그동안에 의학 공부를 시작하였네. 그것은 내가 전부터 그 방면에 취미가 있었다는 것도 속일 수 없는 일이겠으나 또 의사인 자네를 따라가고 싶은 가엾은 마음에서 그리 한 것이라고 말하고 싶은 것도 속일 수 없는 일이겠네. 모든 것이 다 그 줄기차게 살아가겠다는 가엾은 악지에서 나온 짓이라는 것을 생각하고 부드러운 미소로 칭찬하여 주기를 바라는 것일세. 또다시 생각하면 나의 몸이 불구자이므로 세상에 많은 불구자를 동정하고자 하는 마음에서 그러는 것인지도 모르겠으나 내가 불구자인 것이 사실인 만큼 내가 의학 공부를 시작한 것도 자네에게는 너무나 돌연적이겠으나 역시 사실인 것을 어찌하겠나? 여기에도 나는 주인의 많은 도움을 받아 오는 것을 말하여 두거니와 하여간 이 새로운 나의 노력이 나의 앞길에 또 어떠한 운명을 늘어놓도록 만드는지 아직은 수수께끼에 붙일

수밖에 없네.

　불쌍한 의문에 싸였던 그 '정말 절뚝발이가 될는지'도, 끝끝내는 한 개의 완전한 절뚝발이로 울면서 하던 예언에 어기지 않은 채 다시금 동경 시가에 나타났네그려! 오고 가는 사람이 이 가엾은 '인생의 패배자' 절뚝발이를 누구나 비웃지 않고는 맞고 보내지 아니하는 것을 설워하는 불유쾌한 마음이 나는 아무리 용기를 내어 보았으나 소제시킬 수가 없이 뿌리 깊이 박혀 있네그려.

　'영원한 절뚝발이. 그러나 절뚝발이의 무서운 힘을 보여줄 걸 자세히 보아라.'

　이곳에서도 원한과 울분에 짖는 단말마의 전율할 신에 대한 복수의 맹서를 볼 수 있는 것일세. 내 몸이 이렇게 악지를 쓸 때에 나는 스스로 내 몸을 돌아다보며 한없는 연민과 고독을 느끼는 것일세. 물에 빠져 애쓰는 사람의 목이 수면 위에 솟았을 때 그의 눈이 사면의 무변대해임을 바라보고 절망하는 듯한 일을 나는 우는 것일세. 그때마다 가장 세상에 마음을 주어 가까운 사람에게 둘러싸여 따뜻한 이불 속에 고요히 누워서 그들과 또 나의 미소를 서로 교환하는 그러한 안일한 생활이 하루바삐 실현되기를 무한히 꿈꾸고 있는 것일세. 그것은 즉시로 내 몸을 깊은 노스탤지어에 빠뜨려서는 고향을 꿈꾸게 하고 친구를 꿈꾸게 하고 육친과 형제를 꿈꾸게 하도록 표상되는 것일세. 나는 가벼운 고통 가운데에도 눈물겨운 향수의 쾌감을 눈 감고 가만히 느끼는 것일세.

　나고야의 쿡 생활 이후로 전전 유랑의 7년 동안 한 번도 거울을 들여다본 적이 없던 나는 절뚝발이로 동경에 돌아와서 처음으로 거울에 비치는 나의 모양이 나로서도 놀라지 않을 수 없을 만치 그렇게도 무섭게 변한 데에 '악!' 소리를 지르지 아니할 수 없었네. 그것은 청춘—뿐이랴! 인생의 대부분을 박탈당한 썩어 찌그러진 흠집[傷痕]투성이의 값없는 골동품인 나였던 것일세.

그때에도 나는 또한 나의 동체를 꽉 차서 치밀어 올라오는 무거운 피스톤에 눌리는 듯한 절망에 빠졌네. 그러나 즉시 그것은 나에게 아무것도 아니하는 것을 가르쳐 주며 이 패배의 인간을 위로하며 격려하여 주데. 그때에,

'그러면 M군도…… 아차, T도!'

이런 생각이 암행열차暗行列車같이 나의 허리를 스쳐 갔네. 별안간 자네의 얼굴이 보고 싶어서 환등을 보는 어린 아해의,

'무엇이 나올까?'

하는 못생긴 생각에 가득 찼네. 그래서 나도 자네에게 나의 근영을 한 장 보내거니와 자네도 나의 환등을 보는 어린 아해 같은 마음을 생각하여 자네의 최근 사진을 한 장 보내 주기를 바라네. 물론 서로 만나 보았으면 그 위에 더 시원하고 반가울 일이 있겠나만 기필치 못할 우리의 운명은 지금도 자네와 나, 두 사람의 만날 수 있는 아무 방책도 가르쳐 주지 않네그려!

내가 주인에게 그만큼 나의 마음을 붙일 수까지 있었으리만큼 아직 나는 아무 데로도 옮길 생각은 없네. 지금 생각 같아서는 앞으로 얼마든지 이 곳에 있을 것 같으니까 나에게 결정적 변동이 없는 한 자네는 안심하고 이곳으로 편지하여 주기를 바라네. T는 요즈음 어떠한가? 여전히 적빈에 심신을 쪼들리우고 있다 하니 그도 한 운명에 맡길 수밖에 없지 않겠나?

나의 안부 잘 전하여 주게. 내가 집을 떠나 10년 동안 T에게 한 장 편지를 직접 부치지 아니한 데 대하여서는, 나의 마음 가운데에 털끝만치라도 T에게 악의가 있지 아니한 것은 물론 자네가 잘 알고 있으니깐. 자네의 사진이 오기를 기다리며, 또 자네의 여전한 건강을 빌며, 영원한 절뚝발이 ○로부터.

벗어나려고 애쓰는 환경일수록 그 환경은 그 사람에게 매달려 벗어나지를 않는 것이다. T가 아무리 그 적빈을 벗어나려고 애써 왔으나 형과 갈린 지 십유여 년인 오늘까지도 역시 그 적빈을 면할 수는 없었다. 아버지의 불의의 실패가 있기 전까지도 그래도 그곳에서는 상당히 물적으로 유족한 생활을 하고 있던 M군의 호의로 T가 결정적 직업을 가지게 되지 못하였다 할진댄 세상에서, 더욱이 가난한 사람은 더욱 가난해지지 않으면 아니 되게 변하여 가는 세상에서 T의 가족들은 그날그날의 목을 축일 것으로 말미암아 더욱이나 그들의 머리를 썩히지 않을 수 없었을 것이다. 그러나 다행히 위험성 적은 생계를 경영해 나간다고는 하여도 역시 가난, 그것을 한 껍데기도 면치 못한 것은 말할 것도 없다. 행인지 불행인지 T의 아내는 업이 하나를 낳은 뒤로는 사나이도 계집아이도 낳지 못하였다. 그리하여 T의 가정은 쓸쓸하였다. 그러나 다만 세 식구밖에 안 되는 간단한 가정으로도 그때나 이때나 존재하여 왔던 것이다.

전번 가운데에서 출생한 업이가 반드시 못났으리라고 추측한다면 그것은 전연 사실과 반대되는 추측일 것이다. 업이는 그 아버지 T에게서도 또 그외에 그 가족의 누구에게서도 찾아볼 수 없을 만치 영리하고 예민한 재질과 풍부한 두뇌의 소유자로 태어났던 것이다. 과연 업이는 어려서부터 간기痼氣[19]로 죽을 뻔 죽을 뻔하면서 겨우 살아났다. 그러나 지금에는 건강한 몸이 되었다. T의 적빈한 가정에는 그들에게 다시없는 위안거리였고 자랑거리였다. T의 부처는 업이가 어려서부터 죽을 것을 근근이 살려 왔다는 이유로도 또 남의 자식보다 잘나고 똑똑하다는 이유로도, 그 가정의 자랑거리라는 이유로도, 그 아들의 덕을 보겠다는 이유로도 그들의 줄 수 있는 최절정의 사랑을 업에게 바쳐 왔던 것이다.

양육의 방침이 그 양육되는 아이의 성격의 거의 전부를 결정한다면 교육의 방침도 또한 그의 성격에 적지 아니한 관계를 끼칠 것이다. 업이는 적빈한 가정에 태어났으나 또한 M군의 호의로 받을 만큼의 계제적階梯的[20] 교육을 받아 왔다. 좋은 두뇌의 소유자인 업에게 대하여 이 교육은 효과 없지 않을 뿐이랴! 무엇에든지 그는 남보다 먼저 당할 줄 알고 남보다 일찍 알 줄 알고 남보다 일찍 느낄 줄 아는 혁혁한 공적을 이루었다. M군이 해외에 있는 그 친구에게 보내는 편지마다 자기의 공로를 자랑하는 의미를 떠난 더없는 칭찬도 칭찬이었거니와 학교 선생이나 그들 주위의 사람들은 누구나 다 최고의 칭찬하기를 아끼지 아니하여 왔던 것이다. T에게는 이것이 몸에 넘치는 광영인 것은 물론이요 그러므로 업이는 T의 둘도 없는 자랑거리요 보물이었던 것이다.

'훌륭한 아들을 가진 사람.'

이와 같은 말들은 T로 하여금 업을 위하여야 하는 것은 물론이요 이와 같은 말을 영구히 몸에 받기 위하여서는 업이를 T의 상전으로 위하게까지 시키었다. 너무 과도한 칭찬의 말은 T에게 기쁨을 줄 뿐만 아니라 T에게 또한 무거운 책임도 주는 것이었다.

'이 아들을 위해야 한다…….'

업을 소유한 아버지의 T씨가 아니었고 T씨를 소유한 아들이었던 것이다. 업은 T씨가 가장 그 책임을 다하여야만 하고 그 충실을 다하여야만 할 T씨의 주인인 것이었다. T씨는 업이 그 어머니의 뱃속을 하직하던 날부터 오늘까지 성난 손으로 업을 때려본 일이 한 번도 없었을 뿐만아니라 변한 어조로 꾸지람 한마디 못하여 본 채로 왔던 것이다.

'내가 지금은 이렇게 가난하지만 저것이 자라서 훌륭하게 되는 날에는 저것의 덕을 보리라…….'

다만 하루라도 바삐 업이 학업을 마치기만 그리하여 하루라도 바삐 훌륭한 사람이 되어지기만 한없이 기다리던 것이었다. 비록 업이 여하한 괴상한

행동에 나아가더라도 T씨는,

'저것도 다 공부에 소용되는 일이겠지.'

하고 업이 활동사진 배우의 브로마이드를 사다가 그의 방 벽에다가 죽 붙여 놓아도 그것이 무엇이냐고 업에게도 M군에게도 묻지도 아니하고 그저 이렇게만 생각하여 버리고 고만두는 것이었다. 더욱이 무식한 T씨로서는 그런 것을 물어 보거나 혹시 잘못하는 듯한 점에 대하여 충고라도 하여 보거나 하는 것은 필요 없는 간섭같이 생각되어 전혀 입을 내밀기를 주저하여 왔던 것이다. 언제나 T씨는 업의 동정을 살펴 가며 업이 T씨 밑에서 사는 것이 아니라 T씨가 업의 밑에서 사는 것과 같은 모순에 가까운 상태에서 그날 그날을 살아왔던 것이다.

이런 때에 선천적 성격이라는 것은 의문이 많은 것이다. 사람의 성격은 외래의 자극 즉 환경에 따라 형성지어지는 것이라는 결론에 도달치 아니할 수 없는 것이다. 이와 같은 교육방침 밑에 있는 또 이와 같은 환경에서 자라나는 업의 성격이 그가 태어난 가정의 적빈함에 반대로 교만하기 짝이 없고 방종하기 짝이 없는 업을 형성할 것은 물론임에 오류를 발견할 수 없을 것이다. 업은 자기 주위의 모든 사람을 보기를 모두 자기 아버지 T씨와 같이 보는 것이었다. 자기의 말을 T씨가 잘 들어 주듯이 세상 사람도 그렇게 희생적으로 자기의 말에 전연 노예적으로 굴종할 것이라고 믿는 것이었다. 자기를 호위하여 주리라고 믿는 것이었다. 업의 걷잡을 수도 없는 공상은 천마가 공중을 가는 것과 같이 자유롭게 구사되어 왔던 것이다.

햄릿의 '유령', 올리브의 '감람수의 방향', 브로드웨이의 '경종', 맘모톨의 '리젤', 오페라좌의 '화문천정' 이렇게……

허영! 그것들은 뒤가 뒤를 물고 환상에 젖은 그의 머리를 끓이지 아니하고 지나가는 것이었다. 방종, 허영, 타락, 이것은 영리한 두뇌의 소유자인 업이라도 반드시 걸어야만 할 과정이 아닐까? 그들의 가정이 만들어낸 그들의 교육방침이 만들어낸 그러나 엉뚱한 결과를 가져오게 한 예기치 못한 기적. 업은 과연 지금에 그의 가정에 혜성같이 나타난 한 기적적 존재인 것이다.

4

M군은 실망하였다. 업은 아무리 생각하여 보아도 마이너스의 존재였다.

'저런 사람이 필요할까? 아니 있어도 좋을까?'

그러나 '유해무익'이라는 참을 수 없는 결론이었다.

'가지가 돋고 꽃이 피기 전에 일찍이 그 순을 잘라 버리는 것이 낫지 않을까?'

M군에 대하여서는 너무도 악착한 착상이었다. 그리하여,

'다시 한번 업의 전도를 위하여 잘 지도하여 볼까?'

그러나,

'한 사람의 사상은 반응키 어려운 만치 완성되어 있지 않은가? 뿐만 아니라 설복을 당하기에는 업의 이지理智는 너무 까다롭다……'

M군의 업에게 대한 애착은 근본적으로 다하여 버렸다. M군의 이러한 정신적 실망의 반면에는 물질적 방면에서 받은 영향도 적지 아니하였다. 그것은 오늘날까지 업의 학비를 대어 오던 M군이 수년 전에 그의 아버지가 불의의 액운으로 말미암아 파산을 당하다시피 되어 유유자적하던 연구실의 생활도 더하지 못하고 어느 관립병원 촉탁의囑託醫가 되어 가지고 온갖 물질적 고통을 당하지 않으면 아니 되게 되었던 것이다. 그간으로도 M군은 여러 번이나 업의 학비를 대기를 단념하려 하였던 것이었으나 그러나 아직 그의 업에 대한 실망이 그리 크지도 아니하였고 또 싹이 나려는 아름다운 싹을 그대로 꺾어 버리는 것도 같아서 어딘지 애착 때문에 매달려지는 미련에 끌리어 그럭저럭 오늘까지 끌어 왔던 것이었으나 지금에 이르러서는 그의 업에 대한 애착과 미련도 곱게 어디론지 다 사라지고 말았다. 그렇기 때문에 이

물질적 관계가 그로 하여금 업을 단념시키기를 더욱 쉽게 하였던 것이나 아니었던가 한다.

"업이! 이번 봄은 벌써 업이 졸업일세그려!"

"네. 구속 많고 귀찮던 중학 생활도 이렇게 끝나려 하고 보니 섭섭한 생각이 없는 것도 아닙니다……."

"그럼 졸업 후의 지망은?"

"음악학교!"

그래도 주저하던 단념은 H군을 결정시켜 버렸다.

"업이 자네도 잘 알다시피 지금의 나는 나 한 몸뚱이를 지지해 나아가기에도 어려운 가운데 있어! 음악학교의 뒤를 대어줄 수가 없다는 것은 결코 악의가 아니야. 나의 지금 생각 같아서는 천재의 순을 꺾는 것도 같으나 이제부터는 이만큼이라도 자네를 길러 주신 가난한 자네의 부모의 은혜라도 갚아 보는 것이 좋을 것 같네……."

이 말을 하는 M군은 도저히 업의 얼굴을 쳐다볼 수가 없었다. M군의 이와 같은 소극적 약점은 업으로 하여금,

'오, 네 은혜를 갚으란 말이로구나…….'

하는 부적당한 분개를 불지르게 하는 것이었다. 그러나 이렇게 말하는 M군은 언제인가 학교 무슨 회에서 여흥으로 만인의 이목이 집중되는 연단 위에서 바이올린의 줄을 농락하던 그 업이를 생각하고 섭섭히 생각한 것만치 그에게는 조금도 악의가 품어 있지 아니하였던 것이다. M군의 업에 대한 '내 몸이 어렵더라도 시켜 보려 하였으나' 하던 실망은 즉시로 '나를 미워하는 세상, 내 마음대로 되지 않는 세상' 하는 실망으로 옮겨졌다.

'내 생명을 꺾으려는 세상, 활동의 원동력을 주려 하지 않는 세상.'

'M씨여, 당신은 나를 미워했지. 나의 천재를 시기했지. 나는 당신을 원망합니다…….'

어두운 거리를 수없이 헤매는 것이, 여항의 천한 계집과 씩뚝껑뚝 하소연하는 것이, 남의 집 담 모퉁이에서 밤을 새우는 것이, 공원 벤치에서 낮잠을 자는 것이, 때때로 죽어 가는 T씨를 골라서 몇 푼의 돈을 긁어내어 피부의 옅은 환락을 찾아다니는 것이 중학을 마치고 나온 청소년 업의 그후 생활이었다.

나날이 늘어 가는 것은 업의 교만 방종한 태도.

"아버지! 아버지는 왜 다른 아버지들과 같이 돈을 많이 좀 못 벌었습니까? 왜 남같이 자식 공부 좀 못 시켜 줍니까? 왜 남같이 자식 호강 좀 못 시켜 줍니까? 왜 돈으로는 새순을 꺾느냐는 말이오……."

'아버지 무섭다'는 생각은 업에게는 털끝만치도 있을 리가 없었다. 그것은 차라리 T씨가 아들 업이를 무서워하는 것이 옳을 것 같은 상태였으니까.

"오냐, 다 내 죄다. 그저 애비 못 만난 탓이다……."

T씨는 이렇게 업에게 비는 것이었다.

'애비가 자식 호강 못 시키는 생각만 하고 자식이 애비 호강 좀 시켜 보겠다는 생각은 꿈에도 못하겠니? 에끼, 못된 자식…….'

T씨에게 이런 생각은 참으로 꿈에도 날 수 없었다. '천재를 썩힌다. 애비의 죄다'—이렇게 T씨의 생활은 속죄의 생활이었다. 그날의 밥을 끓여 먹을 쌀을 걱정하는 그들의 살림 가운데에서였으나 업의 '돈을 내라'는 절대한 명령에는 쌀 팔 돈이고 전당을 잡혀서이고 그 당장에 내놓지 않고는 죽을 것 같이만 알고 있는 T씨의 살림이었다. 차마 못할 야료를 T씨의 눈앞에서 거리낌없이 연출하더라도 며칠 밤씩을 못 갈 데 가서 자고 들어오는 것을 T씨 눈으로 보면서도 '저것의 심정을 살핀다'는 듯이,

'미안하다. 다 내 죄가 아니면 무엇이냐'는 듯이 업의 앞에서 머리를 숙인 채 업에게 말 한마디 던져볼 용기도 없이 마치 무슨 큰 죄나 지은 종[僕]이 주인의 얼굴을 차마 못 쳐다보는 것과 같이 묵묵히 앉아 있는 것이었다. 때

로는,

"해외의 형은 어쩌면 돈도 좀 보내주지 않는담."

이렇게 얼토당토않은 그 형을 원망도 하여 보는 것이었다. T씨의 아들 업에 대한 이와 같은 죽은 쥐 같은 태도는 업의 그 교만 종횡한 잔인성을 더욱더욱 조장시키는 촉진제 외에는 아무것도 아니었다. 업에 실망한 M군과 M군에 실망한 업의 사이가 멀어져 감은 물론이요, 그러한 불합리한 T씨의 태도에 불만을 가득 가진 M군과 자기 아들에게 주던 사랑을 일조에 집어던진 가증한 M군을 원망하는 T씨의 사이도 점점 멀어져 갈 따름이었다. 다만 해외에 방랑하는 그의 소식을 직접 듣는 M군이 그의 안부를 전하는 동시에 그들의 안부를 알려 T씨의 집을 이따금 방문하는 외에는 그들 사이에 오고 감의 필요가 전혀 없던 것이었다.

M에게 보내는 편지(제6신)

두 달! 그것은 무궁한 우주의 연령으로 볼 때에 얼마나 짧은 것일까? 그러나 자네와 나 사이에 가로질렀던 그 두 달이야말로 나는 자네의 죽음까지도 우려하였음직한 추측이 오측誤測이 아닐 것이 분명할 만치 그렇게도 초조와 근심에 넘치는 길고 긴 두 달이 아니었겠나. 자네와 나의 그 우려, 그러나 내가 이 글을 쓰며 자네의 틀림 없는 건강을 믿는 것과 같이 나는 다시없는 건강의 주인으로서 나의 경력이 허락하는 한도까지 밤과 낮으로 힘차게 일하고 있는 것일세.

M군! 나의 이 끊임없는 건강을 자네에게 전하는 기쁨과 아울러 머지 아니하여 우리 두 사람이 얼굴과 얼굴을 서로 만나겠다는 기쁨을 또한 전하는 것일세.

우스운 말이나 지금쯤 참으로 노련한 한 사람의 의학사로 완성되어 있겠지. 그 노련한 의학사를 멀리 떨어져 나의 요즈음 열심으로 하여 오던 의학의 공부가 지금에는 겨우 얼간 의사 하나를 만들어 놓았다는 것은 그 무슨 희극적 대조이겠나? 이것은 이곳의 친구의 직접의 원조도 원조이겠지만은 또 한편으로 멀리 있는 자네의 나에게 대하여 주는 끊임없는 사랑의 덕이 그 대부분이겠다고 믿으며 또한 자네가 더한층이나 반가워할 줄 믿는 소식이겠다고도 믿는 것일세. 내가 고국에 돌아간 다음에는 자네는 나의 이 약한 손을 이끌어 그 길을 함께 걸어 주겠다는 것을 약속하여 주기를 바라며 마지 않는 것일세.

오늘날 꿈에만 그리던 고국으로 돌아가려 하고 보니 감개무량하여 나의 가슴을 어지럽게 하네. 십유여 년의 기나긴 방랑생활에서 내가 얻은 것이 무엇인가. 한 분의 어머니를 잃었네. 그리고 절뚝발이가 되었네. 글 한 자 못 배웠네. 돈 한푼 못 벌었네. 사람다운 일 하나 못하여 놓았네. 오직 누추한 꿈속에서 나의 몸서리칠 청춘을 일생의 중요한 부분을 삭제당하기를 그저 달게 받아 왔을 따름일세. 차인잔고差引殘高[21]가 무엇인가? 무슨 낯으로 고향 땅을 밟으며, 무슨 낯으로 형제의 낯을 대하며, 무슨 낯으로 고향 친구의 낯을 대할 것인가? 오직 회한, 차인잔고가 있다고 하면 오직 이 회한의 한 뭉텅이가 있을 따름이 아니겠나? 그러나 다시 생각하고 나는 가벼운 한숨으로써 나의 괴로운 마음을 안심시키는 것이니 그렇게 부끄러워야만 할 고향 땅에는 지금쯤은 나의 얼굴, 아니 나의 이름이나마 기억할 수 있는 사람의 한 사람조차도 있지 아니할 것일 뿐이라. 그곳에는 이 인생의 패배자인 나를 마음으로써 반가이 맞아줄 자네 M군이 있을 것이요, 육친의 형제 T가 있을 것이므로일세. 이 기쁨으로 나는 나의 마음에 용기를 내게 하여 몽매에도 그러한 고향의 흙을 밟으려 하는 것일세.

근 3년 동안이나 마음과 몸의 안정을 가지고 머물러 있는 이곳의 주인은 내가 자네와 작별한 후에 자네에게 주던 이만큼의 우정을 아끼지 아니한 그렇게 친한 친구가 되어 있다는 말을 자네에게 전한 것을 자네는 잊지 아니하였을 줄 믿네. 피차에 흉금을 놓은 두 사람은 주객의 굴레를 일찍이 벗어난 그리하여 외로운 그와 외로운 나는 적적(비록 사람은 많으나)한 이 집안에 단 두 사람의 가족이 되었네. 이렇게 그에게 그의 가족이 없는 것은 물론이나 이만한 여관 외에 처처에 상당한 건물들을 그의 소유로 가지고 있는 꽤 있는 그일세.

나로서 들어 아는 바 그의 과거가 비풍참우悲風慘雨의 혈사를 이곳에 나열하면 무엇 하겠나만 과연 그는 문자대로의 고독한 낭인일세. 그러나 그의 친구들의 간곡한 권고와 때로는 나의 마음으로의 권고가 있음에도 불구하고 그는 결코 아내를 취하지 아니하는 것일세.

"돈도 그만큼 모았고 나이도 저만큼 되었으니 장차의 길고 긴 노후의 날을 의지할 신변의 고적을 위로할 해로가 있어야 아니하겠소?"

"하, 그것은 전혀 내 마음을 몰라 주는 말이오."

일상에 내가 나의 객관의 고적을 그에게 하소연할 때면 그는 도리어 나를 부러워하며 자기 신변의 고적과 공허를 나에게 하소연하는 것이세. 그러면서도 그는 결코 아내를 얻지 아니하겠다 하며 그렇다고 허튼 여자를 함부로 대하거나 하는 일도 결코 없는 것일세.

'그러면 그가 여자에게 대하여 무슨 갖지 못할 깊은 원한이나 있는 것이 아닐까' 하는 선입관념을 가진 눈으로 보아서 그런지 그는 남자에게는 어떤 사람에게든지 친절하게 하면서도 여자에게는 어떤 사람에게든지 냉정하기 짝이 없는 것일세. 예를 들면 이 집 여중女中[22]들에게 하는 그의 태도는 학대, 냉정, 잔인, 그것일세.

나는 때로,

"너무 그러지 마오, 가엾으니."

"여자니깐."

그는 언제나 이렇게 대답할 뿐이었네. 그의 이 수수께끼의 대답은 나의 의

아를 점점 깊게만 하는 것이었네. 하루는 조용한 밤 두 사람은 또한 떫은 차를 마셔 가며 세상 이야기를 하고 있었네. 그 끝에,

"여자에 관련된 남에게 말 못할 무슨 비밀의 과거가 있소?"

"있소! 있되 깊소!"

"내게 들려줄 수 없소?"

"그것은 남에게 이야기할 필요도 이유도 전혀 없는 것이오. 오직 신이 그것을 알고 있을 따름이어야 할 것이오. 그것은 내가 눈을 감고 내 그림자가 지상에서 사라지는 동시에 사라져야만 할 따름이오."

나는 물론 그에게 질기게 더 묻지 아니하였네. 그의 그림자와 함께 사라질 비밀이 무엇인지는 모르겠으나 쾌활한 기상의 주인인 그는 또한 남다른 개성의 소유자인 것일세.

그는 나보다 10여 세 만일세. 그의 나이에 겨누어 너무 과하다 할 만치 많이 난 그의 흰 머리털은 나로 하여금 공경하는 마음을 가지게 하네. 또한 동시에 그의 풍파 많은 과거를 웅변으로 이야기하고 있는 것도 같으니 그와 같은 그가 나를 사귀어 주기를 동년배의 터놓은 사이의 우의로써 하여 주니 내가 나의 방랑생활에 있어서 참으로 나의 희로애락을 바꿀 수 있는 사람은 오직 그뿐이라고 어찌 말하지 않겠나? 그와 나는 구구한, 그야말로 경제 문제를 벗어난 가족—그가 지금에 경영하고 있는 여관은 그와 내가 주객의 사이는커녕 누가 주인인지도 모르게 차라리 어떤 때에는 내가 주인 노릇을 하게끔 되는, 말하자면 공동 경영 아래에 있는 것과 같은 그와 나 사이인 것일세. 그의 장부는 나의 장부였고, 그의 금고는 나의 금고였고, 그의 열쇠는 나의 열쇠였고, 그의 이익과 손실은 나의 이익과 손실이었고, 그와 나의 모든 행동은 그와 내가 목적을 같이한 영향을 같이한 그와 나의 행동들이었네. 참으로 그와 내가 서로 믿음을 마치 한 들보를 떠받치고 있는 양편 두 개의 기둥이 서로 믿지 아니하면 아니 되는 사이와도 같은 것이었네.

이와 같은 기쁜 소식을 나열만 하고 있던 나는 지금 돌연히 그가 세상을 떠났다는 슬픈 소식을 자네에게 전하지 않을 수 없는 운명에 조우된 지 오래인 것을 말하네. 나와 만난 후 3년에 가까운 동안뿐 아니라 그의 말에 의하면 그 이전에도 몸살이나 감기 한 번도 앓아본 적이 없는 퍽 건강한 몸의 주인이던 그가 졸지에 이렇게 쓰러졌다는 것은 그와 오랫동안 같이 있던 나로서는 더욱이나 의외인 것이었네. 한 2, 3일을 앓는 동안에는 신열이 좀 있다 하더니 내가 옆에 앉아 있는 앞에서 조용히 잠자는 듯이 갔네.

"사람 없는 벌판에서 별을 쳐다보며 죽을 줄 안 내 몸이 오늘 이렇게 편안한 자리에 누워서 당신의 서러운 간호를 받아 가며 세상을 떠나니 기쁘오. 당신의 은혜는 명도冥途[23]에 가서 반드시 갚을 것을 약속하오. 이 집과 내가진 물건의 얼마 안 되는 것을 당신에게 맡기기로 수속까지 다 되어 있으니 가는 사람의 마음이라 가엾이 생각하여 맡아 주기를 바라고 아무쪼록 그것을 가지고 고향에 돌아가 형제 친구들과 함께 기쁘게 살아 주기를 바라오. 내가 이렇게 하잘것없이 갈 줄은 나도 몰랐소. 그러나 그것도 다 내가 나의 과거에 받은 그 뼈살에 지나치는 고생의 열매가 도진 때문인 줄 아오. 나를 보내는 그대도 외롭겠소만 그대를 두고 가는 나는 사바에 살아 꿈즉이던[24] 날들보다도 한층이나 외로울 것 같소!"

이렇게 쓰디쓴 몇 마디를 남겨 놓고 그는 갔네. 그후 그의 장사도 치른 지 며칠째 되던 날, 나는 그의 일상 쓰던 책상 속에서 위의 말들과 같은 의미의 유서, 그리고 문서들을 찾아내었네.

이제 이것이 나에게 기쁜 일일까, 그렇지 아니하면 슬픈 일일까? 나는 그 어느 것이라도 말하기를 주저하는 것일세.

내가 그의 생전에 그와 내가 주고받던 친교를 생각하면 그의 죽음은 나에게 무한히 슬픈 일이 아니겠나만 어머니의 뱃속을 떠나던 날부터 적빈에만 지질리워 가며 살아온 내가 비록 남에게는 얼마 안 되게 보일는지 모르겠으나 나로서는 나의 일생에 상상도 하여 보지도 못할 만치의 거대한 재산을 얻은 것이 어찌 그다지 기쁜 일이 아니겠다고 생각하겠는가. 이러한 나의 생각은 세상을 떠난 그를 생각하기만 하는 데에서도 더없을 양심의 가책을 아니 받는 것도 아니겠으나 그러나 위의 말한 것은 나의 양심의 속임 없는 속삭임인 것을 어찌하겠나.

'어째서 그가 이것을 나에게 물려줄까?'

'죽은 그의 이름으로 사회업에 기부할까?'

이러한 생각들이 끊임없이 나의 머리에 지나가고 지나오고 한 것은 또한 내가 나의 마음을 속이는 말이겠나? 그러나 물론 전에도 느끼지 아니한 바는 아니나 차차 나이 들고 체력이 감퇴되고 원기가 좌절됨에 따라서 이 몸의 주위의 공허가 역력히 발견되고 청운의 젊은 뜻도 차차 주름살이 잡히기를 시작하여 한낱 고향을 그리워하는 마음, 한낱 이 몸의 쓸쓸한 느낌만이 나날이 커가는 것일세. 그리하여 어서 바삐 고향에 돌아가 사랑하는 친구와 얼싸안기 원하며 그립던 형제와 섞이어 가며 몇 날 남지 아니한 나의 여생을 보내고 싶은 마음이, 좀더 기쁨과 웃음과 안일한 가운데에서 보내고 싶은 마음이 날이 가면 갈수록 최근에 이르러서는 일층 더하여 가는 것일세. 내가 의학 공부를 시작한 것도 전전푼의 돈이나마 모으기 시작한 것도 그런 생각에서 나온 가엾은 짓들이었네.

사회사업에 기부할 생각보다도 내가 가질 생각이 더 컸던 나는 드디어 그 가운데의 일부를 헤치어 생전 그에게 부수되어 있던 용인庸人 여중들과 얼마 아니 되는 채무를 처치한 다음 나머지의 전부를 가지고 고향에 돌아갈 결심을 하였네. 그들 가운데 몇 사람으로부터는 단언커니와 나의 일생에 들어본 적이 없던 비난의 말까지 들었네.

'돈! 재물! 이것 때문에 그의 인간성이 이렇게도 더럽게 변하고 말다니! 죽은 그는 나를 향하여 얼마나 조소할 것이며 침 뱉을 것이냐.'

새삼스러이 찌들고 까부라진 이 몸의 하잘것없음을 경멸하며 연민하였네. 그러면서도,

'이것도 다 여태껏 나를 붙들어 매고 있는 적빈 때문이 아니냐.'

이렇게 자기 변명의 길도 찾아보면서 자기를 위로하는 것이었네.

친구를 잃은 슬픔은 어느 결에 사라졌는가? 지금에 나의 가슴은 고향 땅을 밟을 기쁨, 친구를 만날 기쁨, 형제를 만날 기쁨, 이러한 가지의 기쁨들로 꽉 차 있네. 놀라거니와 나의 일생에 있어서 한편으로는 양심의 가책을 받아가면서라도 최근 며칠 동안만큼 기뻤던 날이 있었던가를 의심하네.

아, 이것을 기쁨이라고 나는 자네에게 전하는 것일세그려. 눈물이 나네그려!

자네는 일상 나의 조카 업의 칭찬의 말을 아끼지 아니하여 왔지. 최근에 자네의 편지에 이 업에 대한 아무런 말도 잘 볼 수 없음은 무슨 일일까? 하여간 젖 먹던, 코 흘리던 그 업이를 보아 버리고 방랑생활 십유여 년. 오늘날 그 업이 재질이 풍부한 생래의 영리한 업이로 자라났다 하니 우리 집안을 위하여서나 일상의 적빈에 우는 T 자신을 위하여서나 더없이 기뻐할 일이라고 생각하면서도 또 한편으로는 이제는 우리 같은 사람은 아무 소용이 없구나 하는 생각을 하니 감개무량하네. 또한 미구에 만나볼 기쁨과 아울러 이 미지수의 조카 업이에 대하여 많은 촉망과 기대를 가지고 있는 것일세.

M군! 나는 아무쪼록 빨리 서둘러서 어서 속히 고향으로 돌아갈 채비를 차리려 하거니와 이곳에서 처치해야만 할 일도 한두 가지가 아니고 해서 아직도 이곳에 여러 날 있지 아니하면 아니 될 형편이나 될 수만 있으면 세전歲前에 고향에 돌아가 그립던 형제와 친구와 함께 즐거운 가운데에서 오는 새해를 맞이하려 하네. 어서 돌아가서 지나간 옛날을 추억도 하여 보며 그립던 회포를 풀어도 보아야 할 터인데!

일기 추운데 더욱더욱 건강에 주의하기를 바라며 T에게도 불일간 내가

직접 편지하려고도 하거니와 자네도 바쁜 몸이지만 한번 찾아가서 이 소식을 전하여 주기를 바라네. 자, 그러면 만나는 날 그때까지 평안히. ㅇ로부터⋯⋯.

　나의 지난날의 일은 말갛게 잊어 주어야 하겠다. 나조차도 그것을 잊으려 하는 것이니 자살은 몇 번이나 나를 찾아왔다. 그러나 나는 죽을 수 없었다.
　나는 얼마 동안 자그마한 광명을 다시금 볼 수 있었다. 그러나 그것도 전연 얼마 동안에 지나지 아니하였다. 그러나 또 한번 나에게 자살이 찾아왔을 때에 나는 내가 여전히 죽을 수 없는 것을 잘 알면서도 참으로 죽을 것을 몇 번이나 생각하였다. 그만큼 이번에 나를 찾아온 자살은 나에게 있어 본질적이요, 치명적이었기 때문이다.
　나는 전연 실망 가운데 있다. 지금에 나의 이 무서운 생활이 노[繩] 위에 선 도승사渡繩師[25]의 모양과 같이 나를 지지하고 있다.
　모든 것이 다 하나도 무섭지 아니한 것이 없다. 그 가운데에도 이 ‘죽을 수도 없는 실망’은 가장 큰 좌표에 있을 것이다.
　나에게, 나의 일생에 다시없는 행운이 돌아올 수만 있다 하면 내가 자살할 수 있을 때도 있을 것이다. 그 순간까지는 나는 죽지 못하는 실망과 살지 못하는 복수, 이 속에서 호흡을 계속할 것이다.
　나는 지금 희망한다. 그것은 살겠다는 희망도 죽겠다는 희망도 아무것도 아니다. 다만 이 무서운 기록을 다 써서 마치기 전에는 나의 그 최후에 내가 차지할 행운은 찾아와 주지 말았으면 하는 것이다. 무서운 기록이다. 펜은 나의 최후의 칼이다.
　　　　　　　　　　　　　　　—1930. 4. 26. 어於 의주통義州通 공사장 이ㅇ

어디로 가나?

사람은 다 길을 걷고 있다. 그러므로 그들은 어디론지 가고 있다.

어디로 가나?

광맥을 찾으려는 것 같은 사람이 있는가 하면 산보하는 사람도 있다.

세상은 어둡고 험준하다. 그러므로 그들은 헤맨다. 탐험가나 산보자나 다 같이······.

사람은 다 길을 걷는다. 간다. 그러나 가는 데는 없다. 인생은 암야의 장단 없는 산보이다.

그들은 오랫동안의 적응으로 하여 올빼미와 같은 눈을 얻었다.

다 똑같다.

그들은 끝없이 목마르다. 그들은 끝없이 구한다. 그리고 그들은 끝없이 고른다.

이 '고름'이라는 것이 그들이 가지고 나온 모든 것들 가운데 가장 좋은 것이면서도 가장 나쁜 것이다.

이 암야에서도 끝까지 쫓겨난 사람이 있다. 그는 어떠한 것, 어떠한 방법으로도 구제되지 않는다.

—선혈이 임리淋漓[26]한 복수는 시작된다. 영원히 끝나지 않는 복수를······ 피, 밑[底] 없는 학대의 함정······.

사람에게는 고통이 없다. 그는 지구권 외에서도 그대로 학대받았다. 그의 고기를 전부 졸여서 '애愛'라는 공물을 만들어 사람들 앞에 눈물 흘리며도 보았다. 그러나 모든 것은 더한층 그를 학대하고 쫓아냈을 뿐이었다.

'가자! 잊어버리고 가자!'

그는 몇 번이나 자살을 꾀하여 보았던가! 그러나 그는 이 나날이 진하여만 가는 복수의 불길을 가슴에 품은 채 싱겁게 가버릴 수는 없었다.

'내 뼈 끝까지 다 갈려 없어지는 한이 있더라도, 그때에는 내 정령 혼자서 라도⋯⋯.'

그의 갈리는 이빨 사이에서는 뇌장腦漿을 갈아 마실 듯한 쇳소리와 피육 皮肉을 말아올릴 듯한 회오리바람이 일어났다.

그의 반생을 두고 (아마) 하여 내려오던 무위한 애愛의 산보는 끝났다.

그는 그의 몽롱한 과거를 회고하여 보며 그 눈멀은 산보를 조소하였다. 그리고 그의 앞에 일직선으로 뻗쳐 있는 목표 가진 길을 바라보며 득의의 웃음을 완이莞爾²⁷⁾히 웃었다.

닦아도 닦아도 유리창에는 성에가 슬었다. 그럴수록 그는 자주 닦았고 자주 닦으면 성에는 자꾸 슬었다. 그래도 그는 얼마든지 닦았다.

승강장 찬바람 속에 옷고름을 날리며 섰다가 처음 들어왔을 때에는 퍽 따스하더니 그것도 삽시간이요 발밑에 스팀은 자꾸 식어만 가는지 3등 객 차 안은 가끔 소름이 끼칠 만치 서늘하였다.

가방을 겨우 다나²⁸⁾ 위에다 얹고 앉기는 않았으나 그의 마음은 종시 앉 지 않았다. 그의 눈은 유리창에 스는 성에가 닦아도 슬고 또 닦아도 또 슬 듯이 씻어도 솟고 또 씻어도 또 솟는 눈물로 축였다. 그는 이 까닭 모를 눈 물이 이상하였다. 그런 것도 그의 눈물의 원한이었는지도 모른다.

젖은 눈으로 흐린 풍경을 보지 아니하려 눈물과 성에를 쉴 사이 없이 번 갈아 닦아 가며 그는 창밖을 내다보기에 주린 듯이 탐하였다. 모든 것이 이 상하기만 할 뿐이었다.

'어찌 이렇게 하나도 이상한 것이 없을까? 아!' 그에게는 이것이 이상한 것 이었다.

하염없는 눈물을 흘려서 그는 그의 백사지白砂地된 뇌와 심장을 조상하 였다.

회색으로 흐린 하늘에 소리 없는 까마귀떼가 몽롱한 북망산을 반점 찍으며 감도는 모양—그냥 세상 끝까지라도 닿아 있을 듯이 겹친 데 또 겹쳐 누워 있는 적갈색의 벗어진 산들의 자비스러운 곡선—이런 것들이 그의 흥미를 일게 하지 않는 것도 아니었다. 그러나 이런 것들도 도무지 이상치 아니한 것이 그에게는 도무지 이상하였다.

　이러한 가운데에도 그는 그의 눈과 유리창을 닦기를 게을리하지 않았다.

　'남의 것을 왜 거저 먹으려고 그러는 것일까?'

　그는 따개꾼[29]을 생각하여 보았다.

　'남의 것을 거저…… 남의 것을…… 거저…….'

　그는 또 자기를 생각하여 보았다.

　'남의 것을 거저…… 남의 것을 거저 갖지 않았느냐…… 비록 그 사람은 죽어서 이 세상에 있지 않다 하더라도…… 그의 유서가 그것을 허락하였다 할지라도…… 그의 유산의 전부를 거리낌이 없을 만치 그와 나는 친한 사이였다 하더라도…… 나는 그의 하고많은 유산을 거저 차지하지 않았느냐. 남의 것을…… 그는 아무리 친한 사이라 하더라도 남이다…… 남의 것을 거저, 나는 그의 유산의 전부를…… 사회사업에 반드시 바쳤어야 옳을 것을…… 남의 것이다…… 상속이 유언된 유산…… 거저…… 사회사업…… 남의 것…….'

　그의 머리는 어지러웠다.

　'고요한 따개꾼…… 체면 있는 따개꾼.'

　그러나 그는 성에 슨 유리창을 닦는 것과 같이 그의 주머니 속에 들어 있는 돈의 종잇조각, 수형手形[30]을 어루만져 보기를 때때로 하는 것도 잊어버리지는 않았다.

　발끝에서 올라오는 추위와 피곤, 머리끝에서 내려오는 산란한 피곤, 그것은 복부에서 충돌되어서는 시장함으로 표시되었다. 한 조각의 마른 빵을 씹어본 다음에 그는 물도 마시지 아니하였다. 오줌 누러 가는 것이 귀찮아서…….

먹은 것이라고는 새벽녘에도 역시 마른 빵 한 조각밖에는 없다. 그때도 역시 물은 마시지 않았다.

그런데 그는 벌써 변소에를 몇 번이고 갔는지 모른다. 절름발이를 이끌고 사람 비비대는 차 안의 좁은 틈을 헤쳐 가며 지나다니기가 귀찮았다. 이것이 괴로웠다. 그리하여 이번에도 물을 마시지 아니한 것이다. 그러나 오줌을 수없이……. 그는 이것이 이 차 안의 특유인 미지근한 추위 때문이 아닌가? 이렇게도 생각해 보았다. 그는 변소에 들어서서는 반드시 한번씩 그 수형을 꺼내어 자세히 검사하여 보는 것도 겸겸하였다.

'오냐, 무슨 소리를 내가 듣더라도 다시 살자.'

왼편 다리가 차차 아파 올라왔다. 결리는 것처럼, 저리는 것처럼, 기미氣味[31] 나쁘게…….

'기후가 변하여서…… 풍토가 변하여서…….'

사람의 배를 가르고 그 내장을 세척하는 것은 고사하고(사람의 썩는 다리를 절단하는 것은 고사하고) 등에 난 조그만 부스럼에 메스 한 번을 대어본 일이 없는 슬플 만치 풍부한 경험을 가진 훌륭한 의사인 그는 이러한 진단을 그의 아픈 다리에다 내려도 보았다. 그래 바지 아래를 걷어올리고 아픈 다리를 내어 보았다. 바른편 다리와는 엄청나게 훌륭하게 뼈만 남은 왼편 다리는 바닥에서 솟아 올라오는 '풍토 다른' 추위 때문인지 죽은 사람의 그것과 같이 푸르렀다. 거기에 몇 줄기 새파란 정맥줄이 반투명체가 내뵈듯이 내보이고 있었다. 털은 어느 사이엔지 다 빠져 하나도 없고 모공의 자국에는 파리똥 같은 검은 점이 위축된 피부 위에 일면으로 널려 있었다. 그는 그것을 '나의 것' 이니만치 가장 친한 기분으로 언제까지라도 들여다보며 깔깔한 그 면을 맛좋게 쓸어 다듬어 주고 있었다.

그때에 건너편 자리에 앉아 있던 신사는 가냘픈 한숨을 섞어 혀를 한번 쩍 하고 치더니 그 자리에서 일어서서 황황히 어디론지 가버렸다.

"내리는 게로군. 저 가방, 여보시오, 저 가방."

그는 고개를 돌이켜 그 신사의 가는 쪽을 향하여 소리질렀다.

"여보시오. 저 가방을 가지고 내리시오. 저……."

또 한번 소리쳐 보았으나 그 신사의 모양은 벌써 어느 곳으로 가버렸는지 보이지 않았다. '그가 생각나서 찾으러 오도록 나는 저 가방을 지켜주리라' 이런 생각을 그는 한턱 쓰는 셈으로 생각하였다.

"여보, 인젠 그 다리 좀 내놓지 마시오."

"아, 참 저 가방……."

이렇게 불식간에 대답을 한 그는 아까 자리를 떠나 어디로 갔는지 없어졌던 그 신사가 어느 틈엔지 다시 그 자리에 와 앉아 있는 것을 그제야 겨우 보아 알았다. 신사는 또 서서히 입을 열어,

"여보, 나는 인제 몇 정거장 남지 않았으니 내가 내릴 때까지는 제발 그 다리 좀 내놓지 좀 마오!"

"네. 하도 아프기에 어째 그런가 하고 좀 보았지오. 혹시 풍토가……."

"풍토? 당신 다리는 풍토에 따라 아프기도 하고 안 아프기도 하고 그렇소?"

"네. 원래 이 왼편 다리는 다친 다리가 되어서 조금 일기가 변하기만 하여도 곧 아프기가 쉬운…… 신세는 볼일 다 본…… 그렇지만 이를 갈고……."

"하하. 그러면 오, 알았소…… 그 왼편……."

"네. 그럴 적마다 고생이라니 어디 참……."

"내 생각 같아서는 그건 내 생각이지만 그렇게 두고 고생할 것 없이 병신 되기는 다 일반이니 아주 잘라 버리는 것이 좋을 것 같소. 저 내가 아는 사

람도 하나, 그 이야기는 할 것도 없소만 어쨌든 그것은 내 생각에는 그렇다는 말이니까 당신보고 자르라고 그러는 말은 아니오만…… 하여간 그렇다면 퍽 고생이 되겠는데…….”

“글쎄 말씀이야 좋은 말씀이외다만 원 아무리 고생이 된다 하더라도 어떻게 제 다리를 자르는 것을 제 눈으로 뻔히 보고 있을 수가 있나요?”

“그렇지만 밤낮 두고 고생하느니보다는 낫겠다는 말이지요. 그것은 뭐 어쩌다가 그렇게 몹시 다쳤단 말이오?”

“그거요? 다 이루 말할 수 있나요. 이 다리는 화태樺太[32]에서 일할 적에 토로에서 뛰어내리려다가 토로와 한데 뒹구는 바람에 이렇게 몹시 다친 거지요…….”

“화태?”

신사는 잠시 의아와 놀라는 얼굴빛을 보인 다음에 다시 말을 이어,

“어쩌다가 화태까지나 가셨더란 말이오?”

“예서는 먹고 살 수가 없고 하니까 돈 벌러 떠난다는 것이 마지막…… 천하에 땅 있는 데는 사람 사는 곳이고 안 가본 데가 있나요. 이렇게 떠돌아다니는 게 올째 꼭! 가만 있자…… 열일곱 해 아니 열다섯 핸가…… 어쨌든 10여 년이지요.”

“돈만 많이 벌었으면 그만 아니오?”

“그런데 어디 돈이 그렇게 벌리나요? 한푼…… 참 없습니다. 벌기는 고만두고 굶기를 남 먹듯 했습니다. 어머님 집 떠난 지 1년도 못 되어 돌아가시고…….”

“하, 어머님이…… 어머님도 당신하고 같이 가셨습디까…… 처자는 그럼 다 있겠구려?”

“웬걸요…… 처자는 집 떠나기 전에 다 죽었습니다. 어린것을 나은 지…… 에 그게…… 어쨌든 에미가 먼저 죽으니까 죽을밖에요. 어머님은 아

우에게 맡기고 떠나려고 했지만 원래 우리 형제는 의가 좋지 못한데다가 아우도 처자가 다 있는데다가 저처럼 이렇게 가난하니 어디 맡으려고 그럽니까?"

"아우님은 단 한 분이오?"

"네. 그게 그렇게 사이가 좋지 못하답니다. 남이 보면 부끄러울 지경이지요……."

"그래 시방 어떻게 해서 어디로 가는 모양이오?"

신사의 얼굴에는 연민의 빛이 보였다.

"10여 년을 별짓을 다하고 돌아다니다가…… 참 그동안에는 죽으려고 약까지 타논 일도 몇 번인지 모르지요. 세상이 다 우스꽝스러워서 술 노름으로 세월을 보낸 일도 있고, 식당 쿡 노릇을 안 해보았나, 이래 보여도 양요리洋料理는 그래도 못 만드는 것 없이 능란합니다. 일등 쿡이었으니까 화태에도 오랫동안 있었지요. 그때 저는 꼭 죽는 줄만 알았는데 그래도 명이 기니까 할 수 없나 보아요. 이렇게 절름발이가 되어 가면서도 여태껏 살고 있으니 그때 그 놈들(그는 누구라는 것도 없이 이렇게 평범히 불렀다)이 이 다리를 막 자르려고 덤비는 것들을 죽어라 하고 못 자르게 했지요. 기를 쓰고 죽어도 그냥 죽지 내 살점을 떼내 던지지는 않겠다고 이를 악물었더니 그놈들이 그래도 내 억지는 못 이기겠던지 그냥 내버려두었어요. 덕택에 시방 이 모양으로 절름발이 신세를 네…… 가기는 제가 갈 데가 있겠습니까? 아우의 집으로 가야지요. 의가 좋으니 나쁘니 해도 한 배의 동생이요, 또 10여 년 만에 고향에 돌아가는 몸이니 반가워하지는 못할지라도 그리 싫어하지는 않을 것 같습니다. 고향이요? 고향은 서울, 아주 서울 태생이올시다. 서울에는 아우하고 또 극진히 친한 친구 한 사람이 있습니다. 그저 그 사람들을 믿고 시방 이렇게 가는 길이올시다. 그렇지만 내 이를 악물고라도."

"그럼 그저 고향이 그리워서 오는 모양이로구려?"

"네. 그렇다면 그렇지요. 그런데 하기는……."

그는 별안간 말을 멈추는 것같이 하였다.

"그럼 아마 무슨 큰 수가 생겨서 오는 모양이로구려."

어디까지라도 신사의 말은 그의 급처急處를 찌르는 것이었다.

"수…… 에, 수가 생겼다면…… 하기야 수라도……."

"아주 큰 수란 말이로구려 하……."

두 사람은 잠시 쓰디쓴 웃음을 웃어 보았다.

"다른 사람이 보면 하잘것없은 것일는지 몰라도 제게는 참 큰 수지요, 허고 보니."

"얘기를 좀 하구려. 그 무슨 그렇게 큰 순가."

"얘기를 해서 무엇하나요? 그저 그렇게만 아시지요. 뭐…… 해도 상관은 없기는 없지만……."

"그 아마 당신께 좀 꺼리는 데가 있는 게로구려? 그렇다면 할 수 없겠소만 또 그렇다고 하더라도 내가 당신을 천리나 만리나 따라다닐 사람이 아니요, 또 내가 무슨 경찰서 형사나 그런 사람도 아니요, 이렇게 차 속에서 우연히 만났다가 헤어지고 말 사람인데 설사 일후에 또 만나는 수가 있다 하더라도 피차에 얼굴조차도 잊어버릴 것이니 누가 누군지 안단 말이오? 내가 또 무슨 당신의 성명을 아는 것도 아니고 상관없지 않겠소."

"아, 그렇다면야…… 뭐, 제가 이야기 안 한다는 까닭은 무슨 경찰에 꺼릴 무슨 사기 취재(?)나 했다 해서 그러는 것이 아닙니다. 이야기가 너무 장황해서 또 몇 정거장 안 가서 내리신다기에 이야기가 중간에 끊어지면 하는 사람이나 듣는 사람이나 피차 재미도 없을 것 같고 그래서……."

"그렇게 되면 내 이야기 끝나는 정거장까지 더 가리다그려…… 이야기가 재미만 있다면 말이오……."

"네? 아니…… 몇 정거장을 더 가셔도 좋다니 그것이 어떻게 하시는 말씀인지 저는 도무지……."

두 사람은 또 잠깐 웃었다. 그러나 그는 놀랐다.

"내 여행은 그렇게 아무렇게나 해도 상관없는 여행이란 말이오……."

"그렇지만 돈을 더 내서야 안 나요?"

"돈? 하, 그래서 그렇게 놀랜 모양이구려! 그건 조금도 염려할 것 없소. 나는 철도국에 다니는 사람인고로 차는 돈 한푼 아니 내고라도 얼마든지 거저 탈 수 있는 사람이니까. 나는 지금 볼일로 ○○까지 가는 길인데 서울에도 볼일이 있고 해서 어디를 먼저 갈까 하고 망설거리던 차에 미안한 말이오만 아까 당신의 그 다리를 보고 그만 ○○일을 먼저 보기로 한 것이오. 그렇지만 또 당신의 이야기가 아주 썩 재미가 있어서 중간에서 그냥 내리기가 아깝다면 서울까지 가면서 다 듣고 서울 일도 보고 하는 것이 좋을 듯도 하고 해서 하는 말이오."

"네…… 나는 또 철도국 차를 거저, 그것 참 좋습니다. 차를 얼마든지 거저."

이 '거저' 소리가 그의 머리에 거머리 모양으로 묘하게 착 달라붙어서는 떨어지지 아니하였다. 아, 그는 잠깐 동안 혼자 애쓰지 아니하면 안 되었다. 억지로 태연한 차림을 꾸미며 그는 얼른 입을 열었다. 그러나 그 말마디는 묘하게 굴곡이 심하였다. 그는 유리창이 어느 틈에 밖이 조금도 내다보이지 않을 만치 슬은 성에를 닦기도 하여 보았다.

"말하자면 횡재, 에…… 횡재…… 무엇 횡재될 것도 없지만 또 횡재라면 그야…… 횡재 아니라고도 할 수 없지만 어쨌든 제가 고생 고생 끝에 동경으로 한 3년 전에 다시 돌아왔습니다. 게서 친구 한 사람을 사귀었는데 그는 별 사람이 아니라 제가 묵고 있던 집주인입니다. 그 사람은 저보다도 더 아무도 없는 아주 고독한 사람인데 그 여관 외에 또 집도 여러 채를 가지고 있었는데 있는 동안에 그 사람과 나는 각별히 친한 사이가 되어 그 여관을 우리 둘이서 경영하여 나가게 되었습니다. 그런데 그 사람이 얼마 전에 고만 죽었습니다. 믿던 친구가 죽었으니 비록 남이었건만 어떻게 설운지 아마 어머님 돌아가실 때만큼이나 울었습니다. 남다른 정분을 생각하고는 장사도 제 손으로 잘 지내 주었지요. 그런데 인제 그렇거든요…… 자, 그가 떡 죽고 보니까 그의 가졌던 재산…… 무엇 재산이라고까지는 할 것은 없을지는 몰라도 하여간 제게는 게서 더 큰 재산은 여태…… 그렇게 말할 것까지는 없을지 몰라도 어쨌든 상당히 큰 돈(?)이니까요…… 그게 어디로 가겠느냐, 이렇게 될 것이 아니냐 그런 말이거든요."

"그러니까 그것을 당신이…… 슬쩍 이렇게 했다는 말인 것이오그려. 하…… 따는…… 참…… 횡재는……."

"아, 천만에! 제 생각에는 그것을 죄다 사회사업에 기부할 생각이었지요 물론……."

"그런데 안했다는 말이지……."

"그런데 그가 죽기 전에 벌써 그가 저 죽을 날이 가까워 오는 것을 알고 그랬던지 다 저에게다 상속하도록 수속을 하여 놓고는 유서에다가는 떡 무엇이라고 써놓았는고 하니."

"사회사업에 기부하라고 써……?"

"아, 그게 아니거든요. 이것을 그대의 마음 같아서는 반드시 사회사업에 기부할 줄 믿는다. 그러나 죽는 사람의 소원이니 아무쪼록 그대로 가지고 고향으로 돌아가서 친척 친구와 함께 노후의 편안한 날을 맞고 보내도록 하라. 만일 그렇지 아니하고 내 말을 어기는 때에는 나의 영혼은 명도에서도 그대의 몸을 우려하여 안정할 날이 없을 것이라고……."

"아, 대단히 편리한 유서로군! 당신 그 창작……."

신사는 말을 멈추었다. 그러나 그의 얼굴은 어디까지든지 냉소와 조롱의 빛으로 차 있었다.

"그래서 그의 죽은 혼령도 위로할 겸 저도 좀 인제는 편안한 날을 좀 보내 보기도 할 겸해서 이렇게 돌아오는 길이오……."

"하, 그럴듯하거든. 그래, 대체 그 돈은 얼마나 되며 무엇에다 쓸 모양이오?"

"얼마요? 많대야 실상 얼마 되지는 않습니다. 제게는…… 무얼 하겠느냐…… 먹고 살고 하는 데 쓰지요."

"아, 그래 그저 그 돈에서 자꾸 긁어다 먹기만 할 모양이란 말이오? 사회사업에 기부하겠다는 사람의 사람은 딴사람인 모양이로군!"

"그저 자꾸 긁어다 먹기만이야 하겠습니까? 설마 하기는 시방 계획은 크답니다."

"제게 한 친구가 의사지요. 그전에는 그 사람도 남부럽지 않게 상당히 살았건만 그 부친 되는 이가 미두米豆[33]라나요. 그런 것을 해서 우리 친구 병원까지를 들어먹었지요. 그래 시방은 어떤 관립병원에 촉탁의로 월급 생활을 하고 있다고 그렇게 몇 해 전부터 편지거든요. 그래서 친구 좋은 일도 할 겸 또 세상에 나처럼 아픈 사람 병든 사람을 위하여 사회사업도 할 겸…… 가서 그 친구와 같이 병원을 하나 낼까 생각인데요. 크기야 생각만은……."

"당신은 집이나 지키려오?"

"왜요, 저도 의사랍니다. 친구의 그 소식을 들었대서 그런 것은 아니지만 내 몸이 병신이니까 그런지 세상에 하고많은 불쌍한 사람 중에도 병든 사람, 앓는 사람처럼 불쌍한 이는 없는 것 같아서 저도 의학을 좀 배워 두었지요."

신사는 가벼운 미소를 얼굴에 띄우면서 의학을 배운 사람치고는 너무도 무식하고 유치하고 저급인 그의 말에 놀란다는 듯이 쩍쩍 혀를 몇 번 찼다.

"그래 당신이 의학을 안단 말이오?"

"네, 안다고까지야…… 그저 좀 틔었지요…… 가갸거겨…… 왜 그리십니

까? 어디 편치 않으신 데가 있다면 제가 시방이라도 보아 드리겠습니다. 있
습니까, 있으면…….”

두 사람은 크게 소리치며 웃었다. 차창 밖은 어느 사이에 날이 저물어 흐
린 하늘에 가뜩이나 음울한 기분이 떠돌았다.

차 안에는 전등까지도 켜졌다. 그러나 그들은 그것도 깨닫지 못하였다.
그는 밖을 좀 내다보려고 유리창의 성에를 또 닦았다. 닦인 부분에는 밖으
로 수없는 물방울이 마치 말 못할 설움에 소리 없이 우는 사람의 뺨에 묻은
몇 방울 눈물처럼 여기저기에 붙어 있었다.

　그것들은 차의 움직임으로 일순 후에는 곧 자취도 없이 떨어지고 그러면
또 새로운 물방울이 또 어느 사이엔지 와 붙고 하여 그 물방울은 늘 거의 같
은 수효로 널려 있었다.

“눈이 오시는 게로군.”

두 사람은 이야기를 멈추고 고개를 모아 창밖을 내다보았다. 눈은 ‘너는
서울 가니? 나는 부산 간다’ 하는 듯이 옆으로만 빠르게 지나가고 있다. 이
야기에 팔려 얼마 동안은 잊었던 왼편 다리는 여전히 아까보다도 더하게 아
프고 쑤셨다 저렸다. 그는 그 다리를 옷 바깥으로 내리 쓰다듬으며 순식간
에 ‘엇’ 소리를 내며 입에 군침을 한 모금이나 꿀떡 삼켰다. 그 침은 몹시도
끈적끈적한 것으로 마치 콘덴스 밀크[34]나 엿을 삼키는 기분이었다. 신사는
양미간에 조그만 내 천川 자를 그린 채 그 모양을 한참이나 내려다보고 앉
았더니 별안간 쾌활한 어조로 바꾸어 입을 열었다.

“의사가 다리를 앓는 것은 희괴한 일이로군!”

“제 똥 구린 줄 모른다고!”

두 사람은 이전보다도 더 크게 소리쳐 웃었다. 그 웃음은 추위에 원기를
지질리운 차 안의 승객들의 멍멍한 귀에 벽력같은 파동을 주었음인지 그들
은 이 웃음소리의 발원지를 향하여 일제히 고개를 돌렸다. 두 사람은 이 모

든 시선의 화살에 살이 간지러웠다. 그리하여 고개를 다시 창 쪽을 향하여 보았다가 다시 또 숙여도 보았다.

얼마 만에 그가 고개를 돌렸을 때 통로 건너편에 그를 향하여 앉아 있는 젊은 여자 하나는 수건으로 얼굴을 가린 채 고개를 푹 수그리고 있는 것을 그는 발견할 수 있었다.

'우나?…… 무슨 말 못할 사정이 있는 게지…… 누구와 생이별이라도 한 게지!'

그는 이런 유치한 생각도 하여 보았다.

"그러면 그 돈을 시방 당신의 몸에 지니고 있겠구려 그렇지 않으면!"

신사의 이 말소리에 그는 졸도할 듯이 나로 돌아왔다. 그 순간에 그의 머리에는 전광 같은 그 무엇이 떠도는 것이 있었다.

"아……니요. 벌써 아우 친구에게 보냈어요. 그런 것을 이렇게 몸에다 지니고 다닐 수가 있나요."

하며 그는 그 수형이 든 옷 포켓의 것을 손바닥으로 가만히 어루만져 보았다. 한 장의 종이를 싸고 또 싸고 몇 겹이나 쌌던지 그의 손바닥에는 풍부한 질량의 쾌감이 느껴졌다. 그의 입 안에는 만족과 안심의 미소가 맴돌았다.

차 안은 제법 어두웠다(그것은 더욱이 창밖이었을는지도 모르니 지금에 그의 세계는 이 차 안이었으므로이다). 생각 없이 그는 아까 그가 바라보던 젊은 여자의 앉아 있는 곳으로 머리를 돌려 보았다. 그때에 여자는 들었던 얼굴을 놀란 듯이 숙이고는 수건으로 가려 버렸다. 더욱 놀란 것은 그였다.

'흥, 원 도무지 별일이로군!'

그는 군입을 다셔 보았다. 창밖에는 희미한 가운데에도 수없는 전등이 우는 눈으로 보는 별들과도 같이 번쩍이고 있었다.

"서울이 아마 가까운 게로군요?"

"가까운 게 아니라 예가 서울이오."

그는 이 빈약한 창밖 풍경에 놀랐다.

"서울! 서울! 기어코…… 어디 내 이를 갈고……."

그는 이 '이를 갈고' 소리를 벌써 몇 번이나 하였는지 모른다. 그러나 자기도 또 듣는 사람도 그것이 무슨 뜻인지 어쩌하겠다는 소리인지 깨달을 수 없었다. 차 안은 이제 극도로 식어온 것이었다. 그는 별인긴 시베리아 철도를 타면 안이 어떠할까 하는 밑도 끝도 없는 생각을 하여 보기도 하였다.

사람들은 모두 부시럭부시럭 일어났다. 그도 얼른 변소에를 안전하도록 다녀온 다음 신사의 조력을 얻어 다나 위의 가방을 내렸다. 그리고 그것을 바른 손아귀에 꽉 쥐고서 내릴 준비를 하였다. 차는 벌써 역 구내에 들어왔는지 무수한 검고 무거운 화물차 사이를 서서히 걷고 있는 것이었다.

차는 '칙' 소리를 지르며 졸도할 만치 큰 기적 소리를 한번 울리고는 승강장에 닿았다. 소란한 천지는 시작되었다.

그는 잊어버리지 아니하고 그 여자의 있던 곳을 또 한번 돌아다보았다. 그러나 그때에는 그 여자는 반대편 문으로 나갔기 때문에 그는 여자의 등과 머리 뒷모양밖에는 볼 수 없었다.

'에, 그러나 도무지…… 이렇게 기억 안 되는 얼굴은 처음 보겠어. 불완전, 불완전!'

그는 밀려 나가며 이런 생각도 하여 보았다. 그 여자의 잠깐 본 얼굴을 아무리 다시 그의 머릿속에 나타내어 보려 하였으나 종시 정돈되지 아니하는 채 희미하게 맴돌고 있을 뿐이었다. 아픈 다리, 차 안의 추위에 몹시 식은 다리를 이끌고 사람 틈에 그럭저럭 밀려 나가는 그의 머리는 이러한 쓸데없는 초조로 불끈 화가 나서 어지러운 것이었다.

승강대를 내릴 때에는 그는 그 신사 손목을 한번 잡아 보았다. 그러나 그것은 그가 무엇인지 유혹하여지는 것이 있었기 때문이었다. 쥐고 보았으나 그는 할 아무 말도 생각나지 아니하였다. 그는 잠깐 머뭇머뭇하였다.

"저 오늘이 며칠입니까?"

"12월 12일."

"12월 12일! 네, 12월 12일!"

신사의 손목을 쥔 채 그는 이렇게 중얼거려 보았다. 순식간에 신사의 모양은 잡다한 사람 속으로 사라졌다.

그는 찾고 또 찾았다. 그러나 누구인지 알지 못할 사람이 그의 손목을 당겨 잡았을 때까지 그는 아무도 찾지는 못하였다. 희미한 전등 밑에 우쭐대는 사람들의 얼굴은 한결같이 다 똑같은 것만 같았다. 그는 그의 손목을 잡는 사람의 얼굴을 거의 저절로 내려다보았다. 그러나…… 눈…… 코…… 입…….

'하…… 두 개의 눈…… 한 개씩의 코와 입!'

소리 안 나는 웃음을 혼자 웃었다. 눈을 뜬 채!

"ㅇ군, 나를 못 알아보나 ㅇ군!"

한참 동안이나 두 사람의 시선은 그대로 늘어붙은 채 마구 매달려 있었다.

"M군! 아! 하! 이거 얼마 만이십니까…… 얼마…… 에, 얼마 만인가?"

그의 눈에는 그대로 눈물이 괴었다.

"M군! 분명히 M군이시지요! 그렇지?"

침묵…… 이 부득이한 침묵이 두 사람 사이를 아니 찾아올 수 없었다. 입을 꽉 다문 채 그는 눈물을 흐린 눈으로 M군의 옷으로 신발로 또 옷으로 이렇게 보기를 오르내리었다. 그의 머리(?)에 가까운 곳에는 이상한 생각(같은 것)이 떠올랐다.

'M군…… 그 M군은 나의 친구였다. 분명히 역시.'

M군보다 키는 차라리 그가 더 컸다. 그러나 그가 군을 바라보는 것은

분명히 '쳐다보는 것'이었다. 그의 이 모순된 눈에서는 눈물이 그대로 쏟아지기만 하였다. 어느 때까지라도……

군중의 잡다한 소음은 하나도 그의 귀에 느껴지지 않았던 것은 물론이다. 그리고 그뿐만 아니라 그의 눈이 초점을 잃어버렸던 것도,

'차라리 아까 그 신사나 따라갈 것을.'

전광 같은 생각이 또 떠올랐다. 그때 그는 그의 귀가 '형님' 소리를 몇 번이나 '들었던 기억' 까지 쫓아 버렸다.

'차라리…… 아…….'

'이 사람들이 나를 기다렸던가…… 아…….'

모든 것은 다 간다. 가는 것은 어언간 간 것이다. 그에게 있어도 모든 것은 벌써 다 간 것이었다.

다만, 그리고는 오지 아니하면 아니 될 것이 그 뒤를 이어서 '가기 위하여' 줄대어 오고 있을 뿐이었다.

'아, 갔구나…… 간 것은 없는 것만도 못한 없는 것이다…… 모든…….'

그는 M군과 T씨와 그리고 T씨의 아들 업…… 이 세 사람의 손목을 번갈아 한번씩 쥐어 보았다. 어느 것이나 다 뻣뻣하고 핏기 없이 마른 것이었다.

"아우야…… T…… 조카…… 업…… 네가 업이지……?"

그들도 그의 눈물을 보았다. 그리고 어두운 낯빛에 아무 말들도 없었다. 간단한 해석을 내린 것이었다.

"바깥에는 눈이 오지?"

"떨어지면 녹고…… 떨어지면 녹고 그러니까 뭐."

떨어지면 녹고…… 그에게는 오직 눈만이 그런 것도 아닐 것 같았다. 그리고 비유할 곳 없는 자기의 몸을 생각하여 보았다.

네 사람은 걷기를 시작하였다. 어느 틈엔지 그는 업의 손목을 꽉 잡고 있었다.

'네 얼굴이 그렇게 잘생긴 것은 최상의 행복이요 동시에 최하의 불행이다……'

그는 업의 붉게 익은 두 뺨부터 코밑의 인중을 한참이나 훔쳐보았다. 그곳은 그를 만든 신이 마지막 새끼손가락을 뗀 자리인 것만 같았다.

도영倒映되는 가로등과 헤드라이트는 눈물에 젖은 그의 눈 속에 이중적으로 재현되어 있는 것 같았다.

T씨의 집에서 이것저것 맛있는 음식을 시켜다 먹었다. 그 자리에 M군도 있었던 것은 물론이다. 자리는 어리석기 쉬웠다. 그래 그는 입을 열었다.

"오래간만에 오고 보니…… 그것도 그래…… 만나고 보면 할 말도 없거든…… 사람이란 도무지 이상한 것이거든…… 얼싸안고 한 두어 시간 뒹굴 것 같지…… 하기야…… 그렇지만…… 떡 당하고 보면 그저 한량없이 반갑다 뿐이지…… 또 별 무슨……."

자기 말이 자기 눈에 띌 때처럼 싱거운 때는 없다.

그는 이렇게 늘어놓는 동안에 '자기 말이 자기 눈에 띄었'다. 자리는 또 어리석어 갔다.

"이 세상에 벙어리나 귀머거리처럼…… 어쨌든 그런 병신이 차라리 나을 것이야……."

이런 말을 하고 나서 보니 너무 지나친 말인 것도 같았던 것이 눈에 띄었다. 그는 멈칫했다.

"O군, 맡끝에 말이지…… 그래도 눈먼 장님은 아니니까 자네 편지는 자세 보아서 아네. 자네도 인제 고생 끝에 낙이 나느라고 하기는 우리 같은 사람도 자네 덕을 입지 않나! 하……."

M군의 이 말끝에 웃음은 너무나 기교적이었다. 차라리 웃을 만하였다.

'웃을 만한 희극.'

그는 누구의 이런 말을 생각하여 보았다. 그리고는 M군의 이 웃음이 정히 그것에 해당치 않는 것인가도 생각하여 보았다. 그리고 속으로 웃었다.

"형님 언제나 심평[35]이 필까 필까 했더니…… 인제는 나도 기지개 좀 펴겠소. 허……."

이렇게도 모든 '웃을 만한 희극'은 자꾸만 일어났다.

"하……! 하……."

그는 나가는 데 맡겨서 그대로 막 웃어 버렸다. 눈 감고 칼쌈하는 세 사람처럼 관계도 없는 세 가지 웃음이 서로 어우러져서 스치고 부딪고 맞닥치는 꼴은 '웃을 만한' 희극 중에서도 진기한 광경이었다.

11시쯤 하여 M군은 돌아갔다. 그리고 나서 그는 곧 자리에 쓰러졌다. 곧 깊은 꿈속으로 떨어진 그는 여러 날만에 극도로 피곤한 그의 몸을 처음으로 편안히 쉬게 하였다.

얼마를 잤는지(그것은 하여간 그에게는 며칠 동안만 같았다) 귀가 그렇게 간지러웠던 까닭이 무엇이었던가를 찾아보았으나 어두컴컴한 방 안에는 아무것도 집어낼 것이 없었다.

'꿈을 꾸었나…… 그럼…….'

꿈이었던가 아니었던가를 생각하여 보는 동안에 그의 의식은 일순간에 명료하여졌다. 따라서 그의 귀도 무엇인가를 구분해낼 만치 정확히 간지러움을 가만히 느끼고 있었다.

'시계 소리…… 밤 소리(그런 것이 있다면)…… 그리고…… 그리고…….'

분명히 퉁소 소리다.

'이럴 내가 아니다.'

그러나 그의 마음은 알 수 없이 감상적으로 변하여 갔다. 무엇이 이렇게 만들까를 생각하여 보았으나 알 수 없었다. 얼마 동안이나 어둠침침한 공간 속에서 초점 잃은 두 눈을 유희시키다가 별안간 그는 '퉁소의 크기는 얼마나 될까'를 생각해 보았다. 그의 생각에는 그 통소의 크기는 그가 짚고 다니는 스틱 길이만은 할 것 같았다. 그렇지 아니하면 저런 굵은 옅은 소리가 날 수가 없을 것 같았다. 이런 생각을 하여 보고 나서 그는 혼자 웃었다.

'아까 그 신사나 따라갈 것을! 차라리!'

어찌하여 이런 생각이 들까, 그는 몇 번이나 생각하여 보았다. M군과 T는 나를 얼마나 반가워하여 주었느냐…… 나는 눈물을 흘리기까지 아니하였느냐…… 업의 손목을 잡지 아니하였느냐…… M군과 T는 나에게 얼마나 큰 기대를 가지고 있지 아니하냐……나는…… 그들을 믿고…… 오직…… 이곳에 돌아온 것이 아니냐…….

'아…… 확실히 그들은 나를 반가워하고 있음에 틀림은 없을까? 나는 지금 어디로 들어가느냐.'

그는 지금 그윽한 곳으로 통하여 있는(그 그윽한 곳에는 행복이 있을지 불행이 있을는지 모른다) 충계를 한 단 한 단 디디며 올라가고 있는 것만 같다.

그의 가슴은 알지 못할 것으로 꽉 차 있었다. 그것을 그가 의식할 때에 그는 그것이 무엇인가를 황황히 들여다본다. 그때에 그는 이때까지 무엇엔지 꽉 채워져 있는 것 같은 그의 가슴속은 아무것도 없이 텅 빈 것으로 그의 눈앞에 나타난다.

'아무것도 없었구나…… 역시.'

그가 다시 고개를 들었을 때에는 빈 것으로만 알아졌던 그의 가슴속은 역시 무엇으로인지 차 있는 것을 다시 느껴지는 것이었다.

모든 것이 모순이다. 그러나 모순된 것이 이 세상에 있는 것만큼 모순이라는 것은 진리이다. 모순은 그것이 모순된 것이 아니다. 다만 모순된 모양으로 되어져 있는 진리의 한 형식이다.

'나는 그들을 반가워하여야만 한다…… 나는 그들을 믿어 오지 아니하였느냐? 그렇다. 확실히 나는 그들이 반가웠다…… 아…… 나는 그들을 믿어……야…… 한다…… 아니다. 나는 벌써 그들을 믿어온지 오래다……
내가 참으로 그들을 반가워하였던가…… 그것도 아니다…… 반갑지 아
니하면 아니 될 이 경우에는 반가운 모양 외에 아무런 모든 모양도 나에
게…… 이 경우에…… 나타날 수 없다. 어쨌든 반가웠다…….'

시계는 가느단 소리로 4시를 쳤다. 다음은 다시 끔찍끔찍한 침묵 속에
잠기고 만다. T씨의 코 고는 소리와 업의 가냘픈 숨소리가 들려올 뿐이다.
그의 귀를 간지럽히던 통소 소리도 어느 사이엔지 없어졌다.

'혹시 내가 속지나 않은 것일까…… 사람은 모두 다 서로 속이려고 드는
것이니까. 그러나 설마 그들이…… 나는 그들에게 진심을 바치리라.'

사람은 속이려 한다. 서로서로…… 그러나 속이려는 자기가 어언간 속고
있는 것을 깨닫지 못하는 것이다. 속이는 것은 쉬운 일이다. 그러나 속는 것
은 더 쉬운 일이다. 그 점에 있어 속이는 것이란 어려운 것이다. 사람은 반성
한다. 그 반성은 이러한 토대 위에 선 것이므로 그들은 그들이 속이는 것이
고 속는 것이고 아무것도 반성치는 못한다.

이때에 그도 확실히 반성하여 보는 것이었다. 그러나 그는 아무것도 반
성할 수 없었다.

'나는 아무도 속이지 않는다. 그 대신에 아무도 나를 속일 사람은 없을
것이다.'

그는 '반가워하지 아니하면 안 된다…… 사랑하지 아니하면 안 된
다…… 믿지 아니하면 안 된다' 등의 '……지 아니하면 안 되'는 의무를 늘
생각하고 있다. 그러나 이 '……지 아니하면 안 된다'라는 것이 도덕상에 있
어 어떠한 좌표 위에 놓여 있는 것인가를 생각해 볼 수는 없었다. 따라서 이
그의 소위 '의무'라는 것이 참말 의미의 '죄악'과 얼마나한 거리에 떨어져 있는
것인가를 생각해 볼 수 없었는 것도 물론이다.

사람은 도덕의 근본성을 고구하기 전에 우선 자기의 일신을 관념 위에 세

위 놓고 주위의 사물에 당한다. 그러므로 그들의 최후적 실망과 공허를 어느때고 반드시 가져온다. 그러나 그것이 왔을 때에 그가 모든 근본 착오를 깨닫는다 하여도 때는 그에게 있어 이미 너무 늦어지고야 말고 하는 것이다.

인류의 역사가 시작될 때부터 사람은 얼마나 오류를 반복하여 왔던가. 이 점에 있어서 인류의 정신적 진보는 실로 가엾을 만치 지지遲遲한 것이라고 아니할 수 없다.

'주위를 나의 몸으로써 사랑함으로써 나의 일생을 바치자…….'

그는 이 '사랑'이라는 것을 아무 비판도 없이 실행을 '결정'하여 버리고 말았다.

'그러나 내가 아까 그 신사를 따라갔던들? 나는 속는지도 모른다. 그러나 반드시 속을 것을 보증할 사람이 또 누구냐…… 그 신사에게 나의 마음과 같은 참마음이 없다는 것을 보증할 사람은 또 누구냐.'

이러한 자기 반역도 그에게 있어서는 관념에 상쇄될 만큼도 없는 극히 소규모의 것이었다. 집을 떠나 천애天涯36)를 떠다닌 저 10여 년, 그는 한 번도 이만큼이라도 깊이 생각해 본 적이 없었다. 그의 머리는 냉수에 담갔다 꺼낸 것같이 맑고 투명하였다. 모든 것은 이상하였다.

'밤이라는 것은 사람이 생각하여야만 할 시간으로 신이 사람에게 준 것이다.'

그는 새삼스러이 이 밤의 신비를 느꼈다.

'그 여자는 누구며 지금쯤은 어디 가서 무엇을 생각하고는 울고 있을까?'

그의 눈앞에는 그 인상 없는 여자의 얼굴이 희미하게 떠올랐다. 얼굴의 평범이라는 것은 특이(못생긴 편으로라도)보다 얼마나 못한 것인가를 그는 그 여자의 경우에서 느꼈다.

'그 여자를 따라갔어도.'

이것은 그에게 탈선 같았다. 그리하여 그는 생각하기를 그쳤다. 그는 몸

괴로운 듯이(사실에) 한번 자리 속에서 돌아 누웠다. 방 안은 여전히 단조로이 시간만 삭이고 있다. 그때 그의 눈은 건너편 벽에 걸린 조그마한 일력 위에 머물렀다.

'DECEMBER 12'

이 숫자는 확실히 그의 일생에 있어서 기념하여도 좋을 만한(그 이상의) 것인 것 같았다.

'무엇하러 내가 여기를 돌아왔나?'

그러나 그곳에는 벌써 그러한 '이유'를 캐어 보아야 할 아무 이유도 없었다. 그는 말 안 듣는 몸을 억지로 가만히 일으켰다. 그리하고는 손을 내밀어 일력의 '12' 쪽을 떼어냈다.

'벌써 간 지 오래다.'

머리맡에 벗어 놓은 웃옷의 포켓 속에서 꺼내어서는 그 일력 쪽을 집어넣었다. 마치 그는 정신을 잃은 사람이 무의식으로 하는 꼴로 천장을 향하여 눈을 꽉 감고 누웠다. 그의 혈관에는 인제 피가 한 방울씩 두 방울씩 돌기를 시작한 것 같았다. 완전히 편안한 상태였다.

주위는 침묵 속에서 단조로운 음악을 연주하고 있는 것 같았다.

'생명은 의지다.'

무의미한 자연 속에 오직 자기의 생명만이 넘치는 힘을 소유한 것 같은 것이 그에게는 퍽 기뻤다. 그때에 퍽 가까운 곳에서 닭이 홰를 탁탁 몇 번 겹쳐치더니 청신한 목소리로 이튿날의 첫 번 울음을 울었다. 그 소리가 그에게는 얼마나 생명의 기쁨과 의지의 힘을 표상하는 것 같았는지 몰랐다. 그는 소리 안 나게 속으로 마음껏 웃었다.

조금 후에는 아까 그 소리난 곳보다도 더 가까운 곳에서 더 한층이나 우렁찬 목소리로의 '꼬끼오'가 들려왔다. 그는 더없이 기뻤다. 어찌 할 수도 없이 기뻤다. 그가 만일 춤출 수 있었다 하면 그는 반드시 일어나서 춤추었을 것이다. 그는 견딜 수 없었다.

"T…… T…… 집에서 닭을 치나?"

"T…… 없어…… 집에서……."

그러나 아무 대답도 없었다. 다만 T씨의 코 고는 소리와 업의 가냘픈 숨소리가 전과 조금도 다름없이 계속되고 있을 뿐이었다. 그곳에는 다시 아무 일도 일어나지 아니한 때와 도로 마찬가지로 변하였다(사실에 아무 일이고 일어나지는 않았으나).

'승리! 승리!'

어언간 그는 또다시 괴로운 꿈속으로 들어가 버렸다. 해가 미닫이에 꽤 높았을 때까지…….

아무리 그는 찾아보았으나 나무도 없는 마른 풀밭에는 천 개나 만 개나 한 모양의 무덤들이 일면으로 널려 있기만 할 뿐이었다. 찾을 수 없으리라는 것을 나서기 전부터도 모르는 것은 아니었다. 그러나 그는 나섰다. 또 찾을 수가 있었대야 아무 소용도 없을 것이었으나 그러나 그의 마음 가운데는 무엇이나 영감이 있을 것만 같았다.

'반가이 맞아 주겠지! 적어도 반갑기는 하겠지!'

지팡이를 쥔 손, 손등은 바람에 터져 새빨간 피가 흘렀으나 손바닥에는 축축이 식은땀이 배었다. 수건을 꺼내어 손바닥을 닦을 때마다 하염없는 눈물에 젖은 눈가와 뺨을 씻는 것도 잊지는 않았다. 눈물은 뺨에 흘러서 그대로 찬바람에 어는지 싸늘하였다. 두 줄기만이 더욱이나…….

"왜 눈물이 흐를까…… 무엇이 설울까?"

그에게는 다만 찬바람 때문인 것만 같았다. 바람이 소리지르며 불 때마다 그의 눈은 더한층이나 젖었다. 키 작은 잔디의 벌판은 소리날 것도 없이 다만 바람과 바람이 서로 어여드는 칼날 같은 비명이 있을 뿐이었다.

해가 훨씬 높았을 때까지 그는 그대로 헤매었다. 손바닥의 땀과 눈의 눈물을 한번씩 더 씻어낸 다음 그는 아무 데고 그럴 법한 자리에 가 앉았다.

그곳에도 한 개의 큰 무덤과 그 옆에 작은 무덤이 어깨를 마주댄 것처럼 놓여 있었다. 그는 한참 동안이나 물끄러미 그것을 내려다보았다.

'세상에 또 나와 같은 젊은 아내와 어린 자식을 한꺼번에 갖다 파묻은 사람이 또 있는가 보다.'

그는 그러한 남과 이러한 자기를 비교하여 보았다.

'그러한 사람도 있다면 그 사람도 지금은 나같이 세상을 떠돌아다닐 터이지. 그리고 또 지금쯤은 벌써 그 사람도 죽어 세상에서 없어져 버렸는지도 모르지.'

그는 자기가 지금 무엇하러 이곳에 와 있는지 몰랐다. 반가워하여 주는 사람이 없는 것은 그래도 고사하고라도 그에게 반가운 것의 아무것을 찾을 수도 없다. 그렇게 마른 풀밭에 앉아 있는 그의 모양이 그의 눈으로도 '남이 보이듯이' 보이는 것 같았다.

'가자…… 가…… 이곳에 오래 있을 필요는 없다…… 아니 처음부터 올 필요도 없다…… 사람은 살아야만 한다…… 그러다가 어느 날이고는 반드시 죽고야 말 것이다…… 그러나 사람은 어디까지라도 살아야만 할 것이다. 죽는 것은 사람의 사는 것을 없이 하는 것이므로 사람에게는 중대한 일이겠다…… 죽는 것……죽는 것…… 과연 죽는 것이란 사람이 사는 가운데에는 가장 두려운 것이다…… 그러나…… 죽는 것은 사는 것의 크나큰 한 부분이겠으나 그러나 죽는 것은 벌써 사는 것과는 아무 관계도 없는 것이다. 사람은 죽는 것에 철저하여야 할 것이다. 그러나 죽는 것에는 벌써 눈이라도 주어볼 아무 값도 없어지는 것이다. 죽는 것에 대한 미적지근한 미련은 깨끗이 버리자…… 그리하여 죽는 것에 철저하도록 살아볼 것이다…….'

인생은 결코 실험이 아니다. 실행이다.

사람은 놀랄 만한 긴장 속에서 일각의 여유조차도 가지지 아니하였다.

'보아라, 이 언덕에 널려 있는 수도 없는 무덤들을. 그들이 대체 무엇이냐, 그것들은 모든 점에 있어서 무無 이하의 것이다.'

해는 비췰 땅을 가졌으므로 행복이다. 그러나 땅은 해의 비췸을 받는 것만으로는 행복되지 않다. 그곳에 무엇이 있을까?

'보아라, 해의 비췸을 받고 있는 저 무덤들은 무엇이 행복되랴…… 해는 무엇이 행복되며!'

그것은 현상이 아니다. 존재도 아니다. 의의 없는 모양(?)이다(만일 이러한 말이 통할 수 있다면).

'생성하고 자라나고 살고…… 아…… 그리하여 해도 땅도 비로소 행복된 것이 아니랴!'

그의 머리 위를 비스듬히 비추고 있는, 그가 40년 동안을 낮익게 보아 오던 그 해가 오늘에 있어서는 유달리도 숭엄하여 보였고 영광에 빛나는 것만 같았다. 더욱이나 따뜻한 것만 같았고 더욱이나 밝은 것만 같았다.

10여 년 전에 M군과 함께 어린것을 파묻고 힘없는 몸이 다시 집을 향하여 걷던 이 좁고 더러운 길과 그리고 길가의 집들은 오늘 역시 조금도 변한 곳은 없었다.

'사람이란 꽤 우스운 것이야.'

그는 의식 없이 발길을 아무 데로나 죽은 것들을 피하여 옮겼다. 어디를 어느 곳으로 헤맸는지 그가 이 촌락(?)을 들어설 수가 있었을 때에는 세상은 벌써 어둠컴컴한 암흑 속에 잠긴 지 오래였다.

집에는 피곤한 사람들의 코 고는 무거운 소리가 흐릿한 등광과 함께 찢어진 들창으로 새어 나왔다. 바람은 더한층이나 불고 그대로 찼다. 다 쓰러져 가는 집들이 작은 키로 늘어선 것은 그곳이 빈민굴인 것을 말하는 것이었다. 그러나 그에게는 그래도 이곳이 얼마나 '사람 사는 것' 같고 따스해 보이는지 몰랐다.

그는 도무지 그들의 마음을 짐작할 수가 없었다. 어느 때에는 그에게 무한히 호의를 보여주는 것같이 하다가도 또 어느 때에는 쓸쓸하기 짝이 없었다. 그는 도무지 갈피를 잡을 수조차 없었다. 일로 보아 하여간 그들이 그에게 무엇이나 불평이 있는 것만은 분명하였다. 어느 날 밤에 그는 그들을 모두 불렀다. 이야기라도 같이 하여 보자는 뜻으로,

"T! 의가 좋으니 나쁘니 하여도 지금 우리에게 누가 있나. 다만 우리 두 형제가 있지 않나. 아주머니(T씨의 아내를 그는 이렇게 불렀다), 그렇지 않소. 또 그리고 업아, 너도 그렇지 아니하냐. 우리 외에 설령 M군이 있다 하더라도…… 하기야 M군은 우리들 가족과 마찬가지로 친밀한 사이겠지만 그래도 M군은 '남'이 아닌가."

그는 여기서 말을 뚝 끊고 한번 그들의 얼굴들을 번갈아 들여다보았다. 그들의 얼굴에는 기쁜 표정은 없었다. 그러나 적어도 근심스럽거나 어두운 표정은 아니었다. 그리고 그뿐만 아니라 무엇이나 그들은 그에게 요구하고 있는 듯한 빛도 어렴풋이 볼 수 있었다.

"자! 우리 일을 우리끼리 의논하지 아니하고 누구하고 의논하나…… 나에게는 벌써 먹은 바 생각이 있어! 그것은 내 말하겠으되…… 또 자네들에게도 좋은 생각이 있으면 나에게 말하여 주었으면 좋겠어. 하여간 이 돈은 남의 것이 아닌가. 남의 것을 내가 억지로(?) 얻은 것은…… 죽은 사람의 뜻을 어기듯 하여 이렇게 내가 차지한 것은 다 우리들도 한번 남부럽지 않게 잘 살아 보자는 생각에서 그런 것이 아닌가. 지금 이 돈에 내 것 남의 것이 있을 까닭이 없어. 내 것이라면 제각기 다 내 것이 될 수 있겠고 남의 것이라면 다 각기 누구에게나 남의 것이니깐. 자, 내 눈에 띄지 못한 나에게 대한 불평이 있다든지 또 어떻게 하였으면 좋겠다든가 하는 생각이 있다든지 하거든 우

리가 같이 서로 가르쳐 주며 의논하여 보는 것도 좋지 아니한가?"

그는 또 한번 고개를 돌려 가며 그들의 얼굴빛을 살펴보았다. 그러나 아무 변화도 찾아낼 수 없었다.

"그러면 내가 생각하고 있다는 것을 이야기하여 보자! 내 생각 같아서는…… 이 돈을 반에 탁 갈라서 자네하고 나하고 반분씩 노나 갖는 것도 좋을 것 같으나 기실 얼마 되지 않는 것을 또 반에 나누고 말면 더욱이나 적어지겠고 무슨 일을 해볼 수 없겠고 그럴 것 같아서! 생각다 생각 끝에 나는 이런 생각을 했어!"

그의 얼굴에는 무슨 이야기?! 못할 것을 이야기하는 것 같은 어려운 표정이 보였다.

"즉 반분하고 고만두는 것보다는 그것을 그대로 가지고 같이 무슨 일이고 하여 보자는 말이야. 그러는 데는 우리는 M군의 힘도 빌 수밖에는 없어. 또 우리 둘의 힘만으로는 된다 하더라도…… 생각하면 우리는 옛날부터 M군의 신세를 끔찍이 져왔으니까. 지금은 거의 가족과 마찬가지로 친밀한 사이가 되어 있지 않은가…… 그러한 사람과 함께 협력해 보는 것도 좋지 아니할까 하는데…… 또 M군은 요사이 자네들도 아다시피 매우 곤궁한 속에서 지내고 있지 않은가 말이야…… 하면 여지껏 신세진 은혜도 갚아 보는 셈으로!"

"M군은 의사이지. 하기는 나도 그 생각으로 그랬다는 것은 아니로되 어쨌든 의학 공부를 약간 해둔 경력도 있고 하니…… M군의 명의로 병원을 하나 내는 것이 어떠할까 하는 말이거든!"

그는 이 말을 툭 떨어뜨린 다음 입 안에 모인 군은 침을 한 모금 꿀떡 삼켰다.

"그야 누구의 이름으로 하든지 상관이야 없겠지만…… 그래도 M군은 그 방면에 있어서는 상당히 연조도 있고 또 이름도 있지 않은가…… 즉 그것은 우리의 편리한 점을 취하는 방침상 그러는 것이고…… 무슨 그 사람이 반드시 전부의 주인이라는 것은 아니거든…… 그래서는 수입이 얼마가 되든지 삼분하여 논키로! 어떤가? 의향이."

그들의 얼굴에는 여전히 아무 다른 표정도 찾아낼 수는 없었다. 꽉 다물고 있는 그들의 입을 아무리 들여다보아도 열릴 것 같지도 않았다.

"자, 좋으면 좋겠다고, 또 더 좋은 방책이 있으면 그것을 말하여 주게! 불만인가…… 덜 좋은가?"

방 안은 고요하다. 밖에도 아무 소리도 나지 않았다. 버러지 소리의 한결같은 리듬 외에는 방 안은 언제까지라도 침묵이 계속하려고만 들었다.

그날 밤에 그는 밤이 거의 밝도록 잠들지 못하였다. 끝없는 생각의 줄이 뒤를 이어서 새어 나오는 것이었다.

'모든 사람의 일들은 불행이다. 그러나 사람은 사람이 그렇게도 불행하므로 행복된 것이다.'

그에게는 불행의 쾌미快味가 알려진 것도 같았다.

'이대로 가자…… 이대로 가는 수밖에는 아무 도리가 없다. 이제부터는 내가 여지껏 찾아오던 '행복'이라는 것을 찾기도 고만두고 다만 '삶'을 값있게 만들기에만 힘쓰자. 행복이라는 것은 없다…… 있을 가능성이 없는 것이다…… 나는 이 있을 수 없는 것을 여지껏 찾았다. 나는 그릇 '겨냥'대었다…… 그러므로 나는 확실히 '완전한 인간의 패배자'였다…… 때는 이미 늦은 것 같다. 그러나 또 생각하면 때라는 것이 있을 것 같지도 않다…… 나는 다만 삶에 대한 군은 의지를 가질 따름이어야만 한다…… 그 삶이라는 것이 싸움과 슬픔과 피로 투성이 된 것이라 할지라도…… 그곳에는 불행도 없다…… 다만 힘 세찬 '삶'의 의지가 그냥 그 힘을 내어 휘두르고 있을 따름이다.'

인간은 실로 인간 외에는 아무것도 아니었다. 그들은 얼마나 애를 썼나,

하늘도 쌓아 보고 지옥도 파보았다. 그리고 신도 조각하여 보았다. 그러나 그들은 땅 이외에 그들의 발 하나를 세울 만한 곳을 찾아내지 못하였고 사람 이외에 그들의 반려도 찾아낼 수 없었다. 그들은 땅 위와 사람들의 얼굴들을 번갈아 바라다보았다. 그리고는 결국 길게 한숨 쉬었다.

'벗도 갈 곳도 없다…… 이 괴로운 몸을 그래도 이 험악한 싸움터에서 질질 끌고 돌아다녀야 할 것인가…… 그밖에 도리가 없다면! 사람아 힘 풀린 다리라도 최후의 힘을 주어 세워 보자. 서로서로 다 같이 또 다 각기 잘 싸우자! 이것이다. 그리고 이것이 있을 따름이고나…….'

그는 그의 몸이 한층이나 더 피곤한 듯이 자리 속에서 한번 돌쳐 누웠다. 피곤함으로부터 오는 옅은 쾌감이 전신에 한꺼번에 스르르 기어올라옴을 그는 느낄 수 있었다.

'하여간 나는 우선 T의 집에서 떨어지자. 그것은 내가 T의 집에 머물러 있는 것이 피차에 고통을 가져온다는 이유로부터라느니보다도 그까짓 일로 마음을 귀찮게 굴어 진지한 인간 투쟁을 방해시킬 수는 없다…….'

밤이 거의 밝게쯤 되어서야 겨우 그는 최후의 결정을 얻었다. 설령 그가 T씨의 집을 떠난다 하여도 그는 지금의 형편으로 도저히 혼자 살아갈 수는 없다. 그리하여 그는 M군과 함께 있기로 결정하였다. 그리고 T씨가 좋아하든지 말든지 그의 방침대로 병원을 낸 다음 수입은 삼분할 것도 결정하였다.

지금 M군의 집은 전일의 대가大家를 대신하여 눈에 띄지도 아니 할 만한 오막살이였다. 모든 것이 결정되는 대로 병원 가까이 좀 큰 집을 하나 산 다음 M군의 명의로 자기도 M군의 가족이 될 것도 결정하였다. 또 병원을 신축하기에 넉넉하다면 아주 그 건물 한 모퉁이에다 주택까지 겸할 수 있도록 하여 볼까도 생각하였다. 그러나 그것은 그에게는 될 것 같지도 않게 생각되었다.

새해는 왔다. 그의 생활도 한층 새로운 활기를 띠어 오는 것 같았다. 즐겁지도 슬프지도 않는 새해였으나 그에게는 다시 몹시 의미 깊은 새해였던 것만은 사실이었다.

　　　　　　　　　　　—1930. 5. 어於 의주통義州通 공사장.

　생물은 다 즐거웠다. 적어도 즐거운 것같이 보였다. 그가 봄을 만났을 때 봄을 보았을 때 죽을 힘을 다 기울여 가며 긍정하였던 '생' 이라는 것에 대한 새로운 회의와 그에 좇는 실망이 그를 찾았다. 진행하며 있는 온갖 물상 가운데에서 그 하나만이 뒤에 떨어져 남아 있는 것만 같았다. '벌써 도태되었을' 그를 생각하고 법칙이라는 것의 때로의 기발한 예외를 자신에서 느꼈다. 그러나 그에게는 아직도 여력이 있었다. 긍정에서 부정에 항거하는 투쟁…… 최후의 피투성이의 일전이 남아 있었다. 그것은 '용납되지 않는 애愛' '눈먼 애'…… 그것을 조건 없이 세상에 헌상하는 그것이었다.

　인간 낙선자落選者의 힘은 오히려 클 때도 있다. 봄을 보았을 때, 지상에 엉키는 생을 보았을 때, 증대되는 자아 이외의 열락을 보았을 때 찾아오는 자살적 절망에 충돌당하였을 때 그래도 그는 의연히 차라리 더한층 생에 대한 살인적 집착과 살신성인적 애愛를 지불하는 데 용감하였다. 봄을 아니 볼 수 없이 볼 수밖에 없었을 때 그는 자신을 혜성이라 생각하여도 보았다. 그러나 그가 혜성이기에는 너무나 광채가 없었고 너무나 무능하였다. 다시 한번 자신을 일평범 이하의 인간에 내려뜨려 보았을 때 그가 그렇기는 너무나 열락과 안정이 없었다. 이 중간적(실로 아무것도 아닌) 불만은 더욱이나 그를 광란에 가깝게 심술 내도록 하는 것이었다.

　T씨에 관한 그의 관심은 그가 그의 생에 대한 신조의 안으로 깊이 들어가면 들어갈수록 커가기만 하는 것이었다. 그 원인이 어느 곳에 있는지는 하여

간 그가 T씨의 집을 나온 것은 한낱 도의적으로만 생각할 때에는 한 '잘못'이라고도 할 수 있겠으나 그의 그러한 결정적 일이 동인動因에 있어서는 추호의 '잘못'도 섞이지 아니하였다는 것은 그가 변명할 수 있을 뿐만 아니라 나아가 역설할 수가지 있는 것이었다. 그의 인상이 몹시 나빠서 그랬던지 M군의 가족으로부터도 그는 환영받지 못하였을 뿐만 아니라 M군의 어린아이들까지도 따르지는 않았다. 그러나 그는 그 때문에 자신의 불복을 느끼거나 혹은 M군의 집을 떠날 생각이나 다시 T씨의 집으로 들어갈 생각 같은 것은 하지도 아니하였다. 그까짓 것들은 그에게 있어 별로 문제 안 되는, 자기는 그 이상 더 크나큰 문제에 조우하여 있는 것으로만 여겼다. 밤이면 밤마다 자신의 실추된 인생을 명상하고 멀지 아니한 병원을 아침마다 또 저녁마다 오고 가는 것이 어찌 그다지 단조할 것 같았으나 그에게 있어서는 실로 긴장 그것이었다. 언제나 저는 다리를 이끌고서 홀로 그 길과 그 길을 오르내리는 것은 부근 사람들에게 한 철학적 인상까지 주는 것 같았다. 그러나 누구 하나 그에게 말 한마디나 한번의 주의를 베풀어 보려는 사람은 없었다.

그는 그러한 똑같은 모양으로 가끔 T씨의 집을 방문한다. 그것은 대개는 밤이었다. 그가 넉 달 동안 T씨의 문지방을 넘어 다녔으나 T씨를 설복할 수는 없었다.

"오너라, 같이 가자!"

"형님에게 신세 끼치고 싶지 않소."

그들의 회화는 일상에 이렇게 간단하였다. 그리고는 그 뒤에 반드시 길다란 침묵이 끝까지 끼어들고 말고는 하였다. 때로는 그가 눈물까지 흘려 가며 T씨의 소매에 매달려 보았으나 T씨의 따뜻한 대답을 얻어들을 수는 없었다.

늦은 봄의 저녁은 어지러웠다. 인간과 온갖 물상과 그리고 그런 것들 사이에 끼어들어 있는 공기까지도 느른한 난무를 하고 싶은 대로 하고 있는 것만 같았다. 젖빛 하늘은 달을 중심으로 하여 타기만만惰氣滿滿[37]한 폭죽을 계속하여 방사하고 있으며 마비된 것 같은 별들은 조잡한 회화會話를 계속하고 있는 것 같았다. 온갖 것들은 한참 동안의 광란에 지쳐서 고요하다. 그러나 대지는 넘치는 자기 열락을 이기지 못하여 몸 비트는 것같이 서음의 아우성 소리를 그대로 단조로이 헤뜨리고만 있는 것도 같았다. 그 속에 지팡이를 의지하여 T씨의 집으로 걸어가는 그의 모양은 전연히 세계에 존재할 만한 것이 아닌 만치 타계에서 꾸어온 괴존재와도 같았다. 물론 그 자신은 그런 것을 인식할 수 없었으나(또 없었어야 할 것이다. 만일 그가 그런 것을 인식할 수 있었던들 그가 첫째 그대로 살아 있을 수가 없는 것이니까) 때로 맹렬한 기세로 그의 가슴을 습격하는 치명적 적요는 반드시 그것을 상증한 것이거나 적어도 그런 것에 원인 되는 것이었다. 보는 것과 듣는 것과 그리고 생각하는 것에 피곤한 그의 이마 위에는 그의 마음과 살을 한데 쥐어짜내어 놓은 것과도 같은 무색 투명의 땀이 몇 방울인가 엉키었다. 그는 보기 싫게 절며 움직이는 다리를 잠시 동안 멈추고 땀을 씻어 가며 '후……' 한숨을 쉬었다.

'아…… 인생은 극도로 피로하였다.'

T씨의 문지방을 그는 그날 밤에 또한 넘어섰다. 그리고는 세상의 모든 것을 다 사양하는 듯한 열은 목소리로 '업이야…… 업이야'를 불렀다.

T씨는 아직 일터에서 돌아오지 아니하였다. 업이도 어디를 나갔는지 보이지 아니하였다. T씨의 아내만이 희미한 불 밑에서 헐어빠진 옷자락을 주무르고 앉아 있었다. 편리하지 아니한 침묵이 어디까지라도 두 사람의 사이에 심연을 지었다. 그는 생각과 생각 끝에 준비하였던 주머니의 돈을 꺼내어 T씨의 아내 앞에 놓았다.

"자…… 그만하면…… 그만큼이나 하였으면 나의 정성을 생각해 주실게

요…… 자…….”

　몇 번이었던가 이러한 그의 피와 정성을 한데 뭉치어(그 정성은 오로지 T씨 한 사람에 향하여 바치는 정성이었다느니보다도 그가 인간 전체에게 눈물로 헌상하는 과연 살신적 정성이었다) T씨들의 앞에 드린 이 돈이 그의 손으로 다시금 쫓겨 돌아온 것이 헤아려서 몇 번이었던가. 그 여러 번 가운데 T씨들이 그것을 받기만이라도 한 일이 단 한 번이라도 있었던가. 그러나 참으로 개와 같이 충실한 그는 이것을 바치기를 잊어버리지는 아니하였다. 일어나는 반감의 힘보다도 자기의 마음이 부족하였음과 수만의 무능하였음을 회오하는 힘이 도리어 더 컸던 것이다.

　T씨의 아내는 주무르던 옷자락을 한편에 놓고 핏기 없는 두 팔을 아래로 축 처뜨리었다. 그러나 입은 열릴 것 같기도 하면서 한마디의 말은 없었다.

　“자…… 그만하였으면…… 자…….”

　두 사람의 고개는 말없는 사이에 수그러졌다. 그의 눈에서 굵다란 눈물이 더 뚝뚝 떨어졌을 때에 T씨의 아내의 눈에서도 그만 못지 아니한 눈물이 흘렀다. 대기는 여전히 단조로이 울었다.

　“자…… 그만하면…….”

　“네…….”

　그대로 계속되는 침묵이 그들의 주위의 모든 것을 점령하였다.

　그가 일어서자 T씨가 들어왔다. 그는 나가려던 발길을 멈칫하였다. 형제의 시선은 마주친 채 잠시 동안 계속하였다. 그사이에 그는 T씨의 안면 전체에서부터 퍼져 나오는 강한 술의 취기를 인식할 수 있었다.

　“T! 내 마음이 그르지 않은 것을 알아다고!”

　“하……. 하…….‥.”

　T씨는 그대로 얼마든지 웃고만 서 있었다. 몸의 땀내와 입의 술내를 맡을

수 없이 퍼뜨리면서!

"T야…… 네가 내 말을 이렇게나 안 들을 것은 무엇이냐? T! 나의…….."

"자, 이것을 좀 보시오! 형님! 이 팔뚝을!"

"본다면!"

"아직도 내 팔로 내가…… 하 …… 굶어 죽을까 봐 그리 근심이오? 하…….."

T씨가 팔뚝을 걷어든 채 그의 얼굴을 뚫어질 듯이 들여다볼 때 그의 고개는 아니 수그러질 수 없었다.

"T! 나는 지금 집으로 도로 가는 길이다…… 어쨌든 오늘 저녁에라도 좀 더 깊이 생각하여 보아라."

아직도 초저녁 거리로 그가 나섰을 때에 그는 T씨의 아직도 선웃음소리를 그의 뒤에서 들을 수 있었다. 걷는 사이에 그는 무엇인가 이제껏 걸어오던 길에서 어떤 다른 터진 길로 나올 수 있었던 것과 같은 감을 느꼈다. 그러나 또한 생각하여 보면 그가 새로 나온 그 터진 길이라는 것도 종래의 길과는 그다지 다름없는 협착하고 괴벽한 길이라는 것 같은 느낌도 느껴졌다.

C라는 간호부에게 대하여 그는 처음부터 적지 않게 마음을 이끌려 왔다. 그가 C간호부에게 대하여 소위 호기심이라는 것은 결코 이성적 그 어떤 것이 아닐 것은 말할 것도 없다. 그가 C간호부의 얼굴을 마주할 때마다 그는 이상한 기분이 날 적도 있었다.

'도무지 어디서…… 본 듯해…….'

C는 일상 그와 가까이 있었다. 일상에 말이 없이 침울한 기분의 여자였다. 언제나 축축이 젖은 것 같은 눈이 아래로 깔려서는 무엇인가 깊은 명상에 잠겨 있었다. 그러다가는 묵묵히 잡고만 있던 일거리도 한데로 제쳐 놓고는 곱게 살 속으로 분이 스며들어간 얼굴을 두 손으로 가리우고는 그대로

고개를 숙여 버리고는 하는 것이다. 더욱 그 두 손으로 얼굴을 가리울 때,

'어디서 본 듯해…… 도무지.'

생각날 듯 날 듯 하면서도 종시 그에게는 생각나지 아니하였다. 다른 사람들에게 생소한 C가 그에게 많은 친밀의 뜻을 보여주고 있는 것도 같았으나 각별히 간절한 회화 한번이라도 바꾸어 본 일은 없다. 늘 그의 앞에서 가장 종순하고 머리 숙이고 일하고 있었다.

첫여름의 낮은 땅 위의 초목들까지도 피곤의 빛을 보이고 있었다. 창밖으로 내려다보이는 종횡으로 불규칙하게 얽힌 길들은 축축한 생기라고는 조금도 찾아볼 수는 없고 메마른 먼지가 포플라 머리의 흔들릴 적마다 일고 일고 하는 것이 마치 극도로 쇠약한 병자가 병상 위에서 가끔 토하는 습기 없는 입김과도 같이 보였다. 고색창연한 늙은 도시의 부정연한 건축물 사이에 소밀도로 끼어 있는 공기까지도 졸음 졸고 있는 것같이 벙하니 보였다. C는 건너편 책상에 의지하여 무슨 책인지 열심히 읽고 있었다. 그는 신문 조각을 뒤적거리다 급기 졸고 앉아 있었다. 피곤해 빠진 인생을 생각할 때 그의 졸음 조는 것도 당연한 일이었다.

"선생님! 졸으십니까? 아…… 저도!"

그 목소리도 역시 피곤한 한 인생의 졸음 조는 목소리에 지나지 않았다.

"선생님! 선생님! 선생님! 선생님!"

최면술사가 어슴푸레한 푸른 전등 밑에서 한 사람에게 무슨 한마디고를 무한히 시진하도록 리피트시키고 있는 것과도 같이 꿈속같이 고요하고 어슴푸레하였다.

"선생님! 선생님! 저도 한때는 신이라는 것을 믿었던 일이 있답니다!"

"……"

"선생님 신은 있는 것입니까? 있을 수 있는 것입니까? 있어도 관계치 않는 것입니까?"

"흥…… C씨! 소설에 그런 말이 있습니까?"

"여기서도! 그들은 신을 믿으려고 애를 쓰고 있습니다그려! 한때의 저와 같이!"

"……."

또한 졸음 조는 것 같은 침묵이 그사이에 한참이나 놓여 있었다.

'앵도지리 버찌……' 어린 장사의 목소리가 자꾸만 그들의 쉬려는 귀를 귀찮게 굴고 있었다.

"선생님! 저를 선생님의 곁에다…… 제가 있고 싶어하는 때까지 두어 주시지요."

"그것은? 그러면? 그렇다면?"

"선생님! 선생님은 저를 전연 모르셔도 저는 선생님을 잘 알고 있습니다."

그의 들려는 잠은 일시에 냉수 끼얹은 것같이 깨어 버리고 말았다.

"즉! 안다면?"

"선생님! 8년! 어쨌든 그전…… 나고야의 생활을 기억하십니까?"

"나고야?…… 하…… 나고야?"

"선생님! 제가…… 죽은 ○○의 아우올습니다."

"응! ○○? 그…… 아!"

고향을 떠나 두 형매兄妹는 오랫동안 유랑의 생활을 계속하였다. 죽음으로만 다가가는 그들을 찾아오는 극도의 곤궁은 과연 그들에게는 차라리 죽음만 같지 못한 바른 삶이었다. 차차 움돋기 시작하는 세상에 대한 조소와 증오는 드디어 그들의 인간성까지도 변형시켜 놓지 않고는 마지아니하였다. ○○는 그의 본명은 아니었다. 그가 20이 조금 넘었을 때 그는 극도의 주림을 이기지 못하여 남의 대야 한 개를 훔친 일이 있었다. 물론 일순간 후에는 무한히 참회의 눈물을 흘렸으나 한번 엎질러 놓은 물은 다시 어찌할 수도 없었다. 첫째로 법의 눈을 피한다느니보다도 여지껏의 자기를 깨끗이 장사 지낸다는 의미 아래에서 자기의 본명을 버린 다음 지금의 ○○라는 이름을 가지게 된 것이다. 청정된 새로운 생활을 영위하여 나아가기 위하여 어린 누이의 C를 이끌고 그의 발길이 돌아 들어선다는 곳이 곧 나고야 ○○, 그냥 3년 외국 생활을 겪어 보던 그 식당이었다. 우연한 인연으로 만난 이 두 신생에 발길 들여놓은 인간들은 곧 가장 친밀한 우인이 되었었다.

"참회! 자기가 자기의 과거에 대하여 참으로 참회의 눈물을 흘렸다 하면 그는 그의 지은 죄에 대하여 속죄받을 수 있을까?"

그는 ○○로부터 일상에 이러한 말을 침울한 얼굴을 하고는 하는 것을 들었다.

"만인의 신은 없다. 그러나 자기의 신은 있다."

그는 늘 이러한 대답을 하여 왔다.

"지금이라도 내가 그 대야를 가지고 그 주인 앞에 엎드려 울며 사죄한다면 그 주인은 나를 용서할 것인가? 신까지도 나를 용서할 것인가."

어느 밤에 ○○는 자기가 도적하였다는 것과 같은 모양이라는 대야를 한 개 사가지고 돌아온 일까지도 있었다. ○○의 얼굴에는 취소할 수 없는 어두운 구름이 가득히 끼어 있는 것을 그는 볼 수 있었다.

"아무리 생각하여도…… 이 상처를 두고두고 앓는 것보다는……오! 내일은 내가 그 주인을 찾아가겠소. 그리고는 그 앞에서 울어보겠소."

그는 죽을 힘을 다하여 ○○를 말렸다.

"이왕 이처럼 새로운 생활을 하기 시작하여 놓은 이상 이렇게 하는 것은 자기를 옛날 그 죄악의 속으로 다시 돌려보내는 것이 되지 않을까? 참회가 있는 사람에게는 그 순간에 벌써 모든 것으로부터 용서받았어! 지난날을 추억하느니보다는 새 생활을 근심할 것이야!"

○○의 친구 중에 A라는 대학생이 있었다. C는 A에게 부탁되어 있었다. A는 아직도 나어린 C였으나 은근히 장래의 자기의 아내 만들 것까지도 생

각하고 있었다. C도 A를 극히 따르고 존경하여 인류의 깊은 정의를 맺고 있었다.

늦은 가을 하늘이 맑게 개인 어느 날 ○○와 A는 엽총을 어깨에…… 즐거운 수렵의 하루를 어느 깊은 산중에서 같이 보내게 되었다. 운명은 악희라고만은 보아 버릴 수 없는 악희를 감히 시작하였으니 A의 겨냥댄 탄환은 ○○의 급처에 명중하고 말았다. 모든 일은 꿈이 아니었다. 기막힌 현실일 뿐이라! 어떻게 할 수도 없는 엄연한 과거였다. A는 며칠의 유치장 생활을 한 다음 머리 깎은 채 어디론지 종적을 감춘 후 이 세상에서 그의 소식을 아는 사람은 한 사람도 없게 그의 자취는 이 세상에서 사라져 버리고 말았다. 일시에 두 사람을 잃어버린 C는 A가 우편으로 보내준 얼마의 돈을 수중에 한 다음 그대로 넓은 벌판에 발길을 들여놓았다.

"그동안 7년, 8년의 저의 삶에 대하여서 어떤 국어로 이야기할 수 있겠습니까?"

이곳까지 이야기한 C의 눈에는 몇 방울의 눈물이 분 먹은 뺨에 가느다란 두 줄의 길을 내어 놓고까지 있었다.

"제가 선생님을 뵈옵기는 오라버님을 뵈오러 갔을 때 몇 번밖에는 없었습니다…… 그러나 제가 생각해도 이상히 선생님의 얼굴만은 저의 기억에 가장 인상 깊은 그이였나 보아요!"

이곳까지 들은 그는 여지껏 꼼짝할 수도 없이 막혔던 그의 호흡을 비로소 회복한 듯이 길다란 심호흡을 한번 쉬었다.

"C씨…… 그래 그 A씨는 그후 한 번도 만나지 못하셨소?"

"선생님! 제가 누가 있겠습니까? 이렇게 천하를 헤매는 것도 A씨를 찾아보겠다는 일념입니다…… A씨는 벌써 죽었는지도 모릅니다…… 다행히 오늘…… 돌아가신 오라버님의 기념처럼 ○선생님을 이렇게 만나 모시게 되니…… 선생님이 아무쪼록 죽은 오라버님을 생각하시고 저를 선생님 곁에 제가 싫증나는 날까지 두어 주세요. 제가 싫증이 났을 때에는 또…… 선생님, 가엾은 이 새를 저 가고 싶은 대로 가게 내버려두어 두세요. 저는…….”

수그러지는 고개에 두 손이 올라가 가리워질 때에,

'도무지 어디서 본 듯해!.'

그 기억은 아무리 생각하여도 나고야에서의 기억은 아니었고 분명히 다른 어느 곳에서의 기억에 틀림없는 것이었다. 그러나 종시 그의 기억에 떠올라 오지는 아니하였다.

“선생님! A씨나 오라버님이나…… 그들을 위하여서라도 저는 죽을 힘을 다하여 신을 믿어 보려고 하였습니다. 그러나 지금은 신의 존재커녕은 신의 존재의 가능성까지도 의심합니다.”

“만인을 위한 신은 없습니다. 그러나 자기 한 사람의 신은 누구나 있습니다.”

창밖의 길 먼지 속에서는 구세군 행려도行旅徒의 복음과 찬미가 소리가 가장 저음으로 들려왔다.

사람들은 놀래어 T씨를 둘러쌌다. 그리고 떠들었다. 인사불성된 T씨의 어깨와 팔 사이로는 붉은 선혈이 옷 바깥으로 배어 흘러 떨어지고 있었다.

“이 사람 형님이 병원을 한답디다.”

“어딘고? 누구 아는 사람 있나.”

“내 알아…… 어쨌든 메고들 갑시다.”

폭양은 대지를 그대로 불살라 버릴 듯이 내리쬐고 있었다. 목쉰 지경 노래[38]와 목도[39] 소리가 무르녹은 크나큰 공사장 한 귀퉁이에서는 자그마한 소동이 일어났었다. 그러나 잠시 후에는 ‘그까짓 것이 다 무엇이냐’는 듯이 도로 전 모양으로 돌아가 버렸다.

T씨는 거의 일주야 만에야 의식이 회복되었다. 상처는 그다지 큰 것이 아니었으나 높은 곳에서 떨어지느라고 몹시 놀랜 것인 듯하였다. T씨의 아내는 곧 달려와서 마음껏 간호하였다. 그러나 업의 자태는 나타나지 아니하였다. 그가 T씨의 병실 문을 열었을 때 T씨 부부의 무슨 이야기 소리를 들었다. 그러나 그의 얼굴을 보자마자 곧 그쳐 버린 듯한 표정을 그는 읽을 수 있었다. T씨의 아내의 아래로 숙인 근심스러운 얼굴에는 '적빈' 두 글자가 새긴 듯이 뚜렷이 나타나 있었다.

"T야! 상처는 대단치 않으니 편안히 누워 있어라. 다아, 염려는 말고……."

"……."

그는 자기 방에서 또 무엇인가 깊이 깊은 것을 생각하고 있었다. 그 생각하고 있는 자기조차 무엇을 생각하고 있는지 모를 만큼 그의 두뇌는 혼란…… 쇠약하였다.

'아…… 극도로 피곤한 인생이여!'

세상에 바치려는 자기의 '몫'의 가는 곳…… 혹 이제는 이 몫을 비록 세상이 받아라도 하여 주는 때가 돌아왔나 보다…… 하는 생각도 떠올랐다. 험상스러운 손가락 사이에 끼어 단조로운 곡선으로 피어 올라가고 있는 담배 연기와도 같이 그의 피곤해 빠진 뇌수에서도 피비린내 나는 흑색의 연기가 엉겨 올라오는 것 같았다.

'오냐, 만인을 위한 신이야 없을망정 자기 하나를 위한 신이 왜…… 없겠느냐?'

그의 손은 책상 위의 신문을 집었다. 그리고 그의 눈은 무의식적으로 지면 위의 활자를 읽어 내려가고 있는 것이었다.

'교회당에 방화! 범인은 진실한 신자!'

그의 가슴에서는 맺혔던 화산이 소리 없이 분화하기 시작하였다.

그러나 그는 아무 뜨거운 느낌도 느낄 수는 없었다. 다만 무엇인가 변형된(혹은 사각형의) 태양이 적갈색의 광선을 방사하며 붕괴되어 가는 역사의 때아닌 여명을 고하는 것을 그는 볼 수 있는 것도 같았다…….

T씨는 저녁때 드디어 병원을 나서서 그의 집으로 돌아갔다. T씨의 아내만이 변명 못할 신세의 눈초리를 그에게 보여주며 쓸쓸히 T씨의 인력거 뒤를 따라갔다. 그는 모든 것을 이해하여 버렸다.

"T야…… T야……."

그는 그 뒤의 말을 이을 수 있는 단어를 찾아낼 수 없었다. T씨의 얼굴에는 전연 표정이 없었다. 그저 병원을, 의식이 회복되자 형의 병원인 줄을 안 다음에 있을 곳이 아니니까 나간다는 그것이었다. 세상 사람들은 그를 비웃기도 하였고 욕하는 이까지도 있었다.

"그 형인지 무엇인지 전 구두쇤가 봅디다."

"이 염천에 먹고 사는 것은 고사하고 하도 집에서 아무리 한대야 상처가 낫기는 좀 어려울걸!"

그의 귀는 이러한 말들에 귀머거리였다.

"그저 그렇게 내보내면 어떻게 사노? 굶어 죽지."

그 뒤로도 그의 발길이 T씨의 집 문지방을 아니 넘어선 날은 없었다. 또 수입의 3분의 1을 여전히 T씨의 아내에게 전하는 것도 게을리하지는 아니하였다. 뿐만 아니라 다른 의사를 대게 하여(그와 M군은 T씨로부터 거절하였으므로) 치료는 나날이 쾌유의 쪽으로 진척되어 가고 있었다.

수입의 3분의 1이 무조건으로 T씨의 손으로 돌아가는 데 대하여 M군은 적지 않게 불평을 가졌었다. 그러나 물론 M군이 그러한 불평을 입 밖에 낼 리는 없었다. 그가 또한 이러한 것을 눈치 못 챌 리는 없었다. 그러나 그 역시 어찌할 수도 없는 일이었다. 어떤 때에는 이러한 것을 터놓고 M군의 앞에 하소하여 볼까도 한 적까지 있었으나 그러지 못한 채로 세월에게 질질 끌려 가고 있었다.

'다달이 나는 분명히 T의 아내에게 그것을 전하여 주었거늘! 그것이 다시 돌아오지 아니하기 시작한 지가 이미 오래거든…… 그러면 분명히 T는 그 것을 자기 손에 다달이 넣고 써왔을 것을…… T의 태도는 너무 과하다…… 극하다.'

그는 더 참을 수 없는 것을 느꼈다. 그러나 더 참을 수 없는 것을 참아 넘 기는 것이 그가 세상에 바치고자 하는 그의 참마음이라는 것을 깊이 자신하 고 모든 유지되어 오던 현상을 게을리 아니할 뿐 아니라 한층 더 부지런히 하였다.

오늘도 또한 그의 절름발이의 발길은 T씨의 집 문지방을 넘어섰다. T씨 의 아내만이 만면한 수색으로 그를 대하여 주었다. 물론 이야기 있을 까닭 이 없었다. 비스듬히 열린 어두컴컴한 방문 속에서는 T씨의 앓는 소리 섞인 코 고는 소리가 들렸다.

"좀 어떤가요?"

"차차 나아가는 것 같습니다."

"의사는?"

"다녀갔습니다……."

"무어라고 그럽니까요?"

"염려할 것 없다고……."

그만하여도 그의 마음은 기뻤다. 마루 끝에 걸터앉아 이마에 맺힌 땀을 씻으려 할 때 그의 머리 위 하늘은 시커멓게 흐려 들어오고 있었다. 그런가 보다 하는 사이에 주먹 같은 빗방울이 마당의 마른 먼지를 폭발시키기 시작 하였다. 서늘한 바람이 한번 휙 불어 스치더니 지구를 싸고 있는 대기는 별안간 완연 전쟁을 일으킨 것 같았다. T씨의 초가 지붕에서는 물이라고 생각할 수도 없는 더러운 액체가 줄줄 쏟아지기 시작하였다. 그는 고개를 들어 하늘을 쳐다보았다. 그저 무한히 검기만 하였다. 다만 가끔 번쩍거리는 번개가 푸른 빛의 절선折線[40]을 큰 소리와 함께 그리고 있을 뿐이었다. 세상 사람들에게 이 기다리고 기다리던 비가 얼마나 새롭고 감사의 것일 것이었으랴만 그에게는 다만 그의 눈과 귀에 감각되는 한 현상에 지나지 않는 것이었다. 새로울 것도 감사할 것도 아무것도 없었다. 피곤한 인생…… 그는 얼마 동안이나 멀거니 앉아 있다가 정말 인간들이 내다버린 것 모양으로 앉아 있는 T씨의 앞에 예의 것을 내밀었다. T씨의 아내는 그저 고개를 숙였을 뿐이었고 여전히 아무 말도 없었다. 그는 또 거북한 기분 속에서 벗어나려고

"업이는 어딜 갔나요? 요새는 도무지 볼 수가 없으니…… 더러 들어앉아서 T 간병도 좀 하고 하지……."

"벌써 나간 지가 닷새…… 도무지 말을 할 수도 없고……."

"왜 말을 못하시나요?"

"……."

우연한 회화의 한 토막이 그에게 적지 아니한 의아의 파문을 일으켰다(속으로는 분하였다).

"에…… 못된 자식…… 애비가 죽어 드러누웠는데."

그는 비 오는 속으로 그대로 나섰다. 머리 위에는 우레와 번개가 여전히 끊이지 아니하고 일었다.

'신은 이제 나를 징벌하려 드는 것인가…….'

'나는 죄가 없다…… 자…… 내가 무슨 죄가 있는가 좀 보아라…… 나는 죄가 없다!'

그는 자기의 선인임을 나아가 역설하기에는 너무나 약한 인간이었다. 자기의 오직 죄 없음을 죽어 가며 변명하는 데 그칠 줄밖에 몰랐다.

'만인의 신! 나의 신! 아! 무죄!'

모든 것은 걷잡을 수 없이 뒤죽박죽이었다. 자동차의 헤드라이트가 빗속에서 번개와 어우러져서 번쩍였다.

그것이 벌써 찌는 듯한 여름 어느 날의 일이었다면 세월은 과연 빠른 것이다. 축 늘어진 나뭇잎에는 윤택이랄 것이 없었다. 영원히 윤택이 나지 못할 투명한 수증기가 세계에 차 있는 것 같았다.

꼬박꼬박 오는 졸음을 참을 수 없어 그는 창밖을 바라보았다. 사람들은 여전히 무거운 발길을 옮겨 놓으며 있었다. 서로 만나는 사람은 담화를 하는 것도 같았다. 장사도 지나갔다. 무엇이라고 소리 높이 외쳤을 것이다. 그러나 모든 사람들은 입만 뻥긋거리는 데에 그치는 것같이 소리나지 아니하였다. '고요한 담화인가?', 그에게는 그렇게 생각이 되었다. 벽돌집의 한 덩어리는 구름이 해를 가렸다 터놓을 때마다 흐렸다 개였다 하였다. 그러나 그것도 지극히 고요한 이동이었다. 그의 윗눈썹은 차차 무게를 늘리는 것 같았다. 얼마 가지 아니하여는 아랫눈썹 위에 가만히 얹혔다. 공기가 겨우 통할 만한 작은 그 틈에서는 참을 수 없는 졸음이…… 그것도 소리 없이…… 새어 나왔다.

병원은 호흡을…… 불규칙한 호흡을 무겁게 계속하고 있었다. 그 불규칙한 호흡은 그의 졸음에 혼화되어 적이 얼마간 규칙적인 것같이 보였다.

어린아이 울음소리가 아래층에서 들렸다. 그러나 그것도 그의 엿가락처럼 늘어진 졸음의 줄을 건드려 볼 수도 없었다. 한번 지나가는 바람과 같았다. 그 뒤에는 또 피곤한 그의 졸음이 그대로 계속되어 갔을 뿐이다.

그가 있는 방 도어가 이상한 음향을 내며 가만히 열렸다. 둔한 슬리퍼 소리가 둘, 셋, 넷 하고 하나가 끝나기 전에 또 하나가 났다. 저절로 돌아가는 도어의 경첩은 도어를 도어 틀 틈 사이에 무거운 짐을 내려놓는 모양으로 갖다 끼웠다. 그리고는 가느다란 숨소리…… 혹 전연 침묵이었는지도 모를…… 남아날 듯한 비중比重 늘은 공기가 실내에 속도 더딘 파도를 장난하고 있었다.

1분…… 2분…… 3분…….

"선생님! 선생님! 주무세요? 선생님…….."

C간호부는 몇 번이나 그의 어깨를 흔들어 보았다. 그의 어깨에 닿은 C간호부의 손은 젊디젊은 것이었다. 그는 쾌감 있는 탄력을 느꼈는지도 모른다. 그러나 그것은 그 때문에 더욱이나 졸음은 두께 두꺼운 것이 되어갔다.

"선생님! 잠에 취하셨세요? 선생님!"

구르마 바퀴 도는 소리…… 매미 잡으러 몰려다니는 아이들의 소리…… 이런 것들은 아직도 그대로 그의 귓바퀴에 붙어 남아 있어서 손으로 몰래 훑으면 우수수 떨어질 것도 같았다. 그렇게 그의 잠! 졸음은 졸음 그것만으로 단순한 것이었다.

장주壯周의 꿈과 같이…… 눈을 비벼 보았을 때 머리는 무겁고 무엇인가 어둡기가 짝이 없는 것이었다. 그 짧은 동안에 지나간 그의 반생의 축도를 그는 졸음 속에서도 피곤한 날개로 한번 휘거쳐 날아 보았는지도 몰랐다. 꿈을 기억할 수는 없었으나 꿈을 꾸었는지도 혹은 안 꾸었는지도 그것까지도 알 수는 없었다. 그는 어딘가 풍경 없는 세계에 가서 실컷 울다 그 울음이 다하기 전에 깨워진 것만 같은 모든 그의 사고의 상태는 무겁고 어두운 것이었다.

"선생님! 잠에 취하셨세요? 퍽 곤하시지요? 깨워 드려서…… 곤하신데 주무시게 둘걸!"

그는 하품을 한번 큼직하게 하여 보았다. 머리와 그리고 머리에 딸리지 아니하면 아니 될 모든 것은 한번에 번쩍 가벼워졌다. 동시에 짧은 동안의 기다란 꿈도 한번에 다 날아간 것과 같았다. 그리고는 그의 몸은 또다시 어찌할 수도 없는 현실의 한 모퉁이로 다시금 돌아온 것 같았다.

"선생님! 그러기에 저는 선생님께 아무런 짓을 하여도 관계치 않지요! 다용서해 주세요?"

"그야!"

"선생님 졸리서서 단잠이 푹 드신 걸 깨워 놓아……서 그래도 선생님은 저를 용서해 주시지요?"

"글쎄!"

"용서하여 주시고 싶지 않으세요? 선생님."

"혹시!"

"선생님 오늘 일은 용서하여 주시지 않으셔도 좋습니다. 그렇지만 한 가지 청이 있습니다. 더위에 괴로우신 선생님을 잠깐만 버려도 그것은 정말 선생님 용서해 주실는지요?"

"즉 그렇다면!"

"며칠 동안만 선생님 곁을 떠나 더위의 선생님을 내버리고 저만 선선한 데를 찾아서 정말 잠깐 며칠 동안만…… 선생님 혹시 용서해 주실 수가 있을는지요? 정말 며칠 동안만!"

"선선한 데가 있거든 가오. 며칠 동안만이랄 것이 아니라 선선한 것이 싫어질 때까지 있다 오오. 제 발로 걷겠다 용서 여부가 붙겠소? 하하."

그의 얼굴에서는 웃을 때에 움직이는 근육이 확실히 움직이고는 있었다. 그러나 평상시에 아니 보이던 몇 줄기의 혈관이 뚜렷이 새로 보였다.

"선생님 그렇게 하시는 것은 싫습니다. 선생님 저를 미워하십니까? 저를 미워하시지는 않으시지요? 절더러 어디로 가라고 그러시는 것입니까? 그러시는 것은 아니시겠지요?"

"그 회화에는 나는 관계가 없는 것 같소 하하, 그러나 다 천만의 말씀이오."

"그러시면 못 가게 하시는 걸 제가 조르다 조르다 겨우 허락…… 용서를 받게…… 이렇게 하셔야 저도 가는 보람이 계시지 않습니까?"

"허락할 것은 얼른 허락하는 것이 질질 끄는 것보다 좋지."

"그것은 그렇지만 재미가 없습니다."

"나는 늙어서 아마 그런 재미를 모르는 모양이오."

"선생님은!"

"늙어서! 하하……."

돌아앉는 C간호부는 품속에서 손바닥보다도 작은 원형의 거울을 끄집어내어 또 무엇으로인지 뺨, 이마를 싹싹 문지르고 있었다. 잊지 않은 동안 같이 있던 그들 사이였건만 그로서는 실로 처음 보는 일이오, 그의 눈에는 한 이상한 광경으로 비쳤다.

미목수려한 한 청소년이 이리로 걸어오는 것이 보였다. 양편 손에는 여러 개의 상자가 매달려 있었다. 흑과 백으로만 장속裝束[41]한 그 청소년의 몸에서는 거의 광채를 발하다시피 눈부셨다. 들창에 매달려 바깥만을 내다보고 있던 C간호부는 그때에 그의 방에서 나갔다. 거의 의식을 잃은 그는 C간호부의 풍부한 발이 층계를 내려가는 여러 음절의 소리 가운데 몇 토막을 들었을 뿐이었다. 아래층에서는 가벼운…… 그러나 퍽 명랑한 웃음소리가 알아듣지 못할 정도로 흐려진 그러나 퍽 짤막한 담화 소리에 섞여 들려왔다. 쿵…… 쿵…… 쿵쿵, 분명히 네 개의 발이 층계를 올라오고 있었다.

"큰아버지!"

"선생님!"

고개를 숙인 채 그의 앞에 나란히 서 있는 이 두 청춘을 바라볼 때에 그의 눈에서는 번개가 났다. 흑은 어린 양들에게 백년의 가약을 손수 맺게 하여 주는 거룩한 목사와도 같았다. 그의 가슴에서는 형상 없는 물질이 흔들렸

다. 그 위에 뜬 조그만 사색의 배를 파선시키려는 듯이

"업아, 내가 너를 본 지 몇 달이 되는지?"

고개를 숙인 업의 입술은 떨어질 것 같지도 아니하였다.

"업아, 네가 입은 옷은 감도 좋거니와 꼭 맞는다."

그의 시선은 푸른 빛을 내며 업의 입상을 오르내렸다.

"업아, 네가 가지고 온 이 상자 속에 든 것은 무슨 좋은 물건이냐? 혹시 그 가운데에는 나에게 줄 선물도 섞여 있는지 하나, 둘, 셋…… 넷…… 다섯……."

그의 시선은 다시금 판자 위에 나란히 놓여 있는 여러 개의 상자 위를 하나 둘 거쳐 가며 산보하였다.

"업아, 아버지의 상처는 좀 나은가? 아니 너 최근에 너의 집을 들른 일이 혹 있는가?"

"……."

"내가 보는 대로 말하고 보면 아마 지금 여행의 길을 떠나는 모양이지 아마?"

"……."

방 안에는 찬바람이 돌았다. 들창을 새어 들어오는 훈훈한 바람도 다 이 방 안에 들어오자마자 바깥 온도를 잃어버리는 것과 같았다.

"C씨! C씨는 언제부터 나의 업이와 친하였는지 모르겠으나…… 두 사람에게 내가 물을 말은 이렇게 두 사람이 내 앞에 함께 나타난 뜻은 무슨 뜻인지? 이야기할 것이 있는지 혹 나에게 무엇을 줄 것이 있는지……."

C간호부는 고개를 숙인 채 좌우를 두어 번 둘러보더니 무슨 생각이 급히 떠올랐는지 황황히 그 방을 나갔다. 남아 있는 업 한 사람만이 교의에 걸터 앉은 그 앞에 깎아 세운 장승과 같이 부동자세로 서 있었다. 그는 교의에서 몸을 일으키며 담배를 한 개 피워 물었다.

연기의 빛은 신선한 청색이었다.

"업아…… 이리 와서 앉아라. 큰아버지는 결코 너에게 악의를 가지지 아니하였다. 나의 묻는 말을 속이지 말고 대답하여라."

"네가 돈이 어디서 생기니? 네가 버는 것은 아니겠지."

"어머님이 주십니다."

"아범에게서는 얻어본 일이 없니?"

"없습니다."

"그만하면 알았다."

업은 처음으로 그의 얼굴을 한번 쳐다보았다.

"C양은 어떻게 언제부터 알았니?"

"우연히 알았습니다. 사귄 지는 아직 한 달도 못 됩니다."

"저것들은 다 무엇이냐?"

"해수욕에 쓰는 것입니다. 옷…… 그런 것."

"해수욕…… 그러면 해수욕을 가는 데 하하 …… 작별을 하러 온 것이로군. 물론 C양과 둘이서?"

"네. 제 생각은 큰아버지를 뵙고 가지 않으려 하였습니다만 C간호부의 말이 우리 둘이서 그 앞에 나가 간곡히 용서를 빌면 반드시 용서하여 주시리라고…… 그 말을 제가 믿은 것은 아닙니다. 그러나 저는 아니 올 수 없었습니다. 또 C간호부는 큰아버지께서는 우리 두 사람의 사이도 반드시 이해하여 주시리라는 말도 하였습니다만 물론 그 말도 저는 믿지 않았습니다."

"잘 알았어. 나는…… 그러면 나로서는 혹 용서하여 줄 점도 있겠고 혹 용서하지 아니할 점도 있을 테니까."

"그럼 무엇을 용서하시고 무엇은 용서하지 아니하실 터인지요?"

"그것은 보면 알 것 아닌가."

그의 말끝에는 가벼운 경련이 같이 따랐다. 책상 위에 *끄집어내어 쌓아*

놓은 해수욕 도구는 꽤 많은 것이었다. 그는 그 자그마한 산 위에 알코올의 소낙비를 내렸다. 성냥 끝에서 옮겨 붙은 불은 검붉은 화염을 발하며 그의 방 천장을 금시로 시꺼멓게 그슬어 놓았다. 소리 없이 타오르는 직물류, 고무류의 그 자그마한 산은 보는 동안에 무너져 가고 무너져 가고 하였다. 그 광경은 마치 꿈이 아니면 볼 수 없는, 동작이 있고 음향이 없는 반 환영과 같았다. 벽 위의 시계가 가만히 새로 1시를 쳤다. 업의 얼굴은 초일초 분일분 새파랗게 질려 갔다.

입술은 파래지며 심히 떨었다. 동구瞳球를 싸고 있는 눈 윗두덩도 떨었다. 눈의 흰자위는 빛깔을 잃으며 회갈색으로 변하고 검은 자위는 더욱더욱 칠흑으로 변하며 전광 같은 윤택을 방사하였다. 그러나 동상 같은 업의 부동자세는 조금도 변형되려고 하지 않았다.

푸지직 소리를 남기고 불은 꺼졌다. 책상을 덮어 쌌던 클로스[42]도 책상의 바니시[43]도 나타나고 눌었다. 그 위에 해수욕 도구들의 타고 남은 몇 줌의 검은 재가 엉기어 있었다. 꼭 닫은 도어가 바깥으로부터 열렸다.

"선생님!"

오직 한 마디…… 잠시 나붓거리는 그 입술이 달려 있는 C간호부의 얼굴은 심야의 정령의 그것과도 같이 창백하고도 가련하였다. 그뿐만 아니었다. 그러한 C간호부의 서 있는 등 뒤에 부동명왕의 얼굴과 같이 흑연 화염 속에 인쇄되어 있는 T씨의 그것도 그는 볼 수 있었다. 일순 후에는 그의 얼굴도 창백화하지 아니할 수 없었고 그의 입술도 조금씩 조금씩 그리하여 커다랗게 떨리기 시작하였다.

흐르는 세월이 조락의 가을을 이 땅위에 방문시켰을 때는 그가 나뭇잎 느껴 우는 수림을 산보하고 업의 병세를 T씨의 집 대문간에 물어 버릇하기 시작하였는 지도 이미 오래인 때였다.

업은 절대로 그를 만나지 아니하려는 것이었다. 그는 업의 병세를 부득이 T씨의 집 대문간에서 묻지 아니하면 아니 되었다. 오직 T씨의 아내가 근심과 친절을 함께하여 그를 맞아 주었다.

"좀 어떻습니까? 그 떠는 증세가 조금도 낫지 않습니까?"

"그거 마찬가지예요. 어떡하면 좋을지요?"

"무엇 먹고 싶다는 것, 가지고 싶다는 것은 없습니까? 하고 싶다는 것은 또 없읍디까?"

"해수욕복을 사주랍니다. 또 무슨 아루꼬(알코올?)……."

"네네, 알았습니다."

천 가지 만 가지 궁리를 가슴 가운데에 왕래시키려 그는 병원으로 돌아왔다. 필요 이외의 회화를 바꾸어 본 일이 없는 사이쯤 된 M군에게 그는 간곡한 어조로 말을 붙여 보았다.

"M군, 도무지 모를 일이야. 모든 죄가 결국은 내게 있다는 것이 아닐까? M군, 자네가 아무쪼록 좀 힘을 써주게."

"힘이야 쓰고 싶지만 자네도 마찬가지로 나도 만나지 않겠다는 환자의 고집을 어떻게 하느냐는 말일세. 청진기 한번이라도 대어 보아야 성의 무성의 여부가 생기지 않겠나?"

"내 생각 같아서는 그 업에게는 청진기의 필요도 없을 것 같건만……."

"그것은 자네가 밤낮 하는 소리, 마찬가지 소리."

그에게는 이 이상 더 말을 계속시킬 용기조차도 힘조차도 없었다. 책상 위에 놓인 한 장의 편지(발신인 주소도 성명도 그 겉봉에는 씌어 있지만)가 있었다.

선생님! 가을바람이 부니 인생이라는 더욱이나 어두운 것이라는 것이 생각됩니다.

표연히 야속한 마음을 가슴에 품은 채 선생님의 곁을 떠난 후 벌써 철 하나가 바뀌었습니다. 이처럼 흐르는 광음 속에서 우리는 무엇을 속절없이 찾고만 있을까요? 그동안 한 장의 글월을 올리지 않다가 이제 새삼스레 이 펜을 날려 보는 저의 심사를 혹은 선생님은 어찌나 생각하실는지는 저도 모르겠습니다. 그렇습니다. 세상은 즉 오해 속에서 오해로만 살아가는 것인가 합니다. 선생님이 우리들을 이해하셨기에 우리들은 선생님의 거룩한 사랑까지도 오해하였습니다. 그리하여 병상에 누워 있는 업 씨를…… 그리고 또 표연히 선생님의 곁을 떠난 저도 선생님께서 오해하셨습니다. 제가 드리고자 하는 이 그다지 짧지 않은 글도 물론 전부가 다 오해투성이겠지요. 그러니 선생님께서 제가 이 글을 드리는 태도나 또는 그 글의 내용을 오해하실 것도 물론이겠지요. 아, 세상은 어디까지나 오해의 갈고리로 연쇄되어 있는 것이겠습니까? 저의 오라버님의 최후도 또 그이(대학생—C간호부의 내면)도 그때의 일도 그후의 일도 모든 것이 다 오해 때문에……가 아니었습니까? 제가 저의 신세를 이 모양으로 만든 것도, 이처럼 세상을 짐삼아 표랑의 삶을 영위하게 된 것도 전부 다…… 그 기인은 오해…… 우리 어리석은 인간들의 무지로부터 출발된 오해 때문이 아니었으면 무엇이었던가 합니다(어폐를 관대히 보아 주세요).

　선생님이 저에게 끼쳐 주신 하해 같은 은혜에 치하의 말씀이 어찌 이에서 다하겠습니까만 덧없는 붓끝이 오직 선생님의 고명과 종이의 백색을 더럽힐 따름입니다.
　선생님, 이제 저는 과거에 제가 가졌던 모든 오해를 오해 그대로 적어 올려 보겠습니다. 그것은 제가 지금도 그 오해를 그 오해 채 그대로 가지고 있는 까닭이겠습니다.
　선생님! 선생님께서는 업 씨와 저 두 사람 사이를 과연 어떠한 색채로 관찰하시었는지요(어폐를 아무쪼록 관대히 보아 주십시오)? 아닌 것이 아니라 저는 업 씨를 마음으로 사랑하였습니다. 또 업 씨도 저를 좀더 무겁게 사랑하여 주었습니다. 이제 생각하여 보면 업 씨의 나이 이제 스물한 살…… 저 스물여섯…… 과연 우리 두 사람의 사랑이 철저한 사랑이었다 할지라도 이와 같은 연령의 상태의 아래에 서는 그 사랑이란 그래도 좀더 좀더 빛다른 그 무엇이 있지 아니하면 아니 되지 않겠습니까?

두 사람의 만남…… 무엇이라 할까…… 하여간 우연 중에도 너무 우연이겠습니다. 그것은 말씀올리기 꺼립니다. 혹시 병상에 누워 계신 업 씨의 신상에 어떠한 이상이라도 있지나 아니할까 하여 다만 저희들 두 사람의 사랑의 내용을 불구자적 병적이면 불구자적 병적 그대로라도 사뢰어 볼까 합니다 (아…… 끝없는 오해 아직도…… 아직도).

선생님! 제가 업 씨를 사랑한 이유는 업 씨의 얼굴…… 면영面影이 세상에서 자취를 감추고 만 그이의 면영과 흡사하였다는…… 다만 그 한 가지에 지나지 않습니다. 그이는…… 지금쯤은 퍽 늙었겠지요! 혹 벌써 이 세상 사람이 아닌지도 모릅니다. 그러나 저의 기억에 남아 있는 그이의 면영은 그이와 제가 갈리지 아니하면 아니 되었던 그 순간의 그것 채로 신선하게 남아 있습니다.

남의 사랑을 받는 것은 행복입니다…… 남을 사랑하는 것은 적어도 기쁨입니다. 남을 사랑하는 것이나 남의 사랑을 받는 것이나 인간의 아름다움의 극치이겠습니다.

저는 생각하였습니다. 저의 업 씨에 대한 사랑도 과연 인간의 아름다움의 하나로 칠 수 있을까를. 그러나 저는 저로도 과연 저의 업 씨에 대한 사랑에는 너무나 많은 아욕이 품겨 있는 것을 발견하였습니다. 그리하여 곧 저는 저의 업 씨에 대한 사랑을 주저하였습니다.

그러나 또 한 가지 아뢰올 것은 업 씨의 저에 대한 사랑입니다. 경조부박한 생활, 부피 없는 생활을 하여 오던 업 씨는 저에게서 비로소 처음으로 인간의 내음 나는 역량 있는 사랑을 느낄 수 있었다 합니다. 업 씨의 말을 들으면 업 씨의 저에 대한 사랑은 적극적으로 업 씨가 저에게 제공하는 그러한 사랑이라느니보다도 저의 사랑이 깃이 있다면 업 씨는 업 씨 자신의 저에 대한 사랑을 신선한 대로 그대로 소지한 채 그 깃 밑으로 기어들고 싶은 그러한 사랑이었다고 합니다.

하여간 업 씨의 저에 대한 사랑도 우리가 항상 볼 수 있는 시정간의 사랑보다는 무엇인가 좀더 깊이가 있었던 듯하며 성스러운 것이었던가 합니다. 여러 가지 점으로 주저하던 저는 업 씨의 저에 대한 사랑의 피로 말미암아 무던한 용기를 얻을 수 있었습니다. 선생님…… 저희들은 어쨌든 이제는 원인을 고구考究할 것 없이 서로 사랑하여 자유로 사랑하여 가기로 하였습니다. 이만큼 저희들은 삽시간 동안에 눈멀어 버리고 말았습니다. 선생님…… 저희들의 사랑 꼴은 생리적으로도 한 불구자적 현상에 속하겠지요. 더욱, 사회적으로는 한 가련한 탈선이겠지요. 저희들도 이것만은 어렴풋이나마 느꼈습니다. 그러나 사람이 자기의 심각한 추억의 인간과 면영이 같은 사람에게 적어도 호의를 갖는 것은 사람의 본능의 하나가 아닐까요? 생리학에나 혹은 심리학에나 그런 것이 어디 없습니까? 또 사회적으로도 영靈끼리만이 충돌하여 발생되는 신성한 사랑의 결합체가 존재할 수 있다는 것이 그다지 해괴한 사건에 속할까요!

선생님! 해수욕장도 저의 제의였습니다. 해수욕 도구도 제 돈으로 산 것입니다. 업 씨는 헤엄도 칠 줄 모른다 합니다. 또 물을 그다지 즐기는 것도 아니었습니다. 그러나 저의 말이라면 어디라도 가고 싶다 하였습니다. 그것을 한 계집의 간사한 유혹이라느니보다도 모성의 갸륵한 애무와도 같은 느낌이었다 합니다.

선생님! 너무나 가혹하시지나 아니하셨던가요? 그것을 왜 살라버리셨습니까? 업 씨에게도 기쁨이 있었습니다. 저도 모성애와 같은 사랑을 업 씨에게 베푸는 것이 또 사랑을 달게 받아 주는 것이 무한한 기쁨이었습니다.

그 기쁨을 선생님은 검붉은 화염 속에 불살라 버리셨습니다. 그 이상한 악취를 발하며 타오르는 불길은 오직 그 책상 위에 목면과 고무만을 태운데 그친 줄 아십니까? 도어 뒤에 서 있던 저의 심장도(확실히), 또 그리고 업 씨의 그것도, 업 씨의 아버님의 그것도 다 살라 버린 것이었을 것입니다.

저의 등 뒤에 사람이 있는지 알 길이 있었겠습니까? 하물며 그 사람이 누구인가를 알 길은 더욱이나 있었겠습니까? 얼마 후에, 참으로 긴 동안의 얼마 후에 그이가 업 씨 아버님인 것을 알 수 있었습니다(저는 업 씨의 아버님을 모릅니다. 그러나 그때에 처음으로 알았습니다). 선생님께서도 의외이셨겠지요? 업 씨의 아버님이 그곳에 와 계신데 대하여는…… 그러나 저는 업 씨의 아버님이 그곳에 와 계신 데 대하여서 업 씨의 아버님 자신으로부터 그 전말을 자세히 들었습니다. 그것은 이곳에서 아뢸 만한 것은 못 됩니다.

병석에서도 늘 해수욕복을 원한다는 소식을 저는 업 씨의 친구 되는 이들에게서 얻어들을 수 있었습니다. 선생님도 물론 잘 아시겠지요. 선생님! 감상이 어떠십니까? 무엇을 의미함이었든지 저는 업 씨의 원을 풀어 드리고자 합니다.

선생님! 나머지 저의 월급이 몇 푼 있을 줄 생각합니다. 하기 주소로 송부하여 주십시오.

오해 속에서 나온 오해의 글인 만큼 저는 당당히 닥쳐 오는 오해를 인수할 만한 준비를 갖추어 가지고 있습니다. 너무 기다란 글이 혹시 선생님께 폐를 끼치지 아니하였나 합니다. 관대하신 용서와 선생님의 건강을 빌며.

　　　　　　　　　　　　　─○○통 ○정목 ○○C 변명變名 ○○ 올림.

그는 어디까지라도 자신을 비판하여 보았고 반성하여 보았다.

그는 다달이 잊지 않고 적지 않은 돈을 T씨의 아내 손에 쥐어 주었다. T씨의 아내는 그것을 차마 T씨의 앞에 내놓지 못하였으리라. T씨의 아내는 그것을 업에게 그대로 내주었으리라. 업은 그것을 가지고 경조부박한 도락에 탐하였으리라. 우연히 간호부를 만나 해수욕행까지 결정하였으리라. 애비(T씨가)가 다쳐서 드러누웠건만 집에는 한 번도 들르지 않은 자식, 그 돈을…… 그 피가 나는 돈을 그대로 철없고 방탕한 자식에게 내주는 어머니…… 그는 이런 것들이 미웠다. C간호부만 하더라도 반드시 유혹의 팔길을 업의 위에 내밀었을 것이다. 그는 이것이 쾌씸하였다.

그러나 한 장 C간호부의 그 편지는 모든 그의 추측과 단안을 전복시키고도 오히려 남음이 있었다.

"역시 모든 죄는 나에게 있다."

그의 속주머니에는 적지 아니한 돈이 들어 있었다. C간호부는 3층 한 귀퉁이 조그만 다다미 방에 누워 있었다. 그 품에 전에 볼 수 없던 젖먹이 갓난아이가 들어 있었다.

"C양! 과거는 어찌 되었든 지금에 이것은 도무지 어찌 된 일이오?"

"선생님! 아무것도 저는 말하고 싶지는 않습니다. 사람의 일생은 이렇게 죄악만으로 얽어서 놓지 아니하면 안 되는 것입니까?"

"C양! 나는 그 말에 대답할 아무 말도 가지지 못하오. 오해와 용서! 그러기에 인류 사회는 그다지 큰 풍파가 없이 지지되어 가지 않소?"

"선생님! 저는 지금 아무것도 후회하지 않습니다. 모든 것을 다 후회하지 아니하면 아니 될 것이니까요. 선생님! 이것을 부탁합니다."

C간호부의 눈에서는 맑은 눈물 방울이 흘렀다. 그는 C간호부의 내미는 젖먹이를 의식 없이 두 손으로 받아 들었다. 따뜻한 온기가 얼고 식어 빠진 그의 손에서 전하여 왔다. 그때에 그는 누워 있는 C간호부의 초췌한 얼굴에

서 10여 년 전에 저 세상으로 간 아내의 면영을 발견하였다. 그는 기쁨, 슬픔이 교착된 무한한 애착을 느꼈다. 그리고 C간호부의 그 편지 가운데의 어느 구절을 생각내어 보기도 하였다. 그리고는 모든 C간호부의 일들에 조건 없는 용서……라느니보다도 호의를 붙였다.

"선생님! 오늘 이곳을 떠나가시거든 다시는 저를 찾지는 말아 주셔요. 이것은 제가 낳은 것이라 생각하셔도 좋고, 안 낳은 것이라 생각하셔도 좋고, 아무쪼록 선생님 이것을 부탁합니다……."

하려던 말도 시키려던 계획도 모두 허사로 다만 그는 그의 포켓 속에 들었던 돈을 C간호부 머리 밑에 놓고는 뜻도 아니한 선물을 품에 안은 채 첫눈 부실거리는 거리를 나섰다.

'사람이란 그 추억의 사람과 같은 면영의 사람에게서 어떤 연연한 정서를 느끼는 것인가.'

이런 것을 생각하여도 보았다.

업의 병세는 겨울에 들어서 오히려 점점 더하여 가는 것이었다. 전신은 거의 뼈만 남고 살아 있다고 볼 수 있는 것은 눈과 입, 이 둘뿐이었다. 그 방에는 윗목에는 철 아닌 해수욕 도구로 차 있었다. 업은 앉아서나 누워서나 종일토록 눈이 빠지게 그것만 바라보고 앉아 있었다.

"아버지…… 말쑥한 새 기와집 안방에서 가 누워서 앓았으면 병이 나을 것 같애…… 아버지 기와집 하나 삽시다. 말쑥하고 정결한……."

업의 말이었다는 이 말이 그의 귀에 들자 어찌 며칠이라는 날짜가 갈 수 있으랴. 즉시 업의 유원有願은 풀릴 수 있었다. 새 집에 간 지 이틀, 업은 못 먹던 밥도 먹었다. 집안 사람들과 그는 기뻐하였다. 그저 한없이…….

그러나 이미 때는 돌아왔다. 사흘 되던 날 아침(그 아침은 몹시 추운 아침이었다) 업은 해수욕을 가겠다는 출발이었다. 새 옷을 갈아입고 방문을 죄

다 열어 놓고 방 윗목에 쌓여 있는 해수욕 도구를 모두 다 마당으로 끄집어
내게 하였다. 그리고는 그 위에 적지 않은 해수욕 도구의 산에 알코올을 들
이부으라는 업의 명령이었다.

"큰아버지께 작별의 인사를 드리겠으니 좀 오시라고 그래 주시오. 어서어
서 곧…… 지금 곧."

그와 업의 시선이 오래…… 참으로 오래간만에 서로 마주쳤을 때 쌍방에
서 다 창백색의 인광을 발사하는 것 같았다.

"불! 인제 게다가 불을 지르시오."

몽몽한 흑연이 둔한 음향을 반주시키며 차고 건조한 천공을 향하여 올라
갔다. 그것은 한 괴기를 띤 그다지 성스럽지 않은 광경이었다.

가련한 백부의 그를 입회시킨 다음 업은 골수에 사무친 복수를 수행하였
다(이것은 과연 인세의 일이 아닐까? 작자의 한 상상의 유희에서만 나올 수 있는 것
일까?). 뜰 가운데에 타고 남아 있는 재 부스러기와 조금도 못함이 없을 때
까지 그의 주름살 잡힌 심장도 아주 새까맣도록 다 탔다.

그날 저녁때 업은 드디어 운명하였다. 동시에 그의 신경의 전부도 다 죽
었다. 지금의 그에게는 아무것도 없었다.

다만 아득하고 캄캄한 무한대의 태허가 있을 뿐이었다.

여…… 요에헤…… 요…… 그리고 종소리 상두꾼의 입 고운 소리가 차고
높은 하늘에 울렸다.

그의 발은 마치 공중에 떠서 옮겨지는 것만 같았다. 심장이 타고, 전신의
신경이 운전을 정지하고…… 그의 그 힘없는 발은 아름다운 생기에 충만한
지구 표면에 부착될 만한 자격도 없는 것 같았다.

그의 눈앞에서는 그 몽몽한 흑연…… 업의 새 집 마당에서 피어오르던 그
몽몽한 흑연의 인상이 언제까지라도 아른거려 사라지려고는 하지 않았다.

뼈만 남은 가로수도 넘어가고 나머지 빈약한 석양에 비추어 가며 기운 시진해하는 건축물들도 공중을 횡단하는 헐벗은 참새의 떼들도…… 아니 가장 창창하여야만 할 대공大空 그것까지도…… 다…… 한 가지 흑색으로밖에는 그의 눈에 보이지 아니하였다. 그의 호흡하고 있는 산소와 탄산가스의 몇 리터도 그의 모세관을 흐르는 가느다란 핏줄의 그 어느 한 방울까지도 다 흑색 그 몽롱한 흑연과 조금도 다름이 없는—이 아니라고는 그에게 느끼지지 않았다.

'나는 지금 어디를 향하여 가고 있는 것일까?'

'아니아니…… 이것이 나일까…… 이것이 무엇일까? 나일까, 나일 수가 있을까?'

가로등, 건축물, 자동차, 피곤한 마차와 짐구루마…… 하나도 그의 눈에 이상치 아니한 것은 없었다.

'저것들은 다 무슨 맛에 저짓들이람!'

그러나 그의 본기를 상실치는 아니한 일신의 제 기관들은 그로 하여금 다시 그의 집으로 돌아가게 하지 않고는 두지 않았다.

손을 들어 그의 집 문을 밀어 열려 하여 보았으나 팔뚝의 관절은 굳었는지 조금도 들리지는 않았다. 소리를 질러 집안 사람들을 불러 보려 하였으나 성대는 진동관성振動慣性을 망각하였는지 음성은 나오지 아니하였다.

'창조의 신은 나로부터 그 조종의 실줄을 이미 거두었는가?'

눈썹 밑에는 굵다란 눈물 방울이 맺혀 있었다. 그러나 그 자신도 그것을 감각할 수 없었다. 그위 등 뒤에서 웬 사람인지 외투에 내려앉은 눈을 터느라고 옷자락을 흔들고 있었다.

"무엇을 그렇게 생각하고 있나?"

"응? 누구…… 누구요."

"왜 그렇게 놀라나? 날세 나야."

"업이가 갔어."

"응? 기어코?"

두 사람은 이 이상 더 이야기하지 않았다. 어둠침침한 그의 방 안에는 몇 권의 책이 시체와 같이 이곳저곳에 조리 없이 산재하여 있을 뿐이었다.

외풍이 반자[44]를 울리며 휙 스쳤다.

"으아……."

"하하, 잠이 깼구나. 잘 잤느냐, 아아 울지 마라. 울 까닭은 없지 않느냐. 젖 달라고? 아이, 고무 젖꼭지가 어디 갔을까. 우유를 뎁혀 놓았는지원…… 아아아, 울지 마라, 울지 말아야 착한 아이지…… 아…… 이런이런!."

가슴에 끓어오르는 무량한 감개를 그는 억제할 수 없었다. 그저 쏟아져 흐르기만 하는 그 뜨거운 눈물을 그 어린것의 뺨에 부비며 씻었다. 그리고 힘껏힘껏 그것을 껴안았다. 어린것은 젖을 얻어먹을 수 있을 때까지는 염치 없는 울음을 그치지는 않았다.

T씨는 그대로 그 옆에 쓰러졌다. 구덩이는 벌써 반이나 팠다. 그때 T씨는 그 옆에 쓰러졌다.

언 땅을 깨쳐 가며 파는 곡괭이 소리…… 이리 뒤치적 저리 뒤치적 나가떨어지는 얼어 굳은 흙덩어리는 다시는 모두어질 길 없는 만가輓歌의 토막과도 같이 처량한 것이었다.

사람들은 달려들어 T씨를 일으켰다. T씨의 콧구멍과 입 속으로는 속도 빠른 허연 입김이 드나들었다. 그 옆에 서 있는 그의 서 있는 그의 모양, 그 부동자세는 이 북망산 넓은 언덕에 헤어져 있는 수많은 묘표나 그렇지 아니하면 까막까치 앉아 날개 쉬는 헐벗은 마른 나무의 그 모양과도 같았다.

관은 내려갔다. T씨와 그 아내와 그리고 그의 울음은 이때 일시에 폭발하였다. 북망산 석양천에는 곡직착종曲直錯綜[45]된 곡성이 처량히 떠올랐다. 업의 시체를 이 모양으로 갖다 파묻고 터덜터덜 가던 그 길을 돌아 들어오는 그들의 모양은 창조주에게 가장 저주받은 것과도 같았고 도주하던 카인의 일행들의 모양과도 같았다.

그는 잊지 아니하고 T씨의 집을 찾았다. 그러나 업이 죽은 뒤의 T씨의 집에는 한 바람이 하나 불고 있었다. 또 그러나 그가 T씨의 집을 찾기는 결코 잊지는 않았다.

T씨는 무엇인가 깊은 명상에 빠져서는 누워 있었다. T씨는 일터에도 나가지 아니하였다. 다만 누워서 무엇을 생각하고 있을 뿐이었다.

"T!"

"……."

그는 T씨를 불러 보았다. 그러나 T씨는 대답이 없었다. 또 그러나 그에게도 무슨 할 말이 있어서 부른 것은 아니었다. 그는 쓸쓸히 그대로 돌아오기는 하였다. 그러나 이러한 방문이나마 그는 결코 게을리하지 아니하였다.

북부에는 하룻밤에 두 곳, 거의 동시에 큰 화재가 있었다. 북풍은 집집의 풍령風鈴을 못 견디게 흔드는 어느 날 밤은 이 뜻하지 아니한 두 곳의 화재로 말미암아 일면의 불바다로 화하고 말았다. 바람 차게 불고 추운 밤임에도 불구하고 사람들은 원근에서 몰려 들어와서 북부 시가의 모든 길들은 송곳 한 개를 들어 세울 틈도 없을 만치 악머구리 끓듯 야단이었다. 경성의 소방대는 비상의 경적을 난타하며 총동원으로 두 곳에 나누어 모여들었다. 그러나 충천의 화세는 밤이 깊어 갈수록 점점 더하여 가기만 하는 것이었다. 소방수들은 필사의 용기를 다하여 진화에 노력하였으나 연소의 구역은 각각으로 넓어만 가고 있을 뿐이었다. 기와와 벽돌은 튀고 무너지고 나무는

뜬숯[46]이 되고 우지직 소리는 끊일 사이 없이 나고 기둥과 들보를 잃은 집들은 착착으로 무너지고 한 채의 집이 무너질 적마다 불똥은 천길 만길 튀어오르고 완연히 인간 세계에 현출된 활화 지옥이었다. 잎도 붙지 아니한 수목들은 헐벗은 채로 그대로 다 타죽었다.

불길이 삽시간에 자기 집으로 옮겨 붙자 세간기명은 꺼낼 사이도 없이 한길로 뛰어나온 주민들은 어디로 갈 곳을 알지 못하고 갈팡질팡 방황하였다.

"수길아!"

"복동아!"

"금순아!"

다 각기 자기 자식을 찾았다. 그 무리들 가운데에는,

"업아! 업아!"

이렇게 소리 높여 외치며 쏘다니는 한 사람도 있었다. 그러나 정신의 조리를 상실한 그들 무리는 그 소리 하나쯤은 귓등에 담을 여지조차도 없었다. 두 구역을 전멸시킨 다음 이튿날 새벽에 맹렬하던 그 불도 진화되었다. 게다가 그 닭이 울던 이 두 동리는 검은 재의 벌판으로 변하고 말았다.

이같이 큰일에 이르기까지 한 그 불의 출화 원인에 대하여는 아무도 아는 사람이 없었다. 다만 그날 밤에는 북풍이 심하였던 것, 수 개의 소화전은 얼어붙어서 물이 나오지 아니하였던 까닭에 많은 소방수의 필사적 노력도 허사로 수수방관치 아니하면 아니 되었던 곳이 있었던 것 등을 말할 수 있을 뿐이었다.

M군과 그 가족은 인명이야 무사하였지만 M군은 세간기명을 구하러 드나들다가 다리를 다쳤다.

이재민들은 가까운 곳 어느 학교 교사에 수용되었다. M군과 그 가족도 그곳에 수용되었다.

M군이 병들어 누운 옆에는 거의 전신이 허물이 벗다시피 된 그가 말뚝 모양으로 서 있었다. 초췌한 그들의 안모顔貌에는 인세의 괴로운 물질이 주름 살쳐 있었다.

그가 그 맹화 가운데에서 이리저리 날뛰었을 때,

'무엇을 찾으러…… 무슨 목적으로 내가 이러나.'

물론 자기도 그것을 알 수는 없었다. 첨편에 불이 붙어도 오히려 부동자세로 저립하고 있는 전신주와 같이 그는 멍멍히 서 있었다. 그때에 그의 머리에 벽력같이 떠오르는 그 무엇이 있었다. 얼마 전에 그가 간호부를 마지막 찾았을 때 C간호부의 '이것을 잘 부탁합니다'하던 그것이었다. 그는 그대로 맥진적으로 맹렬히 붙어 오르는 화염 속을 헤치고 뛰어들어갔다. 그리하여 그 젖먹이를 가슴에 꽉 안은 채 나왔다. 어린것은 아직 젖이 먹고 싶지는 않았던지 잠은 깨어 있었으나 울지는 않았다. 도리어 그의 가슴에 이상히 힘차게 안겼을 제 놀라서 울었다.

'그렇지. 네 눈에는 이 불길이 이상하게 보이겠지.'

그러나 그의 옷은 눌었다. 그의 얼굴과 팔뚝, 손을 데었다. 그러나 그는 뜨거운 것을 느낄 사이도 없었고 신경도 없었다. 타오르는 M군과 그의 집, 병원, 그것들에 대하여는 조그만 애착도 없었다. 차라리 그에게는,

'벌써 타버렸어야 옳을 것이 여지껏 남아 있었지.'

이렇게 그의 가슴은 오래오래 묵은 병을 떠나 버리는 것과 같이 그 불길이 시원하게 느껴졌다. 다만 한 가지 생명과도 바꿀수 없는 보배를 건진 것과 같은 쾌감을 그 젖먹이에게서 맛볼 수 있었다.

한 사람 중년 노동자가 자수하였다. 대화재에 싸여 있던 중첩한 의문은 일시에 소멸되었다.

'희유의 방화범!'

신문의 이 기사를 읽고 있는 그의 가슴 가운데에는 그 대화에 못지 아니

한 불길이 별안간 타오르고 있었다.

"T야! T야!"

T씨는 그날 밤 M군과 그의 집, 병원 두 곳에 그 길로 불을 놓았다. 타오르지 않을까를 염려하여 병원에서 많은 알코올을 훔쳐내어 부었다. 불을 그어댄 다음 그 길로 자수하려 하였으나 타오르는 불길이 너무도 재미있는 데 취하였고 또 분주 수선한 그때에 경찰에 자수를 한대야 신통할 것이 조금도 없을 것 같아서 그 이튿날 하기로 하였다.

날이 새자 T씨는 곧 불터를 보러 갔다. 그것은 T씨의 마음 가운데 상상한 이상 넓고 큰 것이었다. T씨는 놀라지 아니할 수 없었다. 하루 이틀……
T씨는 차츰차츰 평범한 인간의 궤도로 복구하지 아니하면 아니 되게 되었다. 그러나 이대로 언제까지라도 끌고갈 수는 없었다.

'희유의 방화범!'

경찰에 나타난 T씨에게 세상은 의외에도 이러한 대명찰을 수여하였다.

(모든 사건이라는 이름붙을 만한 것들은 다 끝났다. 오직 이제 남은 것은 '그'라는 인간의 갈 길을, 그리하여 갈 곳을 선택하며 지정하여 주는 일뿐이다. '그'라는 한 인간은 이제 인간의 인간에서 넘어야만 할 고개의 최후의 첨편에 저립佇立[47] 하고 있다. 이제 그는 그 자신을 완성하기 위하여 인간의 한 단편으로서의 종식을 위하여 어느 길이고 걷지 아니하면 아니 될 단말마다.

작가는 '그'로 하여금 인간 세계에서 구원받게 하여 보기 위하여 있는 대로 기회와 사건을 주었다. 그러나 그는 구조되지 않았다. 작자는 영혼을 인정한다는 것이 아니다. 작자는 아마 누구보다도 영혼을 믿지 아니하는 자에 속할는지도 모른다.

그러나 그에게 영혼이라는 것을 부여치 아니하고는…… 즉 다시 하면 그를 구하는 최후에 남은 한 방책은 오직 그에게 '영혼'이라는 것을 부여하는 것 하나가 남았다.)

황막한 벌판에는 흰눈이 일면으로 덮여 있었다. 곳곳에 떨면서 있는 왜소한 마른 나무는 대지의 동면을 수호하는 가련한 패잔병과도 같았다. 그 위를 하늘은 쉴 사이도 없이 함박눈을 떨구고 있다. 소와 말은 오직 외양간에서 울었다. 사람은 방 안으로 이렇게 세계를 축소시키고 있었다.

길을 걷는 사람이 있다. 다른 사람들이 걷기를 그친 황막한 이 벌판길을 걷는 사람이 있다.

그는 지금 어디로 가는지, 어디로부터 왔는지 알 길이 없었다. 벌판 가운데 어디로부터 어디까지나 늘어서 있는지 전신주의 전신은 찬바람에 못 견디겠다는 듯이 윙 소리를 지르며 이 나라의 이 끝에서 이 나라의 저 끝까지라도 방 안에 들어앉아 있는 사람과 사람의 음신音信을 전하고 있다.

'기쁜 일도 있겠지. 그러나 또 생각하여 보면 몹시 급한 일도 있으렷다. 아무런 기쁜 일도 아무런 쓰라린 일도 다 통과시켜 전할 수 있는 전신주에 늘어져 있는 전신이야말로 나의 혈관이나 모세관과도 같다고나 할까?'

까마귀는 날았다. 두어 조각 남아 있는 마른 잎은 두서너 번 조그만 재주를 넘으며 떨어졌다.

"깍! 깍!"

"왜 우느냐?"

그는 가슴을 내려다보았다. 어린것은 어느 사이엔지 그 품 안에 잠이 들었다.

"배나 고프지 않은지 원!"

도홍색 그 조그마한 일면 피부에는 두어 송이 눈이 떨어져서는 하잘것없이 녹아 버렸다. 그러나 어린것은 잠을 깨려고도 차갑다고도 아니하는 채 숱한 눈썹은 아래로 덮여 추잡한 안계眼界를 폐쇄시켰고 두 조그만 콧구멍으로는 찬 공기가 녹아서 드나들고 있었다.

선로가 나타났다. 잠들은 대지의 무장과도 같았다. 희푸르게 번쩍이는 그 쌍줄의 선로는 대지가 소유한 예리한 칼이 아니라고는 볼 수 없었다. 그는 선로를 건너서서 단조로이 뻗쳐 있는 그 칼날을 좇아서 한없이 걸었다.

"쾅! 쾅!"

수많은 곡괭이가 언 땅을 내리찍는 소리였다. 신작로 한편에는 모닥불이 피어 있었다. 푸른 연기는 건조 투명한 하늘로 뭉겨 올랐다. 추위는 별안간 몸을 엄습하는 것 같았다.

"쾅! 쾅!"

청등한 금속의 음향은 아직도 계속되었다. 그 소리는 이쪽으로 점점 가까이 들려온다. 그리고 그는 그 소리나는 곳을 향하여 걷고 있었다. 그는 모닥불에 가 섰다. 확 끼치는 온기가 죽은 사람을 살릴 것같이 훈훈하였다.

"우선 살 것 같다……."

오므라들었던 전신의 근육이 조금씩 조금씩 풀어지는 것 같았다.

"불! 흥! 불…… 내 심장을 태우고 내 전신의 혈관과 신경을 불사르고 내 집 내 세간 내 재산을 불살라 버린 불! 이 불이 지금 나의 몸을, 이 얼어 죽게 된 나의 몸을 덥혀 주다니! 장작을 하나씩 뜬숯을 만들고 있는 조그만 화염들! 장래에는 또 무엇 무엇을 살라 뜬숯을 만들려는지! 그것은 한 물체가 탄소로 변하는 현상에만 그칠까…… 산화 작용? 아하 좀더 의미가 있지나 않을까? 그렇게 단순한 것인가?"

그의 눈앞에는 이제 한 새로운 우주가 전개되고 있었다. 그곳은 여지껏 그가 싸여 있던 그 검은 빛의 분위기를 대신하여 밝은 빛의 정화된 공기가 있었다. 차디찬 무관심을 대신하여 동정이 있었고 사랑이 있었다. 그는 지금 일보일보 그 세계를 향하여 전진을 계속하고 있는 것이었다.

'이리 오너라. 그대 배고픈 자여!'

이러한 소리가 들려왔다.

'이리 오너라, 그대 심혈의 노력에 보수받지 못하는 자여!'

이러한 소리도 들렸다.

'그대는 노력을 버리지 말 것이야. 보수가 있을 것이니!'

이러한 소리도 또 들려오기도 하였다.

"꽝! 꽝!"

그때 이 소리는 그의 귀밑까지 와서 뚝 그쳤다. 그리하고는 와자지껄하는 소리와 함께 많은 사람들이 그의 서 있는 모닥불 가에 모여들었다.

"불이 다 꺼졌네!"

"장작을 좀더 가져오지!"

굵은 장작이 징겨졌다.[48] 마른 장작은 푸지직 소리를 지르며 타올랐다. 그리하여 검푸른 연기가 부근을 흐려 놓았다.

"에…… 추워…… 에…… 뜨시다."

모든 사람들의 곱은 입술에서는 이런 소리가 흘러나왔다.

연기는 검고 불길은 붉었다. 푸지직 소리는 여전히 났다. 이제 그의 눈앞에 나타났던 새로운 우주는 어느 사이엔지 소멸되고 해수욕 도구를 불사르던 어느 장면이 환기되었다.

"불이냐! 불이냐!"

그의 심장은 높이 뛰었다. 그 고동은 가슴에 안겨 있는 어린것을 눌러 죽일 것 같았다. 그는 품 안의 것을 끌러서는 모닥불 곁에 내려놓았다. 그리고는 가슴을 확 풀어헤치고 마음껏 그 불에 안겨 보았다. 새로이 끼쳐 오는 불기운은 그의 뛰는 가슴을 한층이나 더 건드려 놓는 것 같았다.

무슨 동기로인지 그의 머리에는 알코올이라는 것이 연상되었다.

"옛…… 불? 불이냐?"

어린것을 모닥불 곁에 놓은 채 그는 일직선으로 그 선로를 밟아 뛰어 달아나기를 시작하였다. 그의 시야를 속속으로 스쳐 지나가는 선로 침목이 끝없이 늘어놓여 섰을 뿐이었다. 그의 전신의 혈관은 이제 순환을 시작한 것

같았다.

"누구야, 누구야?"

"앗!"

"누구야? 어디 가는 거야?"

"아…… 저 불! 불!"

"하……!"

그의 전신은 사시나무 떨리듯 떨렸다.

"아…… 인제 죽을 때가 돌아왔나 보다! 아니 참으로 살아야 할 날이 돌아왔나 보다!"

그는 이렇게 생각하였다. 그 사람은 그의 그 모양을 조소와 경멸의 표정으로만 내려다보고 있었다. 그러나 이제야 최후로 새 우주가 그의 앞에는 전개되었던 것이다.

"여보십시오!"

그는 수작하기 곤란한 이 자리에서 이렇듯 입을 열어 보았으나 별로 그 사람에 대하여 할 말은 없었다. 그는 몹시 머뭇머뭇하였다.

"왜 그러오?"

"저 오늘이 며칠입니까?"

"오늘? 12월 12일?"

"네!"

기적 일성과 아울러 부근의 시그널은 내려졌다. 동시에 남행 열차의 기다란 장사長蛇가 그들의 섰는 곳으로 향하여 달려왔다.

"여보, 여보, 여보, 기차! 기차!"

"……."

"여보, 저거! 이리 비켜!"

"……."

"앗!"

그는 지금 모든 세상에 끼치는 많은 노력에도 불구하고 보수받지 못하였던 모든 거룩한 성도聖徒들과 함께 보조를 맞추어 새로운 우주의 명랑한 가로를 걸어가고 있는 것이었다.

그의 눈에는 일상에 볼 수 없었던 밝고 신선한 자연과 상록수가 보였고, 그의 귀에는 일상에 들을 수 없었던 유량嚠喨[49] 우아한 음악이 들려왔다. 그리고 그가 호흡하는 공기는 맑고 따스하고 투명하였고, 그가 마시는 물은 영겁을 상징하는 영험의 생명수였다. 그는 지금 논공행상에 선택되어 심판의 궁정官廷을 향하여 걷고 있는 것이었다.

순간 후에 그의 머리에 얹혀질 월계수의 황금관을 생각할 때에 피투성이 된 그의 일신은 기쁨에 미쳐 뛰었다. 대자유를 찾아서, 우주애를 찾아서 그는 이미 선택된 길을 걷고 있는 데 다름없었다.

그러나 또한 생각하여 보면 불을 피하여 선로 위에 떨고 섰던 그는 과연 어디로 갔던가?

그는 확실히 새로운 우주의 가로를 보행하였을 것이다. 그러나 또 그의 영락한 육체 위로는 무서운 에너지의 기관차의 차륜이 굴러 넘어갔는지도 모른다. 그리하여 그의 피곤한 뼈를 분쇄시키고 타고 남은 근육을 산산이 저며 놓았는지도 모른다. 그리하여 기관차의 피스톤은 그의 해골을 이끌고 그의 심장을 이끌고 검붉은 핏방울을 칼날로 희푸르러 있는 선로 위에 뿌리며 10리나 20리 밖에 있는 어느 촌락의 정거장까지라도 갔는지도 모른다. 모닥불을 쬐던 철로 공사의 인부들도, 부근 민가의 사람들도 황황히 그곳으로 달려들었다. 그러나 아까에 불을 피하여 달아나던 그의 면영은 찾을 수도 없었다. 떨어진 팔과 다리, 동구瞳球, 간장肝臟, 이것들을 차마 볼 수 없다는 가애로운 표정으로 내려다보며 새로운 우주의 가로를 걸어가는 그에게 전별의 마지막 만가를 쓸쓸히 들려 주었다.

그 사람은 그가 십유여 년 방랑생활 끝에 고국의 첫 발길을 실었던 그 기관차 속에서 만났던 그 철도국에 다닌다던 사람인지도 모른다. 사람은 이 너무나 우연한 인과를 인식치 못하는지도 모른다. 그러나 사람이 알거나 모르거나 인과는 그 인과의 법칙에만 충실스러이 하나에서 둘로, 그리하여 셋째로 수행되어 가고만 있는 것이었다.

'오늘이 며칠입니까?' 이 말을 그는 그 같은 사람에게 우연히 두 번이나 물었는지도 모른다. 따라서 '12월 12일!' 이 대답을 그는 같은 사람에게서 두 번이나 들었는지도 모른다. 그러나 모든 것은 다 그들에게 다만 모를 것으로만 나타나기도 하였다.

인과에 우연이 되는 것이 있을 수 있을까? 만일 인과의 법칙 가운데에서 우연이라는 것을 찾을 수 없다 하면 그 바퀴가 그의 허리를 넘어간 그 기관차 가운데에는 C간호부가 타 있었다는 것을 어떻게나 사람은 설명하려 하는가? 또 그 C간호부가 와자지껄한 차창 밖을 내다보고 그리고 그 분골쇄신된 검붉은 피의 지도를 발견하였을 때 끔찍하다 하여 고개를 돌렸던 것은 어떻게나 설명하려 하는가? 그리고 C간호부가 닫힌 차창에는 허연 성에가 슬어 있었다는 것은 어찌나 설명하려는가? 이뿐일까, 우리는 더욱이나 근본적 의아에 봉착할 수도 있다는 것이다.

만일 지금 이 C간호부가 타고 있는 객차의 그 칸이 그저께 그가 타고 오던 그 칸일 뿐만 아니라 그 자리까지도 역시 그 같은 자리였다 하면 그것은 또한 어찌나 설명하려느냐?

북풍은 마른 나무를 흔들며 불어 왔다. 먹을 것을 찾지 못한 참새들은 전선 위에서 배고픔으로 추운 날개를 떨며 쉬고 있었다.

그가 피를 남기고 간 세상에는 이다지나 깊은 쇠락의 겨울이었으나 그러나 그가 논공행상을 받으려 행진하고 있는 새로운 우주는 사시장춘이었다.

한 영혼이 심판의 궁정을 향하여 걸어가기를 이미 출발한 지 오래니 인생의 어느 한 구절이 끝난 것인지도 모른다. 그러나 사람들 다 몰려가고 난 아무도 없는 모닥불 가에는 그가 불을 피하여 달아날 때 놓고간 그 어린 젖먹이가 그대로 놓여 있었다.

끼쳐 오는 온기가 퍽 그 어린것의 피부에 쾌감을 주었던지 구름 한 점 없이 맑게 개어 있는 깊이 모를 창공을 그 조그마한 눈으로 뜻 있는 듯이 쳐다보며 소리 없이 누워 있었다. 강보 틈으로 새어 나와 흔들리는 세상에도 조그맣고 귀여운 손은 1만 년의 인류 역사가 일찍이 풀지 못하고 그만둔 채의 대우주의 철리를 설명하고 있는 것인지도 모른다.

그러나 그 부근에는 그것을 알아들을 수 있는 「파우스트」의 노철학자도 없었거니와 이것을 조소할 범인들도 없었다.

어린것은 별안간 사람이 그리웠던지 혹은 배가 고팠던지 '으아' 울기를 시작하였다. 그것은 동시에 시작되는 인간의 백팔번뇌를 상징하는 것인지도 몰랐다.

"으아!"

과연 인간 세계에 무엇이 끝났는가. 기막힌 한 비극이 그 종막을 내리기도 전에 또 한 개의 비극은 다른 한쪽에서 벌써 그 막을 열고 있지 않은가?

그들은 단조로운 이 비극에 피곤하였을 것이나 그러나 그들은 그것을 연출하기도 결코 잊지는 아니하여 또 그것을 구경하기에도 결코 배부르지는 않는다.

"으아!"

어떤 사람은 이 소리를 생기에 충만하였다 일컬을는지도 모른다. 또한 그러할는지도 모른다. 그러나 이것이 확실히 인생극의 첫 막을 여는 사이렌인 것에도 틀림은 없다.

"으아!"

한 인간은 또 한 인간의 뒤를 이어 또 무슨 단조로운 비극의 각본을 연출하려 하는고. 그 소리는 오늘에만 '단조'라는 일컬음을 받을 것인가.

"으아!"

여전히 그 소리는 그치지 아니하려는가.

"으아!"

너는 또 어느 암로를 한번 걸어 보려느냐. 그렇지 아니하면 일찍이 이곳을 떠나려는가. 그렇다. 그 모닥불이 다 꺼지고 그리고 맹렬한 추위가 너를 엄습할 때에는 너는 아마 일찌감치 행복의 세계를 향하여 떠날 수 있을는지도 모른다.

"으아!"

"으아!"

이 소리가 약하게 그리하여 점점 강하게 들려오고 있을 뿐이었다.

—주

1) 이 소설은 이상이 쓴 최초의 한글 창작일 뿐만 아니라, 최초의 소설이자 유일한
   장편소설이기도 하다.

2) 적빈赤貧: 몹시 가난함.

3) 움: 땅을 파고 그 위에 거적 따위를 얹어 비바람이나 추위를 막도록 한 것.

4) 세간기명: 가재도구와 그릇들.

5) 앵도지리 버찌: 봄 과일을 가리킴.

6) 병문屛門: 골목 어귀의 길가.

7) 항巷: 거리. 골목.

8) 화이트홀스Whitehalls: 사교장을 가리키는 듯.

9) 육향분복肉香芬馥: 몸에서 나는 향기로운 냄새.

10) 뚝게: '뚜껑'의 방언.

11) 법선法線: 곡선이나 곡면과 직각으로 교차하는 선.

12) 맥진驀進: 좌우를 돌아볼 겨를이 없이 힘차게 나아감.

13) 토로코: 'truck'의 일본식 발음. 여기서는 공사용 궤도차를 말함.

14) 앙감질: 한 발은 들고 한 발로만 뛰는 짓.

15) 토로: '토로코'의 준말.

16) 악지: 무리하게 해내려는 고집.

17) 기절期節: 계절.

18) 지질리워: 기운이나 의견 따위가 꺾여 눌리어.

19) 간기癎氣: 지랄병. 염병.

20) 계제적階梯的: 차례차례.

21) 차인잔고差引殘高: 종업원의 품삯을 제한 이익. 여기서는 삶의 보람이나 결과를
   뜻함.

22) 여중女中: '하녀'라는 뜻의 일본말.

23) 명도冥途: 사람이 죽은 뒤에 간다는 영혼의 세계.

24) 꿈즉이던: 꿈적거리던.

25) 도승사渡繩師: 줄을 타는 사람.

26) 임리淋漓: 피·땀·물 따위의 액체가 흘러 떨어지는 모양.

27) 완이莞爾: 빙그레 웃는 모양.

28) 다나(棚): '선반'을 가리키는 일어.

29) 따개꾼: 소매치기.

30) 수형手形: '어음'의 옛말.

31) 기미氣味: 생각하는 바나 기분 따위와 취미.

32) 화태樺太: 사할린.

33) 미두米豆: 현물 없이 쌀을 팔고 사는 일. 실제 거래를 목적으로 하는 것이 아니고 쌀의 시세를 이용하여 약속으로만 거래하는 일종의 투기 행위.

34) 콘덴스 밀크(condensed milk): 연유煉乳.

35) 심펑: 형편.

36) 천애天涯: '천애지각天涯地角'의 준말. 아득히 멀리 떨어진 낯선 곳.

37) 타기만만惰氣滿滿: 게으른 기운이 가득함.

38) 지경 노래: 지정 노래. 집터 등을 다질 때 부르는 노래.

39) 목도: 두 사람 이상이 짝이 되어, 무거운 물건이나 돌덩이를 얽어맨 밧줄에 몽둥이를 꿰어 어깨에 메고 나르는 일.

40) 절선折線: '꺾은선'의 구 용어.

41) 장속裝束: 몸을 꾸며 차림 또는 그 몸차림.

42) 클로스cloth: 책상보.

43) 바니시varnish: 니스.

44) 반자: 지붕 밑이나 위층 바닥 밑을 편평하게 하여 치장한 각 방의 천장.

45) 곡직착종曲直錯綜: 굽고 곧은 것이 복잡하게 뒤얽힘.

46) 뜬숯: 장작을 때고 난 뒤에 꺼서 만든 숯, 또는 피었던 참숯을 다시 꺼놓은 숯.

47) 저립佇立: 우두커니 섬.

48) 징겨졌다: '쟁여졌다'의 방언.

49) 유량嚠喨 : 음악 소리가 맑으며 또렷함.

지도의 암실

긴동안잠자고 짧은동안누웠던것이 짧은동안 잠자고 긴동안누웠던그이다 4시에누우면 다섯 여섯 일곱 여덟 아홉 그리고9시에서10시까지리상—나는리상한[1]우스운사람을아안다 물론나는그에대하여한쪽보려하는 것이거니와—은그에서 그의하는일을떼어던지는것이다. 태양이양지짝처럼 내리쬐는밤에비를퍼붓게하여 그는레인코트가없으면 그것은어쩌나하여 방을나선다.

離三茅閣路到北停車場 坐黃布車去(이삼모각로도북정거장 좌황포차거)[2]

어떤방에서그는손가락끝을걸린다 손가락끝은질풍과같이지도위를걷는데 그는많은은광을보았건만의지는걷는것을엄격케한다 왜그는평화를발견하였는지 그에게묻지않고의례한K의바이블얼굴에 그의눈에서 나온한조각만의보자기를조각만덮고가버렸다.

옷도그는아니고 그의하는일이라고그는옷에대한귀찮은감정의버릇을늘하루의한번씩벗는것으로이렇지아니하나 누구에게도없이반문도하며위로도하여가는것으로도 보아 안버린다.

친구를편애하는야속한고집이 그의발간몸뚱이를 친구에게그는 그렇게도

쉽사리내맡기면서 어디친구가무슨짓을하기도하나 보자는생각도않는못난
이 라고도하기는하지만사실에그에게는 그가그의발간몸뚱이를가지고다니
는 무거운노역에서벗어나고싶어하는갈망이다 시계도치려거든칠것이다 하
는마음보로는한시간만에세번을치고3분이남은후에63분만에처너할대로
내버려두어버리는마음을먹어버리는관대한세월은 그에게 이때에시작된다.

암페어[3]에봉투를 씌워서그감소된빛은 어디로갔는가에대하여도 그는한
번도생각하여본일은없이 그는이러한준비와장소에대하여 관대하니라 생각
하여본일도없다면 그는속히잠들지아니할까 누구라도생각지는아마않는다
인류가아직만들지아니한글자가 그 자리에서이랬다 저랬다하니무슨암시 이
냐가무슨까닭에 한번읽어지나가면 도무소용인인글자의고정된기술방법을
채용하는 흡족지않은 버릇을쓰기를버리지않을까를그는생각한다 글자를저
것처럼가지고 그하나만이 이랬다저랬다하면또생각하는것은 사람하나 생
각둘말 글자 셋 넷 다섯 또다섯 또또다섯또또또다섯그는결국에시간이라는
것의무서운힘을 믿지아니할수는없다한번지나간것이 하나도쓸데없는것을
알면서도하나를버리는묵은짓을그도역시거절치않는지그는그에게물어보고
싶지않다 지금생각나는것이나 지금가지는글자가이따가가질것하나 하나
하나 하나에서 모두씩못쓸것인줄알았는데왜지금가지느냐안가지면 고만이
지하여도 벌써가져버렸구나 벌써가져버렸구나 벌써가졌구나 버렸구나 또
가졌구나.

그는아파오는시간을입은 사람이든지길이든지 걸어버리고걸어차고싸워
대고싶었다 벗겨도옷 벗겨도옷 벗겨도옷 벗겨도옷 인다음에야걸어도길 걸
어도길인다음에야 한군데버티고서서 물러나지만않고 싸워대기만이라도하
고싶었다.

암페어에불이확켜지는것은 그가깨는것과같다하면이렇다 즉밝은동안에
불佛인지마魔인지하는얼마쯤이 그의다섯시간뒤에 흐리멍덩히달라붙은한시

간과같다하면 이렇다즉그는봉투에싸여없어진지도모르는암페어를보고 침구속에반쯤강삶아진그의몸뚱이를보고봉투는 침구다생각한다 봉투는옷이다 침구와봉투와 그는무엇을배웠느냐몸을내다버리는법과 몸을주워들이는법과 미닫이에광선잉크가 암시적으로쓰는의미가 그는그의 몸덩이에불이 확켜진것을알라는것이니까 그는봉투를입는다 침구를입는것과 침구를벗는것이다 봉투는옷이고 침구다음에그의몸뚱이가 뒤집어쓰는것으로닮는다 발갛게암페어에습기제하고젖는다 받아서는내던지고 집어서는내버리는하루 가불이들어왔다 불이꺼지자시작된다 역시그렇구나오늘은 캘린더의 붉은빛이 내어배었다고 그렇게캘린더를만든사람이나떼고간사람이나가마련하여놓은것을 그는 위반할수가없다 K는그의방의캘린더의빛이 K의방의캘린더의빛과일치하는것을 좋아하는선량한사람이니까 붉은빛에대하여겸하여그에게경고하였느냐그는몹시생각한다 일요일의붉은빛은월요일의흰빛이 있을때에못쓰게된것이지만 지금은가장쓰이는것이로구나 확실치아니한두자리의숫자가 서로맞붙들고그가웃는것을보고 웃는것을흉내내어웃는다 그는 캘린더에게 지지는않는다 그는대단히넓은웃음과 대단이좁은웃음을 운반에요하는시간을 초인적으로가장짧게하여 웃어 버려보여줄수있었다.

인사는유쾌한것이라고하여 그는게으르지않다 늘. 투스브러시[4]는그의이사이로와보고 물이얼굴그중에도뺨을건드려본다그는변소에서 가장먼나라의호외를 가장가깝게보며 그는그동안에편안히서술한다 지난것은버려야한다고거울에열린들창에서그는리상—이상히이이름은 그의그것과똑같거니와—을만난다리상은그와똑같이운동복의준비를차렸는데 다만리상은그와달라서 아무것도하지않는다하면 리상은어디가서하루종일있단말이오 하고싶어한다.

그는그책임의무체육선생리상을만나면 곧경의를표하여그의얼굴을리상의얼굴에다문질러주느라고 그는수건을쓴다. 그는리상의가는곳에서하는일까지를묻지는않았다. 섭섭한글자가하나씩 하나씩 섰다가 쓰러지기위하여 남는다.

你上那兒去 而且 做甚麼(이상나아거 이차 주심마)[5]

슬픈먼지가옷에 옷을입혀가는것을 못하여나가게 그는얼른얼른쫓아버려서퍽다행하였다.

그는에로센코[6]를읽어도좋다 그러나그는본다왜나를 못보는눈을가졌느냐차라리본다 먹은조반은 그의식도를거쳐서바로에로센코의뇌수로들어서서 소화가되든지안되든지 밀려나가던버릇으로 가만가만히시간관념을 그래도아니어기면서앞선다 그는그의조반을 남의뇌에떠맡기는것은견딜수없다고견디지않아버리기로한다음 곧건디지않는다 그는찾을것을곧찾고도 무엇을찾았는지알지않는다.

태양은제온도에졸릴것이다 쏟아뜨릴것이다 사람은딱정버러지처럼떨것이다 따뜻할것이다 넘어질것이다 새까만핏조각이뗑그렁 소리를내며 떨어져깨어질것이다 땅위에늘어붙을것이다 냄새가날것이다 굳을것이다 사람은피부에검은빛으로도금을올릴것이다 사람은부딪칠것이다소리가날것이다.

사원에서종소리가걸어올것이다 오다가여기서놀고갈것이다 놀다가가지아니할것이다.

그는여러 가지줄을잡아당기느라고 그래성났을때내거는표정을 장만하라고 그래서그는그렇게해받았다 몸뚱이는성나지아니하고 얼굴만성나자기는얼굴속도 성나지아니하고살껍데기만성나자기는 남의모가지를얻어다 붙인것같아쩨제멋쩍었으나 그는그래도그것을 앞세워내세우기로하였다 그렇게하지아니하면 아니되게다른것들 즉나무사람옷심지어 K까지도그를놀리려드는것이니까 그는그와관계없는나무사람옷심지어 K를찾으려나가는것이다 사실바나나의나무와스케이팅여자와 스커트와교회에가고만 K는그에게관계없었기때문에 그렇게되는자리로 그는그를옮겨놓아보고싶은마음이다

그는K에게외투를얻어그대로돌아서서입었다 뿌듯이쾌감이어깨에서잔등으
로걸쳐있어서비키지않는다 이상하구나한다.

그의뒤는그의천문학이다 이렇게작정되어버린채 그는볕에가까운산위에서
태양이보내는몇줄의볕을압정으로 꼭꽂아놓고 그앞에앉아그는놀고있었다
모래가많다 그것은모두풀이었다 그의산은평지보다낮은곳에 처져서그뿐만
이아니라 움푹오므러들어있었다 그가요술가라고하자 별들이구경을나온다
고하자 오리온의좌석은 조기라고하자 두고보자사실그의생활이 그로하여
금움직이게하는짓들의여러 가지라도는 무슨몹쓸흉내이거나 별들에게나구
경시킬 요술이거나이지이쪽으로 오지않는다.

너무나의미를 잃어버린그와 그의하는일들을 사람들사는사람들틈에서
공개하기는 끔찍끔찍한일이니까 그는피난왔다 이곳에있다 그는고독하였다
세상어느틈바구니에서라도 그와관계없이나마 세상에관계없는짓을하는이
가있어서 자꾸만자꾸만의미없는 일을하고있어주었으면그는생각아니할수
는 없었다.

JARDIN ZOOLOGIQUE[7]

CETTE DAME EST-ELLE LA FEMME DE MONSIEUR LICHAN?[8]

앵무새당신은 이렇게지껄이면 좋을것을그때에나는

OUI[9]!

라고 그러면 좋지않겠습니까 그렇게그는생각한다.

원숭이와절교한다 원숭이는 그를흉내내고 그는원숭이를흉내내고 흉내
가흉내를 흉내내는것을 흉내내는것을 흉내내는것을 흉내내는것을흉내낸
다 견디지못한바쁨이있어서 그는원숭이를보지않았으나 이리로와버렸으나
원숭이도그를아니보며 저기있어버렸을것을생각하면가슴이 터지는것과같았
다 원숭이자네는사람을흉내내는버릇을타고난것을자꾸사람에게도 그모양
대로되라고하는가 참지못하여그렇게하면 자네는또하라고 참지못해서 그

대로하면 자네는또하라고 그대로하면 또하라고그대로하면또하라고 그대로하여도 그대로하여도 하여도또하라고하라고 그는원숭이가나에게 무엇이고시키고 흉내내고간에 이것이고만이다 딱마음을굳게먹었다 그는원숭이가진화하여 사람이되었다는데대하여 결코믿고싶지않았을뿐만아니라 같은여호와의손에된것이라고도 믿고싶지않았으나 그의?

그의의미는 대체어디서나오는가 먼것같아서불러오기어려울것같다 혼자사는것이 가장혼자사는것이 되리라하는마음은 낙타를타고싶어하게하면 사막너머를생각하면 그곳에좋은곳이 친구처럼있으리라생각하게한다 낙타를타면그는간다 그는낙타를죽이리라 시간은그곳에아니오리라왔다가도 도로가리라 그는생각한다 그는트렁크와같은낙타를좋아하였다 백지를먹는다 지폐를먹는다 무엇이라고적어서무엇을 주문하는지 어떤여자에게의답장이여자의손이 포스트앞에서한듯이 봉투째먹힌다 낙타는그런음란한편지를먹지말았으면 먹으면괴로움이몸의살을마르게하리라는것을 낙타는모르니하는수없다는것을 생각한그는연필로백지에 그것을얼른뱉어놓으라는 편지를써서먹이고싶었으나낙타는괴로움을모른다.

정오의사이렌이호스와같이 뻗쳐뻗으면그런고집을 사원의종이땅땅때린다 그는튀어오르는고무뿔과같은 종소리가아무데나 함부로헤어져떨어지는것을보아갔다 마지막에는어떤언덕에서 종소리와사이렌이한데젖어서 미끄러져내려떨어져한데 쏟아져쌓였다가 확헤어졌다 그는시골사람처럼서서끝난뒤를까지 구경하고있다 그때그는.

풀잎위에누워서 봄냄새나는 졸음을주판에 다놓고앉아있었다 하나 둘 셋 넷 다섯 여섯 일곱 여덟 일곱 여섯 일곱 여섯 다섯 넷 다섯 여섯 일곱 여덟 아홉 여덟 아홉 여덟 아홉 잠은턱밑에서 눈으로들어가지않는것은 그는그의눈으로 물끄러미바라다보면 졸음은벌써 그의눈알맹이에회색 그림자를던지고있으나등에서비치는햇볕이너무따뜻하여 그런지잠은번쩍번쩍한다 왜잠이아니오느냐 자나안자나마찬가지 인바에야안자도좋지만안자도좋지만 그래도자는것이나았다고하여도생각하는것이있으니있다면 그는왜이런앵무새의외국어를듣느냐 원숭이를가게하느냐 낙타를오라고하느냐 받으면내버려야할것들을받아가지느라고 머리를괴롭혀서는안되겠다 마음을몹시상케하느냐 이런것인데이것이나마생각아니하였으면그나마올것을구태여생각하여본댔자이따가는소용없을것을왜씨근씨근 몸을달리느라고 얼굴과수족을달려가면서생각하느니잠을자지댔자아니다 잠은자야 하느니라생각까지하여놓았는데도 잠은죽어라이쪽으로 조금만큼만더왔으면 되겠다는데도더아니와서 아니자기만하려들어아니잔다 아니잔다면.

차라리길을걸어서 살내어보이는스커트를 보아서의미를찾지못하여놓고아무것도아니느끼는것을하는것이차라리나으니라 그렇지만어디그렇게 번번이있나 그는생각한다 버스는여섯자에서 조금위를떠서다니면좋다 많은사람이탄버스가많은이걸어가는많은사람의머리 위를지나가면 퍽관계가없어서편하리라 생각하여도편하다 잔등이무거워들어온다 죽음이그에게왔다고 그는놀라지않아본다 죽음이묵직한것이라면 나머지얼마안되는시간은 죽음이하자는대로하게내어버려두어 일생에없던가장위생적인시간을향락하여보는편이 그를위생적이게하여 주겠다고그는생각하다가 그러면그는죽음에 견디는셈이냐못 그러는셈인것을자세히알아내기어려워괴로워한다 죽음은평행사변형의법칙으로 보일-샤를의 법칙으로 그는앞으로 앞으로걸어나가는데도왔다 떼밀어준다.

活胡同是死胡同 死胡同是活胡同(활호동시사호동 사호동시활호동)[10]

그때에그의잔등외투속에서양복저고리가 하나떨어졌다 동시에그의눈도그의입도 그의염통도 그의뇌수도 그의손가락도 외투도 잠뱅이도모두어울려떨어졌다 남은것이라고는 단추 넥타이 한리터의탄산가스부스러기였다 그러면그곳에서있는것은 무엇이었더냐하여도 위치뿐인폐허에지나지않는다 그는그런다 이곳에서흩어진채 모든것을다끝을내어 버려버릴까이런충동이 땅위에떨어진팔에 어떤경향과방향을 지시하고그러기시작하여버리는것이다 그는무서움이 일시에치밀어서성낸얼굴의성낸 성낸것들을헤치고 핵앞으로 나선다 무서운간판저뒤에서 기웃이이쪽을내다보는 틈틈이들여다보이는 성 냈던것들의 싹뚝싹뚝된모양이 그에게는한없이 가엾어보여서 이번에는그러 면가엾다는데대하여 가장적당하다고 생각하는것은무엇이니 무엇을내걸까 그는생각하여보고 그렇게한참보다가 웃음으로하기로작정한그는그도 모 르게얼른그만웃어버려서그는다시거두어들이기어려웠다 앞으로나선웃음은 화석과같이 화려하였다.

笑怕怒소파노[11]

시가지한복판에 이번에새로생긴무덤위로 딱정버러지에묻은각국웃음이 헤뜨려떨어뜨려져모여들었다 그는무덤속에서다시한번 죽어버리려고 죽으 면그래도 또한번은더죽어야하게되고하여서 또죽으면또죽어야되고 또죽어 도또죽어야되고하여서 그는힘들여한번몹시 죽어보아도 마찬가지지만그래 도 그는여러번여러번죽어보았으나 결국마찬가지에서끝나는끝나지않는것 이었다 하느님은그를내버려두십니까 그래하느님은죽고나서또죽게내버려 두십니까 그래그는그의무덤을어떻게 치울까생각하던끄트 머리에 그는그의 잔등속에서 떨어져나온근거없는 저고리에그의무덤파편을 주섬주섬싸끌어 모아가지고 터벅터벅걸어가보기로작정하여놓고 그렇게하여도 하느님은가 만히있나를 또그다음에는 가만히있다면 어떻게되고 가만히있지않다면어떻 게 할작정인가 그것을차례차례로보아내려가기로하였다.

K는그에게 빌려주었던저고리를 입은다음양시거릿[12]처럼극장으로몰려갔 다고그는본다 K의저고리는풍기취체[13]탐정처럼.

그에게무덤을 경험케하였을뿐인 가장간단한불변색이다 그것은어디를가

더라도 까마귀처럼 웃을것을생각하는그는그의모자를 벗어땅위에놓고그가

만히있는 모자가가만히있는틈을타서 그의구둣바닥으로힘껏 내리밟아보아

버리고싶은마음이 종아리살구뼈까지 내려갔건만그곳에서장엄히도 승천하

여버렸다.

　남아있는박명의영혼 고독한저고리의 폐허를위한완전한보상그의영적산

술 그는저고리를입고 길을길로나섰다 그것은마치저고리를 안입은것과같은

조건의특별한사건이다 그는비장한마음을 가지기로하고길을그길대로생각

끝에생각을겨우겨우이어가면서걸었다 밤이그에게그가갈만한길을잘내어주

지아니하는 협착한속을—그는밤은낮보다 빽빽하거나 밤은낮보다되애다

랗거나밤은낮보다좁거나하다고늘생각하여왔지만그래도 그에게는 별일별

로없이 좋았거니와—그는엄격히걸으며도 유기된그의기억을안고 초초히그

의뒤를따르는저고리의영혼의 소박한자태에 그는그의옷깃을여기저기적시어

건설되지도항해되지도 않는한성질없는지도를그러서가지고다니는줄 그도

모르는 채밤은밤을밀고 밤은밤에게밀리우고하여 그는밤의밀집부대의 속으

로속으로점점깊이들어가는모험을모험인줄도 모르고모험하고있는것같은것

은 그에게있어 아무것도아닌그의방정식행동은 그로말미암아집행되어나가

고있었다 그렇지만.

　그는왜버려야할것을 버리는것을 버리지않고서버리지못하느냐 어디까지

라도 괴로움이었음에변동은 없었구나그는그의행렬의마지막의 한사람의위

치가 끝난다음에 지긋지긋이 생각하여보는것을 할줄모르는그는그가아닌

그이지 그는생각한다 그는피곤한다리를 이끌어불이던지는불을밟아가며불

로가까이가보려고불을자꾸만밟았다.

　我是二雖說沒給得三也我是三(아시이수설몰급득삼야아시삼)[14]

　그런바에야 그는가자그래서스커트밑에 번쩍이는 조그만메달에 의미없는

베제[15]를붙인다음 그자리에서있음직이있으려하던 의미까지도 잊어버려보자

는것이 그가그의의미를잊어버리는 경과까지도잘잊어버리는것이되고마는것
이라고 생각하게되는 그는그렇게생각하게되자그렇게하여지게그를 그런데
로내던져버렸다 심상치아니한음향이우뚝섰던 공기를몇개넘어 뜨렸는데도
불구하고심상치는않은길이어야만할것이급기야에는심상하고 말은것은심상
치않은일이지만그일에 이르러서는심상해도좋다고 그래도좋으니까 아무래
도 좋게되니까아무렇다하여도 좋다고그는생각하여버리고말았다.

LOVE PARRADE

그는답보를계속하였는데 페이브먼트는후울훌날으는 초콜릿처럼훌훌날
아서 그의구둣바닥밑을미끄러이쏙쏙빠져나가고있는것이 그로하여금더욱
더욱 답보를시키게한원인이라면 그것도 원인의하나가 될수도있겠지만 그원
인의대부분은 음악적효과에있다고아니볼수없다고 단정하여버릴만치 이날
밤의 그는음악에 적지아니한편애를 가지고있지않을수없을만치 안개속에서
라이트는스포츠를하고 스포츠는그에게있어서는 마술에가까운기술로 밖에
는아니보이는것이었다.

도어가그를무서워하며 뒤로물러서는거의 동시에무거운저기압으로흐르
는고 기압의기류를이용하여 그는그레스토랑으로넘겨졌다하여도좋고 그의
몸을게다가 내버렸다틀어박았다하여도 좋을만치그는그의몸뚱이 의향방에
대하여아무러한설계도하여 놓지는아니한행동을 직접행동과행동이가지는
결정되어있는운명에 내맡겨버리고 말았다 그는너무나 돌연적인탓에그에게
서 빠져벗어져서엎질러졌다 그는이것은이결과는 그가받아서는내던지는 그
의하는일의무의미에서도 제외되는것으로사사오입이하에쓸어내었다.

그의사고력을 그는도막도막내놓고난 다음에는그사고력은 그가 도막도
막낸것인 아니게되어버린다음에 그는슬그머니없어지고 단편들이춤을한개
씩만추고 그가물러가있음직이생각키는대로 차례로차례아니로물러버리니까
그의지껄이는것은 점점깊이를잃어버려지게되니 무미건조한그의한가지씩의

곡예에경청하는하나도 물론없을것이었지만있었으나 그러나K는그의새빨강
게찢어진 얼굴을보고곧나가버렸으니까 다른사람하나가있다 그가늘산보를
가면그곳에는커다란바윗돌이 돌연히있으면 그는늘그곳에기대는버릇인것처
럼 그는한여자를늘찾는데 그여자는참으로위치를변하지아니하고있으니까
그는곧기댄다 오늘은나도화나는일이썩많은데그도 화가났습니까하고 물
으면그는그렇다고대답하기전에 그러냐고한번물어보는듯이눈을여자에게
로 흘깃떠보았다가고개를 끄덕끄덕하면여자도 곧또고개를끄떡끄떡하지만
그의미는퍽다른줄을알아도 좋고몰라도좋지만 그는알지않는다 오늘모두
놀러갔다가오는사람들뿐이 퍽많은데 그도놀러갔었더랍니까하고 여자는그
의쏙들어간뺨을쏙씻겨쓰다듬어주면서 물어보면그래도 그는그렇다고그래
버린다 술을먹는것은 그의눈에는수은을먹는것과같이 밖에는아니보이게 아
파보이기시작한지는 퍽오래되었는데 물론그러니까 그렇지만그는술을먹지
아니하며 커피를마신다 여자는싫다는소리를한번도하지아니하고 술을마시
면얼굴에있는 눈가가대단히벌개지면 여자의눈은대단히 성질이달라지면 마
음은사자와같이사나워져가는것을 그가가만히지키고 앉아있노라면 여자는
그에게 별짓을다하여도 그는변하려는얼굴의표정의멱살을꽉붙들고다시는
놓지않으니까 여자는성이나서이빨로 입술을꽉깨물어서 피를내고 축음기와
같은국어로그에게향하여 가느다랗고길게막퍼부어도 그에게는아무렇지도
않다 여자는운다 누가그여자에게 그렇게하는버릇이 여자에게붙어있는줄
여자는모르는지 그가여자의검은꽃 꽃인머리를가만히 쓰다듬어주면 너는고
생이자심하냐는말을 으레하는것이라 그렇게그도한줄알고여자는 그렇다고
고개를 테이블위에엎드려올려놓은채 좌우로조금흔드는것은 그렇지않다는
말은아니고상하로흔들수없는까닭인 증거는여자는곧눈물이글썽글썽한얼
굴을들어그에게로주면서 팔뚝을홀홀걷으면서 자아보십시오 이렇게마르지
않았습니까하고 암만내밀어도 그에게는얼마만큼에서얼마큼이나말랐는지

도무지 알수가없어서 그렇겠다고그저간단히 건드려만두면 분한듯이여자는 막운다.

아까까지도그는저고리를 이상히입었었지만 지금은벌써그는저고리를입은 평상시를걷는 그이고말아버리게되어서길을걷는다 무시무시한하루의하루가 차츰차츰끝나들어가는구나하는 어둡고도가벼운생각이그의머리에씌운모자를쓰면 벗기고쓰면 벗기고하는것과같이 간질간질상쾌한것이었다 조금가만히있으라고 암페어의씌워진채로 있는봉투를 벗겨놓은다음 책상위에 있는 여러 가지책을 하나씩 둘씩 셋씩 넷씩트럼프를섞을때와같이 섞기시작하는것은무엇을 찾기위한섞은것을 차곡차곡추리는것이 그렇게보이는것이지만 얼른나오지않는다 시계는8시불빛이방안에환하여도시계는친다든가 간다든가하는버릇을 조금도변하지아니하니까 이때부터쯤그의하는일을 시작하면저녁밥의소화에는그다지큰지장이없으리라 생각하는까닭은그는결코음식물의 완전한소화를바라는것은 아니고대개웬만하면 그저그대로잊어버리고 내버려두리라하는 그의음식물에대한관념이다.

백지와색연필을들고 덧문을열고문하나를 연다음또문하나를 연다음 또열고또열고또열고또열고 인제는어지간히들어왔구나 생각키는때쯤하여서 그는백지위에다색연필을 세워놓고무인지경에서 그만이하다가그만두는아름다운복잡한기술을시작하니 그에게는가장넓은 이벌판이밝은밤이어서 가장좁고갑갑한것인것같은것은 완전히잊어버릴수있는것이다 나날이이렇게들어갈수있는데까지 들어갈수있는한도는점점늘어가니 그가들어갔다가는 언제든지처음있던자리로도로 나올수는염려없이있다고 믿고있지만차츰차츰 그렇지도않은것은 그가알면서도는 그러지는않을것이니까 그는확실히모르는것이다.

이런때에여자가와도 좋은때는그의손에서 피곤한연기가무럭무럭기어오르는때이다 그여자는그고생이 자심하여서말랐다는넓적한손바닥으로 그를

투덕투덕두드려 주어서잠자라고하지만그는 여자는가도좋다오지않아도 좋
다고생각하는것이지만이렇게 가끔정말좀와주었으면생각도한다 그가만일
여자의뒤로가서바지를걷고서면 그는있는지없는지모르게되어버릴만큼화가
나서 말랐다는여자는 넓적한체격을 그는여자뿐아니라 아무에게서도싫어하
는것이다 넷……하나둘셋넷이렇게 그거추장스럽게 굴지말고산뜻이넷만쳤
으면 여북좋을까생각하여도시계는 그러지않으니 아무리하여도 하나둘셋은
내버릴것이니까 인생도 이럭저럭하다가 그만일것인데낯모를여인에게 웃음
까지산저고리의지저분한경력도흐지부지다스러질것을 이렇게마음조릴것이
아니라 암페어에봉투쒸우고 옷벗고몸뚱이는 침구에떼내어맡기면 얼마나모
든것을 다잊을수있어편할까하고그는잔다.

─주

1) 리상한: 이상한. 작가의 이름 '이상'을 연상시킴.

2) 離三茅閣路到北停車場이삼모각로도북정거장~: '삼모각로 떠나서 북정거장에 도착해서 황포차를 타고 간다'는 뜻.

3) 암페어ampere: 전류의 세기를 나타내는 단위.

4) 투스브러시toothbrush: 칫솔.

5) 你上那兒去이상나아거~: '니상, 너는 어디로 가고 또 무엇을 하느냐'는 뜻. 여기서도 '니상'과 '이상李箱'의 독음이 같다.

6) 에로센코(Bakunin R. Erosenko, 1889~1952): 러시아 출신의 맹인 시인·아동문학가.

7) JARDIN ZOOLOGIQUE: '동물원'이라는 뜻의 프랑스 어.

8) CETTE DAME EST-ELLE~: 번역하면 '그녀가 이상 씨의 부인입니까?' 라는 뜻의 프랑스 어 문장.

9) OUI: 영어로 'Yes'와 같은 뜻의 프랑스 어.

10) 活胡同是死胡同활호동시사호동~: '사는 것이 어찌하여 죽은 것과 같고, 죽은 것이 어찌하여 사는 것과 같은가'라는 뜻.

11) 笑怕怒(소파노): 웃음과 두려움과 분노.

12) 시거릿cigarette: 궐련.

13) 취체取締: 규칙·법령·명령 따위를 지키도록 통제함.

14) 我是二雖說沒給得三也是三아시이수설몰급득삼야아시삼: '내가 2일 수도 있고 3일 수도 있다'는 뜻.

15) 베제baiser : '키스kiss'라는 뜻의 프랑스 어.

휴업休業과 사정事情

　3년전이보산[1]과SS와 두사람사이에 끼어들어앉아있었다. 보산에게다른 갈길이쪽을가르쳐주었으며 SS에게다른 갈길저쪽을가르쳐 주었다. 이제담 하나를막아놓고이편과저편에서 인사도없이그날그날을살아가는보산과 SS 두사람의 삶이어떻게하다 가는가까워졌다. 어떻게하다가는 멀어졌다이러 는 것이 퍽재미있었다. 보산의마당을 둘러싼담어떤점에서 부터수직선을 끌 어놓으면그선위에SS의방의들창이있고 그들창은 그담의맨꼭대기보다도 오 히려한자와가웃[2]을 더높이나있으니까SS가들창에서 내다보면 보산의마당 이환히들여다보이는것을 보산은 적지아니화를내며 보아지내왔던것이다. SS는 때때로 저의들창에매달려서는 보산의마당의임의의한점에 춤[3]을뱉는버 릇을 한두번아니내는것을 보산은SS가들키는것을 본적도있고 못본적도있 지만본적만쳐서 헤어도꽤많다. 어째서 남의집기지基趾[4]에다 대고함부로 춤 을 뱉느냐 대체생각이어떻게들어가야 남의집마당에다 대고춤을 뱉고싶은 생각이 먹힐까를보산은 알아내기가 퍽어려워서어떤때에는 그럼내가 어디한 번저방저들창에가 매달려볼까 그러면 끝끝내는 나도이마당에다대고 춤을 뱉고싶은생각이떠오르고야 말것인가 이렇게까지생각하고하고는 하였지만

보산은 아직한번도실제로 그들창에가매달려본적은없다고는하여도 보산의 SS의그런추잡스러운행동에대한악감이나분노는 조금도덜어지지않은 채로 이전이나 마찬가지다. 아침오후2시—보산의 아침기상시간은대개오후에 들어가서야있는데 그러면아침이라고 할수는없지만 그날로서는제일첫번일어나는것이니까 아침이라고하는것이좋다—에일어나서 투스브러시를입에물고 뒤이지[5]를손아귀에꽉쥐고마당에내려서면 보산은위선爲先[6]SS의얼굴을 찾아보면 으레그들창에서 눈에띄는법이었다. SS는보산을 보자마자기다렸는듯이 춤을큼직하게한입뿌듯이끌어모아서이쪽보산의졸음든얼깨인얼굴로 머뭇거리는근처를겨냥대어서한번에 뱉는다. 그소리는퍽완전한것으로처음 SS의입을떠날때로부터보산의 마당정해진어느한군데땅— 흙위에떨어져약간의여운진동을내며 흔들리다가머물러주저앉아버릴때까지거의교묘한사격이완료된것과같은 모양으로듣(고보)는사람으로하여금 부족한감이없을만하게얌전한것이다. 단번에보산은얼빠져버려서멍하니 장승모양으로섰다가 다시정신을 잘가다듬어가지고증오와모욕이가득찬눈초리로 그무례한침략자SS의춤가까이로가만가만히다가서는것이다. 빛깔은거의SS의소화작용의 일부분을담당하는 타액선의분비물이라고는 볼수없을만큼주제가남루하며 거의춤이라는 체면을유지하지못하고있는꼴이보산의마음을비록잠시동안이나마 몹시센티멘털하게한다. SS는그의귀중한춤으로하여 나의앞에이다지 사나운주제를노출시켜스스로의 명예의몇부분을훼손시키는 딱한일이무엇이 SS에게 기쁨이 되는 것일까 보산은때마침탄식하였다.

변소에서보산의앞에막혀 있는 느얼[7]담벼락은 보산에게있어서는 종이를 얻는시간이느얼얻는시간보다도 훨씬많을만큼으레변소에들어온보산에게맡겨서는종이노릇을하는것이다. 종이노릇을하노라면 보산은여지없이 여러가지글을썼다가여지없이여러번지우고 말아버린다. 어떤때에는사람된체면으로서는 도저히적을수없는끔찍끔찍한사건을만들어서당연히 그위에다적어놓고차곡차곡내려읽는다. 그리고난다음에는 또짓는다. 보산은SS의그런나날이좋지못한도전적태도에대하여서생각하여본다. 결코SS에게는보산에게대하여 악의가없는것을 보산이알기는쉬웠으나 그러나그러면왜그들창에서앞으로 180도의넓은 전개를가졌으면서도 구태여이마당을향하여춤을뱉느냐 그리고도아주천연스러운시치미를딱뗀얼굴로 앞전망을내다보거나들창을 닫거나하는것은 누가보든지혹은도전적태도라고오해하기쉽지않은가를SS는알만한데도 모르는가모르는체하는가 그것을물어보고싶지만 나는그까짓똥뚱보같은자와는말을주고받기는싫으니까 그러면나는 그대로내버려두겠느냐 날마다똑같은일이 똑같은정도로계속되는것은인생을심심하게하는것이니까 나에게있어서 그보다도더무서운일은 다시없겠으니하루바삐 그것을물리쳐야할것인데그러면나는SS의부인에게 편지를쓰리라SS군에게.

군은그사이안녕한지에대하여 소생은이미다짐작하였노라그것은날마다때때로 그들창에나타나는 군의얼굴의산문어와같은붉은빛과 그리고나날이 작아들어가는 군의눈이속히속히나에게군의건강상태의 일진월장을 증명하며보여주는것이다. 나의건강상태에대하여 서는말할것없고다만한가지항의하는것은 다른것이아니라 군은대체어찌하여그들창에매달린즉슨 반드시나의집마당에다대고—그것도반드시나의 똑바로보고섰는 앞에서—춤을뱉는가. 군은도무지가 외면에나타나서 사람의심리를지배하지아니치못하는미관이라는 데대하여한번이라고려하여 본일이있는가. 또는위생이라는관념에서 불결이여하히사람의 육체뿐만아니라정신적으로도사람에게 해를끼치는가를아는가 모르는가. 바라건댄군은속히그비신사적근성을 버리는동시에춤뱉는짓을근신하라. 이만…….

이런편지를써서는 떡SS의부인에게먼저전하여주면SS의부인은 반드시이것을읽으리라 읽고난다음에는 마음가운데에이는분노와 모욕의념을이기지못하여 반드시남편SS에게육박하리라—여보대체 이런창피를왜당하고있단말

이오당신은 도야지[8]만도못한사람이오 하고들이대면뚱뚱보SS는반드시황
겁하여 아아그런가 그렇다면오늘부터라도그춤뱉는것만은 그만두지뱉을지
라도보산의집마당에다대고뱉지만않으면고만이지창피할것이야 무엇이있나
이러면SS의부인은 화가막보꾹[9]까지 치받쳐서편지를짝짝찢어버리고 그만울
고말것이니까 SS는그러면내다시는춤뱉지않으리라 그래가면서드디어 항복
하고말것이다. 아아그러면된다보산은기쁜생각이 아침의기분을상쾌히한것
을좋아하면서 변소를나서면 30분이라는적지아니한 시간이없어졌다. 나와
보면아직도SS는들창에 매달려있으며 보산이이리로어슬렁어슬렁걸어오면서
싱글싱글웃는것을보자마자또춤을 큼직하게 한번탁뱉었다. 역시이번에도보
산의마당의가까운한점에 가래가떨어진다. 그것을보는보산은다시화가치뻗
쳐서 어찌할길을 모르고투스브러시를빼어서던지고 물을한입문다음움질움
질하여가지고SS의들창쪽을향하여 확뿜어본다. 이리하기를서너번이나하다
가 나중에는목젖에다넘겨가지고 그렁그렁해가지고는 여러번해면내면[10]SS
도건딜수없다는듯이마지막으로 춤을한번탁뱉은다음에들 창을확닫처버리
고 SS의그보산의두갑절이나 되는큰대가리는 자취를감추어버리고야말았다.
보산은세숫대야에다손을꽂아담그고는 오늘싸움에는대체누가이겼나자칫
하면 저뚱뚱보SS가이긴것인지도 모른다그렇지만십상팔구는내가이긴것이
다 그렇게생각하여버리면 상쾌하기는하나 도무지한구석에 꺼림칙한생각이
남아있어씻겨나가지를않아서 보산은세수를하는동안 몹시도고생을한다.
노랫소리가들려온다SS의오지뚝배기긁는소리같은껄껄한목소리다. 아하그
러면SS가이긴모양이다 그렇지않고야 저렇게유쾌한목소리로상규常規를일逸
한높고소란한목소리로유유히노래를부를수야 있을수가있을까 보산은사지
가 별안간저상沮喪[11]하여초췌한얼굴빛을차마남에게보여줄수가 없어서뜨
거운물에다야단스럽게문질러댄다. 문득보산을기쁘게할수있는죽어가는 보
산을살려낼수있는 생각하나가보산의머릿속에떠오른다. 옳다되었다나도저

렇게노래를부르면 그만이아닌가나도개선가를부르면

삭풍은나무끝에불고 명월은눈위에찬데
만리변성에일장검짚고서서
수파람[12]한큰소리에 거칠것이없어라.

꼭한시간만자고 일어날까그러면4시 또조금있다가는밥을먹어야지아니
지5시 왜그러냐하면 소화가안되니까한시간은 앉았다가 4시에드러누우면
아니지6시 왜그러냐하면 얼른잠이들지아니하고 적어도5시까지 한시간을끌
것이니까 6시6시에일어나서야 전기불이모두들어와있을것이고 해도져서도
로밤이되어있을터이고 저녁밥기도 벌써지냈을것이니 그래서야낮에일어났다
는의의가어느곳에있는가 공원으로산보를가자 나무도보고바위도보고학교
아이들도보고 빨래하는사람도보고 산도보고 시가지를내려다보고 매우효
과적이고 의미심장한일이아닐까보산은일어나서 문간을나선다.

공원은가까이바로산밑에 산과닿아있으니 시가지에서찾을수없는신선한
공기와청등한경치가늘사람을기다리고있는곳으로 보산은그러한훌륭한장
소가자기집바로가까이있다는것을 퍽기뻐하며믿음직하게여기어오는 것이
다. 가지는않지만언제라도가고싶으면 곧갈수있지않느냐 이다지불결한공
기속에서 살아간다고하지만신선한 공기가필요한때에는늘곁에있다는것을
생각할수있으며 또곧가서충분히마시고올수가있지아니하냐 마시지는않는
다하여도벌써심리적으로는마신것과마찬가지가아니냐 사람에게는 생리적
으로보다도 심리적으로위생이더필요한것이아닐까 그런고로보산은늘건강
지대에살고있는것과 조금도다름이없는것이아닐까 아니차라리더한층나은
것이아닐까. 때로는비록보산일망정이렇게신선한공기를마시러공원으로산
보를가고있지아니하냐. 보산의마음은기뻐졌다.

문간을나서자보산은SS를만났다. 느니보다도SS가SS의집문간에나와있
는것을보지않을수없었다. SS는그바위만한가슴과배사이체내로치자면 횡격
막의위치부근에다 SS의딸어린아이를안고나와서있다. 느니보다도어린아이
는바위위에열렸거나놓여앉아있거나 달라붙어매달려있거나 의어느하나이었
다.

　—에 끔찍끔찍이도흉한분장이로군 저것이가면이라면? 엣 엣 에엣.

　뚱뚱보SS의뇌는대단히나쁠것은정한이치다. 그렇지아니하고야 그런혹
은이런추태를평연히 노출시키지는대개아니할것이니까. 보산은이렇게생각
하며 못내그딸어린아이를불쌍히여기느라고 한참이나애를쓴이유는 어린아
이도따라서뇌가나쁘리라 장래어린아이의시대가돌아왔을때에는 뇌가나쁜
사람은 오늘의뇌가나쁜사람보다도훨씬더불행할것이틀림없을것이니까. SS
는어린아이의장래같은것은 꿈에도생각할줄모르는가 왜스스로뇌를개량치
를않는가 아니그것은이미할수없는일이라고하자하여도 왜피임법을써서불
행함에틀림없을딸어린아이를낳기를미연에막지않았는가 그것도SS가뇌가나
쁜까닭이겠지만 참으로딱하고도한심한일이라고볼수밖에없을것이다. SS의
딸어린아이는벌써세살딸어린아이의시대도머지아니하였으니 SS나 나나그어
린아이의얼마나불행한가를눈으로바로볼것이니 그것은 견딜수없는일이다.
차라리SS에게자살을권할까 그렇지만뇌가나쁜SS로서는 이것을나의살인행
위로밖에해석치아니할것이니 SS가자살할수있을까는싶지도않은일이다. 보
산은다시는SS의딸어린아이를안고문간에나와선 사나운모양은보지아니하
리라결심하려하였으나 그것은도저히보산의마음대로되는일은아닐터이니까
그결심하는것까지는그만두기로하였으나 될수있으면피할도리를강구할것
을깊이마음가운데먹어두기로하였다. 또하나옳다 그러면SS에게 그렇지아
니하면SS의부인에게 피임법에관한비결을몇가지만적어서보낼까 그렇게하자

면 나는홍미도없는피임법에관한책을적어도몇권은읽어야할터이니 그것도도
무지귀찮은일이다그만두자 그러자니참으로SS의부부와딸어린아이는불행
하고 나를생각하면 보산은또한번마음이 센티멘털하여들어오는것을느끼지
아니할수는없었다.

　밤이이슥히보산의한낮이다달아와있었다.　얼마있으면보산의오정이친다.
보산은고인의말대로 보산이얼마나음양에관한이치를잘이해하여정신수양을
하고있는것인가를 다른사람들은하나도모르는것이섭섭하기도하였으며 또
는통쾌하기도하였다.　보산은보산의정신상태가 얼마나훌륭히수양되어있는
가 모른다는것을마음속에굳게믿어오고있는것이었다.　양의성한때를잠자며
음의성한때를깨어있어 학문하는것이얼마나이치에맞는일인가 세상사람들
아왜모르느냐 도탄에묻힌현대도시의시민들이 완전히구조되기전에는 그들
이빠져있는불행의깊이가너무나깊어버리고만것이로구나 보산은가엾이여긴
다.　읽던책을덮으며 그는종이를내어놓아시를쓴다.
　세상에서땅바닥에달라붙어뜯어먹고사는 천하인간들의쓰는시와는운소
雲霄[13]로차가나는훌륭한시를 보산은몇편이나몇편이나써놓은것이건만 그
대신세상사람들은 그의시를이해하여줄리가없는과대망상으로밖에는볼수없
는것이었다.　이것을보산혼자만이설워하고있으니 누가보산이이것을설워하
고있다는것조차알아줄이가있을까.　보산은보산이야말로외로운사람이라고
그렇게정하여 놓고앉아있노라면 눈물나는한구고인의글이그의머리위에떠오
른다 보산을위로한답시고보산아 보산아들어보아라.
　德不孤 必有隣(덕불고 필유린)[14]
　보산의방안에걸린여러가지 그림들은똑바로걸려서있지아니하면안된
다.　보산은곧일어나서 똑바로서있지아니한것을 똑바로세워놓는다.　보산은
보산의방안에있는무엇이든지반드시 보산을본받아야할것이라고생각하자

마자 고단한몸불편한몸을비스듬히 담벼락에 기대고있던것을얼른놀란듯이 고쳐서는 똑바로앉는다. 그리고는그림틀들은다보산을본받은것이 아니냐 라고생각하며 흔연히기뻐하는것이었다.

시계가3시를쳤다. 보산은오후가됐다.[15] 밤은너무나고요하여서 때로는 시계도제꺽거리기를꺼리는듯이 그네질을자고그만두려고만드는것같았다. 보산은피곤한몸을자리위에그대로잠깐눕혀본다. 이제부터누우면잠이들수 있을까없을까를시험하여보기위하여 그러나잠은보산에게서는아직도먼것으 로 도무지가보산에게올까싶지는않았다. 보산은다시몸을일으켜 책상머리 에기대면 가만가만히들려오는 노랫소리는 분명히SS의노랫소리에틀림이없 는데 아마SS도저렇게밤을낮으로삼아서지내는가 그러면SS도 음양의좋은이 치를터득하였단말인가아니다. 그따위 뚱뚱보SS의나쁜뇌를가지고는도저히 그런것을깨달아낼수가있다고는추측되지않는일이다. 저것은분명히SS의불 섭생으로말미암아일어나는불면증이다. 병이다잠이아니오니까 저렇게청승 스럽게일어나앉아서 가장신비로운것을보기나하듯이노래를부르고있는것이 다. 그러나그것은그렇다고하여두겠지만 아까낮에들리던개선가의SS의목소 리는들을수없을만치 지저분히흉한것이었음에반대로 이밤중의SS의목소리는 무엇이라고저렇게아름다운가. 하고보산은감탄하지아니할수없었을만치 가 늘고 길고 떨리고 흔들리고 얇고 멀고얕고한것을듣고 앉아있는보산은금시 로모든것을다잊어버릴수밖에는없었을만치 멍하니 앉아서듣기는듣고있지 만 그것이 과연SS의목소리 일까 뚱뚱보SS의나쁜뇌로서 저만치고운목소리 를 자아낼만한훌륭한소질이어느구석에 박혀있었던가 그렇다면 뚱뚱보SS 는그다지업신여길수는없는 뚱뚱보SS가아닐까 목소리가저만하면사람을감 동시킬만한자격이 넉넉히있지만 그까짓것쯤두려울것은없다하여 버리더라 도하여간SS가이한밤중에 저만큼아름다운목소리를낼수있다는것은 참신기

한일이라고아니칠수없지만 그렇다고보산이그에게경의를 별안간표하기시
작하게된다거나 할일이야천부당만부당에있을법한일도아니런만보산이그래
도SS의노랫소리에 이렇게도감격하고있는것은공연히여태까지가지고오던 SS
에대한경멸감과우월감을일시에무너뜨려버리는것이되고말지나않을가 그것
이퍽불안하면서도 보산은가만히SS의노랫소리에 귀를기울이고앉아있다.

　오늘은대체음력으로 며칠날쯤이나되나 아니양력으로 물어도좋다 달은
음력으로만뜨는것이아니고 양력으로도뜨는것이아니냐 하여간날짜가어떻게
되어 있길래이렇게달이밝을까달이3시가지났는데 하늘거의한복판에그대로
남아있을까 보산의그림자는보산을닮지아니하고 대단히키가작고 뚱뚱하
다느니보다도 뚱뚱한것이 거의SS를 닮았구나불유쾌한일이로구나 왜하필
그까짓뇌가 나쁜뚱뚱보SS를 닮는단말이냐 그렇지만뚱뚱한것과 뚱뚱한것
은대단히다른것이니까 하필닮았다고 말할것도아니니까 그까짓것은아무래
도좋지않으냐하더라도 웬일로이렇게SS의목소리가아름다울까하고 보산은
그SS가매달리기만하면 반드시이마당에다대고 춤을뱉은 불결한들창이있는
담밑으로가까이가서가만히 그쪽SS의방노랫소리가흘러나오는것이 과연여
기 인가아닌가하고 자세히엿들어보아도 분명히노랫소리가나오는곳은 여기
인데그렇다면 그노래는SS의노랫소리에는 틀림이없을것을생각하니 더욱더
욱이상하다는생각만이 보산의여러가지생각의 앞을서는것이었다. 그러나보
산은 또다시생각하여보면 그노랫소리는SS의부인의노랫소리가아닌지도모
르지만 그렇다고SS와SS의부인은한방에있는지 그렇다면딸어린아이가세살
먹었는데피곤한어머니의몸이여태껏잠이들지않았다고는이야 생각할수는없
는사정이아니냐 잠이안들었다하여도 어린아이가잠에서 깰까봐결코노래를
부르거나 할리는없지만 또누가남의속을아느냐 혹은 어린아이가도무지잠
이들지아니하므로 자장가를부르는것이나아닐까하지만 보산이아무리아무

것도모른다한대야불리우는노래가 자장가이고 아닌것쯤이야 구별하여낼수
있음직한데 그래도누가아나 때가때인만큼 그렇지만보산의귀에는 분명히일
본〈야스기부시〉[16]에 틀림없었다. 설마SS의부인이일본〈야스기부시〉를한밤
중에부르려하여도 그런것들은하여간SS와SS의부인이한방에있다는것은 대
단히문란한일이라고생각한다. 더욱이둘이한방에있다는것을 보산에게알린
다는것은다시없이 말들을만한문란한일이다 보산은이렇게여러가지로생각
하며 그담밑에서노랫소리에귀를기울이고있었다.

　　한개의밤동안을잤는지 두개의밤동안을잤는지 보산에게는똑똑하나서지
않았을만하니 시계가9시를가리키고있더라는우연한일이다.　마당에나서는
보산의마음은 아직자리가운데에있었는데 아침은이상한차림차림으로 보산
을놀라게하였을때에 보산의방안에있던마음이 냉큼보산의몸뚱어리가운데
로뛰어들고보니 그리고난다음의보산은 아침의흔히보지못하던 경치에놀라
지아니할수없었다.　지붕위에까치가한마리가있었는데 그것이어떻게도마음
놓고머물러있는것같이보이는지 그곳은마치까치의집으로밖에 아니여겨진다
면 또왜까치는늘보산이일어나는시간인 오후3시가량해서는어데를가고없느
냐하면 그것은까치는 벌이를하러나간것으로아직돌아오지 아니한탓이라
고 그렇게까닭을 붙여놓고나면보산에게는그럴듯하게생각하게되니 보산이
일어날때마다보살펴보지도아니하는지붕위에한자리는 까치가사는집―사
람으로치면―이있는것을보산은몰랐구나생각하노라면보산은웃고싶었는
데 그럼까치는 어느때에벌이자리를향하여떠나서는 집을뒤에두고 나서는것
일는지가좀알고싶어서한참이나서서자꾸만쳐다보아도 까치는영영날아가
지는않으니 아마까치가집을나설시간은아직아니되고면모양이로구나한즉
보산은오늘은나도꽤일찍일어났구나 생각을먹는것이 부끄럽지않고 무어꺼
림칙한일도없어서퍽상쾌한기분이다.　그러나SS가여전히 그들창에매달려서

는이쪽보산의마당을노려보고있는것을본 보산은 가슴이꽉막히는것같아지며 별안간앞이팽팽돌아들어오는것을 못그러게할수없었다. 대체SS가이른아침에웬일일까 SS는이렇게일찍일어날수있는사람은 물론보산에게는 아니었고아침으로부터보산이 일어나서처음SS를만나는시간까지 그동안SS는죽은사람이라 고쳐도관계치않을것인데 이제보니 SS는있구나 밤4시로부터아침 이맘때까지는구태여SS를없는사람이라고치지는않는다 피차에잠자는시간이라고치고라도 이것은천만에뜻하지못한일이다. SS는보산을향하여 예언자와같은엄숙한얼굴을하더니 떡큼직하게하품을한번하고나서는 소프라노에가까운목소리로 소가영각[17]할때하는 소리와같은기성을한번내어보더니 입맛을쩍쩍다시면서 지난밤에아름다운 노랫소리를 그대는들었는지과연 그것이 이SS이라면 그대는바야흐로 놀라지아니하려는가하는듯이 보산의표정이내걸린간판이 무슨빛깔인가를기다린다는듯이 흠뻑해야 그것이그것이지하는듯이보산을내려보며 어데다른곳에서얻어온것같은아름다운미소를 얼굴에띠는것이었다. 보산은그다음은 그러면무엇이냐는듯이SS를바라다보면 SS는아아그것은네가왜잘알고있지아니하냐는듯이 춤을입하나가득히거의보산의발가까운한점에다뱉어놓고는 만족하다는데가까운 표정을쓱하여보이면보산은저것이 아마SS가만족해서 못견디는데에하는얼굴인가보다 끔찍이도변변치못하다생각하였다는체하는 표정을보산은SS에게대항하는뜻으로하여보여도 SS는그까짓것은몰라도좋다는듯이 한번해놓은표정을변경치—좀체로는— 않는다.

횡포한마술사보산이나타나자 그느얼조각은또종이노릇을하노라면종이가상상할수있는바 글자라는글자 말이라는말쳐놓고 안씌우는것이없다. SS야 나는너에게도 저히경의를표할수는없다.

너의그동물적행동은무엇이냐. 나의자조의너에게대한모멸적표정을너는 눈이있거든보느냐 못보느냐고나서는 노하느냐 웃느냐녀도사람이거든 좀 노할줄도알아두어라 모르거든 너의부인에게 물어보아라 빨리노하라. 그리 하여다시는 그와같은파렴치적행동을거듭하지말기바란다. 그러면SS는 보 산아노하는것이란무엇이냐 나는적어도 그까짓일에노하고싶지는않다 따라 서 나의그동물적행동이란 대체나의어떠한행동을가리켜말하는것인지모르나 나의행동의어느하나라도너를위하여 변경할수는없다 이렇게답장이오면 SS 야나는너에게최후통첩을보낸다. 너같은사회적저능아를그대로두어서는 인 류의해독이될것이니까 나는너를내일아침 네가또그따위짓을개시하는것과 동시에 총살을하여버리리라 총 총 총 총 총은나의친한친구가공기총을가진 것을나는잘알고있으니까 그는그것을얼른빌려줄줄로믿는다. 너는그래도조 금도무섭지않은가 네가즉사까지는하지않을지모르지만 얼굴에생길무서운 흠을무엇으로 가리려는가 너는그흉한흠으로 말미암아일생을두고 결혼할 수없는불행을맛보리라 그러면보산아너는무슨정신이냐 나는이미결혼하였 다는것을모르느냐 나의아내는너를미워하리라그러면SS를보아라 나는너의 부인에게편지를하여버릴것이다너의그더러운행동을사실대로일일이적어서는 그러면너의부인은 너를얼마나모욕하며 혐오할것인가를 너같은뚱뚱보의나 쁜뇌를가지고는 아마추측해내기는어려울것이다 그러면 보산아뇌는무엇이 라고나를놀리느냐 너는나의아내를탐내는자인것이분명하다. 나는너를살인 죄로고소할것이다법률이 너에게가할고통을너는무서워하지않느냐그러면.

　보산은적을 물리치기준비에착수하였다. 잉크와펜 원고지에적히는첫자가 오자로생겨먹고마는것을 화를내는것잡히지않는보산의마음에매달려 데룽 데룽하는보산의손이종이를꼬깃꼬깃구겨서는 마당한가운데에홱내던진다는 것이공교스럽게도 SS가오늘아침에뱉어놓은춤에서대단히가까운범위안에떨 어지고만것이 보산을불유쾌하게하여서보산은얼른일어나 마당으로내려가 서는그구긴종이를다시집어서는보산이이제이만하면 적당하겠지 생각하는 자리에갖다떡놓고생각하여보니 그것은버린것이아니라 갖다가놓은것이라 보산의이종이에대한본의를투철치못한위반된것이분명하므로 그러면이것을 방안으로가지고돌아가서 다시한번버려보는수밖에없다하여 그렇게이번에 야하고하여보니너무나 공교스러운일에공교스러운일이계속되는 것은 이것 도 공교스러운일인지아닌지 자세히모르는것 같은것쯤은그대로내버려두어 도관계치않고 우선이것을내가적당하다고인정할때까지고쳐하는것이 없는 시간에 급선무라하여자꾸해도마찬가지고 고쳐해도마찬가지였다 하다가는 흥분한정신에몇번이나했는지 도무지모르는동안에 일이성공이되고보니 상 쾌한지안한지 그것도도무지보산으로서는 판단하기어려운일이었는데 그렇 다면단할사람이라고는 아무도없지아니하냐고하지만 우선편지부터써야하 지않겠느냐 생각나니까보산은 편지부터써서 이번에는그런고생은안하리라 하고 정신을차려썼다는것이 겨우다음과같은것이었다.

　―"SS야 내가어떠한사람인가 너의부인에게물어보아라 너의부인은조금 도 미인은아니다."

　오늘은분명히무슨축제일인가보다하고 이상한소리에무슨일이생겼을까 하고 생각하며귀를기울이고있노라면 보산의방에걸린세계에제일구식인시계 가 장엄한격식으로시계가칠수있는제일많은수효를친다. 보산은일어나문간 을나섰다가편지를SS의집문간에넣으려는생각이 막일기전에이상스러운것을 본것이다. SS의집대문을가로질러매어진 새끼줄에는숯과붉은고추가매달 려있었다. 이런세상에추태가어데있나SS는참으로이세상에서 제일가엾는사 람이니까 나는SS에게절대행동을하는것만은 그만두겠다고결심하고난다음 에는 보산은그대로대단히슬픈마음도있기는있는것이다 하면서어슬렁어슬 렁걸어서는간다는것이 와보니보산의마당이다.

— 주

1) 이상은 '보산甫山'이란 필명을 사용하기도 했다.

2) 가웃: 되·말·자 따위로 되거나 잴 때, 그 단위의 절반 가량에 해당하는, 남는 분량을 이르는 말.

3) 춤: '침'의 방언.

4) 기지基趾: 건축물의 기초.

5) 뒤이지: 양칫물을 담는 그릇.

6) 위선爲先: 우선.

7) 느얼: 널빤지.

8) 도야지: '돼지'의 방언.

9) 보꾹: 지붕의 안쪽. 지붕 밑과 천장 사이의 빈 공간에서 바라본 천장을 가리킴.

10) 면내다: 쥐나 개미, 게 따위가 구멍을 뚫느라고 보드라운 가루 흙을 파내어 놓다.

11) 저상沮喪: 기력이 꺾여서 기운을 잃음.

12) 수파람: '휘파람'의 방언.

13) 운소雲霄: 높은 지위를 비유적으로 이르는 말.

14) 德不孤必有隣(덕불고 필유린): '덕 있는 사람은 외롭지 않나니 반드시 이웃이 있다'는 뜻.

15) 탔다: 어떤 기운이나 자극 따위의 영향을 별나게 잘 받거나 느끼는 것.

16) 〈야스기부시(安來節)〉: 일본 민요의 하나. 시마네 현 지방에서 유래된 노래.

17) 영각: 암소를 찾는 황소의 긴 울음소리.

지팡이 역사轢死

아침에 깨기는 일찍 깨었다는 증거로 닭 우는 소리를 들었는데 또 생각하면 여관으로 돌아오기를 닭이 울기 시작한 후에…… 참 또 생각하면 그 밤중에 달도 없고 한 시골길을 닷 마장이나 되는 읍내에서 어떻게 걸어서 돌아왔는지 술을 먹어서 하나도 생각이 안 나지만 둘이 걸어오면서 S가 코를 곤 것은 기억합니다. 여관 주인 아주머니가 아주 듣기 싫은 여자 목소리로 "김상! 오정이 지났는데 무슨 잠이요, 어서 일어나요" 그러는 바람에 일어나 보니까 잠은 한잠도 못 잔 것 같은데 시계를 보니까 9시 반이니까 오정이란 말은 여관 주인 아주머니 에누리가 틀림없습니다. 곁에서 자던 S는 벌써 담배로 꽁다리 네 개를 만들어 놓고 어디로 나갔는지 없고 내가 늘 흉보는 S의 인생관을 꾸려 넣어 가지고 다니는 것 같은 참 궁상스러운 가방이 쭈굴쭈굴하게 놓여 있고 그 속에는 S의 저서가 들어 있을 것이 분명합니다. 양말을 신지 않은 채로 구두를 신었더니 좀 못 박인 모서리가 아파서 안 되겠길래 다시 양말을 신고 구두를 신고 툇마루에 걸터앉아서 S가 어데로 갔나 하고 생각하고 있으려니까 건너편 방에서 묵고 있는 참 뚱뚱한 사람이 나를 자꾸 보길래 좀 계면쩍어서 문밖으로 나갔더니 문 앞에 늑대같이 생긴 시골뜨기

개가 두 마리가 나를 번갈아 흘낏흘낏 쳐다보길래 그것도 싫어서 도로 툇마루로 오니까 그 뚱뚱한 사람은 부처님처럼 아까 앉았았던 고대로 앉은 채 또 나를 보길래 참 별 사람도 다 많군 왜 내 얼굴에 무에 묻었나 그런 생각에 또 대문간으로 나가니까 그때야 S가 어슬렁어슬렁 이리로 오면서 내 얼굴을 보더니 공연히 싱글벙글 웃길래 나는 또 나대로 공연히 한번 싱글벙글 웃었습니다. 대체 어디를 갔다 왔느냐고 그랬더니 참 새벽에 일어나서 수십 리 길을 걸었는데 그것도 모르고 여태 잤느냐고 나더러 게으른 사람이라고 그러길래 대체 어디 어디를 갔다 왔는지 일러바쳐 보라고 그랬더니 문무정에 가서 영감님하고 기생이 활 쏘는 것을 맨 처음에 보고…… 그래서 무슨 기생이 새벽부터 활을 쏘느냐고 그랬더니 대답은 아니하고 또 문회서원에 가서 팔선생八先生의 사당을 보고 기운정에 가서 약물을 먹고 오는 길이라고 그러길래 내가 가만히 쳐다보니까 참 수십 리 길에 틀림은 없지만 그게 원 정말인지 곧이들리지는 않는다고 그랬더니 에하가키[1]를 내놓으면서 저 건너 천일각 식당에 가서 커피를 한 잔 먹고 왔으니까 탐승 비용은 10전이라고 그러길래 나는 내가 이렇게 싱겁게 S에게 속은 것은 잠이 덜 깼었거나 잠이 모자라는 까닭이라고 그랬더니 참 그렇다고 나도 잠이 모자라서 죽겠다고 S는 그랬습니다.

밥상이 들어왔습니다. 반찬이 열 가지가 되는데 풋고추로 만든 것이 다섯 가지…… 내 마음에 꼭 들었습니다. 여관 주인 아주머니가 오더니 찬은 없지만 많이 먹으라고 그러길래 구첩반상이 찬이 없으면 찬 있는 밥상은 그럼 찬을 몇 가지나 놓아야 되느냐고 그랬더니 가짓수는 많지만 입에 맞지 않을 것이라고 그러면서 여전히 많이 먹으라고 그러길래 아주머니는 공연히 천만에 말씀이라고 그랬더니 그렇지만 소고기만은 서울서 얻어먹기 어려운 것이라고 그러길래 서울서도 소고기는 팔아도 경찰서에서 꾸지람하지 않는다고 그랬더니 그런 게 아니라 송아지 고기가 어디 있겠냐고 그럽니다. 나는 상에 놓인 송아지 고기를 다 먹은 뒤에 냉수를 청하였더니 아주머니가 손수 가져오는지라 죄송스럽다고 그러니까 이 냉수 한 지게에 5전 하는 줄은 김상이 서울 살아도…… 서울 사니까 모르리라고 그러길래 그것은 또 어째서 그렇게 냉수가 값이 비싸냐고 그랬더니 이 온천 일대가 어디를 파든지 펄펄 끓는 물밖에는 안 솟는 하느님한테 죄받은 땅이 되어서 냉수가 먹고 싶으면 보통 같으면 거저 주는 온천물을 듬뿍 길어다가 잘 식혀서 냉수를 만들어서 먹을 것이로되 유황 냄새가 몹시 나는 고로 서울서 수돗물만 홀짝홀짝 마시고 살아오던 손님들이 딱 질색들을 하는 고로 부득이 지게를 지고 한 마장이나 넘는 정거장까지 냉수를 한 지게에 5전씩을 주고 사서 길어다 먹는데 너무 거리가 멀어서 물통이 좀 새든지 하면 5전어치를 사도 2전어치밖에 못 얻어먹으니 셈을 따지고 보면 이 냉수는 한 대접에 1전씩은 받아야 경우가 옳은 것이 아니냐고 아주머니는 그러는지라 그것 참 수고가 많으시다고 그럼 이 냉수는 특별히 조심조심하여서 마시겠다고 그랬더니 그렇지만 냉수는 얼마든지 거저 드릴 것이니 염려 말고 굴떡굴떡 먹으라고 그러는 말을 듣고서야 S와 둘이 비로소 마음놓고 먹었습니다.

발동기 소리가 온종일 밤새도록 탕탕탕탕 나는 것이 할 일 없이 항구에 온 것 같은 기분이 난다고 S가 그러는데 알고 보니까 그게 바로 한 지게에 5전씩 하는 질기고 튼튼한 냉수를 길어올리는 펌프 모터 소리인 줄 누가 알았겠습니까?

밥값을 치르려고 얼마냐고 그러니까 엊저녁을 안 먹었으니까 70전씩 1원 40전만 내라고 그러는지라 1원짜리 두 장을 주니까 거스를 돈이 없는데 나가서 다른 집에 가서 바꾸어 가지고 오겠다고 그러는 것을 말리면서 그만두라고 그만두라고 나머지는 아주머니 왜떡[2]을 사먹으라고 그러고 나서 생각을 하니까 아주머니더러 왜떡을 사먹으라는 것도 좀 우습기도 하고 하지만 또 돈 60전을 가지고 파라솔을 사가지라고 그럴 수도 없고 말인즉 잘한

말이라고 생각하고 나니까 생각나는 것이 주인 아주머니에게는 슬하에 일점 혈육으로 귀여운 따님이 한분 계신데 나이는 세 살입니다. 깜박 잊어버리고 따님 왜떡을 사주라고 그렇게 가르쳐 주지 못한 것은 퍽 유감입니다. 주인 영감을 못 보고 가는 것 같은데 섭섭하다고 그러면서 주인 영감은 어디를 이렇게 볼일을 보러 갔냐고 그러니까 세루³⁾ 양복을 입고 넥타이를 매고 읍내에 들어갔다고 아주머니는 그러길래 나는 안녕히 계시라고 인사를 하고 곧 두 사람은 정거장으로 나갔습니다.

대체로 이 황해선이라는 철도의 레일 폭은 너무 좁아서 똑 토로코 레일 폭만한 것이 참 앙증스럽습니다. 그리로 굴러다니는 기차 그 기차를 끌고 달리는 기관차야말로 가여워서 눈물이 날 지경입니다. 그야말로 사람이 치이면 사람이 다칠지는 기관차가 다칠지는 참 알 수 없을 만치 귀엽고도 갸륵한 데다가 그래도 크로싱⁴⁾에 오면 말뚝에다가 간판을 써서 가로되 '기차에 조심' 그것을 읽은 다음에 나는 S더러 농담으로 그 간판을 사람에게 보이는 쪽에는 '기차에 조심' 그렇게 쓰고 기차에서 보이는 쪽에는 '사람에 조심' 그렇게 따로따로 썼으면 여러 가지 의미로 보아 좋겠다고 그래 보았더니 뜻밖에 S도 찬성하였습니다. S의 그 인생관을 집어 넣어 가지고 다니는 가방은 캡을 쓴 여관 심부름꾼 녀석이 들고 벌써 플랫폼에 들어서서 저쪽 기차가 올 쪽을 열심으로 바라보고 섰는지라 시간은 좀 남았는데 혹 그 가쿠히키⁵⁾ 녀석이 그 가방 속에 든 인생관을 건드리지나 않을까 겁이 나서 얼른 그 가방을 이리 빼앗으려고 얼른 우리도 개찰을 통과하여서 플랫폼으로 가는데 여관 보이가 가쿠히키나 호텔 자동차 운전수들은 1년간 입장권을 한꺼번에 샀는지는 모르지만 함부로 드나드는데 다른 사람은 전송을 하려 플랫폼에 들어가자면 입장권을 사야 된다고 역부가 강경하게 막는지라 그럼 입장권 값은 얼마냐고 그랬더니 10전이라고 그것 참 비싸다고 그랬더니 역부가 힐끗 10전이 무엇이 호되어서 그러느냐는 눈으로 그 사람을 보니까 그 사람은

그만 10전이 아까워서 그 사람의 친한 사람의 전송을 플랫폼에서 하는 것만
은 중지하는 모양입니다. 장난감같은 시그널이 떨어지더니 갸륵한 기관차
가 연기를 제법 펄석펄석 뿜으면서 기적도 슥 한번 울려 보면서 들어옵니다.
금테를 둘이나 두른 월급을 많이 타는 높은 역장과 금테를 하나밖에 아니
두른 월급을 좀 적게 타는 조역이 나와 섰다가 그 으레 주고받고 하는 굴렁
쇠를 이 얌전하게 생긴 기차도 역시 주고받는지라 하도 어줍잖아서 S와 나
와는 그래도 이 기차를 타기는 타야 하겠지만도 원체 겁도 나고 가엾기도
하여서 몸뚱이가 조그마해지는 것 같아서 간지러운 것처럼 남 보기에 좀 쳐
다보일 만치 웃었습니다. 종이 울리고 호루라기가 불리우고 하는 체는 다
하느라고 기적이 쓱 한번 울리고 기관차에서 픽— 소리가 났습니다. 기차가
떠납니다. 10전이 아까워서 플랫폼에 들어오지 아니한 맥고자를 쓴 사람이
누구를 향하여 그러는지 쭈굴쭈굴한 정하지도 못한 손수건을 흔드는 것이
보였습니다. 칙칙푹꽉 칙칙푹꽉 그러면서 징검다리로도 넉넉한 개천에 놓인
철교를 건너갈 때 같은 데는 제법 흡사하게 기차는 소리를 낼 줄 아는 것이
아닙니까.

그 불쌍한 기차가 객차를 세 개나 끌고 왔습니다. S와 우리 두 사람이 탄
객차는 맨 꼴찌 객차인데 그 객차의 안에 멤버는 다음과 같습니다. 물론 정
말 기차처럼 박스가 있을 수 없는 것이니까 똑 전차처럼 가로 길다랗게 나란
히 앉는 것입니다. 위선 내외가 두 쌍인데 썩 젊은 사람이 썩 젊은 부인을 거
느리고 부인은 새빨간 핸드백을 들었는데 바깥양반은 구두가 좀 해졌습니
다. 또 하나는 꽤 늙수그레한 사람이 썩 젊은 부인을 데리고 부인은 뿔로 만
든 값이 많아 보이는 부채 하나를 들었을 뿐인데 바깥어른은 뚱뚱한 트렁
크 하나를 끙끙 대어 가면서 들고 들어왔습니다. 그 트렁크 속에는 무엇이
들었는지 도무지 알 수 없습니다. 그 바깥어른은 실례지만 좀 미련하게 생
겼는데다가 무테 안경을 넓적한 코에 걸쳐 놓고 신문을 참 재미있게 보고 있

는 곁에 부인은 깨끗하고 살결은 희고 또 눈썹은 검고 많고 머리 밑으로 솜털이 퍽 많고 팔에 까만 솜털이 나시르르하고 입술은 얇고 푸르고 눈에는 쌍꺼풀이 지고 머리에서는 젓나무 냄새가 나고 옷에서는 우유 냄새가 나는 미인입니다. 눈알은 사금파리로 만든 것처럼 번쩍이고 차디찬 것 같고 아무 말도 없이 부채도 곁에 놓고 이 거지 같은 기차 들창 바깥 경치 어디를 그렇게 보는지 눈이 깜작이는 일이 없습니다. 또 다른 한 쌍의 비둘기로 말하면 바깥양반은 앉았는데 부인은 섰습니다. 부인 저고리는 얇다란 항라 홑 껍데기가 되어서 대패질한 소나무에 니스 칠한 것 같은 도발적인 살결이 환하게 들여다보이고 내다보이는데 구두는 여러 조각을 누덕누덕 찍어 맨 크림 빛깔 나는 복스 새 구두에 마점산馬占山[6] 씨 수염 같은 구두끈이 늘어져 있고 바깥양반은 별안간 양복 웃옷을 활활 벗길래 더워서 그러나 보다 그랬더니 꾸기꾸기 뭉쳐서 조그맣게 만들더니 다리를 쭉 뻗고 저고리를 베개삼아 기다랗게 드러누우니까 부인이 한참 바깥양반 얼굴에다 대고 부채질을 하여 주니까 바깥양반은 바람은 안 나고 코로 먼지가 들어간다는 의미의 표정을 부인에게 한번 하여 보이니까 부인은 그만둡니다.

그 외에는 조끼에 금 시곗줄을 늘어뜨린 특색밖에는 아무런 특색도 없는 젊은 신사 한 사람 또 진흙투성이가 된 흰 구두를 신은 신사 한 사람 단것[7] 장사 같은 늙수그레한 마나님이 하나 가방을 잔뜩 끼고 앉아서 신문을 보고 있는 S 구르몽[8]의 시몬[9] 같은 부인의 프로필만 구경하고 앉아 있는 말라빠진 나 이상과 같습니다.

마루창 한복판 꽤 큰 구멍이 하나 뚫려서 기차가 달아나는 대로 철로 바탕이 들여다보이는 것이 이상스러워서 S더러 이것이 무슨 구멍이겠느냐고 의논하여 보았더니 S는 그게 무슨 구멍일까 그러기만 하길래 나는 이것이 아마 이렇게 철로 바탕을 내려다보라고 만든 구멍인 것 같기는 같은데 그런 장난 구멍을 만들어 놓을 리는 없으니까 내 생각 같아서는 기차 바퀴에 기름 넣는 구멍일 것에 틀림없다 그랬더니 S는 아아 이것을 참 깜빡 잊어버렸었구나. 이것은 춤을 뱉으라는 구멍이라고 그러면서 춤을 한번 뱉어 보라고 그러길래 나는 그 '모나리자' 앞에서 춤을 뱉기는 좀 마음에 꺼림칙하여서 나는 그만두겠다고 그러면서 참 아가리가 여실히 타구같이 생겼구나 그랬습니다. 상자개비로 만든 것 같은 정거장에서 고무장화를 신은 역장이 굴렁쇠를 들고 나오더니 기차가 정거를 하고 기관수와 역장이 무엇이라고 커다란 목소리로 서너 마디 이야기를 하더니 기적이 울리고 동리 어린아이들이 대여섯 기차 떠나는 것을 보고 박수갈채를 하는 소리가 성대하게 들리고 나면 또 위험한 전진입니다. 어느 틈에 내 곁에 갓 쓴 해태처럼 생긴 영감님 하나가 내 즐거운 백통색 시야를 가려 놓고 앉았습니다.

내가 너무 모나리자만을 바라다보니까 맞은편에 앉았는 항라 적삼을 입은 비둘기가 참 못난 사람도 다 많다는 듯이 내 얼굴을 보고 나는 그까짓 일에 부끄러워할 일은 아니니까 막 모나리자를 보고 싶은 대로 보고 모나리자는 내 얼굴을 보는 비둘기 부인을 또 좀 조소하는 듯이 바라보고 드러누워 있는 바깥 비둘기가 가만히 보니까 건너편에 앉아 있는 모나리자가 자기 아내를 그렇게 업신여겨 보는 것이 마음에 좀 흡족하지 못하여서 화를 내는 기미로 벌떡 일어나 앉는 바람에 드러눕느라고 벗어 놓은 구두에 발이 잘 들어맞지 않아서 그만 양말로 담배 꽁다리를 밟은 것을 S가 보고 싱그레 웃으니까 나도 그 눈치를 채고 S를 향하여 마주 싱그레 웃었더니 그것이 대단히 실례 행동 같고 또 한편으로 무슨 음모나 아닌가 퍽 수상스러워서 저편에 앉아 있는 금 시곗줄과 진흙 묻은 구두가 눈을 뚱그렇게 뜨고 이쪽을 노려보니까 단것장수 할머니는 또 이쪽에 무슨 괴변이나 나지 않았나 해서 역시 눈을 두리번두리번 하다가 아무 일도 없으니까 싱거워서 눈을 도로 그 맞은편의 금 시곗줄로 옮겨 놓을 적에 S는 보던 신문을 척척 접어서 인생관 가방 속에다가 집어 넣더니 정식으로 모나리자와 비둘기는 어느 편이 더 어여

뻔가를 판단할 작정인 모양으로 안경을 바로잡더니 참 세계에 이런 기차는 다시없으리라고 한마디 하니까 비둘기와 모나리자가 S쪽을 일시에 보는지라 나는 또 창 바깥 논 속에 허수아비 같은 황새가 한 마리 내려앉았으니 저것 좀 보라고 소리를 질렀더니 두 미인은 또 일시에 시선을 나 있는 창 바깥으로 옮겨 보았는데 결국 아무것도 보이지 않으니까 싱그레 웃으면서 내 얼굴을 한번씩 보더니 모나리자는 생각난 듯이 곁에 비프스테이크 같은 바깥어른의 기름기 흐르는 콧잔등이 근처를 한번 들여다보는 것을 본 나는 속마음으로 참 아깝도다 그렇게 생각하고 있는데 S는 무슨 생각으로 알았는지 개발에 편자라는 말이 있지 않느냐고 그러면서 나에게 해태[10] 한 개를 주는지라 성냥을 그어서 불을 붙이려니까 내 곁에 앉았는 갓 쓴 해태가 성냥을 좀 달라고 그러길래 주었더니 서울서 주머니에 넣어 가지고 간 카페 성냥이 되어서 이상스럽다는 듯이 두어 번 뒤집어 보더니 짚고 들어온 길고도 굵은 얼른 보면 몽둥이 같은 지팡이를 방해 안 되도록 한쪽으로 치워 놓으려고 놓자마자 꽤 크게 와직근 하는 소리가 나면서 그 길다란 지팡이가 간 데 온 데가 없습니다. 영감님은 그것도 모르고 담뱃불을 붙이고 성냥을 나에게 돌려보내더니 건너편 부인도 웃고 곁에 앉아 있는 부인도 수건으로 입을 가리고 웃고 S도 깔깔 웃고 젊은 사람도 웃고 나만이 웃지 않고 앉았는지라 좀 이상스러워서 영감은 내 어깨를 꾹 찌르더니 요다음 정거장은 어디냐고 은근히 묻는지라 요다음 정거장은 요다음 정거장이고 영감님 무어 잃어버린 거 없느냐고 그랬더니 또 여러 사람이 웃고 영감님은 위선 쌈지 괴불주머니 등속을 만져 보고 보따리 한 귀퉁이를 어루만져 보고 또 잠깐 내 얼굴을 쳐다보더니 참 내 지팡이를 못 보았느냐고 그럽니다. 또 여러 사람은 웃는데 나만이 웃지 않고 그 지팡이는 이 구멍으로 빠져 달아났으니 요다음 정거장에서는 꼭 내려서 그 지팡이를 찾으러 가라고 이 철둑으로 쭉 따라가면 될 것이니까 길은 아주 찾기 쉽지 않느냐고 그러니까 그 지팡이는 돈 주

고 산 것은 아니니까 잃어버려도 좋다고 그러면서 태연자약하게 담배를 뻑
뻑 빨고 앉았다가 담배를 다 먹은 다음 담뱃대를 그 지팡이 집어먹은 구멍
에다 대고 딱딱 떠는 바람에 나는 그만 전신에 소름이 쫙 끼쳤습니다. 다른
사람들도 물론 이때만은 웃을 수도 없는 업신여길 수도 없는 참 아깃자기한
마음에서 역시 소름이 끼쳤으리라고 생각합니다.

─ 주

1) 에하가키(繪葉書): '그림엽서'를 가리키는 일어.

2) 왜떡: 밀가루나 쌀가루를 얇게 늘여서 구운 과자.

3) 세루: 'serge'의 일본식 발음. 모직물의 한 가지.

4) 크로싱crossing: 철도 건널목.

5) 가쿠히키(廓人): '호객행위를 하는 사람'을 가리키는 일어.

6) 마점산(馬占山, 1884~1950): 만주에서 항일운동을 한 중국의 군인.

7) 단것: 과자류나 설탕 따위 맛이 단 음식.

8) 구르몽(Rémy de Gourmont, 1858~1915): 프랑스의 소설가 · 시인 · 극작가 · 철학자.

9) 시몬: 구르몽의 시 「낙엽」에 나오는 이름.

10) 해태: 일제시대 담배 상표의 한 가지.

지주회시鼅鼄會豕[1)]

1

그날밤에그의아내가충계에서굴러떨어지고…… 공연히내일일을끌탕[2)] 말라고 어느눈치빠른어른이 타일러놓으셨다. 옳고말고다. 그는하루치씩만잔뜩산다. 이런복음에곱신히그는 벙어리(속지말라)처럼말이없다. 잔뜩산다. 아내에게무엇을물어보리요? 그러니까아내는대답할일이생기지않고 따라서부부는식물처럼조용하다. 그러나식물은아니다. 아닐뿐아니라여간동물이아니다. 그래서그런지그는이귤궤짝만한방안에무슨연줄로언제부터이렇게있게되었는지도무지기억에없다. 오늘다음에오늘이있는것. 내일조금전에오늘이있는것. 이런것은영따지지않기로하고 그저 얼마든지 오늘 오늘 오늘 오늘 하릴없이눈가린마차말의동강난시야다. 눈을뜬다. 이번에는생시가보인다. 꿈에는생시를꿈꾸고생시에는꿈을꿈꾸고 어느것이나 재미있다. 오후4시. 옮겨앉은아침……여기가아침이냐. 날마다다. 그러나물론그는한번씩한번씩이다. (어떤거대한모체가나를여기다갖다버렸나)……그저한없이게으른것……사람노릇을하는체대체어디얼마나기껏게으를수있나좀해보자……게으르자……그저한없이게으르자……시끄러워도그저모른체하고게으르기

만하면다된다. 살고게으르고죽고……가로대사는것이라면떡먹기다. 오후4
시. 다른시간은다어디갔나. 대수냐. 하루가한시간도없는것이라기로서니무
슨성화가생기나.

또 거미. 아내는꼭거미. 라고그는믿는다. 저것이어서도로환태幻退를하
여서거미형상을나타내었으면……그러나거미를총으로쏘아죽였다는이야기
는들은일이없다. 보통 발로밟아죽이는데신발신기커녕일어나기도싫다. 그
러니까마찬가지다. 이방에 그외에또생각하여보면……맥이뼈를디디는것이
빤히보이고, 요밖으로내어놓는팔뚝이밴댕이처럼꼬스르하다……이방이그
냥거민게다. 그는거미속에가넓적하게드러누워있는게다. 거미냄새. 이후
텁지근한냄새는 아하 거미냄새. 이방안이거미노릇을하느라고풍기는흉악
한냄새에틀림없다. 그래도그는아내가거미인것을잘알고있다. 가만둔다. 그
리고기껏게을러서아내……인人거미……로하여금육체의자리……(혹, 틈)를
주지않게한다.

방밖에서아내는부시럭거린다. 내일아침보다는너무이르고그렇다고오늘
아침보다는너무늦은아침밥을짓는다. 예이덧문을닫는다. (민활하게)방안에
색종이로바른반닫이가없어진다. 반닫이는참보기싫다. 대체세간이싫다. 세
간은어떻게하라는것인가. 왜오늘은있나. 오늘이있어서반닫이를보아야되
느냐. 어두워졌다. 계속하여게으르다. 오늘과반닫이가없어져라고. 그러나
아내는깜짝놀란다. 덧문을닫는……남편……잠이나자는남편이덧문을닫
았더니생각이많다. 오줌이마려운가……가려운가……아니저인물이왜잠을
깨었나. 참신통한일은……어쩌다가저렇게사는지사는것이신통한일이라면
또생각하여보면자는것은더신통한일이다. 어떻게저렇게자나? 저렇게도많이
자나? 모든일이희한한일이었다. 남편. 어디서부터어디까지가부부람……남
편……아내가아니라도그만아내이고마는고야. 그러나남편은아내에게무엇
을하였느냐……담벼락이라고외풍이나가려주었더냐. 아내는생각하다보니

까참무섭다는듯이……또정말이지무서웠겠지만……이담은덧문을얼른열고
늘들어도처음듣는것같은목소리로어디말을건네본다. 여보……오늘은크리
스마스요……봄날같이따뜻(이것이원체틀린화근이다)하니수염좀깎소.

　도무지그의머리에서 그 거미의어렵디어려운발들이사라지지않는데 들은
크리스마스라는한마디말은참서늘하다. 그가어쩌다가그의아내와부부가되
어버렸나. 아내가그를따라온것은사실이지만 왜따라왔나? 아니다. 와서왜
가지않았나……그것은분명하다. 왜가지않았나 이것이분명하였을때……그
들이부부노릇을한지 1년반쯤된때……아내는갔다. 그는아내가왜갔나를알
수없었다. 그까닭에도저히아내를찾을길이없었다. 그런데아내는왔다. 그는
왜왔는지알았다. 지금그는아내가왜안가는지를알고있다. 이것은분명히왜
갔는지모르게아내가가버릴징조에틀림없다. 즉 경험에의하면그렇다. 그는
그렇다고왜안가는지를일부러몰라버릴수도없다. 그냥 아내가설사또간다
고하더라도왜안오는지를잘알고있는그에게로불쑥돌아와주었으면하고바
라기나한다.

　수염을깎고 첩첩이닫아버린번지에서나섰다. 딴은크리스마스가봄날같
이따뜻하였다. 태양이그동안에퍽자란가도싶었다. 눈이부시고……또몸이
까칫까칫도하고……땅은힘이들고두꺼운벽이더덕더덕붙은빌딩들을쳐다보
는것은보는것만으로도넉넉히숨이차다. 아내흰양말이고동색털양말로변한
것……계절은방속에서묵는그에게겨우제목만을전하였다. 겨울……가을이
가기도전에내닥친겨울에서 처음으로인사비슷이기침을하였다. 봄날같이따
뜻한겨울날……필시이런날이세상에흔히있는공일날이나아닌지……그러나
바람은뺨에도콧방울에도차다. 저렇게바쁘게씨근거리는사람 무거운통 짐
구두 사냥개 야단치는소리 안열린들창 모든것이 견딜수없이답답하다. 숨
이막힌다. 어디로가볼까. (A취인점取引店[3]) (생각나는명함) (오뭇 군[4]) (자랑
마라) (24일날월급이던가) 동행이라도있는듯이그는팔짱을내저으며싹둑싹둑

썩어붙인것같이얄팍한A취인점담벼락을삥삥싸고돌다가 이속에는무엇이있
나. 공기? 사나운공기리라. 살을저미는……과연보통공기가아니었다. 눈에
핏줄……새빨갛게달은전화……그의허섭수룩한몸은금시에타죽을것같았
다. 오는어느회전의자에병마개모양으로뭉쳐있었다. 꿈과같은일이다. 오는
장부를뒤져 주소씨명을차곡차곡써내려가면서미남자인채로생동생동(살고)
있었다. 조사부라는패가붙은방하나를독차지하고 방사벽에다가는 빈틈없
이방안지⁵⁾에그린그림아닌그림을발라놓았다. "저런걸많이연구하면대강은
짐작이나서렷다" "도통하면돈이돈같지않아지느니" "돈같지않으면그럼방안
지같은가" "방안지?" "그래도통은?" "흐흠……나는도로그림이그리고싶어지
데" 그러나오는야위지않고는배기기어려웠던가싶다. 술……그럼 색? 오는완
전히오자신을활활열어젖혀놓은모양이었다. 흡사 그가 오앞에서나세상앞
에서나그자신을첩첩이닫고있듯이. 오냐 왜그러니 나는거미다. 연필처럼야
위어가는것……피가지나가지않는혈관……생각하지않고도없어지지않는머
리……칵막힌머리……코없는생각……거미거미속에서 안나오는것……내
다보지않는것……취하는것……정신없는것……방……버선처럼생긴방이었
다. 아내였다. 거미라는탓이었다.

오는주소씨명을멈추고그에게담배를내밀었다. 그러자연기를가르면서문
이열렸다. (퇴사시간)뚱뚱한사람이말처럼달려들었다. 뚱뚱한신사는오와깨
끗하게인사를한다. 가느다란몸집을한오는굵은목소리를굵은몸집을한신
사는가느다란목소리로주고받고하는신선한회화다. "사장께서는나가셨나
요?" "네—참200명이좀넘는데요" "넉넉합니다면저오시겠지요" "한시간쯤미
리가지요" "에—또에— 또 에또 에또 그럼그렇게알고" "가시겠습니까?"

툭탁하고나더니뚱뚱한신사는곁에앉은그를흘깃보고 고개를돌리고그저
지나갈듯하다가다시흘깃본다. 그는……내인사를하면어떻게되더라? 하고
망싯망싯하다가그만얼떨결에꾸뻑인사를하여버렸다. 이무슨염치없는짓인

가. 뚱뚱한신사는인사를받더니받아가지고는그냥싱긋웃듯이나가버렸다. 이무슨모욕인가. 그의귀에는뚱뚱한신사가대체누군가를생각해보는동안에도'어떠십니까'는그뚱뚱신사의손가락질같은말한마디가남아서웽웽한다. 어떠냐니무엇이어떠냐누……아니그게누군가……옳아옳아. 뚱뚱신사는바로그의아내가다니고있는카페R회관주인이었다. 아내가또온건 서너달전이다. 와서그를먹여살리겠다는것이었다. 빚'100원'을얻어쓸때그는아내를앞세우고뚱뚱이보는데타원형도장을찍었다. 그때 유카타[6] 입고내려다보던눈에서느끼긴굴욕을오늘이라고잊었을까. 그러나 그는 이게누군지도채생각나기전에어언간이뚱뚱이에게고개를수그리지않았나. 지금. 지금. 골수에스미고말았나보다. 칙칙한근성이……모르고그랬다고하면말이될까? 더럽구나. 무슨구실로변명하여야되나. 에잇! 에잇! 아무것도차라리억울해하지말자……이렇게맹세하자. 그러나그의뺨이화끈화끈달았다. 눈물이새금새금맺혀들어왔다. 거미……분명히그자신이거미였다. 물부리처럼야위어들어가는아내를빨아먹는거미가 너 자신인것을깨달아라. 내가거미다. 비린내나는입이다. 아니 아내는그럼그에게서아무것도안빨아먹느냐. 보렴……이파랗게질린수염자국……퀭한눈……늘씬하게만연되나마나하는형용없는영양을……보아라. 아내가거미다. 거미아닐수있으랴. 거미와거미거미와거미냐. 서로빨아먹느냐. 어디로가나. 마주야위는까닭은무엇인가. 어느날아침에나뼈가가죽을찢고내밀려는지……그손바닥만한아내의이마에는땀이흐른다. 아내의이마에 손을얹고 그래도여전히그는 잔인하게 아내를밟았다. 밟히는아내는삼경이면쥐소리를지르며찌그러지곤한다. 내일아침에펴지는염낭처럼. 그러나아주까리같은사치한꽃이핀다. 방은밤마다홍수가나고이튿날이면쓰레기가한삼태기씩이나났고……아내는이묵직한쓰레기를담아가지고늦은아침……오후4시……뜰로내려가서그도대리하여두사람치의해를보고들어온다. 금긋듯이아내는작아들어갔다. 쇠와같이독한꽃……독한거미……문을

닫자. 생명에뚜껑을덮었고사람과사람이사귀는버릇을닫았고그자신을닫았다. 온갖벗에서……온갖관계에서……온갖희망에서……온갖욕慾에서……그리고온갖욕에서……다만방안에서만그는활발하게발광할수있었다. 미역 핥듯핥을수도있었다. 전등은그런숨결때문에곧잘꺼졌다. 밤마다이방은고달팠고 뒤집어엎었고 방안은기어병들어가면서도빠득빠득버티고있다. 방안은쓰러진다. 밖에와있는세상……암만기다려도그는나가지않는다. 손바닥만한유리를통하여 꿋꿋이걸어가는세월을볼수있을따름이었다. 그러나밤이그유리조각마저도얼른얼른닫아주었다. 안된다고.

그러자오는그의무색해하는것을볼수없다는듯이들창셔터를내렸다. 자 나가세. 그는여기서나가지않고그냥그의방으로돌아가고싶었다. (6원짜리셋방) (방밖에없는방) (편한방) 그럴수는없다. "그뚱뚱이어떻게아나?" "그저알지" "그저라니" "그저" "친헌가" "천만에……대체그게누군가" "그거……그건가부꾼이지……우리취인점허구는 돈만원거래나있지" "흠" "개천에서용이나려니까" "흠".

R카페는뚱뚱의부업인모양이었다. 내일밤은A취인점이고객을초대하는망년회가R카페3층홀에서열릴터이고오는그준비를맡았단다. 이따가느지막해서 오는R회관에좀들른단다. 그들은찻점에서우선홍차를마셨다. 크리스마스트리곁에서축음기가깨끗이울렸다. 두루마기처럼기다란털외투……기름바른머리……금시계……보석박힌넥타이핀……이런모든오의차림차림이한없이그의눈에거슬렸다. 어쩌다가저지경이되었을까. 아니 내야말로어쩌다가이모양이되었을까. (돈이있다)사람을속였단다. 다털어먹은후에는볼품좋게여비를주어서쫓는것이었다. 30까지백만원. 주체할수없이달라붙는계집. 자네도공연히꾸물꾸물하지말고 청춘을이렇게대우하라는것이었다. (거침없는오이야기) 어쩌다가아니……어쩌다가나는이렇게휠씬물러앉고말았나를알수가없었다. 다만모든이런오의저속한큰소리가맹탕거짓말같기도하였으나 또

아니부러워할려야아니부러워할수없는 형언안되는것이확실히있는것도같았
다.

　지난봄에오는인천에있었다. 10년……그들의깨끗한우정이꿈과같은그들
의소년시대를그냥아름다운것으로남기게하였다. 아직싹트지않은이른봄 건
강이없는그는오와사직공원산기슭을같이걸으며오가긴히이야기해야겠다는
이야기를듣고있었다. 너무나뜻밖의일은……오의아버지는백만의가산을날
리고마지막경매가완전히끝난것이바로엊그제라는……여러형제가운데이오
에게만단한줄기촉망을두는늙은기미[7]호걸의애끓는글을오는속주머니에서꺼
내보이고……저버릴수없는마음에……오는운다……우리일생의일로정하고
있던화필을요만일에버리지않으면안되겠느냐는……전에도후에도한번밖에
없는오의종종[8]한고백이었다. 그때그는봄과함께건강이오기만눈이빠지게고
대하던차……그도속으로화필을던진지오래였고……묵묵히멀지않아쪼개
질축축한지면을굽어보았을뿐이었다. 그리고뒤미처태풍이왔다. 오너라……
내생활을좀보아라……이런오의부름을빙그레웃으며 그는인천에오를들렀
다. 44……벽적대는해안통……K취인점사무실……어디로갔는지모르는오
의형영꺖은듯한오의집무태도를그는여전히건강이없는눈으로어이없이들여
다보고오는날을 오는날을 탄식하였다. 방은전화자리하나를남기고빽빽이
방안지로메워져있었다. 낡기도전에갈리는방안지위에붉은선푸른선의높고
낮은것……오의얼굴은일시일각이한결같지않았다. 밤이면오를따라양철조
각같은바로얼마든지쏘다닌다음……(시키시마[9])……나날이축가는몸을다
스릴수없었건만 이상스럽게오는6시면깨었고깨어서는화등잔같은눈알을이
리굴리고저리굴리고 빨간뺨이까딱하지않고9시까지는해안통사무실에낙자
없이있었다. 피곤하지않는오의몸이아마금강력과함께……필연……무슨도
道고도를통하였나보다. 낮이면오의아버지는울적한심사를하나남은가야금
에붙이고이따금자그마한수첩에믿는아들에게서걸리는전화를만족한듯이적

는다. 미닫이를열면경인열차가가끔보인다. 그는오의털외투를걸치고월미도
뒤를돌아드문드문아직도덜진꽃나무사이잔디위에자리를잡고반듯이누워서
봄이오고건강이아니온것을끌탕하였다. 내다보이는바다……개흙밭위로바
다가한벌드나들더니날이저물고저물고하였다. 오후4시오는휘파람을불며이
날마다같은잔디로그를찾아온다. 천막친데서흔들리는포터블[10]을들으며차
를마시고사슴을보고너무긴방죽중간에서좀선선한아이스크림을사먹고굴캐
는것좀보고오방에서신문과저녁이정답게끝난다. 이러한달……5월……그는
바로그잔디위에서어느덧〈배따라기〉를배웠다. 흉중에획책하던일이날마다
한켜씩바다로흩어졌다. 인생에대한끝없는주저를잔뜩지니고 인천서돌아온
그의방에서는아내의자취를찾을길이없었다. 부모를배역한이런아들을아내
는기어이이렇게잘퉁겨주는구나…… (문학) (시) 영구히인생을망설거리기위
하여길아닌길을내디뎠다그러나또튀려는마음……삐뚤어진젊음 (정치) 가끔
그는투어리스트 뷰로[11]에전화를걸었다. 원양항해의배는늘방안에서만기적
도불고입항도하였다. 여름이그가땀흘리는동안에가고……그러나그의등의
땀이걷히기전에왕복엽서모양으로아내가초조히돌아왔다. 낡은잡지속에섞
여서배고파하는그를먹여살리겠다는것이다. 왕복엽서…… 없어진반半……
눈을감고아내의살에서허다한지문냄새를맡았다. 그는그의생활의서술에귀
찮은공을쳤다. 끝났다. 먹어라먹으마…… 머리도잘라라……머리지지는10
전짜리인두……속옷밖에필요치않은하루……R카페……뚱뚱한유카타앞에
서얼은100원……그러나그100원을그냥쥐고인천오에게로달려가는그의귀에
는지난5월오가……100원을가져오너라우선석달만에 100원내놓고500원을
주마……는분간할수없지만너무든든한한마디말이쟁쟁하였던까닭이다. 그
리고도전盜電하는그에게아내는제발이저려그랬겠지만잠자코있었다. 당하
였다. 신문에서배시간표를더러보기도하였다. 오는두서너번편지로그의그런
생활태도를여간칭찬한것이아니다. 오가경성으로왔다. 석달은한달전에끝

이났는데……오는인천서오에게버는족족털어바치던아내(라고오는결코부르지않았지만)를벗어버리고……그까짓것은하여간에오의측량할수없는깊은우정은그넉달전의일도또한달전에으레있었어야할일도광풍제월光風霽月같이잊어버린……참반가운편지가요며칠전에 그의닫은생활을뚫고들어왔다. 그는가을과겨울을잤다. 계속하여자는중이었다. ……예이그래이사람아한번파치[12]가된계집을또데리고살다니하는오의필시그럴공연한쑤석질[13]도싫었고……그러나크리스마스……아니다. 어디그펑구워먹은좋은얼굴을좀보아두자……좋은얼굴……전날의오……그런것이지……주체할수없게되기전에여기다가동그라미를하나쳐두자……물론아내는아무것도모른다.

2

그날밤에아내는멋없이층계에서굴러떨어졌다. 못났다.

도저히알아볼수없는이긴가민가한오와그는어디서술을먹었다. 분명히아내가다니고있는R회관은아닌그러나역시그는그의아내와조금도틀린곳을찾을수없는너무많은그의아내들을보고소름이끼쳤다. 별의별세상이다. 저렇게해놓으면어떤것이어떤것인지……오……가는것을보면알겠군……2시에는남편노릇하는사람들이일일이영접하러오는그들여급의신기한생활을그는들어알고있다. 아내는마중오지않는그를애정을구실로몇번이나책망하였으나 들키면어떻게하려느냐……누구에게……즉……상대는보기싫은넓적하게생긴세상이다. 그는이왔다갔다하는똑같이생긴화장품……사실화장품의고하高下가그들을구별시키는외에는표난데라고는영없었다……얼숭덜숭한아내들을두리번두리번돌아보았다. 헤헤……모두그렇겠지……가서는방에서……(참당신은너무닮았구려)……그러나내아내는화장품을잘사용하지않으니까……아내의파리한바탕주근깨……코보다작은코……입보다얇은입……(화장한당신이화장안한아내를닮았다면?)……"용서하오"……그러나 내아내만은 왜그렇게야위나. 무엇때문에 (네죄) (네가모르느냐) (알지) 그러나이여자를좀보아라. 얼마나이글이글하게살이알차냐 잘쪘다. 곁에와앉기만하는데도후끈후끈하는구나. 오의귓속말이다. "이게마유미야이뚱뚱보가……하릴없이양돼진데좋아좋단말이야……금알낳는게사니[14]이야기알지 (알지)즉화수분[15]이야……하룻저녁에3원4원5원……잡힐물건이없는데돈주는전당국이야 (정말?) 아……나의사랑하는마유미거든" 지금쯤은아내도저짓을하렷다. 아프다. 그의찌푸린얼굴을얼른오가껄껄웃는다. 흥……고약하지……하지만들어보게……소바[16]에게계집은절대금물이다. 그러나살을저며먹으려고달려드는것을어찌느냐 (옳다옳다) 계집이란무엇이냐돈없이계집은무의미다……아니, 계집없는돈이야말로무의미다. (옳다옳다) 오아어서다음을계속하여라. 따면따는대로금시계를산다몇개든지, 또보석, 털외투를산다, 얼마든지비싼것으로. 잃으면그놈을끄른다옳다. (옳다옳다) 그러나이짓은좀안타까운걸. 어떻게하는고하니계집을하나찰짜[17]로골라가지고 쓱 시계보석을사주었다가도로빼앗다가끄르고 또사주었다가또빼앗다가끄르고……그러니까사주기는사주었는데그놈이평생가야제것이아니고내것이거든……쓱얼마를그런다음에는……그러니까꼭여급이라야만쓰거든……하룻저녁에아따얼마를벌든지버는대로털거든……살을저며먹이려드는데하루에아3, 4원털기쯤……보석은또여전히사주니까남는것은없어도여러번사준폭되고 내가거미지, 거미줄알면서도……아니야, 나는또제요구를안들어주는것은아니니까……그렇지만셋방하나얻어가지고 같이살자는데는학질이야……여보게거기까지만가면30까지100만원꿈은세봉[18]이지. (옳다?옳다?) 소바란놈이따가부자되는수효보다는지금거지되는수효가횔씬더많으니까, 다, 저런것이하나있어야든든하지. 즉배수진을쳐놓자는것이다. 오는현명하니까이금알낳는게사니배를가르리는천만만무다. 저더덕덕덕붙은볼따구니두껍다란입술이생각하면다시없이귀엽기도할밖에.

그의눈은주기로하여차차몽롱하여들어왔다개개풀린시선이그마유미라는 고깃덩어리를부러운듯이살피고있었다. 아내……마유미……아내……자꾸 말라들어가는아내……꼬챙이같은아내……그만좀마르지……마유미를좀 보려무나……넓적한잔등이푼더분한폭, 폭, 폭을……세상은고르지도못하 지……하나는옥수수과자모양으로무럭무럭부풀어오르고하나는눈에보이 듯이오그라들고……보자어디좀보자……인절미굽듯이부풀어올라오는것이 눈으로보이렷다. 그러나그의눈은어항에든금붕어처럼눈자위속에서그저오 르락내리락꿈틀거릴뿐이었다. 화려하게웃는마유미의복스러운얼굴이해초 처럼느리게움직이는것이희미하게보일뿐이었다. 오는이런코를찌르는화장품 속에서웃고소리지르고손뼉을치고또웃었다.

왜오에게만저런강력한것이있나. 분명히오는마유미에게여위지못하도록 금禁하여놓았으리라. 명령하여놓았나보다. 장하다. 힘. 의지……? 그런 강력한것……그런것은어디서나오나. 내……그런것만있다면이노릇안하 지……일하지……하여도잘하지……들창을열고뛰어내리고싶었다. 아내에 게서 그악착한끄나풀을끌러던지고훨훨줄달음박질을쳐서달아나버리고싶었 다. 내의지가작용하지않는온갖것아, 없어져라. 닫자. 첩첩이닫자. 그러나 이것도힘이아니면 무엇이랴……시뻘겋게상기한눈이살기를띠고명멸하는황 홀경담벼락에숨쉴구멍을찾았다. 그냥벌벌떨었다. 텅빈골속에회오리바람이 일어난것같이완전히전후를가리지못하는일개그는추잡한취한으로화하고말 았다.

그때마유미는그의귀에다대고속삭인다. 그는목을움칫하면서혀를내밀어 널름널름하여보였다. 그러나저러나너무먹었나보다……취하기도취하였거 니와이것은배가좀너무부르다. 마유미무슨이야기요. "저이가거짓말쟁인줄 제가모르는줄아십니까. 알아요(그래서)미술가라지요. 생딴전을해놓겠지요. 좀타일러주세요……어림없이그러지말라구요……이마유미는속는게아니라

구요……제가이러는게그야좀반하긴반했지만……선생님은아시지요(알고
말고)어쨌든저따위끄나풀이한마리있어야삽니다. (뭐?뭐?) 생각해보세요……
그래하룻밤에3,4원씩벌어야뭣에다쓰느냐말이에요……화장품을사나요?
옷감을끊나요하긴한두번아니여남은번까지는아주비싼놈으로골라서그짓
도하지요……허지만허구헌날화장품을사나요옷감을끊나요?거기다뭐하나
요……얼마못가서싫증이납니다……그럼거지를주나요? 아이구참……이세
상에서제일미운게거집니다. 그래두저런끄나풀을한마리가지는게화장품이
나옷감보다는훨씬낫습니다. 좀처럼싫증나는법이없으니까요……즉남자가
외도하는……아니……좀다릅니다. 하여간싸움을해가면서벌어다가그날저
녁으로저끄나풀한테빼앗기고나면……아니송두리째갖다바치고나면속이시
원합니다. 구수합니다. 그러니까저를빨아먹는거미를제손으로기르는셈이지
요. 그렇지만또이허전한것을저끄나풀이다소곳이채워주거니하면아까운생
각은커녕저희가되려거미ㄴ가싶습니다. 돈을한푼도벌지말면그만이겠지만인제
그만해도이생활이살에척배어버려서얼른그만두기도어렵고 허자니그러기는
싫습니다. 이를북북갈아제쳐가면서기를쓰고빼앗습니다."
　　양말……그는아내의양말을생각하여보았다. 양말사이에서는신기하게
도 밤마다지폐와은화가나왔다. 50전짜리가딸랑하고방바닥에굴러떨어질
때 듣는그음향은이세상아무것에도 비길수없는가장숭엄한감각에틀림없었
다. 오늘밤에는 아내는또몇개의그런은화를정강이에서뱉어놓으려나그북어
와같은종아리에난돈자국……돈이살을파고들어가서……고놈이아내의정기
를속속들이빨아내나보다. 아,거미……잊어버렸던거미……돈도거미……그
러나눈앞에놓여있는너무나튼튼한쌍거미……너무튼튼하지않으냐. 담배를
한대피워물고……참……아내야. 대체내가무엇인줄알고죽지못하게이렇게
먹여살리느냐……죽는것……사는것……그는천하다. 그의존재는너무나우
스꽝스럽다. 스스로지나치게비웃는다.

그러나……2시……그황홀한동굴……방……을향하여그의걸음은빠르다. 여러골목을지나……오야너는너갈데로가거라……따뜻하고밝은들창과들창을볼적마다……닭……개……소는이야기로만……그리고그림엽서……이런펄펄끓는심지를부여잡고그화끈화끈한방을향하여쏟아지듯이몰려간다. 전신의피……무게……와있겠지……기다리겠지……오래간만에취한실없는사건……허리가녹아나도록이녀석……이녀석……이엉뚱한발음……숨을힘껏들이쉬어두자. 숨을힘껏쉬어라. 그리고참자. 에라. 그만아주미쳐버려라.

그러나웬일일까. 아내는방에서기다리고있지않았다. 아하……그날이왔구나. 왜갔는지모르는데가버리는날……하필? 그러나 (왜왔는지알기전에) 왜갔는지모르고 지내는중에 너는또오려느냐……내친걸음이다. 아니……아주달아버릴까. 수챗구멍에빠져서라도선불리세상이업신여기려도업신여길수없도록……트집거리를주어서는안된다. R카페……내일A취인점이고객을초대하는망년회를열……아내……뚱뚱주인이받아가지고간 내인사……이저주받아야할R카페의뒷문으로하여주춤주춤그는조바[19]에그의협수룩한꼴을나타내었다. 조바내다안다……너희들이얼마에사다가얼마에파나……알면무엇을하나……여보안경쓴부인말좀물읍시다. (아이구복작거리기도한다이속에서어떻게들사누) 부인은통신부같이생긴종잇조각에차례차례도장을하나씩만찍어준다. 아내는일상말하였다. 얼마를벌든지1원씩만갚는법이라고……딴은무이자다……어째서무이자냐…… (아느냐)……돈이……같지않더냐……그야말로도통을하였느냐. 그래"나미코가어데있습니까" "댁에서오셨나요지금경찰서에가있습니다" "뭘잘못했나요" "아아니……이거어째이렇게칠칠치가못할까"는듯이칼을들고나온쿡이똑똑히좀들으라는이야기다. 아내는층계에서굴러떨어졌다. 넌왜요렇게빼빼말랐니……아야아야놓으세요말좀해봐아야아야놓으세요. (눈물이핑돌면서) 당신은왜그렇게양돼지모양으로

살이쪘소오……뭐이, 양돼지?……양돼지가아니고……에이발칙한것. 그래
서발길로채였고채여서는층계에서굴러떨어졌고굴러떨어졌으니분하고……
모두분하다. "과히다치지는않았지만그런놈은버릇을좀가르쳐주어야하느
니그래경관은내가불렀소이다" 말라깽이라고그런점잖은손님의농담에어찌
외람히말대꾸를하였으며말대꾸도유분수지양돼지라니……그래생각해보아
라네가말라깽이가아니고무엇이냐……암, 내라도양돼지소리를듣고는……
아니말라깽이소리를듣고는……아니양돼지소리를듣고는……아니다아니
다말라깽이소리를듣고는……나도사실은말라깽이지만……그저있을수없
다……양돼지라그래줄밖에……아니그래양돼지라니그런괘씸한소리를듣고
내가손님이라면……아니내가여급이라면……당치않은말……내가손님이
라면그냥패주겠다. 그렇지만아내야양돼지소리한마디만은잘했다그러니까
걷어채였지……아니 나는대체누구편이냐누구편을들고있는셈이냐. 그대그
락대그락하는몸이은근히다쳤겠지……접시깨지듯했겠지……아프다. 아프
다. 앞이다캄캄하여지기전에 사부로가씨근씨근왔다. 남편되는이더러오란
단다. 바로나요……마침잘되었습니다. 나쁜놈입니다. 고소하세요. 여급들
과보이들과이다바[20]들의동정은실로나미코일신위에집중되어형세자못온건
치않은것이었다.

경찰서숙직실……이상하다……우선경부보[21]와순사그리고오R카페뚱뚱
주인 그리고과연양돼지와같은범인 (저건내라도양돼지라고자칫그러기쉬울걸)
그리고난로앞에새파랗게질린채쪼그리고앉아있는생쥐만한아내……그는얼
빠진사람모양으로이진기한……도저히있을법하지않은콤비네이션을몇번이
고두루살펴보았다. 그는비칠비칠그양돼지앞으로가서그개기름흐르는얼굴
을한참이나들여다보더니떠억 "당신입디까" "당신입디까" 아마안면이무던히
있나보다서로쳐다보며빙그레웃는속이……그러나아내야가만있자……제발
울음을그쳐라어디이야기나좀해보자꾸나. 후—한숨을내쉬고났더니 멈췄던

취기가한꺼번에치밀어올라오면서그는금시로그자리에쓰러질것같았다. 와이
셔츠자락이바지밖으로삐져[22]나온이양돼지에게말을건넨다. "뵈옵기에퍽몸
이약하신데요" "딴말씀" "딴말씀이라니" "딴말씀이지" "딴말씀이지라니" "허
딴말씀이라니까" "허딴말씀이라니까라니" 그때참다못하여경부보가소리를
질렀다. 그리고 그대가나미코의정당한남편인가. 이름은무엇인가직업은무엇
인가하는질문에는질문마다 그저한없이공손히고개를숙여주었을뿐이었다.
고개만그렇게공연히숙였다치켰다할것이아니라그대는그래고소할터인가즉
말하자면이사람을어떻게하였으면좋겠는가. 그렇습니다. (당신들눈에내가구
더기만큼이나보이겠소? 이사람을어떻게하였으면좋을까는내가모르면경찰이알겠거
니와 그래내가하라는대로하겠다는말이오?) 지금내가어떻게하였으면좋을까는
누구에게물어보아야되나요. 거기섰는 오 그리고내아내의주인 나를위하여
가르쳐주소, 어떻게하였으면좋으리까눈물이어느사이에뺨을흐르고있었다.
술이점점더취하여들어온다. 그는이자리에서어떻다고차마입을벌릴정신도용
기도없었다. 오와뚱뚱주인이그의어깨를건드리며위로한다. "다른사람이아
니라우리A취인점전무야. 술취한개라니 그렇게만알게나그려. 자네도알다
시피내일망년회에전무가없으면사장이없는것이상이야. 잘화해할수는없나"
"화해라니누구를위해서" "친구를위하여" "친구라니" "그럼우리점을위해서"
"자네가사장인가" 그때뚱뚱주인이 "그럼당신의아내를위하여" 100원씩두번
얻어썼다. 남은것이150원······잘알아들었다. 나를위협하는모양이구나. "이
건동화지만세상에는어쨌든이런일도있소. 즉100원이석달만에꼭500원이되
는이야긴데꼭되었어야할500원이그게넉달이었기때문에감쪽같이한푼도없어
져버린신기한이야기요. (오야내가좀치사스러우냐) 자이런일도있는데 일개여
급발길로차는것쯤이야팥고물이아니고무엇이겠소? (그러나오야일없다일없다)
자나는가겠소왜들이렇게성가시게구느냐, 나는아무것에도참견하기싫다.
이술을곱게삭이고싶다. 나를보내주시오아내를데리고가겠소. 그리고는다

마음대로하시오."

밤……홍수가고갈한최초의밤……신기하게도건조한밤이었다아내야 너는이이상더야위어서는안된다절대로안된다명령해둔다. 그러나아내는참 새모양으로깽깽신열까지내어가면서날이새도록앓았다. 그곁에서그는이것 은너무나염치없이씨근씨근쓰러지자마자잠이들어버렸다. 안골던코까지골 고……아……정말양돼지는누구냐 너무피곤하였던것이다. 그냥기가막혀버 렸던것이다.

그동안 긴 시간.

아내는아침에나갔다. 사부로가부르러왔기때문이다. 경찰서로간단다. 그도오란다. 모든것이귀찮았다. 다리저는아내를억지로내어보내놓고그는 인간세상의하품을한번커다랗게하였다. 한없이게으른것이역시제일이구나. 첩첩이덧문을닫고앓는소리없는방안에서이번에는정말……제발될수있는대 로아내는오래걸려서이따가저녁 때나되거든돌아왔으면그러든지……경우에 따라서는아내가아주가버리기를바라기조차하였다. 두다리를쭉뻗고깊이깊 이잠이좀들어보고싶었다.

오후2시……10원지폐가두장이었다. 아내는그앞에서연해해죽거렸다. "누가주더냐" "당신친구오씨가줍디다" 오 오역시오로구나 (그게네100원꿀떡 삼킨동화의주인공이다) 그리운지난날의기억들변한다모든것이변한다. 아무리 그가이방덧문을첩첩닫고1년열두달을수염도안깎고누워있다하더라도세상 은그잔인한'관계'를가지고담벼락을뚫고스며든다. 오래간만에잠다운잠을 참한참늘어지게잤다. 머리가차츰차츰맑아들어온다. "오가주더라 그래뭐라 고그러면서주더냐" "전무가술이깨서참잘못했다고사과하더라고" "너대체어 디까지갔다왔느냐" "조바까지" "잘한다그래그걸넙죽받았느냐" "안받으려 다가정잘못했다고그러더라니까" 그럼오의돈은아니다. 전무? 뚱뚱주인 둘 다있을법한일이다. 아니, 10원씩추렴인가, 이런때에그의머리는맑은가. 그냥 흐려서 아무것도생각할수없이되어버렸으면작히좋겠나. 망년회 오후. 고소.
위자료. 구더기. 구더기만도못한인간아내는아프다면서재재댄다. "공돈이
생겼으니써버립시다. 오늘은안나갈테야 (멍든데고약사바를생각은꿈에도하지
않고) 내일낮에치마가한감저고리가한감 (뭣이하나뭣이하나) (그래서10원은까
불린다음) 나머지10원은당신구두한켤레맞춰주기로" 마음대로하려무나. 나
는졸립다. 졸려죽겠다. 코를풀어버리더라도내게의논마라. 지금쯤R회관3층
에얼마나장중한연회가열렸을것이며 양돼지전무는와이셔츠를접어넣고얼마
나점잖을것인가. 유치장에서연회로(공장에서가정으로) 20원짜리……200여
명……칠면조……햄……소시지……비계……양돼지……1년전2년전10년
전……수염……냉회冷灰와같은것……남은것……뼈다귀……지저분한자
국과 무엇이남았느냐……닭은1년동안……산채썩어들어가는그앞에가로
놓인아가리딱벌린1월이었다.

　위로가될수있었나보다. 아내는혼곤히잠이들었다. 전등이딱들하다는듯
이물끄러미내려다보고있다. 진종일을물한모금마시지않았다. 20원때문에
그들부부는먹어야산다는 철칙을……그장중한법률을 완전히 거역할수있었
다.

　이것이지금이기괴망측한생리현상이즉배가고프다는상태렷다. 배가고프
다. 한심한일이다. 부끄러운일이었다. 그러나 오 네생활에내생활을비교하
여 아니 내생활에네생활을비교하여어떤것이진정우수한것이냐. 아니어떤것
이진정열등한것이냐. 외투를걸치고모자를얹고……그리고잊어버리지않고
그20원을주머니에넣고집……방을나섰다. 밤은안개로하여흐릿하다. 공기
는제대로썩어들어가는지쉬적지근하다. 또……과연거미다. (환투)……그는
그의손가락을코밑에가져다가가만히맡아보았다. 거미냄새는……그러나20
원을요모조모주무르던그새금한지폐냄새가참그윽할뿐이었다. 요새금한냄
새……요것때문에세상은가만있지못하고생사람을더러잡는다……더러가뭐

냐. 얼마나많이축을내나. 가다듬을수없는어지러운심정이었다. 그거……그
렇지……거미는나밖에없다. 보아라. 지금이거미의끈적끈적한촉수가어디로
몰려가고있나……쭉 소름이끼치고식은땀이내솟기시작이다.

　노한촉수……마유미……오의자신있는계집……끄나풀……허전한
것……수단은없다. 손에쥔20원……마유미……10원은술먹고10원은팁으
로주고그래서마유미가응하지않거든 예이 양돼지라고그래버리지. 그래도그
만이라면20원은그냥날아가……헛되다……그러나어떠냐공돈이아니냐. 전
무는한번더아내를층계에서굴러떨어뜨려주려무나. 또20원이다. 10원은술
값10원은팁. 그래도마유미가응하지않거든 양돼지라고그래주고 그래도그
만이면20원은그냥뜨는것이다부탁이다. 아내야 또한번전무귀에다대고 양
돼지 그래라. 걷어차거든두말말고층계에서내리굴러라.

─주

1) 시豕는 축逐의 파자破字. '조감도鳥瞰圖'를 '오감도烏瞰圖'로 표기한 것이나, '동해
   童孩'를 '동해童骸'로 표기한 것과 같은 의미로 볼 수 있다.

2) 끌탕: 속을 태우는 걱정.

3) 취인점取引店: 상점.

4) 오吳군: 이상과 오랫동안 친구로 지낸 문종혁을 가리킴.

5) 방안지方眼紙: 모눈종이.

6) 유카타(浴衣): 일본인들이 목욕을 한 뒤 즐겨 입는 남색 바탕에 독특한 거친 무늬
   로 염색된 무명옷.

7) 기미期米: 쌀의 시세를 이용하여 현물 없이 약속으로만 거래하는 일종의 투기 행
   위. 미두米豆.

8) 종종淙淙: 물이 흐르는 소리나 모양.

9) 시키시마(敷島): '일본'을 가리키는 다른 이름. 여기서는 카페 이름.

10) 포터블portable: 휴대용 라디오.

11) 투어리스트 뷰로: 재팬 투어리스트 뷰로(Japan Tourist Bureau) 즉 '일본교통공사'
    의 전신을 말함.

12) 파치: 파손되어서 못 쓰게 된 물건.

13) 쑤석질: 들쑤시는 짓.

14) 게사니: '거위'의 방언.

15) 화수분: 재물이 계속 나오는 보물 단지.

16) 소바(相場): 투기 거래. 여기서는 '미두米豆'를 가리킴.

17) 찰짜: 성질이 수더분하지 아니하고 몹시 까다로운 사람.

18) 세봉: 좋지 않은 일.

19) 조바(帳場): '카운터'를 가리키는 일어.

20) 이다바(板場): '요리사'를 가리키는 일어.

21) 경부보警部補: 경부의 아래, 순사부장의 위이던 일제시대 경찰 직급.

22) 꾀져: '비어져'의 방언.

날개

'박제가 되어 버린 천재'를 아시오? 나는 유쾌하오. 이런 때 연애까지가 유쾌하오.

육신이 흐느적흐느적 하도록 피로했을 때만 정신이 은화처럼 맑소. 니코틴이 내 횟배 앓는 뱃속으로 스미면 머릿속에 으레 백지가 준비되는 법이오. 그 위에다 나는 위트와 패러독스를 바둑 포석처럼 늘어놓소. 가증할 상식의 병이오.

나는 또 여인과 생활을 설계하오. 연애기법에마저 서먹서먹해진 지성의 극치를 흘깃 좀 들여다본 일이 있는, 말하자면 일종의 정신분일자 말이오. 이런 여인의 반(그것은 온갖 것의 반이오)만을 영수領受하는 생활을 설계한다는 말이오. 그런 생활 속에 한 발만 들여놓고 흡사 두 개의 태양처럼 마주 쳐다보면서 낄낄거리는 것이오. 나는 아마 어지간히 인생의 제행諸行이 싱거워서 견딜 수가 없게끔 되고 그만둔 모양이오. 굿바이.

굿바이. 그대는 이따금 그대가 제일 싫어하는 음식을 탐식하는 아이러니를 실천해 보는 것도 놓을 것 같소. 위트와 패러독스와…….

그대 자신을 위조하는 것도 할 만한 일이오. 그대의 작품은 한 번도 본 일이 없는 기성품에 의하여 차라리 경편輕便하고 고매하리다.

19세기는 될 수 있거든 봉쇄하여 버리오. 도스토예프스키 정신이란 자칫하면 낭비일 것 같소. 위고를 불란서의 빵 한 조각이라고는 누가 그랬는지 지언인 듯싶소. 그러나 인생 혹은 그 모형에 있어서 디테일 때문에 속는다거나 해서야 되겠소? 화禍를 보지 마오. 부디 그대께 고하는 것이니…….
(테이프가 끊어지면 피가 나오. 생채기도 머지않아 완치될 줄 믿소. 굿바이.)

감정은 어떤 포즈. (그 포즈의 소素[1] 만을 지적하는 것이 아닌지 나도 모르겠소.) 그 포즈가 부동자세에까지 고도화할 때 감정은 딱 공급을 정지합네다.

나는 내 비범한 발육을 회고하여 세상을 보는 안목을 규정하였소.
여왕봉女王蜂[2]과 미망인…… 세상의 하고 많은 여인이 본질적으로 이미 미망인이 아닌 이가 있으리까? 아니, 여인의 전부가 그 일상에 있어서 개개 '미망인'이라는 내 논리가 뜻밖에도 여성에 대한 모험이 되오? 굿바이.

그 33번지라는 것이 구조가 흡사 유곽이라는 느낌이 없지 않다.
한 번지에 18가구가 죽 어깨를 맞대고 늘어서서 창호가 똑같고 아궁이 모양이 똑같다. 게다가 각 가구에 사는 사람들이 송이송이 꽃과 같이 젊다. 해가 들지 않는다. 해가 드는 것을 그들이 모른 체하는 까닭이다. 턱살 밑에다 철줄을 매고 얼룩진 이부자리를 널어 말린다는 핑계로 미닫이에 해가 드는 것을 막아 버린다. 침침한 방 안에서 낮잠들을 잔다. 그들은 밤에는 잠을 자지 않나? 알 수 없다. 나는 밤이나 낮이나 잠만 자느라고 그런 것을 알 길이 없다. 33번지 18가구의 낮은 참 조용하다.

조용한 것은 낮뿐이다. 어둑어둑하면 그들은 이부자리를 걷어들인다. 전
등불이 켜진 뒤의 18가구는 낮보다 훨씬 화려하다. 저물도록 미닫이 여닫는
소리가 잦다. 바빠진다. 여러 가지 냄새가 나기 시작한다. 비웃³⁾ 굽는 내,
탕고도란⁴⁾ 내, 뜨물내, 비눗내.

그러나 이런 것들보다도 그들의 문패가 제일로 고개를 끄덕이게 하는 것
이다. 이 18가구를 대표하는 대문이라는 것이 일각一角이 져서 외따로 떨어
지기는 했으나 있다. 그러나 그것은 한 번도 닫힌 일이 없는 한길이나 마찬
가지 대문인 것이다. 온갖 장사치들은 하루 가운데 어느 시간에라도 이 대
문을 통하여 드나들 수 있는 것이다. 이네들은 문간에서 두부를 사는 것이
아니라, 미닫이를 열고 방에서 두부를 사는 것이다. 이렇게 생긴 33번지 대
문에 그들 18가구의 문패를 몰아다 붙이는 것은 의미가 없다. 그들은 어느
사이엔가 각 미닫이 위 백인당이니 길상당이니 써붙인 한곁에다 문패를 붙이
는 풍속을 가져 버렸다.

내 방 미닫이 위 한곁에 칼표⁵⁾ 딱지를 넷에다 낸 것만한 내……아니! 내
아내의 명함이 붙어 있는 것도 이 풍속을 좇은 것이 아닐 수 없다.

나는 그러나 그들의 아무와도 놀지 않는다. 놀지 않을 뿐만 아니라 인
사도 않는다. 나는 내 아내와 인사하는 외에 누구와도 인사하고 싶지 않았
다.

내 아내 외의 다른 사람과 인사를 하거나 놀거나 하는 것은 내 아내 낯
을 보아 좋지 않은 일인 것만 같이 생각이 되었기 때문이다. 나는 이만큼까
지 내 아내를 소중히 생각한 것이다.

내가 이렇게까지 내 아내를 소중히 생각한 까닭은 이 33번지 18가구 속
에서 내 아내가 내 아내의 명함처럼 제일 작고 제일 아름다운 것을 안 까닭
이다. 18가구에 각기 빌려 들은 송이송이 꽃들 가운데서도 내 아내가 특히

아름다운 한 떨기의 꽃으로 이 함석지붕 밑 볕 안 드는 지역에서 어디까지든지 찬란하였다. 따라서 그런 한 떨기 꽃을 지키고…… 아니 그 꽃에 매달려 사는 나라는 존재가 도무지 형언할 수 없는 거북살스러운 존재가 아닐 수 없었던 것은 물론이다.

나는 어디까지든지 내 방이(집이 아니다. 집은 없다) 마음에 들었다. 방 안의 기온은 내 체온을 위하여 쾌적하였고, 방 안의 침침한 정도가 또한 내 안력眼力을 위하여 쾌적하였다. 나는 내 방 이상의 서늘한 방도 또 따뜻한 방도 희망하지 않았다. 이 이상으로 밝거나 이 이상으로 아늑한 방은 원하지 않았다. 내 방은 나 하나를 위하여 요만한 정도를 꾸준히 지키는 것 같아 늘 내 방에 감사하였고, 나는 또 이런 방을 위하여 이 세상에 태어난 것만 같아서 즐거웠다.

그러나 이것은 행복이라든가 불행이라든가 하는 것을 계산하는 것은 아니었다. 말하자면 나는 내가 행복되다고도 생각할 필요가 없었고, 그렇다고 불행하다고도 생각할 필요가 없었다. 그냥 그날 그저 까닭 없이 펀둥펀둥 게으르고만 있으면 만사는 그만이었던 것이다.

내 몸과 마음에 옷처럼 잘 맞는 방 속에서 뒹굴면서, 축 처져 있는 것은 행복이니 불행이니 하는 그런 세속적인 계산을 떠난 가장 편리하고 안일한 말하자면 절대적인 상태인 것이다. 나는 이런 상태가 좋았다.

이 절대적인 내 방은 대문간에서 세어서 똑 일곱째 칸이다. 럭키 세븐의 뜻이 없지 않다. 나는 이 일곱이라는 숫자를 훈장처럼 사랑하였다. 이런 이 방이 가운데 장지로 말미암아 두 칸으로 나뉘어 있었다는 그것이 내 운명의 상징이었던 것을 누가 알랴?

아랫방은 그래도 해가 든다. 아침결에 책보만한 해가 들었다가 오후에

손수건만해지면서 나가 버린다. 해가 영영 들지 않는 윗방이 즉 내 방인 것
은 말할 것도 없다. 이렇게 볕 드는 방이 아내 해이요[6], 볕 안 드는 방이 내
해이요 하고 아내와 나 둘 중에 누가 정했던지 나는 기억하지 못한다. 그러
나 나에게는 불평이 없다.

　아내가 외출만 하면 나는 얼른 아랫방으로 와서 그 동쪽으로 난 들창을
열어 놓고 열어 놓으면 들이 비치는 햇살이 아내의 화장대를 비쳐 가지각색
병들이 아롱이 지면서 찬란하게 빛나고, 이렇게 빛나는 것을 보는 것은 다시
없는 내 오락이다. 나는 조그만 돋보기를 꺼내 가지고 아내만이 사용하는
지리가미[7]를 꺼내 가지고 그을려 가면서 불장난을 하고 논다. 평행광선을
굴절시켜서 한 초점에 모아 가지고 그 초점이 따근따근해지다가, 마지막에
는 종이를 그을리기 시작하고, 가느다란 연기를 내면서 드디어 구멍을 뚫어
놓는데까지 이르는, 고 얼마 안 되는 동안의 초조한 맛이 죽고 싶을 만큼 내
게는 재미있었다.

　이 장난이 싫증이 나면 나는 또 아내의 손잡이 거울을 가지고 여러 가지
로 논다. 거울이란 제 얼굴을 비칠 때만 실용품이다. 그 외의 경우에는 도무
지 장난감인 것이다.

　이 장난도 곧 싫증이 난다. 나의 유희심은 육체적인 데서 정신적인 데로
비약한다. 나는 거울을 내던지고 아내의 화장대 앞으로 가까이 가서 나란
히 늘어놓인 그 가지각색의 화장품 병들을 들여다본다. 고것들은 세상의 무
엇보다도 매력적이다. 나는 그 중의 하나만을 골라서 가만히 마개를 빼고
병 구멍을 내 코에 가져다 대고 숨죽이 듯이 가벼운 호흡을 하여 본다. 이국
적인 센슈얼한 향기가 폐로 스며들면 나는 저절로 스르르 감기는 내 눈을
느낀다. 확실히 아내의 체취의 파편이다. 나는 도로 병마개를 막고 생각해
본다. 아내의 어느 부분에서 요 냄새가 났던가를…… 그러나 그것은 분명
하지 않다. 왜? 아내의 체취는 여기 늘어섰는 가지각색 향기의 합계일 것이

니까.

아내의 방은 늘 화려하였다. 내 방이 벽에 못 한 개 꽂히지 않은 소박한 것인 반대로 아내 방에는 천장 밑으로 쫙 돌려 못이 박히고 못마다 화려한 아내의 치마와 저고리가 걸렸다. 여러 가지 무늬가 보기 좋다. 나는 그 여러 조각의 치마에서 늘 아내의 동체와 그 동체가 될 수 있는 여러 가지 포즈를 연상하고 연상하면서 내 마음은 늘 점잖치 못하다.

그렇건만 나에게는 옷이 없었다. 아내는 내게 옷을 주지 않았다. 입고 있는 코르덴 양복 한 벌이 내 자리옷이었고 통상복과 나들이옷을 겸한 것이었다. 그리고 하이넥크의 스웨터가 한 조각 사철을 통한 내 내의다. 그것들은 하나같이 다 빛이 검다. 그것은 내 짐작 같아서는 즉 빨래를 될 수 있는 데까지 하지 않아도 보기 싫지 않게 하기 위한 것이 아닌가 한다. 나는 허리와 두 가랑이 세 군데 다 고무 밴드가 끼어 있는 부드러운 사루마다[8]를 입고 그리고 아무 소리 없이 잘 놀았다.

어느덧 손수건만해졌던 볕이 나갔는데 아내는 외출에서 돌아오지 않는다. 나는 요만 일에도 좀 피곤하였고 또 아내가 돌아오기 전에 내 방으로 가 있어야 될 것을 생각하고 그만 내 방으로 건너간다. 내 방은 침침하다. 나는 이불을 뒤집어쓰고 낮잠을 잔다. 한 번도 걷은 일이 없는 내 이부자리는 내 몸뚱이의 일부분처럼 내게는 참 반갑다. 잠은 잘 오는 적도 있다. 그러나 또 전신이 까칫까칫하면서 영 잠이 오지 않는 적도 있다. 그런 때는 아무 제목으로나 제목을 하나 골라서 연구하였다. 나는 내 좀 축축한 이불 속에서 참 여러 가지 발명도 하였고 논문도 많이 썼다. 시도 많이 지었다. 그러나 그것들은 내가 잠이 드는 것과 동시에 내 방에 담겨서 철철 넘치는 그 흐늑흐늑한 공기에다 비누처럼 풀어져서 온데간데없고, 한잠 자고 깬 나는 속이 무명 헝겊이나 메밀 껍질로 땡땡 찬 한 덩어리 베개와도 같은 한 벌 신경이 었을 뿐이고 뿐이고 하였다.

그러기에 나는 빈대가 무엇보다도 싫었다. 그러나 내 방에서는 겨울에도 몇 마리의 빈대가 끊이지 않고 나왔다. 내게 근심이 있었다면 오직 이 빈대를 미워하는 근심일 것이다. 나는 빈대에게 물려서 가려운 자리를 피가 나도록 긁었다. 쓰라리다. 그것은 그윽한 쾌감에 틀림없었다. 나는 혼곤히 잠이 든다.

나는 그러나 그런 이불 속의 사색 생활에서도 적극적인 것을 궁리하는 법이 없다. 내게는 그럴 필요가 대체 없었다. 만일 내가 그런 좀 적극적인 것을 궁리해 냈을 경우에 나는 반드시 내 아내와 의논하여야 할 것이고, 그러면 반드시 나는 아내에게 꾸지람을 들을 것이고…… 나는 꾸지람이 무서웠다느니 보다는 성가셨다. 내가 제법 한 사람의 사회인의 자격으로 일을 해보는 것도 아내에게 사설 듣는 것도 나는 가장 게으른 동물처럼 게으른 것이 좋았다. 될 수만 있으면 이 무의미한 인간의 탈을 벗어 버리고도 싶었다.

나에게는 인간 사회가 스스러웠다. 생활이 스스러웠다. 모두가 서먹서먹할 뿐이었다.

아내는 하루에 두 번 세수를 한다. 나는 하루 한 번도 세수를 하지 않는다. 나는 밤중 3시나 4시쯤 해서 변소에 갔다. 달이 밝은 밤에는 한참씩 마당에 우두커니 섰다가 들어오곤 한다. 그러니까 나는 이 18가구의 아무와도 얼굴이 마주치는 일이 거의 없다. 그러면서도 나는 이 18가구의 젊은 여인네 얼굴들을 거반 다 기억하고 있었다. 그들은 하나같이 내 아내만 못하였다.

11시쯤 해서 하는 아내의 첫 번 세수는 좀 간단하다. 그러나 저녁 7시쯤 해서 하는 두 번째 세수는 손이 많이 간다. 아내는 낮보다도 밤에 더 좋고

깨끗한 옷을 입는다. 그리고 낮에도 외출하고 밤에도 외출하였다.

아내에게 직업이 있었던가? 나는 아내의 직업이 무엇인지 알 수 없다. 만일 아내에게 직업이 없었다면 같이 직업이 없는 나처럼 외출할 필요가 생기지 않을 것인데…… 아내는 외출한다. 외출할 뿐만 아니라 내객이 많다. 아내에게 내객이 많은 날은 나는 온종일 내 방에서 이불을 쓰고 누워 있어야만 된다. 불장난도 못한다. 화장품 냄새도 못 맡는다. 그런 날은 나는 의식적으로 우울해하였다. 그러면 아내는 나에게 돈을 준다. 50전짜리 은화다. 나는 그것이 좋았다. 그러나 그것을 무엇에 써야 옳을지 몰라서 늘 머리맡에 던져 두고 두고 한 것이 어느 결에 모여서 꽤 많아졌다. 어느 날 이것을 본 아내는 금고처럼 생긴 벙어리[9]를 사다 준다. 나는 한 푼씩 한 푼씩 그 속에 넣고 열쇠는 아내가 가져갔다. 그 후에도 나는 더러 은화를 그 벙어리에 넣은 것을 기억한다. 그리고 나는 게을렀다. 얼마 후 아내의 머리 쪽에 보지 못하던 누깔잠[10]이 하나 여드름처럼 돋았던 것은 바로 그 금고형 벙어리의 무게가 가벼워졌다는 증거일까. 그러나 나는 드디어 머리맡에 놓았던 그 벙어리에 손을 대지 않고 말았다. 내 게으름은 그런 것에 내 주의를 환기시키기도 싫었다.

아내에게 내객이 있는 날은 이불 속으로 암만 깊이 들어가도 비 오는 날만큼 잠이 잘 오지 않았다. 나는 그런 때 나에게 왜 늘 돈이 있나 왜 돈이 많은가를 연구했다.

내객들은 장지 저쪽에 내가 있는 것을 모르나 보다. 내 아내와 나도 좀 하기 어려운 농을 아주 서슴지 않고 쉽게 해던지는 것이다. 그러나 내 아내를 찾은 서너 사람의 내객들은 늘 비교적 점잖았다고 볼 수 있는 것이, 자정이 좀 지나면 으레 돌아들 갔다. 그들 가운데에는 퍽 교양이 얕은 자도 있는 듯싶었는데, 그런 자는 보통 음식을 사다 먹고 논다. 그래서 보충을 하고 대체로 무사하였다.

나는 우선 아내의 직업이 무엇인가를 연구하기에 착수하였으나 좁은 시야와 부족한 지식으로는 이것을 알아내기 힘이 든다. 나는 끝끝내 내 아내의 직업이 무엇인가를 모르고 말려나 보다.

아내는 늘 진솔[11] 버선만 신었다. 아내는 밥도 지었다. 아내가 밥을 짓는 것을 나는 한 번도 구경한 일은 없으나 언제든지 끼니때면 내 방으로 내 조석 밥을 날라다 주는 것이다. 우리 집에는 나와 내 아내 외의 다른 사람은 아무도 없다. 이 밥은 분명 아내가 손수 지었음에 틀림없다.

그러나 아내는 한 번도 나를 자기 방으로 부른 일은 없다.

나는 늘 윗방에서 나 혼자서 밥을 먹고 잠을 잤다. 밥은 너무 맛이 없었다. 반찬이 너무 엉성하였다. 나는 닭이나 강아지처럼 말없이 주는 모이를 넓적넓적 받아먹기는 했으나 내심 야속하게 생각한 적도 더러 없지 않다. 나는 안색이 여지없이 창백해 가면서 말라 들어갔다. 나날이 눈에 보이듯이 기운이 줄어들었다. 영양 부족으로 하여 몸뚱이 곳곳의 뼈가 불쑥불쑥 내밀었다. 하룻밤 사이에도 수십 차를 돌쳐 눕지 않고는 여기저기가 배겨서 나는 배겨낼 수가 없었다.

그렇기 때문에 나는 내 이불 속에서 아내가 늘 흔히 쓸 수 있는 저 돈의 출처를 탐색해 내는 일변 장지 틈으로 새어 나오는 아랫방의 음성은 무엇일까를 간단히 연구하였다. 나는 잠이 잘 안 왔다.

깨달았다. 아내가 쓰는 그 돈은 내게는 다만 실없는 사람들로밖에 보이지 않는 까닭 모를 내객들이 놓고 가는 것이 틀림없으리라는 것을 깨달았다. 그러나 왜 그들 내객은 돈을 놓고 가나? 왜 내 아내는 그 돈을 받아야 되나? 하는 예의 관념이 내게는 도무지 알 수 없는 것이었다.

그것은 그저 예의에 지나지 않는 것일까? 그렇지 않으면 혹 무슨 대가일까? 보수일까? 내 아내가 그들의 눈에는 동정을 받아야만 할 한 가엾은 인물로 보였던가?

이런 것들을 생각하노라면 으레 내 머리는 그냥 혼란하여 버리고 버리고 하였다. 잠들기 전에 획득했다는 결론이 오직 불쾌하다는 것뿐이었으면서도 나는 그런 것을 아내에게 물어 보거나 한 일이 참 한 번도 없다. 그것은 대체 귀찮기도 하려니와 한잠 자고 일어나는 나는 사뭇 딴사람처럼 이것도 저것도 다 깨끗이 잊어버리고 그만두는 까닭이다.

내객들이 돌아가고, 혹 밤 외출에서 돌아오고 하면 아내는 간편한 것으로 옷을 바꾸어 입고 내 방으로 나를 찾아온다. 그리고 이불을 들치고 내 귀에는 영 생동생동한 몇 마디 말로 나를 위로하려 든다. 나는 조소도 고소도 홍소도 아닌 웃음을 얼굴에 띠고 아내의 아름다운 얼굴을 쳐다본다. 아내는 방그레 웃는다. 그러나 그 얼굴에 떠도는 일말의 애수를 나는 놓치지 않는다.

아내는 능히 내가 배고파 하는 것을 눈치챌 것이다. 그러나 아랫방에서 먹고 남은 음식을 나에게 주려 들지는 않는다. 그것은 어디까지든지 나를 존경하는 마음일 것임에 틀림없다. 나는 배가 고프면서도 적이 마음이 든든한 것을 좋아했다. 아내가 무엇이라고 지껄이고 갔는지 귀에 남아 있을 리가 없다. 다만 내 머리맡에 아내가 놓고 간 은화가 전등불에 흐릿하게 빛나고 있을 뿐이다.

고 금고형 벙어리 속에 은화가 얼마만큼이나 모였을까? 나는 그러나 그것을 쳐들어 보지 않았다. 그저 아무런 의욕도 기원도 없이 그 단추 구멍처럼 생긴 틈바구니로 은화를 떨어뜨려 둘 뿐이었다.

왜 아내의 내객들이 아내에게 돈을 놓고 가나 하는 것이 풀 수 없는 의문인 것같이 왜 아내는 나에게 돈을 놓고 가나 하는 것도 역시 나에게는 똑같이 풀 수 없는 의문이었다. 내 비록 아내가 내게 돈을 놓고 가는 것이 싫지 않았다 하더라도 그것은 다만 고것이 내 손가락 닿는 순간에서부터 고 벙어리 주둥이에서 자취를 감추기까지의 하잘것없는 짧은 촉각이 좋았달 뿐이지 그 이상 아무 기쁨도 없다.

　어느 날 나는 고 벙어리를 변소에 갖다 넣어 버렸다. 그때 벙어리 속에는 몇 푼이나 되는지 모르겠으나 고 은화들이 꽤 들어 있었다.

　나는 내가 지구 위에 살며 내가 이렇게 살고 있는 지구가 질풍신뢰의 속력으로 광대무변의 공간을 달리고 있다는 것을 생각했을 때 참 허망하였다. 나는 이렇게 부지런한 지구 위에서는 현기증도 날 것 같고 해서 한시바삐 내려 버리고 싶었다.

　이불 속에서 이런 생각을 하고 난 뒤에는 나는 고 은화를 고 벙어리에 넣고 넣고 하는 것조차 귀찮아졌다. 나는 아내가 손수 벙어리를 사용하였으면 하고 생각하였다. 벙어리도 돈도 사실은 아내에게만 필요한 것이지 내게는 애초부터 의미가 전연 없는 것이었으니까 될 수만 있으면 그 벙어리를 아내는 아내 방으로 가져갔으면 하고 기다렸다. 그러나 아내는 가져가지 않는다. 나는 내가 아내 방으로 가져다 둘까 하고 생각하여 보았으나 그즈음에는 아내의 내객이 워낙 많아서 내가 아내 방에 가볼 기회가 도무지 없었다. 그래서 나는 하는 수 없이 변소에 갖다 집어넣어 버리고 만 것이다.

　나는 서글픈 마음으로 아내의 꾸지람을 기다렸다. 그러나 아내는 끝내 아무 말도 하지 않았다. 않았을 뿐 아니라 여전히 돈은 돈대로 머리맡에 놓고 가지 않나! 내 머리맡에는 어느덧 은화가 꽤 많이 모였다.

　내객이 아내에게 돈을 놓고 가는 것이나 아내가 내게 돈을 놓고 가는 것이나 일종의 쾌감…… 그 외의 다른 아무런 이유도 없는 것이 아닐까 하는 것을 나는 또 이불 속에서 연구하기 시작하였다. 쾌감이라면 어떤 종류의 쾌감일까를 계속하여 연구하였다. 그러나 그것은 이불 속의 연구로는 알 길이 없었다. 쾌감, 쾌감, 하고 나는 뜻밖에도 이 문제에 대해서만 흥미를 느꼈다.

아내는 물론 나를 늘 감금하여 두다시피 하여 왔다. 내게 불평이 있을 리 없다. 그런 중에도 나는 그 쾌감이라는 것의 유무를 체험하고 싶었다.

나는 아내의 밤 외출 틈을 타서 밖으로 나왔다. 나는 거리에서 잊어버리지 않고 가지고 나온 은화를 지폐로 바꾼다. 5원이나 된다. 그것을 주머니에 넣고 나는 목적지를 잃어버리기 위하여 얼마든지 거리를 쏘다녔다. 오래간만에 보는 거리는 거의 경이에 가까울 만큼 내 신경을 흥분시키지 않고는 마지않았다. 나는 금시에 피곤하여 버렸다. 그러나 나는 참았다. 그리고 밤이 이슥하도록 까닭을 잃어버린 채 이 거리 저 거리로 지향 없이 헤매었다. 돈은 물론 한푼도 쓰지 않았다. 돈을 쓸 아무 엄두도 나서지 않았다. 나는 벌써 돈을 쓰는 기능을 완전히 상실한 것 같았다.

나는 과연 피로를 이 이상 견디기가 어려웠다. 나는 가까스로 내 집을 찾았다. 나는 내 방을 가려면 아내 방을 통과하지 않으면 안 될 것을 알고 아내에게 내객이 있나 없나를 걱정하면서 미닫이 앞에서 좀 거북살스럽게 기침을 한번 했더니 이것은 참 또 너무도 암상스럽게 미닫이가 열리면서 아내의 얼굴과 그 등 뒤에 낯설은 남자의 얼굴이 이쪽을 내다보는 것이다. 나는 별안간 내어 쏟아지는 불빛에 눈이 부셔서 좀 머뭇머뭇했다.

나는 아내의 눈초리를 못 본 것은 아니다. 그러나 나는 모른 체하는 수밖에 없었다. 왜? 나는 어쨌든 아내의 방을 통과하지 아니하면 안 되니까…….

나는 이불을 뒤집어썼다. 무엇보다도 다리가 아파서 견딜 수가 없었다. 이불 속에서는 가슴이 울렁거리면서 암만해도 까무러칠 것만 같았다. 걸을 때는 몰랐더니 숨이 차다. 등에 식은땀이 쭉 내배인다. 나는 외출한 것을 후회하였다. 이런 피로를 잊고 어서 잠이 들었으면 좋았다. 한잠 잘 자고 싶었다.

얼마 동안이나 비스듬히 엎드려 있었더니 차츰차츰 뚝딱거리는 가슴 동기動氣가 가라앉는다. 그만해도 우선 살 것 같았다. 나는 몸을 들쳐 반듯이 천장을 향하여 눕고 쭈욱 다리를 뻗었다.

그러나 나는 또다시 가슴의 동기를 피할 수 없게 되었다. 아랫방에서 아내와 그 남자의 내 귀에도 들리지 않을 만큼 낮은 목소리로 소곤거리는 기척이 장지 틈으로 전하여 왔던 것이다. 청각을 더 예민하게 하기 위하여 나는 눈을 떴다. 그리고 숨을 죽였다. 그러나 그때는 벌써 아내와 남자는 앉았던 자리를 툭툭 털고 일어섰고 일어서면서 옷과 모자 쓰는 기척이 나는 듯하더니 이어 미닫이가 열리고 구두 뒤축 소리가 나고 그리고 뜰에 내려서는 소리가 쿵하고 나면서 뒤를 따르는 아내의 고무신 소리가 두어 발짝 찍찍 나고 사뿐사뿐 나나 하는 사이에 두 사람의 발소리가 대문 쪽으로 사라졌다.

나는 아내의 이런 태도를 본 일이 없다. 아내는 어떤 사람과도 결코 소곤거리는 법이 없다. 나는 윗방에서 이불을 쓰고 누웠는 동안에도 혹 술이 취해서 혀가 잘 돌아가지 않는 내객들의 담화는 더러 놓치는 수가 있어도 아내의 높지도 낮지도 않은 말소리는 일찍이 한 마디도 놓쳐본 일이 없다. 더러 내 귀에 거슬리는 소리가 있어도 나는 그것이 태연한 목소리로 내 귀에 들렸다는 이유로 충분히 안심이 되었다.

그렇던 아내의 이런 태도는 필시 그 속에 여간하지 않은 사정이 있는 듯시피 생각이 되고 내 마음은 좀 서운했으나 그보다도 나는 좀 너무 피로해서 오늘만은 이불 속에서 아무것도 연구하지 않기로 굳게 결심하고 잠을 기다렸다. 낮잠은 좀처럼 오지 않았다. 대문간에 나간 아내도 좀처럼 들어오지 않았다. 그러는 동안에 흐지부지 나는 잠이 들어 버렸다. 꿈이 얼쑹덜쑹

종잡을 수 없는 거리의 풍경을 여전히 헤매었다.

나는 몹시 흔들렸다. 내객을 보내고 들어온 아내가 잠든 나를 잡아 흔드는 것이다. 나는 눈을 번쩍 뜨고 아내의 얼굴을 쳐다보았다. 아내의 얼굴에는 웃음이 없다. 나는 좀 눈을 비비고 아내의 얼굴을 자세히 보았다. 노기가 눈초리에 떠서 얇은 입술이 바르르 떨린다. 좀처럼 이 노기가 풀리기는 어려울 것 같았다. 나는 그대로 눈을 감아 버렸다. 벼락이 내리기를 기다린 것이다. 그러나 쌔근 하는 숨소리가 나면서 부스스 아내의 치맛자락 소리가 나고 장지가 여닫히며 아내는 아내 방으로 돌아갔다. 나는 다시 몸을 돌쳐 이불을 뒤집어 쓰고는 개구리처럼 엎드리고 엎드려서 배가 고픈 가운데도 오늘 밤의 외출을 또 한번 후회하였다.

나는 이불 속에서 아내에게 사죄하였다. 그것은 네 오해라고……

나는 사실 밤이 퍽이나 이슥한 줄만 알았던 것이다. 그것이 네 말마따나 자정 전인지는 정말이지 꿈에도 몰랐다. 나는 너무 피곤하였다. 오래간만에 나는 너무 많이 걸은 것이 잘못이다. 내 잘못이라면 잘못은 그것밖에 없다. 외출은 왜 하였더냐고?

나는 그 머리맡에 저절로 모인 5원 돈을 아무에게라도 좋으니 주어 보고 싶었던 것이다. 그뿐이다. 그러나 그것도 내 잘못이라면 나는 그렇게 알겠다. 나는 후회하고 있지 않나?

내가 그 5원 돈을 써버릴 수가 있었던들 나는 자정 안에 집에 돌아올 수 없었을 것이다. 그러나 거리는 너무 복잡하였고 사람은 너무도 들끓었다. 나는 어느 사람을 붙들고 그 5원 돈을 내어 주어야 할지 갈피를 잡을 수가 없었다. 그러는 동안에 나는 여지없이 피곤해 버리고 말았던 것이다.

나는 무엇보다도 좀 쉬고 싶었다. 눕고 싶었다. 그래서 나는 하는 수 없이 집으로 돌아온 것이다. 내 짐작 같아서는 밤이 어지간히 늦은 줄만 알았는데 그것이 불행히도 자정 전이었다는 것은 참 안된 일이다. 미안한 일이다. 나는 얼마든지 사죄하여도 좋다. 그러나 종시 아내의 오해를 풀지 못하였다 하면 내가 이렇게까지 사죄하는 보람은 그럼 어디 있나? 한심하였다.

한 시간 동안을 나는 이렇게 초조하게 굴지 않으면 안 되었다. 나는 이불을 홱 젖혀 버리고 일어나서 장지를 열고 아내 방으로 비칠비칠 달려갔던 것이다. 내게는 거의 의식이라는 것이 없었다. 나는 아내 이불 위에 엎드러지면서 바지 포켓 속에서 그 돈 5원을 꺼내 아내 손에 쥐어준 것을 간신히 기억할 뿐이다.

이튿날 잠이 깨었을 때 나는 내 아내 방 아내 이불 속에 있었다. 이것이 이 33번지에서 살기 시작한 이래 내가 아내 방에서 잔 맨 처음이었다.

해가 들창에 훨씬 높았는데 아내는 이미 외출하고 벌써 내 곁에 있지는 않다. 아니! 아내는 엊저녁 내가 의식을 잃은 동안에 외출한 것인지도 모른다. 그러나 나는 그런 것을 조사하고 싶지 않았다. 다만 전신이 찌뿌드드한 것이 손가락 하나 꼼짝할 힘조차 없었다. 책보보다 좀 작은 면적의 볕이 눈이 부시다. 그 속에서 수없이 먼지가 흡사 미생물처럼 난무한다. 코가 콱 막히는 것 같다. 나는 다시 눈을 감고 이불을 푹 뒤집어쓰고 낮잠을 자기에 착수하였다. 그러나 코를 스치는 아내의 체취는 꽤 도발적이었다. 나는 몸을 여러 번 여러 번 비비꼬면서 아내의 화장대에 늘어선 고 가지각색 화장품 병들의 마개를 뽑았을 때 풍기는 냄새를 더듬느라고 좀처럼 잠은 들지 않는 것을 나는 어찌하는 수도 없었다.

견디다 못하여 나는 그만 이불을 걷어차고 벌떡 일어나서 내 방으로 갔다. 내 방에는 다 식어 빠진 내 끼니가 가지런히 놓여 있는 것이다. 아내는 내 모이를 여기다 두고 나간 것이다. 나는 우선 배가 고팠다. 한 숟갈을 입에 떠넣었을 때 그 촉감은 참 너무도 냉회와 같이 서늘하였다. 나는 숟갈을 놓고 내 이불 속으로 들어갔다. 하룻밤을 비웠던 내 이부자리는 여전히 반갑게 나를 맞아 준다. 나는 내 이불을 뒤집어쓰고 이번에는 참 늘어지게 한잠 잤다. 잘…….

내가 잠을 깬 것은 전등이 켜진 뒤다. 그러나 아내는 아직도 돌아오지 않았나 보다. 아니! 돌아왔다 또 나갔는지 알 수 없다. 그러나 그런 것을 상고하여 무엇하나?

정신이 한결 난다. 나는 밤일을 생각해 보았다. 그 돈 5원을 아내 손에 쥐어 주고 넘어졌을 때에 느낄 수 있었던 쾌감을 나는 무엇이라고 설명할 수가 없었다. 그러나 내객들이 내 아내에게 돈 놓고 가는 심리며 내 아내가 내게 돈 놓고 가는 심리의 비밀을 나는 알아낸 것 같아서 여간 즐거운 것이 아니다. 나는 속으로 빙그레 웃어 보았다. 이런 것을 모르고 오늘까지 지내온 내 자신이 어떻게 우스꽝스럽게 보이는지 몰랐다. 나는 어깨춤이 났다.

따라서 나는 또 오늘 밤에도 외출하고 싶었다. 그러나 돈이 없다. 나는 또 엊저녁에 그 돈 5원을 한꺼번에 아내에게 주어 버린 것을 후회하였다. 또 고 벙어리를 변소에 갖다 처넣어 버린 것도 후회하였다. 나는 실없이 실망하면서 습관처럼 그 돈 5원이 들어 있던 내 바지 포켓에 손을 넣어 한번 휘둘러보았다. 뜻밖에도 내 손에 쥐어지는 것이 있었다. 2원밖에 없다. 그러나 많아야 맛은 아니다. 얼마간이고 있으면 된다. 나는 그만한 것이 여간 고마운 것이 아니었다.

나는 기운을 얻었다. 나는 그 단벌 다 떨어진 코르덴 양복을 걸치고 배고픈 것도 주제 사나운 것도 다 잊어버리고 활갯짓을 하면서 또 거리로 나섰다. 나서면서 나는 제발 시간이 화살 단 듯해서 자정이 어서 획 지나 버렸으면 하고 조바심을 태웠다. 아내에게 돈을 주고 아내 방에서 자보는 것은 어디까지든지 좋았지만 만일 잘못해서 자정 전에 집에 들어갔다가 아내의 눈총을 맞는 것은 그것은 여간 무서운 일이 아니었다. 나는 저물도록 길가 시계를 들여다보고 들여다보고 하면서 또 지향 없이 거리를 방황하였다. 그러나 이날은 좀처럼 피곤하지는 않았다. 다만 시간이 좀 너무 더디게 가는 것만 같아서 안타까웠다.

경성역 시계가 확실히 자정을 지난 것을 본 뒤에 나는 집을 향하였다. 그날은 그 일각대문[12]에서 아내와 아내의 남자가 이야기하고 섰는 것을 만났다. 나는 모른 체하고 두 사람 곁을 지나서 내 방으로 들어갔다. 뒤이어 아내도 들어왔다. 와서는 이 밤중에 평생 안 하던 쓰레질을 하는 것이었다. 조금 있다가 아내가 눕는 기척을 엿보자마자 나는 또 장지를 열고 아내 방으로 가서 그 돈 2원을 아내 손에 덥석 쥐어 주고 그리고…… 하여간 그 2원을 오늘 밤에도 쓰지 않고 도로 가져온 것이 참 이상하다는 듯이 아내는 내 얼굴을 몇 번이고 엿보고…… 아내는 드디어 아무 말도 없이 나를 자기 방에 재워 주었다. 나는 이 기쁨을 세상의 무엇과도 바꾸고 싶지는 않았다. 나는 편히 잘 잤다.

이튿날도 내가 잠이 깨었을 때는 아내는 보이지 않았다. 나는 또 내 방으로 가서 피곤한 몸이 낮잠을 잤다.

내가 아내에게 흔들려 깨었을 때는 역시 불이 들어온 뒤였다. 아내는 자기 방으로 나를 오라는 것이다. 이런 일은 또 처음이다. 아내는 끊임없이 얼굴에 미소를 띠고 내 팔을 이끄는 것이다. 나는 이런 아내의 태도 이면에 엔간치 않은 음모가 숨어 있지나 않은가 하고 적이 불안을 느끼지 않을 수 없었다.

나는 아내의 하자는 대로 아내의 방으로 끌려갔다. 아내 방에는 저녁 밥상이 조촐하게 차려져 있는 것이다. 생각하여 보면 나는 이틀을 굶었다. 나는 지금 배고픈 것까지도 긴가민가 잊어버리고 어름어름하던 차다.

나는 생각하였다. 이 최후의 만찬을 먹고 나자마자 벼락이 내려도 나는 차라리 후회하지 않을 것을. 사실 나는 인간 세상이 너무나 심심해서 못 견디겠던 차다. 모든 것이 성가시고 귀찮았으나 그러나 불의의 재난이라는 것은 즐겁다. 나는 마음을 턱 놓고 조용히 아내와 마주 이 해괴한 저녁밥을 먹었다. 우리 부부는 이야기하는 법이 없었다. 밥을 먹은 뒤에도 나는 말이 없이 부스스 일어나서 내 방으로 건너가 버렸다. 아내는 나를 붙잡지 않았다. 나는 벽에 기대어 앉아서 담배를 한 대 피워 물고 그리고 벼락이 떨어질 테거든 어서 떨어져라 하고 기다렸다.

5분! 10분!

그러나 벼락은 내리지 않았다. 긴장이 차츰 풀어지기 시작한다. 나는 어느덧 오늘 밤에도 외출할 것을 생각하고 있었다. 돈이 있었으면 하고 생각하고 있었다.

그러나 돈은 확실히 없다. 오늘은 외출하여도 나중에 올 무슨 기쁨이 있나? 내 앞이 그저 아뜩하였다. 나는 화가 나서 이불을 뒤집어쓰고 이리 뒹굴 저리 뒹굴 굴렀다. 금시 먹은 밥이 목으로 자꾸 치밀어 올라온다. 메스꺼웠다.

하늘에서 얼마라도 좋으니 왜 지폐가 소낙비처럼 퍼붓지 않나? 그것이 그저 한없이 야속하고 슬펐다. 나는 이렇게밖에 돈을 구하는 아무런 방법도 알지는 못했다. 나는 이불 속에서 좀 울었나 보다. 왜 없느냐면서…….

그랬더니 아내가 또 내 방에를 왔다. 나는 깜짝 놀라 아마 이제서야 벼락이 내리려나 보다 하고 숨을 죽이고 두꺼비 모양으로 엎드려 있었다. 그러나 떨어진 입을 새어 나오는 아내의 말소리는 참 부드러웠다. 정다웠다. 아내는 내가 왜 우는지를 안다는 것이다. 돈이 없어서 그러는 게 아니란다. 나는 실없이 깜짝 놀랐다. 어떻게 사람의 속을 환하게 들여다보는고 해서 나는 한편으로 슬그머니 겁도 안 나는 것은 아니었으나 저렇게 말하는 것을 보면 아마 내게 돈을 줄 생각이 있나 보다, 만일 그렇다면 오죽이나 좋은 일일까. 나는 이불 속에 뚤뚤 말린 채 고개도 들지 않고 아내의 다음 거동을 기다리고 있으니까 '옜소' 하고 내 머리맡에 내려뜨리는 것은 그 가뿐한 음향으로 보아 지폐에 틀림없었다. 그리고 내 귀에다 대고 오늘일랑 어제보다도 늦게 돌아와도 좋다고 속삭이는 것이다. 그것은 어렵지 않다. 우선 그 돈이 무엇보다도 고맙고 반가웠다.

어쨌든 나섰다. 나는 좀 야맹증이다. 그래서 될 수 있는 대로 밝은 거리로 돌아다니기로 했다. 그리고는 경성역 1, 2등 대합실 한결 티룸[13]에를 들렀다. 그것은 내게는 큰 발견이었다. 거기는 우선 아무도 아는 사람이 안 온다. 설사 왔다가도 곧 돌아가니까 좋다. 나는 날마다 여기 와서 시간을 보내리라 속으로 생각하여 두었다.

제일 여기 시계가 어느 시계보다도 정확하리라는 것이 좋았다. 섣불리 서투른 시계를 보고 그것을 믿고 시간 전에 집에 돌아갔다가 큰코를 다쳐서는 안 된다.

나는 한 박스에 아무것도 없는 것과 마주앉아서 잘 끓은 커피를 마셨다. 총총한 가운데 여객들은 그래도 한 잔 커피가 즐거운가 보다. 얼른얼른 마시고 무얼 좀 생각하는 것같이 담벼락도 좀 쳐다보고 하다가 곧 나가 버린다. 서글프다. 그러나 내게는 이 서글픈 분위기가 거리의 티룸들의 그 거추장스러운 분위기보다는 절실하고 마음에 들었다. 이따금 들리는 날카로운 혹은 우렁찬 기적 소리가 모차르트보다도 더 가깝다. 나는 메뉴에 적힌 몇 가지 안 되는 음식 이름을 치읽고 내리읽고 여러 번 읽었다. 그것들은 아물아물하는 것이 어딘가 내 어렸을 때 동무들 이름과 비슷한 데가 있었다.

거기서 얼마나 내가 오래 앉았는지 정신이 오락가락하는 중에 객이 슬며시 뜸해지면서 이 구석 저 구석 걷어치우기 시작하는 것을 보면 아마 닫는 시간이 된 모양이다. 11시가 좀 지났구나 여기도 결코 내 안주의 곳은 아니구나, 어디 가서 자정을 넘길까? 두루 걱정을 하면서 나는 밖으로 나섰다. 비가 온다. 빗발이 제법 굵은 것이 우비도 우산도 없는 나를 고생을 시킬 작정이다. 그렇다고 이런 괴이한 풍모를 차리고 이 홀에서 어물어물하는 수도 없고 에이 비를 맞으면 맞았지 하고 그냥 나서 버렸다.

대단히 선선해서 견딜 수가 없다. 코르덴 옷이 젖기 시작하더니 나중에는 속속들이 스며들면서 추근거린다. 비를 맞아 가면서라도 견딜 수 있는 데까지 거리를 돌아다녀서 시간을 보내려 하였으나 인제는 선선해서 이 이상은 더 견딜 수가 없다. 오한이 자꾸 일어나면서 이가 딱딱 맞부딪는다.

나는 걸음을 재우치면서 생각하였다. 오늘 같은 궂은 날도 아내에게 내 객이 있을라구? 없겠지 하는 생각이 드는 것이다. 집으로 가야겠다. 아내에게 불행히 내객이 있거든 내 사정을 하리라. 사정을 하면 이렇게 비가 오는 것을 눈으로 보고 알아 주겠지.

부리나케 와보니까 그러나 아내에게는 내객이 있었다. 나는 너무 춥고 척척해서 얼떨김에 노크하는 것을 잊었다. 그래서 나는 보면 아내가 덜 좋아할 것을 그만 보았다. 나는 감발14) 자국 같은 발자국을 내면서 덤벙덤벙 아내 방을 디디고 내 방으로 가서 쭉 빠진 옷을 활활 벗어 버리고 이불을 뒤썼다. 덜덜덜덜 떨린다. 오한이 점점 더 심해 들어온다. 여전 땅이 꺼져 들어가는 것만 같았다. 나는 그만 의식을 잃어버리고 말았다.

이튿날 내가 눈을 떴을 때 아내는 내 머리맡에 앉아서 제법 근심스러운 얼굴이다. 나는 감기가 들었다. 여전히 으스스 춥고 또 골치가 아프고 입에 군침이 도는 것이 씁쓸하면서 다리 팔이 척 늘어져서 노곤하다.

아내는 내 머리를 쓱 짚어 보더니 약을 먹어야지 한다. 아내 손이 이마에 선뜻한 것을 보면 신열이 어지간한 모양인데 약을 먹는다면 해열제를 먹어야지 하고 속생각을 하자니까 아내는 따뜻한 물에 하얀 정제약 네 개를 준다. 이것을 먹고 한잠 푹 자고 나면 괜찮다는 것이다. 나는 널름 받아먹었다. 쌉싸름한 것이 짐작 같아서는 아마 아스피린인가 싶다. 나는 다시 이불을 쓰고 단번에 그냥 죽은 것처럼 잠이 들어 버렸다.

나는 콧물을 훌쩍훌쩍 하면서 여러 날을 앓았다. 앓는 동안에 끊이지 않고 그 정제약을 먹었다. 그러는 동안에 감기도 나았다. 그러나 입맛은 여전히 소태처럼 썼다.

나는 차츰 또 외출하고 싶은 생각이 났다. 그러나 아내는 나더러 외출하지 말라고 이르는 것이다. 이 약을 날마다 먹고 그리고 가만히 누워 있으라는 것이다. 공연히 외출을 하다가 이렇게 감기가 들어서 저를 고생시키는 게 아니란다. 그도 그렇다. 그럼 외출을 하지 않겠다고 맹세하고 그 약을 연복하여 몸을 좀 보해 보리라고 나는 생각하였다.

나는 날마다 이불을 뒤집어쓰고 밤이나 낮이나 잤다. 유난스럽게 밤이나 낮이나 졸려서 견딜 수가 없는 것이다. 나는 이렇게 잠이 자꾸만 오는 것은 내가 몸이 훨씬 튼튼해진 증거라고 굳게 믿었다.

나는 아마 한 달이나 이렇게 지냈나 보다. 내 머리와 수염이 좀 너무 자라서 후틋해서 견딜 수가 없어서 내 거울을 좀 보리라고 아내가 외출한 틈을 타서 나는 아내 방으로 가서 아내의 화장대 앞에 앉아 보았다. 상당하다. 수염과 머리가 참 상당하였다. 오늘은 이발을 좀 하리라고 생각하고 겸사겸사 고 화장품 병들 마개를 뽑고 이것저것 맡아 보았다. 한동안 잊어버렸던 향기 가운데서는 몸이 배배 꼬일 것 같은 체취가 전해 나왔다. 나는 아내의 이름을 속으로만 한 번 불러 보았다. '연심이[15]!'하고······.

오래간만에 돋보기 장난도 하였다. 거울 장난도 하였다. 창에 든 볕이 여간 따뜻한 것이 아니었다. 생각하면 5월이 아니냐.

나는 커다랗게 기지개를 한번 켜보고 아내 베개를 내려 베고 벌떡 자빠져서는 이렇게도 편안하고 즐거운 세월을 하느님께 흠씬 자랑하여 주고 싶었다. 나는 참 세상의 아무것과도 교섭을 가지지 않는다. 하느님도 아마 나를 칭찬할 수도 처벌할 수도 없을 것 같다.

그러나 다음 순간 실로 세상에도 이상스러운 것이 눈에 띄었다. 그것은 최면약 아달린 갑이었다. 나는 그것을 아내의 화장대 밑에서 발견하고 그것이 흡사 아스피린처럼 생겼다고 느꼈다. 나는 그것을 열어 보았다. 꼭 네 개가 비었다.

나는 오늘 아침에 네 개의 아스피린을 먹은 것을 기억하고 있었다. 나는 잤다. 어제도 그제도 그끄제도…… 나는 졸려서 견딜 수가 없었다. 나는 감기가 다 나았는데도 아내는 내게 아스피린을 주었다. 내가 잠이 든 동안에 이웃에 불이 난 일이 있다. 그때에도 나는 자느라고 몰랐다. 이렇게 나는 잤다. 나는 아스피린으로 알고 그럼 한 달 동안을 두고 아달린을 먹어온 것이다. 이것은 좀 너무 심하다.

별안간 아뜩하더니 하마터면 나는 까무러칠 뻔하였다. 나는 그 아달린을 주머니에 넣고 집을 나섰다. 그리고 산을 찾아 올라갔다. 인간 세상의 아무것도 보기가 싫었던 것이다. 걸으면서 나는 아무쪼록 아내에 관계되는 일은 일절 생각하지 않도록 노력하였다. 길에서 까무러치기 쉬우니까다. 나는 어디라도 양지가 바른 자리를 하나 골라 자리를 잡아 가지고 서서히 아내에 관하여서 연구할 작정이었다. 나는 길가의 돌창[16], 핀, 구경도 못한 진개나리꽃, 종달새, 돌멩이도 새끼를 까는 이야기, 이런 것만 생각하였다. 다행히 길가에서 나는 졸도하지 않았다.

거기는 벤치가 있었다. 나는 거기 정좌하고 그리고 그 아스피린과 아달린에 관하여 연구하였다. 그러나 머리가 도무지 혼란하여 생각이 체계를 이루지 않는다. 단 5분이 못 가서 나는 그만 귀찮은 생각이 번쩍 들면서 심술이 났다. 나는 주머니에서 가지고 온 아달린을 꺼내 남은 여섯 개를 한꺼번에 질겅질겅 씹어 먹어 버렸다. 맛이 익살맞다. 그리고 나서 나는 그 벤치 위에 가로 기다랗게 누웠다. 무슨 생각으로 내가 그따위 짓을 했나 알 수가 없다. 그저 그러고 싶었다. 나는 게[17]서 그냥 깊이 잠이 들었다. 잠결에도 바위틈으로 흐르는 물소리가 졸졸 하고 언제까지나 귀에 어렴풋이 들려 왔다.

내가 잠을 깨었을 때는 날이 환히 밝은 뒤다. 나는 거기서 일주야를 잔 것이다. 풍경이 그냥 노오랗게 보인다. 그 속에서도 나는 번개처럼 아스피린과 아달린이 생각났다.

아스피린, 아달린, 아스피린, 아달린, 마르크스, 맬더스, 마도로스, 아스피린, 아달린.

아내는 한 달 동안 아달린을 아스피린이라고 속이고 내게 먹였다. 그것은 아내 방에서 이 아달린 갑이 발견된 것으로 미루어 증거가 너무나 확실하였다.

무슨 목적으로 아내는 나를 밤이나 낮이나 재웠어야 됐나?

나를 밤이나 낮이나 재워 놓고, 그리고 아내는 내가 자는 동안에 무슨 짓을 했나?

나를 조금씩 조금씩 죽이려던 것일까? 그러나 또 생각하여 보면 내가 한 달을 두고 먹어온 것이 아스피린이었는지도 모른다. 아내는 무슨 근심되는 일이 있어서 밤이면 잠이 잘 오지 않아서 정작 아내가 아달린을 사용한 것이나 아닌지? 그렇다면 나는 참 미안하다. 나는 아내에게 이렇게 큰 의혹을 가졌다는 것이 참 안됐다.

나는 그래서 부리나케 거기서 내려왔다. 아랫도리가 홰홰 내어 저이면서 어찔어찔한 것을 나는 겨우 집을 향하여 걸었다. 8시 가까이였다.

나는 내 잘못된 생각을 죄다 일러바치고 아내에게 사죄하려는 것이다. 나는 너무 급해서 그만 또 말을 잊어버렸다.

그랬더니 이건 참 큰일났다. 나는 내 눈으로 절대로 보아서 안 될 것을 그만 딱 보아 버리고 만 것이다. 나는 얼떨결에 그만 냉큼 미닫이를 닫고 그리고 현기증이 나는 것을 진정시키느라고 잠깐 고개를 숙이고 눈을 감고 기둥을 짚고 섰자니까 1초 여유도 없이 홱 미닫이가 다시 열리더니 매무새를 풀어헤친 아내가 불쑥 내밀면서 내 멱살을 잡는 것이다. 나는 그만 어지러워서 게가 나둥그러졌다. 그랬더니 아내는 넘어진 내 위에 덮치면서 내 살을 함부로 물어뜯는 것이다. 아파 죽겠다. 나는 사실 반항할 의사도 힘도 없어서 그냥 넙적 엎드려 있으면서 어떻게 되나 보고 있자니까 뒤이어 남자가 나오는 것 같더니 아내를 한 아름에 덥석 안아 가지고 방으로 들어가는 것이다. 아내는 아무 말없이 다소곳이 그렇게 안겨 들어가는 것이 내 눈에 여간 미운 것이 아니다. 밉다.

아내는 너 밤새워 가면서 도둑질하러 다니느냐, 계집질하러 다니느냐고 발악이다. 이것은 참 너무 억울하다. 나는 어안이 벙벙하여 도무지 입이 떨어지지를 않았다.

너는 그야말로 나를 살해하려던 것이 아니냐고 소리를 한번 꽥 질러 보고도 싶었으나 그런 긴가민가한 소리를 섣불리 입 밖에 내었다가는 무슨 화를 볼는지 알 수 없다. 차라리 억울하지만 잠자코 있는 것이 우선 상책인 듯싶이 생각이 들길래 나는 이것은 또 무슨 생각으로 그랬는지 모르지만 툭툭 털고 일어나서 내 바지 포켓 속에 남은 돈 몇 원 몇 십 전을 가만히 꺼내서는 몰래 미닫이를 열고 살며시 문지방 밑에다 놓고 나서는 나는 그냥 줄달음박질을 쳐서 나와 버렸다.

여러 번 자동차에 치일 뻔하면서 나는 그래도 경성역으로 찾아갔다. 빈자리와 마주앉아서 이 쓰디쓴 입맛을 거두기 위하여 무엇으로나 입가심을 하고 싶었다.

커피! 좋다. 그러나 경성역 홀에 한 걸음 들여놓았을 때 나는 내 주머니에는 돈이 한푼도 없는 것을 그것을 깜박 잊었던 것을 깨달았다. 또 아뜩하였다. 나는 어디선가 그저 맥없이 머뭇머뭇하면서 어쩔 줄을 모를 뿐이었다. 얼빠진 사람처럼 그저 이리 갔다 저리 갔다 하면서…….

나는 어디로 어디로 들입다 쏘다녔는지 하나도 모른다. 다만 몇 시간 후에 내가 미쓰코시[18] 옥상에 있는 것을 깨달았을 때는 거의 대낮이었다.

나는 거기 아무 데나 주저앉아서 내 자라온 스물여섯 해를 회고하여 보았다. 몽롱한 기억 속에서는 이렇다는 아무 제목도 불거져 나오지 않았다.

나는 또 내 자신에게 물어 보았다. 너는 인생에 무슨 욕심이 있느냐고. 그러나 있다고도 없다고도 그런 대답은 하기가 싫었다. 나는 거의 나 자신의 존재를 인식하기조차도 어려웠다.

허리를 굽혀서 나는 그저 금붕어를 들여다보고 있었다. 금붕어는 참 잘들도 생겼다. 작은 놈은 작은 놈대로 큰 놈은 큰 놈대로 다 싱싱하니 보기 좋았다. 내리비치는 5월 햇살에 금붕어들은 그릇 바탕에 그림자를 내려뜨렸다. 지느러미는 하늘하늘 손수건을 흔드는 흉내를 낸다. 나는 이 지느러미 수효를 헤어 보기도 하면서 굽힌 허리를 좀처럼 펴지 않았다. 등이 따뜻하다.

나는 또 희락의 거리를 내려다보았다. 거기서는 피곤한 생활이 똑 금붕어 지느러미처럼 흐늑흐늑 허우적거렸다. 눈에 보이지 않는 끈적끈적한 줄에 엉켜서 헤어나지들을 못한다. 나는 피로와 공복 때문에 무너져 들어가는 몸뚱이를 끌고 그 오탁의 거리 속으로 섞여 가지 않는 수도 없다 생각하였다.

나서서 나는 또 문득 생각하여 보았다. 이 발길이 지금 어디로 향하여 가는 것인가를…….

그때 내 눈앞에는 아내의 모가지가 벼락처럼 내려 떨어졌다. 아스피린과 아달린.

우리들은 서로 오해하고 있느니라. 설마 아내가 아스피린 대신에 아달린의 정량을 나에게 먹여 왔을까? 나는 그것을 믿을 수는 없다. 아내가 대체 그럴 까닭이 없을 것이니, 그러면 나는 날밤을 새면서 도둑질을 계집질을 하였나? 정말이지 아니다.

우리 부부는 숙명적으로 발이 맞지 않는 절름발이인 것이다. 내나 아내나 제 거동에 로직19)을 붙일 필요는 없다. 변해辯解20)할 필요도 없다. 사실은 사실대로 오해는 오해대로 그저 끝없이 발을 절뚝거리면서 세상을 걸어가면 되는 것이다. 그렇지 않을까?

그러나 나는 이 발길이 아내에게로 돌아가야 옳은가 이것만은 분간하기가 좀 어려웠다. 가야 하나? 그럼 어디로 가나?

이때 뚜우 하고 정오 사이렌이 울었다. 사람들은 모두 네 활개를 펴고 닭처럼 푸드덕거리는 것 같고 온갖 유리와 강철과 대리석과 지폐와 잉크가 부글부글 끓고 수선을 떨고 하는 것 같은 찰나! 그야말로 현란을 극한 정오다.

나는 불현듯 겨드랑이가 가렵다. 아하, 그것은 내 인공의 날개가 돋았던 자국이다. 오늘은 없는 이 날개. 머릿속에서는 희망과 야심이 말소된 페이지가 딕셔너리[21] 넘어가듯 번뜩였다.

나는 걷던 걸음을 멈추고 그리고 일어나 한번 이렇게 외쳐 보고 싶었다.

날개야 다시 돋아라.

날자. 날자. 날자. 한 번만 더 날자꾸나.

한 번만 더 날아 보자꾸나.

─ 주

1) 소素: 원소元素.

2) 여왕봉女王蜂: 여왕벌.

3) 비웃: '생선으로서의 청어'를 일컫는 말.

4) 탕고도란: 일제시대 화장품 이름.

5) 칼표: 일제시대 담배 이름.

6) 해이요: 것이요.

7) 지리가미(絶紙): '휴지'를 가리키는 일어.

8) 사루마다(申股): '팬티보다 조금 긴 속옷'을 가리키는 일어.

9) 벙어리: '벙어리저금통'의 준말.

10) 누깔잠: 눈깔비녀.

11) 진솔: 옷이나 버선 따위가 한 번도 빨지 않은 새것 그대로인 것.

12) 일각대문一角大門: 대문간이 따로 없이 양쪽에 기둥을 하나씩 세워서 문짝을 단 대문.

13) 티룸tea-room: 다방.

14) 감발: 발감개.

15) 연심이: 이상이 한때 동거생활을 한 술집 여자 금홍의 본명.

16) 돌창: '도랑창'의 준말.

17) 게: '거기'의 준말.

18) 미쓰코시(三越): 일제시대에 있었던 백화점 이름. 지금의 신세계백화점 건물.

19) 로직logic: 논리.

20) 변해辯解: 말로 풀어 자세히 밝힘.

21) 딕셔너리dictionary: 사전.

봉별기逢別記

1

스물세 살이요…… 3월이요…… 각혈이다. 여섯 달 잘 기른 수염을 하루 면도칼로 다듬어 코밑에 다만 나비만큼 남겨 가지고 약 한 제 지어 들고 B 라는 신개지 한적한 온천으로 갔다. 게서 나는 죽어도 좋았다.

그러나 이내 아직 기를 펴지 못한 청춘이 약탕관을 붙들고 늘어져서는 날 살리라고 보채는 것은 어찌하는 수가 없다. 여관 한등寒燈아래 밤이면 나는 늘 억울해했다.

사흘을 못 참고 기어이 나는 여관 주인 영감을 앞장세워 밤에 장고 소리 나는 집으로 찾아갔다. 게서 만난 것이 금홍錦紅이다.

"몇 살인구?"

체대體大가 비록 풋고추만하나 깡그라진 계집이 제법 맛이 맵다. 열여섯 살? 많아야 열아홉 살이지 하고 있자니까,

"스물한 살이에요."

"그럼 내 나인 몇 살이나 돼 뵈지?"

"글쎄 마흔? 서른아홉?"

나는 그저 흥! 그래 버렸다. 그리고 팔짱을 떡 끼고 앉아서는 더욱더욱 점잖은 체했다. 그냥 그날은 무사히 헤어졌건만.

이튿날 화우畵友 K군[1])이 왔다. 이 사람인즉 나와 농弄하는 친구다. 나는 어쩌는 수 없이 그 나비 같다면서 달고 다니던 코밑 수염을 아주 밀어 버렸다. 그리고 날이 저물기가 급하게 또 금홍이를 만나러 갔다.

"어디서 뵌 어른 겉은데?"

"엊저녁에 왔던 수염 난 양반 내가 바루 아들이지. 목소리꺼지 닮었지?"

하고 익살을 부렸다. 주석이 어느덧 파하고 마당에 내려서다가 K군의 귀에 대고 나는 이렇게 속삭였다.

"어때? 괜찮지? 자네 한번 얼러 보게."

"관두게, 자네나 얼러 보게."

"어쨌든 여관으로 껄구 가서 짱껭뽕을 해서 정허기루 허세나."

"거 좋지."

그랬는데 K군은 측간에 가는 체하고 피해 버렸기 때문에 나는 부전승으로 금홍이를 이겼다. 그날 밤에 금홍이는 금홍이가 경산부經産婦[2])라는 것을 감추지 않았다.

"언제?"

"열여섯 살에 머리 얹어서 열일곱 살에 낳았지."

"아들?"

"딸."

"어딨나?"

"돌 만에 죽었어."

지어 가지고 온 약은 집어치우고 나는 전혀 금홍이를 사랑하는 데만 골몰했다. 못난 소린 듯하나 사랑의 힘으로 각혈이 다 멈췄으니까.

나는 금홍이에게 놀음채를 주지 않았다. 왜? 날마다 밤마다 금홍이가 내 방에 있거나 내가 금홍이 방에 있거나 했기 때문에…….

그 대신…… 우禹라는 불란서 유학생의 유야랑遊冶郞[3]을 나는 금홍이에게 권하였다. 금홍이는 내 말대로 우씨와 더불어 '독탕'에 들어갔다. 이 독탕이라는 것은 좀 음란한 설비였다. 나는 이 음란한 설비 문간에 나란히 벗어놓은 우씨와 금홍이 신발을 보고 언짢아하지 않았다.

나는 또 내 곁방에 와 묵고 있는 C라는 변호사에게도 금홍이를 권하였다. C는 내 열성에 감동되어 하는 수 없이 금홍이 방을 범했다.

그러나 사랑하는 금홍이는 늘 내 곁에 있었다. 그리고 우, C 등등에게서 받은 10원 지폐를 여러 장 꺼내 놓고 어리광 섞어 내게 자랑도 하는 것이었다.

그러자 나는 백부님 소상小祥 때문에 귀경하지 않으면 안 되게 되었다. 복숭아꽃이 만발하고 정자 곁으로 석간수가 졸졸 흐르는 좋은 터전을 한군데 찾아가서 우리는 석별의 하루를 즐겼다. 정거장에서 나는 금홍이에게 10원 지폐 한 장을 쥐어 주었다. 금홍이는 이것으로 전당 잡힌 시계를 찾겠다고 그러면서 울었다.

2

금홍이가 내 아내가 되었으니까 우리 내외는 참 사랑했다. 서로 지나간 일은 묻지 않기로 하였다. 과거래야 내 과거가 무엇 있을 까닭이 없고 말하자면 내가 금홍이 과거를 묻지 않기로 한 약속이나 다름없다.

금홍이는 겨우 스물한 살인데 서른한 살 먹은 사람보다도 나았다. 서른한 살 먹은 사람보다도 나은 금홍이가 내 눈에는 열일곱 살 먹은 소녀로만 보이고 금홍이 눈에 마흔 살 먹은 사람으로 보인 나는 기실 스물세 살이요, 게다가 주책이 좀 없어서 똑 여남은 살 먹은 아이 같다. 우리 내외는 이렇게 세상에도 없이 현란하고 아기자기하였다.

부질없는 세월이······ 1년이 지나고 8월, 여름으로는 늦고 가을로는 이른 그 북새통에······ 금홍이에게는 예전 생활에 대한 향수가 왔다.

나는 밤이나 낮이나 누워 잠만 자니까 금홍이에게 대하여 심심하다. 그래서 금홍이는 밖에 나가 심심치 않은 사람들을 만나 심심치 않게 놀고 돌아오는······ 즉 금홍이의 협착狹窄한 생활이 금홍이의 향수를 향하여 발전하고 비약하기 시작하였다는 데 지나지 않는 이야기다.

그런데 이번에는 내게 자랑을 하지 않는다. 않을 뿐만 아니라 숨기는 것이다.

이것은 금홍이로서 금홍이답지 않은 일일밖에 없다. 숨길 것이 있나? 숨기지 않아도 좋지. 자랑을 해도 좋지.

나는 아무 말도 하지 않는다. 나는 금홍의 오락의 편의를 돕기 위하여 가끔 P군⁴⁾ 집에 가 잤다. P군은 나를 불쌍하다고 그랬던가시피 지금 기억된다.

나는 또 이런 것을 생각하지 않았던 것도 아니다. 즉 남의 아내라는 것은 정조를 지켜야 하느니라고!

금홍이는 나를 내 나태한 생활에서 깨우치게 하기 위하여 우정 간음하였다고 나는 호의로 해석하고 싶다. 그러나 세상에 흔히 있는 아내다운 예의를 지키는 체해 본 것은 금홍이로서 말하자면 천려의 일실이 아닐 수 없다.

이런 실없는 정조를 간판삼자니까 자연 나는 외출이 잦았고 금홍이 사업에 편의를 돕기 위하여 내 방까지도 개방하여 주었다. 그러는 중에도 세월은 흐르는 법이다.

하루 나는 제목 없이 금홍이에게 몹시 얻어맞았다. 나는 아파서 울고 나가서 사흘을 들어오지 못했다. 너무도 금홍이가 무서웠다.

나흘 만에 와보니까 금홍이는 때묻은 버선을 윗목에다 벗어 놓고 나가 버린 뒤였다.

이렇게도 못나게 홀아비가 된 내게 몇 사람의 친구가 금홍이에 관한 불미한 가십을 가지고 와서 나를 위로하는 것이었으나 종시 나는 그런 취미를 이해할 도리가 없었다.

버스를 타고 금홍이와 남자는 멀리 과천 관악산으로 가는 것을 보았다는데 정말 그렇다면 그 사람은 내가 쫓아가서 야단이나 칠까봐 무서워서 그런 모양이니까 퍽 겁쟁이다.

3

인간이라는 것은 임시 거부하기로 한 내 생활이 기억력이라는 민첩한 작용을 하지 않았기 때문에 두 달 후에는 나는 금홍이라는 성명 삼 자까지도 말쑥하게 잊어버리고 말았다. 그런 두절된 세월 가운데 하루 길일을 복卜하여 금홍이가 왕복엽서처럼 돌아왔다. 나는 그만 깜짝 놀랐다.

금홍이의 모양은 뜻밖에도 초췌하여 보이는 것이 참 슬펐다. 나는 꾸짖지 않고 맥주와 붕어 과자와 장국밥을 사먹여 가면서 금홍이를 위로해 주었다. 그러나 금홍이는 좀처럼 화를 풀지 않고 울면서 나를 원망하는 것이었다. 할 수 없어서 나도 그만 울어 버렸다.

"그렇지만 너무 늦었다. 그만해두 두 달지간이나 되지 않니? 헤어지자, 응?"

"그럼 난 어떻게 되우, 응?"

"마땅헌 데 있거든 가거라, 응?"

"당신두 그럼 장가가나? 응?"

헤어지는 한에도 위로해 보낼지어다. 나는 이런 양식 아래 금홍이와 이별했더니라. 갈 때 금홍이는 선물로 내게 베개를 주고 갔다.

그런데 이 베개 말이다.

이 베개는 2인용이다. 싫대도 자꾸 떠맡기고 간 이 베개를 나는 두 주일 동안 혼자 베어 보았다. 너무 길어서 안됐다. 안됐을 뿐 아니라 내 머리에서는 나지 않는 묘한 머릿기름 땟내 때문에 안면安眠이 적이 방해된다.

나는 하루 금홍이에게 엽서를 띄웠다. '중병에 걸려 누웠으니 얼른 오라'고.

금홍이는 와서 보니까 참 딱했다. 이대로 두었다가는 역시 며칠이 못 가서 굶어 죽을 것같이만 보였던가 보다. 두 팔을 부르걷고 그날부터 나가서 벌어다가 나를 먹여 살린다는 것이다.

"오케이."

인간 천국…… 그러나 날이 좀 추웠다. 그러나 나는 대단히 안일하였기 때문에 재채기도 하지 않았다.

이러기를 두 달? 아니 다섯 달이나 되나 보다. 금홍이는 홀연히 외출했다.

달포를 두고 금홍의 홈시크5)를 기대하다가 진력이 나서 나는 기명집물을 두들겨 팔아 버리고 21년 만에 집으로 돌아갔다.

와보니 우리 집은 노쇠했다. 이어 불초 이상은 이 노쇠한 가정을 아주 쑥밭을 만들어 버렸다. 그동안 이태 가량…… 어언간 나도 노쇠해 버렸다. 나는 스물일곱 살이나 먹어 버렸다.

천하의 여성은 다소간 매춘부의 요소를 품었느니라고 나 혼자는 굳이 신념한다. 그 대신 내가 매춘부에게 은화를 지불하면서는 한 번도 그네들을 매춘부라고 생각한 일이 없다. 이것은 내 금홍이와의 생활에서 얻은 체험만으로는 성립되지 않는 이론같이 생각되나 기실 내 진담이다.

4

나는 몇 편의 소설과 몇 줄의 시를 써서 내 쇠망해 가는 심신 위에 치욕을 배가하였다. 이 이상 내가 이 땅에서의 생존을 계속하기가 자못 어려울 지경에까지 이르렀다. 나는 하여간 허울 좋게 말하자면 망명해야겠다.

어디로 갈까. 나는 만나는 사람마다 동경으로 가겠다고 호언했다. 그뿐 아니라 어느 친구에게는 전기 기술에 관한 전문 공부를 하러 간다는 둥 학교 선생님을 만나서는 고급 단식 인쇄술을 연구하겠다는 둥 친한 친구에게는 내 5개 국어에 능통할 작정일세 어쩌구 심하면 법률을 배우겠소까지 허담을 탕탕 하는 것이다. 웬만한 친구는 보통들 속나 보다. 그러나 이 헛선전을 안 믿는 사람도 더러는 있다. 하여간 이것은 영영 빈털터리가 되어 버린 이상의 마지막 공포空砲에 지나지 않는 것만은 사실이겠다.

어느 날 나는 이렇게 여전히 공포를 놓으면서 친구들과 술을 먹고 있자니까 내 어깨를 툭 치는 사람이 있다. '긴상'[6]이라는 이다.

"긴상(이상도 사실은 긴상이다[7]), 참 오래간만이슈. 건데 긴상 꼭 긴상 한번 만나 뵙자는 사람이 하나 있는데 긴상 어떡허시려우?"

"거 누군구. 남자야? 여자야?"

"여자니까 일이 재미있지 않으냐 그런 말야."

"여자라?"

"긴상 옛날 옥상[8]."

금홍이가 서울에 나타났다는 이야기다. 나타났으면 나타났지 나를 왜 찾누?

나는 긴상에게서 금홍이의 숙소를 알아 가지고 어쩔 것인가 망설였다. 숙소는 동생 일심이 집이다.

드디어 나는 만나 보기로 결심하고 그리고 일심이 집을 찾아가서,

"언니가 왔다지?"

"어유— 아제두, 돌아가신 줄 알았구려! 그래 자그만치 인제 온단 말씀유, 어서 들오슈."

금홍이는 역시 초췌하다. 생활전선에서의 피로의 빛이 그 얼굴에 여실하

였다.

"네놈 하나 보구져서 서울 왔지 내 서울 뭘 허려 왔다디?"

"그러게 또 난 이렇게 널 찾아오지 않었니?"

"너 장가갔다더구나."

"얘 디끼 싫다. 기 육모초 겉은 소리."

"안 갔단 말이냐 그럼?"

"그럼."

당장에 목침이 내 면상을 향하여 날아 들어왔다. 나는 예나 다름이 없이 못나게 웃어 주었다.

술상을 보아 왔다. 나도 한잔 먹고 금홍이도 한잔 먹었다. 나는 〈영변가〉를 한마디 하고 금홍이는 〈육자배기〉를 한마디 했다.

밤은 이미 깊었고 우리 이야기는 이게 이 생에서의 영이별이라는 결론으로 밀려갔다. 금홍이는 은수저로 소반전을 딱딱 치면서 내가 한 번도 들은 일이 없는 구슬픈 창가를 한다.

"속아도 꿈결 속여도 꿈결 굽이굽이 뜨내기 세상 그늘진 심정에 불질러 버려라" 운운.

—주

1) K군: 서양화가 구본웅(具本雄, 1906~1953)을 말함.

2) 경산부經産婦: 아기를 낳은 경험이 있는 부인.

3) 유야랑遊冶郎: 주색잡기에 빠진 사람.

4) P군: 소설가 박태원(朴泰遠, 1909~1987)을 말함.

5) 홈시크homesick: 향수병.

6) 긴상(金樣): '김씨'를 뜻하는 일어.

7) 이상도~: 이상의 본명이 김해경이므로 김씨이다.

8) 옥상(奧樣): '남의 아내'를 가리키는 일어.

동해童骸¹⁾

촉각觸角

촉각이 이런 정경을 도해圖解한다.

유구한 세월에서 눈뜨니 보자, 나는 교외 정건淨乾한 한 방에 누워 자급 자족하고 있다. 눈을 둘러 방을 살피면 방은 추억처럼 착석한다. 또 창이 어둑어둑하다.

불원간 나는 굳이 지킬 한 개 슈트케이스를 발견하고 놀라야 한다. 계속하여 그 슈트케이스 곁에 화초처럼 놓여 있는 한 젊은 여인도 발견한다.

나는 실없이 의아하기도 해서 좀 쳐다보면 각시가 방긋이 웃는 것이 아니냐. 하하, 이것은 기억에 있다. 내가 열심으로 연구한다. 누가 저 새악시를 사랑하던가! 연구중에는,

"저게 새벽일까? 그럼 저묾일까?"

부러 이런 소리를 했다. 여인은 고개를 끄덕끄덕한다. 하더니 또 방긋이 웃고 부스스 5월 철에 맞는 치마저고리 소리를 내면서 슈트케이스를 열고 그 속에서 서슬이 퍼런 칼을 한 자루만 꺼낸다.

이런 경우에 내가 놀라는 빛을 보이거나 했다가는 뒷갈망하기가 좀 어렵

다. 반사적으로 그냥 손이 목을 눌렀다 놓았다 하면서 제법 천연스럽게,

"임재는 자객입니까요?"

서투른 서도西道 사투리다. 얼굴이 더 깨끗해지면서 가느다랗게 잠시 웃더니, 그것은 또 언제 갖다 놓았던 것인지 내 머리맡에서 나쓰미캉²⁾을 집어다가 그 칼로 싸각싸각 깎는다.

"요곳 봐라!"

내 입 안으로 침이 쫘르르 돌더니 불현듯이 농담이 하고 싶어 죽겠다.

"가시내애요, 날쭘 보이소, 나캉 결혼할랑기요? 맹서되나? 듸제?"

또,

"융(尹)이 날로 패아 주뭉 내사 고마 마자 주울란다. 그람 늬능 우앨랑가? 잉?"

우리들이 맛있게 먹었다. 시간은 분명히 밤에 쏟아져 들어온다. 손으로 손을 잡고,

"밤이 오지 않고는 결혼할 수 없으니까."

이렇게 탄식한다. 기대하지 않은 간지러운 경험이다.

낄낄낄낄 웃었으면 좋겠는데…… 아…… 결혼하면 무엇 하나, 나 따위가 생각해서 알 일이 되나? 그러나 재미있는 일이로다.

"밤이지요?"

"아─냐."

"왜…… 밤인데…… 애…… 우습다…… 밤인데 그러네."

"아─냐, 아─냐."

"그러지 마세요, 밤이에요."

"그럼 뭐, 결혼해야 허게."

"그럼요…….."

"히히히히…….."

결혼하면 나는 임妌이를 미워한다. 윤? 임이는 지금 윤한테서 오는 길이다. 윤이 내어대었단다. 그래 보는 거다. 그런데 임이가 채 오해했다. 정말 그러는 줄 알고 울고 왔다.

(애깨…… 밤일세.)

"어떡허구 왔누?"

"건 알아 뭐 허세요?"

"그래두."

"제가 버리구 왔에요."

"족히?"

"그럼요!"

"히히."

"절 모욕하지 마세요."

"그래라."

일어나더니—나는 지금 이러한 임이를 좀 묘사해야겠는데, 최소 한도로 그 차림차림이라도 알아 두어야겠는데—임이 슈트케이스를 뒤집어엎는다. 왜 저러누…… 하면서 보자니까 야단이다. 죄다 파헤치고 무엇인지 찾는 모양인데 무엇을 찾는지 알아야 나도 조력을 하지, 저렇게 방정만 떠니 낸들 손을 댈 수가 있나, 내버려두었다가도 참다 못해서,

"거 뭘 찾누?"

"엉— 엉— 반지…… 엉— 엉—."

"원 세상에, 반진 또 무슨 반진구?"

"결혼 반지지."

"옳아, 옳아, 옳아, 응, 결혼 반지렷다."

"아이구 어딜 갔누, 요게, 어딜 갔을까?"

결혼 반지를 잊어버리고 온 신부—라는 것이 있을까? 가소롭다. 그러나

모르는 말이다—라는 것이 반지는 신랑이 준비하라는 것인데…… 그래서
아주 아는 척하고,

"그건 내 슈트케이스에 들어 있는 게 원칙적으로 옳지!"

"슈트케이스 어딨에요?"

"없지!"

"쯧, 쯧."

나는 신부 손을 붙잡고

"이리 좀 와봐."

"아야, 아야, 아이, 그러지 마세요, 노세요."

하는 것을 달래서 왼손 무명지에다 털붓으로 쌍줄 반지를 그려 주었다.
좋아한다. 아무것도 끼운 것은 아닌데 제법 간질간질한 게 천연 반지 같단
다.

전연 결혼하기 싫다. 트집을 잡아야겠기에,

"몇 번?"

"한 번."

"정말?"

"꼭."

이래도 안 되겠고 간발을 놓지 말고 다른 방법으로 고문을 하는 수밖에
없다.

"그럼 윤 이외에?"

"하나."

"에이!"

"정말 하나예요."

"말 마라."

"둘."

"잘헌다."

"셋."

"잘헌다, 잘헌다."

"넷."

"잘헌다, 잘헌다, 잘헌다."

"다섯."

속았다. 속아 넘어갔다. 밤은 왔다. 촛불을 켰다. 껐다. 즉 이런 가짜 반지는 탄로가 나기 쉬우니까 감춰야 하겠기에 꺼도 얼른 켰다. 밤이 오래 걸려서 밤이었다.

패배 시작

이런 정경은 어떨까? 내가 이발소에서 이발을 하는 중에…… 이발사는 낯익은 칼을 들고 내 수염 많이 난 턱을 치켜든다.

'임재는 자객입니까?'

하고 싶지만 이런 소리를 여기 이발사를 보고도 막 한다는 것은 어쩐지 아내라는 존재를 시인하기 시작한 나로서 좀 양심에 안된 일이 아닐까 한다.

싹둑, 싹둑, 싹둑, 싹둑.

나쓰미캉 두 개 외에는 또 무엇이 채용이 되었던가. 암만해도 생각이 나지 않는다. 무엇일까.

그러다가 유구한 세월에서 쫓겨나듯이 눈을 뜨면, 거기는 이발소도 아무 데도 아니고 신방이다. 나는 엊저녁에 결혼했단다.

창으로 기웃거리면서 참새가 그렇게 의젓스럽게 싹둑거리는 것이다. 내 수염은 조금도 없어지진 않았고.

그러나 큰일난 것이 하나 있다. 즉 내 곁에 누워서 보통 아침잠을 자고 있어야 할 신부가 온데간데가 없다. 하하, 그럼 아까 내가 이발소 걸상에 누워 있던 것이 그쪽이 아마 생시더구나, 하다가도 또 이렇게까지 역력한 꿈이라는 것도 없을 줄 믿고 싶다.

속았나 보다. 밑진 것은 없다고 하지만 그동안에 원 세월은 얼마나 유구하게 흘렀을까 그렇게 생각을 하고 보니까 어저께 만난 윤이 만난 지가 바로 몇 해나 되는 것도 같아서 익살맞다. 이것은 한번 윤을 찾아가서 물어 보아야 알 일이 아닐까, 즉 내가 자네를 만난 것이 어제 같은데 실로 몇 해나 된 셈인가, 필시 내가 임이와 엊저녁에 결혼한 것 같은 착각이 있는데 그것도 다 허망된 일이렷다. 이렇게…….

그러나 다음 순간 일은 더 커졌다. 신부가 홀연히 나타난다. 5월 철로 치면 좀 더웁지나 않을까 싶은 양장으로 차렸다. 이런 임이와는 나는 면식이 없는 것이다.

그러나 그뿐인가 단발이다. 혹 이이는 딴 아낙네가 아닌지 모르겠다. 단발 양장의 임이란 내 친근에는 없는데, 그럼 이렇게 서슴지 않고 내 방으로 들어올 줄 아는 남이란 나와 어떤 악연일까?

가시내는 손을 톡톡 털더니, "갖다 버렸지."

이렇다면 임이는 틀림없나 보니 안심하기로 하고,

"뭘?"

"입구 옹 거."

"입구 옹 거?"

"입고 옹 게 치마저고리지 뭐예요?"

"건 어째 내다버렸다능 거야?"

"그게 바로 그거예요."

"그게 그거라니?"

"어이 참, 아, 그게 바로 그거라니까그래."

초가을 옷이 늦은 봄옷과 비슷하렷다. 임의 말을 가량假量 신용하기로 하고 임이가 단 한 번 윤에게…….

가만 있자, 나는 잠시 내 신세에 대해서 석명釋明해야 할 것 같다. 나는 이를테면 적지 않이 참혹하다. 나는 아마 이 숙명적 업원業寃을 짊어지고 한 평생을 내리 번민해야 하려나 보다. 나는 형상 없는 모던 보이다—라는 것이 누구든지 내 꼴을 보면 돌아서고 싶을 것이다. 내가 이래뵈도 체중이 14관이나 있다고 일러 드리면 귀하는 알아차리시겠소? 즉 이 척신瘠身[3]이 총알을 집어먹었기로니 좀처럼 나기 어려운 동굴을 보이는 것은 말하자면 나는 전혀 뇌수에 무게 있다. 이것이 귀하가 나를 겁낼 중요한 비밀이외다.

그러니까…… 어차어피於此於彼에 일은 운명에 파문이 없는 듯이 이렇게까지 전개하고 말았으니 내 목적이라는 것을 피력할 필요도 있는 것 같다. 그러면…… 윤, 임이 그리고 나, 누가 제일 미운가, 즉 나는 누구 편이냐는 말이다.

어쩔까. 나는 한 번만 똑똑히 말하고 싶지만 또한 그만두는 것이 옳은가도 싶으니 그럼 내 예의와 풍봉風丰[4]을 확립해야겠다.

지난 가을 아니 늦은 여름 어느 날…… 그 역사적인 날짜는 임이 잘 기억하고 있을 것이다만…… 나는 윤의 사무실에서 이른 아침부터 와 앉아 있는 임이의 가련한 좌석을 발견한 것이다. 그러나 그것은 온 것이 아니라 가는 길인데 집의 아버지가 나가 잤다고 야단치실까 봐 무서워서 못 가고 그렇게 앉아 있는 것을 나는 일찌감치도 와 앉았구나 하고 문득 오해한 것이다. 그때 그 옷이다.

같은 슈미즈, 같은 드로어즈[5], 같은 머리쪽, 한 남자 또한 남자.

이것은 안 된다. 너무나 어색해서 급히 내다버린 모양인데 나는 좀 엄청나다고 생각한다. 대체 나는 그런 부유한 이데올로기를 마음놓고 양해하기 어렵다.

그뿐 아니다. 첫째 나의 태도 문제다. 그 시절에 나는 무엇을 하고 세월을 보냈더냐? 내게는 세월조차 없다. 나는 들창이 어둑어둑한 것을 드나드는 안집 어린애에게 1전씩 주어 가면서 물었다.

"얘, 아침이냐, 저녁이냐?"

나는 또 무엇을 먹고 살았는지 생각이 나지 않는다. 이슬을 받아먹었나? 설마.

이런 나에게 임이는 부질없이 체면을 차리려 든 것이다. 가련하다.

그런데 이상한 것은 그 시절에 나는 제가 배가 고픈지 안 고픈지를 모르고 지냈다면 그것이 듣는 사람을 능히 속일 수 있나. 거짓부렁이리라. 나는 걷잡을 수 없이 피부로 거짓부렁이를 해버릇하느라고 인제는 저도 눈치채지 못하는 틈을 타서 이렇게 허망한 거짓부렁이를 엉덩방아 찧듯이 해넘기는 모양인데, 만일 그렇다면 나는 큰일났다.

그러기에 사실 오늘 아침에는 배가 고프다. 이것으로 미루면 아까 임이가 스커트, 슬립, 드로어즈 등속을 모조리 내다버리고 들어왔더라는 소개조차가 필연 거짓말일 것이다. 그것은 내 인색한 애정의 타산이 임이더러,

"너 왜 그러지 않았더냐?"

하고 암암리에 퉁명? 심술을 부려본 것일 줄 나는 믿는다.

그러나 발음 안 되는 글자처럼 생동생동한 임이는 내 손톱을 열심으로 깎아 주고 있다.

'맹수가 가축이 되려면 이 흉악한 독아毒牙를 전단剪斷해 버려야 한다'는 미술적인 권유에 틀림없다. 이런 일방 나는 못났게도,

"아이 배고파."

하고 여지없이 소박한 얼굴을 임이에게 디밀면서 아침이냐 저녁이냐 과연 이것만은 묻지 않았다.

신부는 어디까지든지 귀엽다. 돋보기를 가지고 보아도 이 가련한 일타화

一朶花[6]의 나이를 알아내기는 어려우리라. 나는 내 실망에 수비하기 위하여 열일곱이라고 넉넉잡아 준다. 그러나 내 귀에다 속삭이기를,

"스물두 살이라나요. 어림없이 그러지 마세요. 그만하면 알 텐데 부러 그러시지요?"

이 가련한 신부가 지금 적수공권으로 나갔다. 내 짐작에 쌀과 나무와 숯과 반찬거리를 장만하러 나간 것일 것이다.

그동안 나는 심심하다. 안집 어린아기 불러서 같이 놀까 하고 전에 없이 불렀더니 얼른 나와서 내 방 미닫이를 열고,

"아침이에요."

그런다. 오늘부터 1전 안 준다. 나는 다시는 이 어린애와는 놀 수 없게 되었구나 하고 나는 할 수 없어서 덮어놓고 성이 잔뜩 난 얼굴을 해보이고는 뺨 치듯이 방 미닫이를 딱 닫아 버렸다. 눈을 감고 가슴이 두근두근하자니까, 으아 하고 그 어린애 우는 소리가 안마당으로 멀어 가면서 들려왔다. 나는 오랫동안을 혼자서 덜덜 떨었다. 임이가 돌아오니까 몸에서 우윳내가 난다. 나는 서서히 내 활력을 정리하여 가면서 임이에게 주의한다. 똑 갓난 아기 같아서 썩 좋다.

"목장까지 갔다 왔지요."

"그래서?"

카스텔라와 산양유山羊乳를 책보에 싸가지고 왔다. 집시 족 아침 같다.

그리고 나서도 나는 내 본능 이외의 것을 지껄이지 않았나 보다.

"어이, 목말라 죽겠네."

대개 이렇다.

이 목장이 가까운 교외에는 전등도 수도도 없다. 수도 대신에 펌프.

물을 길러 갔다 오더니 운다. 우는 줄만 알았더니 웃는다. 조런…… 하고 보면 눈에 눈물이 글썽글썽하다. 그리고도 웃고 있다.

"고개 누우 집 아일까. 아, 쪼꾸망 게 나더러 너 담발했구나, 핵교 가니?
그리겠지, 고개 나알 제 동무루 아아나 봐, 참 내 어이가 없어서, 그래, 난 안
간단다 그랬더니, 요게 또 헌다는 소리가 나 발 씻게 물 좀 끼얹어 주려무나
얘, 아주 이리겠지, 그래 내 물을 한 통 그냥 막 좍좍 끼얹어 주었지, 그랬더
니 너두 발 씻으래, 난 이따가 씻는단다 그러구 왔어, 글쎄, 내 기가 맥혀."

누구나 속아서는 안 된다. 햇수로 여섯 해 전에 이 여인은 정말이지 처녀
대로 있기는 성가서서 말하자면 헐값에 즉 아무렇게나 내어주신 분이시다.
그동안 만 5개년 이분은 휴게休憩라는 것을 모른다. 그런 줄 알아야 하고
또 알고 있어도 나는 때마침 변덕이 나서,

"가만 있자, 거 얼마 들었더라?"

나쓰미캉이 두 개에 제아무리 비싸야 20전, 옳지 깜빡 잊어버렸다. 초 한
가락에 3전, 카스텔라 20전, 산양유는 어떻게 해서 그런지 거저……

"43전인데."

"어이쿠."

"어이쿠는 뭐이 어이쿠예요?"

"고놈이 아무 수루두 제해지질 않는군그래."

"소수素數?"

옳다.

신통하다.

"신통해라!"

걸입반대乞入反對

이런 정경마저 불쑥 내놓는 날이면 이번 복수 행위는 완벽으로 흐지부지
하리라. 적어도 완벽에 가깝기는 하리라.

한 사람의 여인이 내게 그 숙명을 공개해 주었다면 그렇게 쉽사리 공개를

받은(참회를 듣는 신부 같은 지위에 있어서 보았다고 자랑해도 좋은) 나는 비교적 행복스러웠을는지도 모른다. 그러나 나는 어디까지든지 약다. 약으니까 그렇게 거저 먹게 내 행복을 얼굴에 나타내거나 하지는 않는다는 것이다.

이와 같은 로직을 불언실행하기 위하여서만으로도 내가 그 구중중한 수염을 깎지 않은 것은 지당한 중에도 지당한 맵시일 것이다.

그래도 이 우둔한 여인은 내 얼굴에 더덕더덕 붙은 바 추醜를 지적하지 않는다. 그것은 두말할 것도 없이 그 숙명을 공개하던 구실도 헛되거니와 그 여인의 애정이 부족한 탓이리라. 아니 전혀 없다.

나는 바른대로 말하면 애정 같은 것은 희망하지도 않는다. 그러니까 내가 결혼한 이튿날 신부를 데리고 외출했다가 다행히 길에서 그 신부를 잃어버렸다고 하자. 내가 그럼 밤잠을 못 자고 찾을까.

그때 가령 이런 엄청난 글발이 날아들어 왔다고 내가 은근히 희망한다.

'소생이 모월 모일 길에서 주운 바 소녀는 귀하의 신부임이 확실한 듯하기에 통지하오니 찾아가시오.'

그래도 나는 고집을 부리고 안 간다. 발이 있으면 오겠지, 하고 나의 염두에는 그저 왕양汪洋한 자유가 있을 뿐이다.

돈지갑을 어느 포켓에다 넣었는지 모르는 사람만이 용이하게 돈지갑을 잃어버릴 수 있듯이, 나는 길을 걸으면서도 결코 신부 임이에 대하여 주의를 하지 않기로 주의한다. 또 사실 나는 좀 편두통이다. 5월의 교외 길은 좀 눈이 부셔서 실없이 어찔어찔하다.

주마가편

이런 느낌이다.

임이는 결코 결혼 이튿날 걷는 길을 앞서지 않으니 임이로 치면 이날 사실 가볼 만한 데가 없다는 것일까. 임이는 그럼 뜻밖에도 고독하던가.

닫는 말에 한층 채찍을 내리우는 형상, 임이의 작은 보폭이 어디 어느 지점에서 졸도를 하나 보고 싶기도 해서 좀 심청맞으나 자분참[7] 걸었던 것인데…….

아니나다를까? 떡 없다.

내 상식으로 하면 귀한 사람이 가축을 끌고 소요하려 할 때 으레 가축이 앞선다는 것이다.

앞서 가는 내가 놀라야 하나. 이 경우에 그러면 그렇지 하고 까딱도 하지 않아야 더 점잖은가.

아직은? 했건만도 어언간 없어졌다.

나는 내 고독과 내 노년을 생각하고 거기는 은행 벽 모퉁이인 것도 채 인식하지도 못하는 중 서서 그래도 서너 번은 뒤 혹은 양곁을 둘러보았다. 단발 양장의 소녀는 마침 드물다.

'이만하면 유실이군?'

닥쳐와야 할 일이 척 닥쳐왔을 때 나는 내 갈팡질팡하는 육신을 수습해야 한다. 그러나 임이는 은행 정문으로부터 마술처럼 나온다. 하이힐이 아까보다는 사뭇 무거워 보이기도 하는데, 이상스럽지는 않다.

"10원째리를 죄다 10전째리루 바꿨지, 이거 좀 봐, 이망큼이야, 주머니에다 느세요."

주마가편이라는 상쾌한 내 어휘에 드디어 슬럼프가 왔다는 것이다.

나는 기뻐하지 않는다. 그렇다고 대담하게 그럴 성싶은 표정을 이 소녀 앞에서 하는 수는 없다. 그래서 얼른,

SOUVENIR[8]!

균형된 보조가 똑같은 목적을 향하여 걸었다면 겉으로 보기에 친화親和하기도 하련만, 나는 내 마음에 인내를 명령하여 놓고 패러독스에 의한 복수에 착수한다. 얼마나 요런 암상은 참나? 계산은 말잔다.

애정은 애초부터 없었다는 증거!

그러나 내 입에서 복수라는 말이 떨어진 이상 나만은 내 임이에게 대한 애정을 있다고 우길 수 있는 것이다.

보자! 얼마간 피곤한 내 두 발과 임이의 한 켤레 하이힐이 윤의 집 문간에 가 서게 되었는데도 깜찍스럽게 임이가 성을 안 낸다. 안차고 겸하여 다라지기도[9] 하다.

윤은 부재요, 그러면 내가 뜻하지 않고 임이의 안색을 살필 기회가 온 것이기에,

'PM 5시까지 따이먼드[10]로 오기를.'

이렇게 적어서 안잠자기[11]에게 전하고 흘낏 임을 노려보았더니…….

얼떨결에 색소가 없는 혈액이라는 설명할 수사학을 나는 내가 마치 임이 편인 것처럼 민첩하게 찾아 놓았다.

폭풍이 눈앞에 온 경우에도 얼굴빛이 변해지지 않는 그런 얼굴이야말로 인간고의 근원이리라. 실로 나는 울창한 삼림 속을 진종일 헤매고 끝끝내 한 나무의 인상을 훔쳐 오지 못한 환각의 인人이다. 무수한 표정의 말뚝이 공동묘지처럼 내게는 똑같아 보이기만 하니 멀리 이 분주한 초조를 어떻게 점잔을 빼어서 구하느냐.

따이먼드 다방 문 앞에서 너무 머뭇머뭇하느라고 들어가지 못하고 말기는 처음이다. 윤이 오면…… 따이먼드 보이 녀석은 윤과 임이 여기서 그늘을 사랑하는 부부인 것까지도 알고, 하니까 나는 다시 내 필적을,

'PM 6시까지 집으로 저녁을 토식討食[12]하러 가리로다. 물경勿驚 부처夫妻.'

주고 나왔다. 나온 것은 나왔다 뿐이지,

DOUGHTY DOG[13]

이라는 가증한 장난감을 살 의사는 없다. 그것은 다만 10원짜리 체인지

(환전)와 아울러 임이의 분간 못할 천후天候에서 나온 경중의 도박이리라.

6시에 일어난 사건에서 나는 완전히 실각했다.

가령……(내가 윤더러),

"아아 있군그래, 따이먼드에 갔던가, 게다 6시에 오게 밥 달라구 적어 놨는데 밥이라면 술이 붙으렷다."

"갔지, 가구말구, 밥은 여편네가 어딜 가서 아직 안 됐구, 술은 미리 먹구 왔구."

첫째 윤은 따이먼드까지 안 갔다. 고 안잠자기 말이 아이구 댕겨가신 지 5분두 못 돼서 드로세서 여태 기대리셨는데요…… PM 5시는 즉 말하자면 나를 힘써 만날 것이 없다는 태도다.

'대단히 교만하다.'

이러려다 그만두어야 했다. 나는 그 대신 배를 좀 불쑥 앞으로 내밀고,

"내 아내를 소개허지, 이름은 임이."

"아내? 허…… 착각을 일으켰군그래, 내 짐작 같어서는 그게 내 아내 비슷두 헌데!"

"내가 더 미안헌 말 한마디만 허까, 이따위 서푼째리 소설을 쓰느라고 내가 만년필을 쥐지 않았겠나, 추억이라는 건 요컨대 이 만년필망큼두 손에 직접 잽히능 게 아니란 내 학설이지, 어때?"

"먹다 냉길 걸 몰르구 집어먹었네그려. 자넨 자고로 귀족 취미는 아니라니까, 아따 자네 위생이 부족헌 체허구 그저 대루 견디게 그려, 내게 암만 통명을 부려야 낸들 또 한번 죗다 버린 만년필을 인제 와서 어쩌겠나."

내 얼굴은 담박 잠잠하다. 할 말이 없다. 핑계삼아 내 포켓에서,

DOUGHTY DOG

을 꺼내 놓고 스프링을 감아 준다. 한 마리의 그레이하운드가 제 몸집만이나 한 구두 한 짝을 물고 늘어져서 흔든다. 죽도록 흔들어도 구두는 구두

대로 개는 개대로 강철의 위치를 변경하는 수가 없는 것이 딱하기가 짝이 없고 또 내가 더럽다.

DOUGHTY

는 더럽다는 말인가, 초조하다는 말인가. 이 글자의 위압에 참 나는 견딜 수 없다.

"아닝게아니라 나두 깜짝 놀랐네, 놀란 것이 지 애가(안잠자기가) 내 댕겨 두로니까 헌다는 소리가, 한 마흔댓 되는 이가 열칠팔 되는 시액시를 데리구 날 찾어왔더라구, 딸 겉기두 헌데 또 첩 겉기두 허더라구, 종잇조각을 봐두 자네 이름을 안 썼으니 누군지 알 수 없구, 덮어놓구 따이먼드루 찾어갔다가 또 혹시 실수허지나 않을까 봐, 예끼 그만 내버려둬라 제 눔이 누구등 간에 날 보구 싶으면 찾어오겠지 허구 기대리든 차에, 하하 이건 좀 일이 제대루 되질 않은 것 겉기두 허에 어째."

나는 좋은 기회에 임이를 한번 어디 돌아다보았다. 어족魚族이나 다름없이 뭉툭한 채 그 이 두 남자를 건드렸다 말았다 한 손을 솜씨 있게 놀려,

DOUGHTY DOG

스프링을 감아 주고 있다. 이것이 나로서 성화가 날 일이 아니면 죄罪 시인이다. 아— 아—.

나는 아— 아— 하기를 면하고 싶어도 다음에 내 무너져 들어가는 육체를 지지支持할 수 있는 말을 할 수 있도록 공부하지 않고는 이 구중중한 아— 아—를 모른 체할 수는 없다.

명시

여자란 과연 천혜天惠처럼 남자를 철두철미 처다보라는 의무를 사상의 선결조건으로 하는 탄성체던가.

다음 순간 내 최후의 취미가,

"가축은 인제는 싫다."

이렇게 쾌히 부르짖은 것이다.

나는 모든 것을 망각의 벌판에다 내다던지고 알따란 취미 한풀만을 질질 끌고 다니는 자기 자신 문지방을 이제는 넘어 나오고 싶어졌다.

우환!

유리 속에서 웃는 그런 불길한 유령의 웃음은 싫다. 인제는 소리를 가장 쾌활하게 질러서 손으로 만지려면 만져지는 그런 웃음을 웃고 싶은 것이다. 우환이 있는 것도 아니요, 우환이 없는 것도 아니요, 나는 심야의 차도에 내려선 초연한 성격으로 이런 속된 혼탁에서 돌아서 보았으면…….

그러기에는 이번에 적잖이 기술을 요했다. 칼로 물을 베듯이,

"아차! 나는 T가 월급이군그래, 잊어버렸구나(하건만 나는 덜 뱉어 놓은 것이 혀에 미꾸라지처럼 걸려서 근질근질한다. 윤은 혹은 식물과 같이 인문人文을 떠난 방탄조끼를 입었나)! 그러나 윤! 들어 보게, 자네가 모조리 핥았다는 임이의 나체는 그건 임이가 목욕할 때 입는 비누 드레스나 마찬가질세! 지금 아니! 전무후무하게 임이 벌거숭이는 내게 독점된 걸세, 그리게 자넨 그만큼 해두구 그 병정 구두 겉은 교만을 좀 버리란 말일세, 알아듣겠나."

윤은 낙조를 받은 것처럼 얼굴이 불콰하다. 거기 조소가 지방처럼 윤이 나서 만연하는 것이 내 전투력을 재채기시킨다.

윤은 내가 불쌍하다는 듯이,

"내가 이만큼꺼지 사양허는데 자네가 공연히 자꾸 그러면 또 모르네, 내 성가서서 자네 따귀 한 대쯤 갈길는지두."

이런 어리석어 빠진 논쟁을 왜 내게 재판을 청하지 않느냐는 듯이 그레이 하운드가 구두를 기껏 흔들다가 그치는 것을 보아 임이는 무용의 어떤 포즈 겉은 손짓으로,

"저이가 됴스의 여신입니다. 둘이 어디 모가질 한번 바꿔 붙어 보시지요.

안 되지요? 그러니 그만들 두시란 말입니다. 윤헌테 내어준 육체는 거기 해당한 정조가 법률처럼 붙어 갔던 거구요, 또 저희가 어저께 결혼했다구 여기두 여기 해당한 정조가 따라왔으니까 뽐낼 것두 없능 거구, 질투헐 것두 없능 거구, 그러지 말구 겉은 선수끼리 악수나 허시지요, 네?"

윤과 나는 악수하지 않았다. 악수 이상의 통봉痛棒[14]이 윤은 몰라도 적어도 내 위에는 내려앉았던 것이니까. 이것은 여기 앉았다가 밴댕이처럼 납작해질 징조가 아닌가. 겁이 차츰차츰 나서 나는 벌떡 일어나면서 들창 밖으로 침을 탁 뱉을까 하다가 자분참,

"그렇지만 자네는 만금을 기울여두 이젠 임이 나체 스냅 하나 보기두 어려울 줄 알게. 조끔두 사양헐 게 없이 국으루 나허구 병행해서 온전한 정의를 유지허능 게 어떵가?"

하니까,

"이착二着 열 번 헌 눔이 아무래두 일착 단 한 번 헌 눔 앞에서 고갤 못 드는 법일세, 자네두 그만헌 예의쯤 분간이 슬 듯헌데 왜 그리 바들짝바들짝허나 웅? 그러구 그 만금이니 만만금이니 허능 건 또 다 뭔가? 나라는 사람은 말일세 자세 듣게, 여자가 날 싫여하면 헐수록 좋아하는 체허구 쫓아댕기다가두 그 여자가 선불리 그럼 허구 좋아허는 낯을 단 한 번 허는 날에는, 즉 말허자면 마즈막 물건을 단 한 번 건드리구 난 다음엔 당장 눈앞에서 그 여자가 싫여지는 성질일세, 그건 자네가 아주 바루 정의正義가 어쩌니 허지만 이거야말루 내 정의에서 우러나오는 걸세. 대체 난 나버덤 낮은 인간이 싫으에. 여자가 한번 제 마즈막 것을 구경시킨 다음엔 열이면 열 백이면 백, 밑으루 내려가서 그 남자를 처다보기 시작이거든, 난 이게 견딜 수 없게 싫단 그 말일세."

나는 그제는 사뭇 돌아섰다. 그만큼 정밀한 모욕에는 더 견디기 어려워서.

윤은 새로 담배에 불을 붙여 물더니 주머니를 뒤적뒤적한다. 나를 살해하기 위한 흉기를 찾는 것일까. 담뱃불은 이미 붙었는 데⋯⋯.

"여기 10원 있네. 가서 가난헌 T군 졸르지 말구 자네가 T군헌테 한잔 사주게나. 자넨 오늘 그 자네 서푼째리 체면 때문에 꽤 우울해진 모양이니 자네 소위 신부허구 같이 있다가는 좀 위험헐걸, 그러니까 말일세 그 신부는 내 오늘 같이 시네마[15]루 모시구 갈 테니 안 헐 말루 잠시 빌리게, 응? 왜 맘이 꺼림칙헝가?"

"너무 세밀허게 내 행동을 지정허지 말게, 하여간 난 혼자 좀 나가야겠으니 임이, 윤군허구 시네마 가지 응, 시네마 좋아허지 왜."

하고 말끝이 채 맺기 전에 임이 뾰로통하면서,

"임이 남편을 그렇게 맘대루 동정허거나 자선허거나 헐 권리는 남에겐 더군다나 없습니다. 자, 그거 받아서는 안 됩니다. 여깃에요."

하고 내어놓은 무수한 10전짜리.

"하, 하, 야, 이것 봐라."

윤은 담뱃불을 재떨이에다 벌레 죽이듯이 꼭꼭 이기면서 좀처럼 웃음을 얼굴에서 걷지 않는다. 나도 사실 속으로,

'하, 하, 야, 요것 봐라.'

안 한 것이 아니다. 그러나 나도 웃어 보였다. 그리고는 임의 등을 어루만져 주고 그 백동화를 한 움큼 주머니에 넣고 그리고 과연 윤의 집을 나서는 길이다.

"이따 파헐 임시 해서 내 시네마 문 밖에서 기다리지, 어디지?"

"단성사. 헌데 말이 났으니 말이지 난 오늘 친구헌테 술값 꿔주는 권리를 완전히 구속당했능걸! 어— 쯧, 쯧."

적어도 백보 가량은 앞이 맴을 돌았다. 무던히 어지러워서 비칠비칠하기까지 한 것을 나는 아무에게도 자랑할 수는 없다.

TEXT[16)]

"불장난…… 정조 책임이 없는 불장난이면? 저는 즐겨합니다. 저를 믿어 주시나요? 정조 책임이 생기는 나잘[17)]에 벌써 이 불장난의 기억을 저의 양심의 힘이 말살하는 것입니다. 믿으세요."

평─이것은 분명히 다음에 서술되는 같은 임이의 서술 때문에 임이의 영리한 거짓부렁이가 되고 마는 일이다. 즉,

"정조 책임이 있을 때에도 다음 같은 방법에 의하여 불장난은…… 주관적으로만이지만…… 용서될 줄 압니다. 즉 아내면 남편에게, 남편이면 아내에게, 무슨 특수한 전술로든지 감쪽같이 모르게 그렇게 스무드하게 불장난을 하는데 하고 나도 이렇다 할 형적을 꼭 남기지 말아야 한다는 것입니다. 네? 그러나 주관적으로 이것이 용납되지 않는 경우에 하였다면 그것은 죄요 고통일 줄 압니다. 저는 죄도 알고 고통도 알기 때문에 저로서는 어려울까 합니다. 믿으시나요? 믿어 주세요."

평─여기서도 끝으로 어렵다는 대문大文[18)] 부근이 분명히 거짓부렁이라는 것이다. 그것은 역시 같은 임이의 필적, 이런 잠재의식, 탄로 현상에 의하여 확실하다.

"불장난을 못하는 것과 안 하는 것과는 성질이 아주 다릅니다. 그것은 컨디션 여하에 좌우되지는 않겠지요. 그러니 어떻다는 말이냐고 그러십니까? 일러 드리지요. 기뻐해 주세요. 저는 못하는 것이 아니라 안 하는 것입니다. 자각된 연애니까요. 안 하는 경우에 못하는 것을 관망하고 있노라면 좋은 어휘가 생각납니다. 구토. 저는 이것은 견딜 수 없는 육체적 형벌이라고 생각합니다. 온갖 자연발생적 자태가 저에게는 어째 유취만년乳臭萬年의 넝마 조각 같습니다. 기뻐해 주세요. 저를 이런 원근법에 좇아서 사랑해 주시기 바랍니다."

평─나는 싫어도 요만큼 다가선 위치에서 임이를 설유設喩하려드는 대시

의 자세를 취소해야 하겠다. 안 하는 것은 못하는 것보다 교양·지식 이런 척도로 따져서 높다. 그러나 안 한다는 것은 내가 빚어내는 기후 여하에 빙자해서 언제든지 아무 겸손이라든가 주저 없이 불장난을 할 수 있다는 조건부 계약을 차도 복판에 안전지대 설치하듯이 강요하고 있는 징조에 틀림은 없다. 나 스스로도 불쾌할 에필로그로 귀하들을 인도하기 위하여 다음과 같은 박빙薄氷을 밟는 듯한 회화會話를 조직하마.

"너는 네 말마따나 두 사람의 남자 혹은 사실에 있어서는 그 이상 훨씬 더 많은 남자에게 내주었던 육체를 걸머지고 그렇게도 호기 있게 또 정정당당하게 내 성문을 틈입할 수가 있는 것이 그래 철면피가 아니란 말이냐?"

"당신은 무수한 매춘부에게 당신의 그 당신 말마따나 고귀한 육체를 염가로 구경시키셨습니다. 마찬가지지요."

"하하! 너는 이런 사회조직을 깜박 잊어버렸구나. 여기를 너는 서장西藏[19]으로 아느냐, 그렇지 않으면 남자도 포유 행위를 하던 피테칸트로푸스 시대로 아느냐. 가소롭구나. 미안하오나 남자에게는 육체라는 관념이 없다. 알아듣느냐?"

"미안하오나 당신이야말로 이런 사회조직을 어째 급속도로 역행하시는 것 같습니다. 정조라는 것은 일대일의 확립에 있습니다. 약탈결혼이 지금도 있는 줄 아십니까?"

"육체에 대한 남자의 권한에서의 질투는 무슨 걸레 조각 같은 교양 나부랭이가 아니다. 본능이다. 너는 이 본능을 무시하거나 그 치기만만한 교양의 장갑으로 정리하거나 하는 재주가 통용될 줄 아느냐?"

"그럼 저도 평등하고 온순하게 당신이 정의하시는 '본능'에 의해서 당신의 과거를 질투하겠습니다. 자, 우리 숫자로 따져 보실까요?"

평─여기서부터는 내 교재에는 없다. 신선한 도덕을 기대하면서 내 구태의연하다고 할 만도 한 관록을 버리겠노라. 다만 내가 이제부터 내 부족하나마 노력에 의하여 획득해야 할 것은 내가 탈피할 수 있을 만한 지식의 구매다. 나는 내가 환갑을 지난 몇 해 후 내 무릎이 일어서는 날까지는 내 오크 재로 만든 포도송이 같은 손자들을 거느리고 끽다점喫茶店에 가고 싶다. 내 아라모드[20]는 손자들의 그것과 태연히 맞서고 싶은 현재의 내 비애다.

전질顚跌[21]

이러다가는 내 중립지대로만 알고 있던 건강술이 자칫하면 붕괴할 것 같은 위구가 적지 않다. 나는 조심조심 내 앉은 자리에 혹 유해한 곤충이나 서식하지 않는가 보살펴야 한다.

T군과 마주 앉아 싱거운 술을 마시고 있는 동안 내 눈이 여간 축축하지 않았단다. 그도 그럴밖에. 나는 시시각각으로 자살할 것을, 그것도 제 형편에 꼭 맞춰서 생각하고 있었으니…….

내가 받은 자결自決의 판결문 제목은,

'피고는 일조一朝에 인생을 낭비하였느니라. 하루 피고의 생명이 연장되는 것은 이 건곤乾坤의 경상비를 구태여 등귀騰貴시키는 것이거늘 피고가 들어가고자 하는 쥐구멍이 거기 있으니 피고는 모름지기 그리 가서 꽁무니 쪽을 돌아다보지는 말지어다.'

이렇다.

나는 내 언어가 이미 이 황막한 지상에서 탕진된 것을 느끼지 않을 수 없을 만치 정신은 공동空洞이요, 사상은 당장 빈곤하였다. 그러나 나는 이 유구한 세월을 무사히 수면하기 위하여, 내가 몽상하는 정경을 합리화하기 위하여, 입을 다물고 꿀항아리처럼 잠자코 있을 수는 없는 일이다.

"몽골피에 형제[22]가 발명한 경기구輕氣球가 결과로 보아 공기보다 무거운 비행기의 발달을 훼방놀 것이다. 그와 같이 또 공기보다 무거운 비행기 발명의 힌트의 출발점인 날개가 도리어 현재의 형태를 갖춘 비행기의 발달을 훼방놓았다고 할 수도 있다. 즉 날개를 펄럭거려서 비행기를 날게 하려는 노력이야말로 차륜을 발명하는 대신에 말의 보행을 본떠서 자동차를 만들 궁리로 바퀴 대신 기계장치의 네 발이 달린 자동차를 발명했다는 것이나 다름없다."

억양도 아무것도 없는 사어死語다. 그럴밖에. 이것은 장 콕토[23]의 말인 것도.

나는 그러나 내 말로는 그래도 내가 죽을 때까지의 단 하나의 절망, 아니 희망을 아마 텐스[24]를 고쳐서 지껄여 버린 기색이 있다.

'나는 어떤 규수 작가를 비밀히 사랑하고 있소이다그려!'

그 규수 작가는 원고 한 줄에 반드시 한 자씩의 오자를 삽입하는 쾌활한 태만성을 가진 사람이다. 나는 이 여인 앞에서는 내 추한 짓밖에는, 할 수 있는 거동의 심리적 여유가 없다. 이 여인은 다행히 경산부다.

그러나 곧이듣지 마라. 이것은 다음과 같은 내 면목을 유지하기 위해 발굴한 연장에 지나지 않는다.

'내가 결혼하고 싶어하는 여인과 결혼하지 못하는 것이 결[25]이 나서 결혼하고 싶지도 저쪽에서 결혼하고 싶어하지도 않는 여인과 결혼해 버린 탓으로 뜻밖에 나와 결혼하고 싶어하던 다른 여인이 그 또 결이 나서 다른 남자와 결혼해 버렸으니 그야말로……나는 지금 일조에 파멸하는 결혼 위에 저립佇立하고 있으니……일거에 삼첨三尖[26]일세그려.'

즉 이것이다.

T군은 암만해도 내가 불쌍해 죽겠다는 듯이 나를 물끄러미 바라다보더니,

"자네, 그중 어려운 외국으로 가게. 가서 비로소 말두 배우구, 또 사람두 처음으루 사귀구 그리구 다시 채국채국 살기 시작하게. 그럭허능게 자네 자살을 구할 수 있는 유일의 방도가 아닌가 그렇게 생각하는 내가 그럼 박정

한가?"

자살? 그럼 T군이 눈치를 챘던가.

"이상스러워할 것도 없는 게 자네가 주머니에 칼을 넣고 댕기지 않는 것으로 보아 자네에게 자살하려는 의사가 있다는 걸 알 수 있지 않겠나. 물론 이것두 내게 아니구 남한테서 꿰온 에피그램이지만."

여기 더 앉았다가는 복어처럼 탁 터질 것 같다. 아슬아슬한 때 나는 T군과 함께 바를 나와 알맞추 단성사 문 앞으로 가서 3분쯤 기다렸다.

윤과 임이가 1조, 2조…… 하는 문장처럼 나란히 나온다. 나는 T군과 같이 〈만춘晩春〉 시사試寫를 보겠다. 윤은 우물쭈물하는 것도 같더니,

"바통 가져가게."

한다. 나는 일없다. 나는 절을 하면서,

"일착 선수여! 나를 열차가 연선沿線의 소역小驛을 잘디잔 바둑돌 묵살하고 통과하듯이 무시하고 통과하여 주시기(를) 바라옵나이다."

순간 임이 얼굴에 독화가 핀다. 응당 그러리로다. 나는 이착의 명예 같은 것은 요새쯤 내다버리는 것이 좋았다. 그래 얼른 릴레이를 기권했다. 이 경우에도 어휘를 탕진한 부랑자의 자격에서 공구恐懼[27] 요코미쓰 리이치[28]씨의 「출세出世」를 사글세 내어온 것이다.

임이와 윤은 인파 속으로 숨어 버렸다.

갤러리 어둠 속에 T군과 어깨를 나란히 앉아서 신발 바꿔 신은 인간 코미디를 내려다보고 있었다. 아랫배가 몹시 아프다. 손바닥으로 꽉 누르면 밀려 나가는 김이 입에서 홍소로 화해 터지려 든다. 나는 아편이 좀 생각났다. 나는 조심도 할 줄 모르는 야인이니까 반쯤 죽어야 껍적대지 않는다.

스크린에서는 죽어야 할 사람들은 안 죽으려 들고 죽지 않아도 좋은 사람들이 죽으려 야단인데 수염 난 사람이 수염을 혀로 핥듯이 만지작만지작하면서 이쪽을 향하더니 하는 소리다.

"우리 의사는 죽으려 드는 사람을 부득부득 살려 가면서도 살기 어려운 세상을 부득부득 살아가니 거 익살맞지 않소."

말하자면 굽 달린 자동차를 연구하는 사람들이 거기서 이리 뛰고 저리 뛰고 하고들 있다.

나는 차츰차츰 이 객客다 빠진 텅 빈 공기 속에 침몰하는 과실 씨가 내 허리띠에 달린 것 같은 공포에 지질리면서 정신이 점점 몽롱해 들어가는 벽두에 T군은 은근히 내 손에 한 자루 서슬 퍼런 칼을 쥐어 준다.

(복수하라는 말이렷다.)

(윤을 찔러야 하나? 내 결정적 패배가 아닐까? 윤은 찌르기 싫다.)

(임이를 찔러야 하지? 나는 그 독화 핀 눈초리를 망막에 영상한 채 왕생하다니.)

내 심장이 꽁꽁 얼어 들어온다. 빠드득빠드득 이가 갈린다.

(아하 그럼 자살을 권하는 모양이로군, 어려운데 어려워, 어려워, 어려워.)

내 비겁을 조소하듯이 다음 순간 내 손에 무엇인가 뭉클 뜨뜻한 덩어리가 쥐어졌다. 그것은 서먹서먹한 표정의 나쓰미캉, 어느 틈에 T군은 이것을 제 주머니에다 넣고 왔던구.

입에 침이 좌르르 돌기 전에 내 눈에는 식은 컵에 어리는 이슬처럼 방울지지 않는 눈물이 핑 돌기 시작하였다.

주

1) '동해童孩'를 섬뜩한 느낌을 주기 위해 '동해童骸'로 표기했다.

2) 나쓰미캉(夏蜜柑): 귤의 한 종류.

3) 척신瘠身: 수척한 몸.

4) 풍봉風丰: 풍만하고 아름다운 풍채.

5) 드로어즈drawers: 팬티보다 조금 긴 여자 속옷.

6) 일타화一朶花: 한 떨기 꽃.

7) 자분참: 지체없이 곧.

8) SOUVENIR: 기념품

9) 다라지기도: 야무지기도.

10) 따이먼드: 다방 이름.

11) 안잠자기: 남의 집에서 먹고 자며 그 집의 일을 도와주는 여자.

12) 토식討食: 음식을 억지로 달라고 하여 먹음.

13) DOUGHTY DOG: '용감한 개'라는 뜻이지만, 여기서는 장난감 이름.

14) 통봉痛棒: 좌선할 때 쓰는 방망이. 스승이 마음의 안정을 잡지 못하는 사람을 징벌하는 데 쓴다.

15) 시네마cinema: 영화. 영화관.

16) TEXT: 원본.

17) 나잘: '한나절'의 옛말.

18) 대문大文: 몇 줄이나 몇 구로 이루어진 글의 한 동강이나 단락. 대목.

19) 서장西藏: 티베트.

20) 아라모드à la mode: '멋'이라는 뜻의 프랑스 어.

21) 전질顚跌: 넘어짐.

22) 몽골피에 형제: 프랑스의 열기구 발명가 형제.

23) 장 콕토(Jean Cocteau, 1889~1963): 프랑스의 시인·극작가·소설가·배우·영화감독·화가.

24) 텐스tense: 시제時制.

25) 결: '성결' 또는 '결기'의 준말. 못마땅한 것을 참지 못하고 성을 내거나 왈칵 행동하는 성미.

26) 삼첨三尖: 세 개의 탈이 솟아남.

27) 공구恐懼: 몹시 두렵고 황송함.

28) 요코미쓰 리이치(横光利一, 1898~1947): 일본의 소설가. 가와바타 야스나리(川端
康成)와 함께 1920년대 유럽의 아방가르드 예술사조의 영향을 받아 일본에서
신감각주의파의 주류를 이루었다. 작품으로 「기계機械」 「문장紋章」 「일륜日輪」
등이 있다.

황소와 도깨비(동화)

어떤 산골에 돌쇠라는 나무 장사가 살고 있었습니다. 나이 서른이 넘도록 장가도 안 가고 또 부모도 일가친척도 없는 혈혈단신이라 먹을 것이나 있는 동안은 핀둥핀둥 놀고 그러다가 정 궁하면 나무를 팔러 나갑니다.

어디서 해오는지 아름드리 장작이나 솔나무를 황소 등에다 듬뿍 싣고 장터나 읍으로 팔러 갑니다. 아침 일찍이 해도 뜨기 전에 방울 달린 소를 끌고 이려이려…… 딸랑딸랑…… 이려이려─이렇게 몇 십 리씩 되는 장터로 읍으로 팔릴 때까지 끌고 다니다가 해 저물녘이라야 겨우 다시 집으로 돌아옵니다.

그 방울 단 황소가 또 돌쇠의 큰 자랑거리였습니다. 돌쇠에게는 그 황소가 무엇보다도 소중한 재산이었습니다. 자기 앞으로 있던 몇 마지기 토지를 팔아서 돌쇠는 그 황소를 산 것입니다. 그 황소는 아직 나이는 어렸으나 키가 훨씬 크고 골격도 튼튼하고 털이 또 유난스럽게 고왔습니다. 긴 꼬리를 좌우로 흔들며 나뭇짐을 잔뜩 지고 텁석텁석 걸어가는 양은 보기에도 참 훌륭했습니다. 그 동리에서 으뜸가는 이 황소를 돌쇠는 퍽 귀애하고 위했습니다.

어느 해 겨울 맑게 개인 날 돌쇠는 전과 같이 장작을 한 바리 잔뜩 싣고 읍을 향해서 길을 떠났습니다. 읍에 도착한 것이 오정 때쯤이었습니다. 그 날은 운수가 좋았던지 살 사람이 얼른 나서서 돌쇠는 그리 애쓰지 않고 장 작을 팔 수 있었습니다. 돌쇠는 마음이 대단히 흡족해서 자기는 맛있는 점 심을 사먹고 소에게도 배불리 죽을 먹였습니다. 그러고 나서 잠깐 쉬고 그 날은 일찍 돌아올 작정이었습니다.

얼마쯤 돌아오려니까 별안간 하늘이 흐리기 시작하고 북풍이 내리 불더 니 히뜩히뜩 진눈깨비까지 뿌리기 시작합니다. 돌쇠는 소중한 황소가 눈을 맞을까 겁이 나서 길가에 있는 주막에 들어가서 두어 시간 쉬었습니다. 그랬 더니 다행히 눈은 얼마 아니 오고 그치고 말았습니다.

아직 저물지는 않았는 고로 돌쇠는 황소를 끌고 급히 길을 떠났습니다. 빨리 가면 어둡기 전에 집에 돌아올 수 있을 것 같았기 때문입니다. 그러나 짧은 겨울해는 반도 못 와서 어느덧 저물기 시작했습니다. 날이 흐렸기 때문 에 더 일찍 어두웠는지도 모릅니다.

"야단났구나."

하고 돌쇠는 야속한 하늘을 쳐다보며 혼자 중얼거리고 가만히 소 등을 쓰다듬었습니다.

"날은 춥구 길은 어둡구 그렇지만 헐 수 있나 자, 어서, 가자."

돌쇠가 혼잣말같이 중얼거리는 말을 소도 알아들었는지 딸랑딸랑 뚜벅 뚜벅 걸음을 빨리 합니다.

이렇게 얼마를 오다가 어느 산허리를 돌아서려니까 별안간 길 옆 숲 속에 서 고양이만한 새까만 놈이 깡충 뛰어나오며 눈 위에 가 엎드려 무릎을 꿇고 자꾸 절을 합니다.

"돌쇠 아저씨 제발 살려 주십시오."

처음에는 깜짝 놀란 돌쇠도 이렇게 말을 붙이는 고로 발을 멈추고 자세

히 바라보니까 사람인지 원숭인지 분간할 수 없는 얼굴에 몸에 비해서는 좀
기름한 팔다리 살결은 까뭇까뭇하고 귀가 우뚝 솟고 작은 꼬리까지 달려서
원숭이같기도 하고 또 이렇게 보면 개 같기도 했습니다.

"얘, 요게 뭐냐?"

돌쇠는 약간 놀라면서 소리쳤습니다.

"대체 너는 누구냐?"

"제 이름은 산오뚝이에요."

"뭐? 산오뚝이?"

그때 돌쇠는 얼른 어떤 책 속에서 본 그림을 하나 생각해 냈습니다. 그 책
속에는 얼굴은 사람과 원숭이의 중간이요 꼬리가 달리고 팔다리가 길고 귀
가 오뚝 일어선 것을 그려 놓고 그 옆에는 도깨비라고 씌어 있었던 것입니
다.

"거짓말 말어, 요눔아!"

하고 돌쇠는 소리를 버럭 질렀습니다.

"너 요눔 도깨비 새끼지?"

"네, 정말은 그렇습니다. 그렇지만 산오뚝이라구두 합니다."

"하하하하, 역시 도깨비 새끼였구나."

돌쇠는 껄껄 웃으면서 허리를 굽히고 물었습니다.

"그래 대체 도깨비가 초저녁에 왜 나왔으며 또 살려 달라는 건 무슨 소리
냐?"

도깨비 새끼의 이야기는 이러했습니다.

지금부터 한 1주일 전에 날이 따뜻하기에 도깨비 새끼들은 5, 6마리가 떼
를 지어 인가 근처로 놀러 나왔더랍니다. 하루 온종일 재미있게 놀고 막 돌
아가려 할 때에 마침 동리의 사냥개한테 붙들려 꼬리를 물리고 말았습니다.
겨우 몸은 빠져나왔으나 개한테 물린 꼬리가 반동강으로 툭 잘라졌기 때문

에 여러 가지 재주를 못 피게 되고 말았습니다. 그뿐 아니라 동무들도 다 잊어버리고 혼자 떨어져서 할 수 없이 입때껏 그 산허리 숲속에 숨어 있었던 것입니다.

도깨비에겐 꼬리가 아주 소중한 물건입니다. 꼬리가 없으면 첫째 재주를 피울 수 없는 고로 먼 산속에 있는 집에도 갈 수 없고 배가 고파서 먹을 것을 찾으로 나가려니 사냥개가 무섭습니다. 날이 추우면 꼬리의 상처가 쑤시고 아프고…… 그래서 꼼짝 못하고 1주일 동안이나 숲 속에 갇혀 있다가 뛰어나온 것입니다.

"제발 이번만 살려 주십시오. 은혜는 평생 잊지 않겠습니다."

이야기를 마치고 나서 도깨비 새끼는 머리를 땅 속에 틀어박고 두 손을 싹싹 빕니다.

이야기를 듣고 자세히 보니까 과연 살이 바싹 빠지고 꼬리에는 아직도 상처가 생생하고 추위를 견디지 못해서 온몸을 바들바들 떨고 있었습니다. 돌쇠는 그 정경을 보고 아무리 도깨비 새끼로소니…… 하는 측은한 생각이 나서,

"살려 주기야 어렵지 않다만 대체 어떻게 해달라는 말이냐?"

하고 물었습니다.

"돌쇠 아저씨의 황소는 참 훌륭한 소입니다. 그 황소 뱃속을 꼭 두 달 동안만 저에게 빌려 주십시오. 더두 싫습니다. 꼭 두 달입니다. 두 달만 지나면 날두 따뜻해지구 또 상처두 나을 테구 하니깐 그때는 제 맘대루 돌아다닐 수 있습니다. 그동안만 이 황소 뱃속에서 살도록 해주십시오. 절대루 거짓말을 해서 아저씨를 속이기커녕은 지가 이 소 뱃속에 들어가 있는 동안은 이 소를 지금버덤 열 갑절이나 기운이 세게 해드리겠습니다. 그러니 제발 이번 한 번만 살려 주십시오."

이 말을 듣고 돌쇠는 말문이 막히고 말았습니다. 귀엽고 소중한 황소 뱃

속에다 도깨비 새끼를 넣고 다닐 수는 없는 일입니다. 그렇다고 그것을 거절하면 도깨비 새끼는 필경 얼어 죽거나 굶어 죽고 말 것입니다. 아무리 도깨비라기로 그렇게 되는 것을 그대로 둘 수도 없고 또 소의 힘을 지금보다 10배나 강하게 해준다니 그리 해로운 일은 아닙니다.

생각다 못해서 돌쇠는 소의 등을 두드리며 '어떡하면 좋겠니' 하고 물어보니까 소는 그 말귀를 알아들었는지 고개를 끄덕끄덕 합니다.

"그럼 너 허구 싶은 대루 해라. 그렇지만 꼭 두 달 동안이다."

돌쇠는 도깨비 새끼를 보고 이렇게 다짐했습니다.

도깨비 새끼는 좋아라고 펄펄 뛰면서 백번 치사하고 깡충 뛰어서 황소 뱃속으로 들어가고 말았습니다.

돌쇠는 껄껄 웃고 다시 소를 몰기 시작했습니다. 그랬더니 참 놀라운 일입니다. 아까보다 10배나 소는 걸음이 빨라져서 도저히 따라갈 수가 없었습니다. 할 수 없이 소 등에 올라탔더니 소는 연방 딸랑딸랑 방울 소리를 내며 순식간에 마을까지 뛰어 돌아왔습니다.

과연 도깨비 새끼가 말한 대로 돌쇠의 황소는 전보다 10배나 힘이 세어졌던 것입니다. 그 이튿날부터는 장작을 산더미같이 실은 구루마라도 끄는지 마는지 줄곧 줄달음질을 쳐서 내뺍니다. 그 전에는 하루 종일 걸리던 장터를 이튿날부터는 아무리 장작을 많이 실었어도 하루 세 번씩을 왕래했습니다.

돌쇠는 걸어서는 도저히 따라갈 수가 없어서 새로 구루마를 하나 사서 밤낮 그 위에 올라타고 다녔습니다. 얘, 이건 참 굉장하다……하고 돌쇠는 하늘에나 오른 듯이 기뻐했습니다. 따라서 전보다도 훨씬 더 소를 귀애하고 소중히 여기게 되었습니다.

자, 이러고 보니 동리에서나 읍에서나 큰 야단입니다. 돌쇠의 황소가 산더미같이 장작을 싣고 하루에 장터를 세 번씩 왕래하는 것을 보고 모두 눈이 뚱그랬습니다. 그 중에는 어떻게 해서 그렇게 황소의 힘이 세어졌는지 부득부득 알려는 사람도 있고 또 달래는 대로 돈을 줄 터이니 제발 팔아 달라고 청하는 사람도 있었으나 돌쇠는 빙그레 웃기만 하고 대답도 하지 않았습니다.

'어쩐 말이냐, 우리 소가 제일이다.'

그럴 적마다 돌쇠는 이렇게 생각하고 더욱 맛있는 죽을 먹이고 딸랑딸랑 이려이려…… 하고 신이 나서 소를 몰았습니다.

원래 게으름뱅이 돌쇠입니다만 이튿날부터는 소 모는 데 그만 재미가 나서 장작을 팔러 다녀서 돈도 많이 모았습니다. 눈이 오거나 아주 추운 날은 좀 편히 쉬어 보려도 소가 말을 안 들었습니다. 첫새벽부터 외양간 속에서 발을 구르고 구슬을 내흔들고…… 넘쳐 흐르는 기운을 참지 못해 껑충껑충 뜁니다. 그러면 돌쇠는 할 수 없이 또 황소를 끌어내고 맙니다.

이러는 사이에 어느덧 두 달이 거진 다 지나가고 3월 그믐께가 다가왔습니다. 그때부터 웬일인지 자꾸 소의 배가 부르기 시작했습니다. 돌쇠는 깜짝 놀래어 틈 있는 대로 커다란 배를 문질러 주기도 하고 또 약도 써보고 했으나 도무지 효력이 없습니다. 노인네들에게 보여도 무슨 일 때문인지 아는 사람은 없었습니다.

돌쇠는 매일을 걱정과 근심으로 지냈습니다. 아마 이것이 필경 뱃속에 있는 도깨비 장난인가 보다 하는 것을 어슴푸레 짐작할 수 있었으나 처음에 꼭 두 달 동안이라고 약속한 일이니 어찌할 수 없는 일입니다. 그뿐 아니라 소는 다만 배가 불러올 뿐이지 별로 기운도 줄지 않고 앓지도 않는 고로,

"제기 그냥 두어라. 며칠 더 기대리면 결말이 나겠지. 죽을 것 살려 주었는데 설마 나쁜 짓이야 하겠니."

이렇게 생각하고 4월이 되기만 고대했습니다.

소는 여전히 기운차게 구루마를 끌고 산이든 언덕이든 평지같이 달렸습

니다.

그예 3월 그믐이 다가왔습니다.

돌쇠는 겨우 후— 하고 한숨을 내쉬고 그날 하루만은 항소를 편히 쉬게 했습니다. 그리고 이왕이니 오늘 하루만 더 도깨비를 두어 두기로 결심하고 소를 외양간에다 맨 후 맛있는 죽을 먹고 자기는 일찍부터 자고 말았습니다.

이튿날 4월 초하룻날 첫새벽입니다. 문득 돌쇠가 잠을 깨니까 외양간에서 쿵쾅쿵쾅 하고 야단스런 소리가 났습니다. 돌쇠는 깜짝 놀래어 금방 잠이 깨어서 뛰쳐 일어났습니다.

소를 누가 훔쳐가지나 않나 하는 근심에 돌쇠는 옷도 못 갈아입고 맨발로 마당에 뛰어내려 단숨에 외양간 앞까지 달음질쳤습니다. 그랬더니 웬일인지 돌쇠의 황소는 외양간 속에서 이를 악물고 괴로워 못 견디겠다는 듯이 미친 것 모양으로 경중경중 뜁니다. 가엾게도 황소는 진땀을 잔뜩 흘리고 고개를 내저으며 기진맥진한 모양입니다.

돌쇠는 깜짝 놀래어 미친 듯이 날뛰는 황소 고삐를 붙잡고 늘어졌습니다. 그러나 황소는 좀체로 진정치를 않고 더욱 힘을 내어 괴로운 듯이 날뜁니다.

"대체 이게 웬 영문야?"

할 수 없이 돌쇠는 소의 고삐를 놓고 한숨을 내쉬며 얼빠진 사람같이 그 자리에 우뚝 서고 말았습니다.

"돌쇠 아저씨, 돌쇠 아저씨!"

그때입니다. 어디서인지 자기를 부르는 소리를 돌쇠는 확실히 들었습니다. 돌쇠는 그 소리를 듣고 정신이 번쩍 나서 주위를 돌아보았습니다. 그러나 아무도 보이지는 않습니다. 그때 또 어디서인지 나지막한 목소리가 들려왔습니다.

"돌쇠 아저씨, 돌쇠 아저씨!"

암만해도 그 소리는 황소 입 속에서 나오는 것 같았습니다. 그래서 돌쇠는 자세히 들으려고 소 입에다 귀를 갖다 대었습니다.

"돌쇠 아저씨, 저예요. 저를 모르세요?"

그때에야 겨우 돌쇠는 그 목소리를 생각해 내었습니다.

"오…… 너는 도깨비 새끼로구나. 날이 다 새었는데 왜 남의 소 뱃속에 입때 들어 있니? 약속한 날짜가 지났으니 얼른 나와야 허지 않겠니?"

그랬더니 황소 속에서 도깨비 새끼는 대답했습니다.

"나가야 할 텐데 큰일났습니다. 돌쇠 아저씨 덕택으로 두 달 동안 편히 쉰 건 참 고맙습니다만 매일 드러누워 아저씨가 주시는 맛있는 음식을 먹고 있다가 기한이 됐기에 나가려니까 그동안에 굉장히 살이 쪘나 봐요. 소 모가지가 좁아서 빠져나갈 수가 없게 되었단 말이에요. 억지루 나가려면 나갈 수는 있지만 소가 아픈지 막 뛰고 발광을 하는구면요. 야단났습니다."

돌쇠는 그 말을 듣고 기가 탁 막히고 말았습니다.

"그럼 어떡허면 좋단 말이냐? 그거 참 야단이로구나."

돌쇠는 팔짱을 끼고 생각에 잠기고 말았습니다. 도깨비 새끼에게 황소 뱃속을 빌려준 것을 크게 후회했지만 이제 와서 무슨 소용이 있겠습니까? 무엇보다도 소가 불쌍해서 돌쇠는 그만 눈물이 글썽글썽하고 금방 울음이 터질 것 같았습니다.

그때 또 도깨비 새끼 목소리가 들려 나왔습니다.

"아, 돌쇠 아저씨 좋은 수가 있습니다. 어떻게든지 해서 이 소가 하품을 허도록 해주십시오. 입을 딱 벌리고 하품을 할 때에 지가 얼른 뛰어나갈 텝니다. 그렇지 않으면 한평생 이 뱃속에서 살거나 또는 뱃가죽을 뚫고 나가는 수밖에 없습니다. 그 대신 하품만 하게 해주시면 이 소의 힘을 지금버덤 백 갑절이나 더 세게 해드리겠습니다."

"옳다! 참 그렇구나. 그럼 내 하품을 허게 헐 테니 가만히 기다려라."

소가 살아날 수 있다는 생각에 돌쇠는 얼른 이렇게 대답은 했으나 가만히 생각해 보니 일은 딱합니다.

대체 어떻게 해야 소가 하품을 하는지 도무지 알 수 없습니다. 그뿐 아니라 소가 하품하는 것을 돌쇠는 입때껏 한 번도 본 일이 없습니다. 그래서 함부로 옆구리도 찔러 보고 콧구멍에다 막대기도 꽂아 보고 간질러도 보고 콧등을 쓰다듬어 보기도 하고…… 별별 꾀를 다 내나 소는 하품커녕은 귀찮은 듯이 몸을 피하고 도리질을 하고 한 두어 번 연거푸 재채기를 했을 뿐입니다. 도무지 하품을 할 기색은 보이지 않습니다.

그렇다고 이대로 내버려두었다가는 도깨비 새끼가 뱃속에서 자꾸 자라서 저절로 배가 터지거나 그렇지 않으면 물어뜯기어 아까운 황소가 죽고 말 것입니다. 땅을 팔아서 산 황소요, 세상에 다시없는 애지중지하는 귀여운 황소가 그 꼴을 당한다면 그게 무슨 짝입니까. 돌쇠는 답답하고 분하고 슬퍼서 어쩔 줄을 모를 지경입니다.

생각다 못해서 돌쇠는 옷을 갈아 입고 동네로 뛰어 내려왔습니다.

"어떡하면 소가 하품하는지 아시는 분 있으면 제발 좀 가르쳐 주십시오."

동네로 내려온 돌쇠는 만나는 사람마다 붙잡고 이렇게 외치며 물었습니다만 아무도 아는 사람은 없었습니다. 동네에서 제일 나이 많고 무엇이든지 안다는 노인조차 고개를 기울이고 대답을 하지 못했습니다.

그렇게 얼마를 묻고 다니다가 결국 다시 빈손으로 돌쇠는 집으로 돌아오고 말았습니다. 인제는 모든 일이 다 틀렸구나 생각하니 앞이 캄캄하고 기가 탁탁 막힙니다. 고개를 푹 숙이고 풀이 죽어서 길게 몇 번씩 한숨을 내쉬며 돌쇠는 외양간 앞으로 돌아와서 얼빠진 사람같이 황소의 얼굴을 쳐다보았습니다.

자기를 위해서 몇 해 동안 힘도 많이 도웁고 애도 많이 쓴 귀여운 황소!

며칠 안 되어 뱃속에 있는 도깨비 새끼 때문에 뱃가죽이 터져서 죽고 말 귀여운 황소!

그것을 생각하니 사람이 죽는 것보다 지지 않게 불쌍하고 슬프고 원통합니다.

공연히 그놈에게 속아서 황소 뱃속을 빌려 주었구나 하고 후회도 하여 보고 또 그렇게 미련한 자기 자신을 스스로 매질도 해보고…… 그러나 그것이 인제 와서 무슨 소용입니까. 얼마 안 있어 돌쇠의 둘도 없는 보배이던 황소는 죽고 말 것이요, 돌쇠 자신은 다시 외롭고 쓸쓸한 몸이 되리라는 그것만이 사실입니다.

참다 못해서 돌쇠는 눈물을 흘리고 소리내어 울며 간신히 고개를 쳐들고 다시 한번 황소의 얼굴을 바라보았습니다. 황소도 자기의 신세를 깨달았는지 또는 돌쇠의 마음속을 짐작했는지 무겁고 육중한 몸을 뒤흔들며 역시 슬픈 듯이 돌쇠의 얼굴을 바라보고 있습니다.

얼마 동안 그렇게 꼼짝 않고 돌쇠는 외양간 앞에 꼬부리고 앉아서 황소의 얼굴만 쳐다보고 있었습니다. 밥 먹을 생각도 없었습니다. 배도 고프지 않았습니다. 다만 귀여운 황소와 이별하는 것이 슬펐습니다. 오정 때 가까이 되도록 돌쇠는 이렇게 황소의 얼굴만 쳐다보고 있었습니다. 그랬더니 차차 몸이 피곤해서 눈이 아프고 머리가 혼몽하고 졸려졌습니다. 그래서 그만 저도 모르는 사이에 입을 딱 벌리고 기다랗게 하품을 하고 말았습니다.

하품을 하기 시작했습니다.

"옳다, 됐다."

그것을 본 돌쇠가 껑충 뛰어 일어나며 좋아라고 손뼉을 칠 때입니다. 벌린 황소 입으로 살이 통통히 찐 도깨비 새끼가 깡충 뛰어나왔습니다.

"돌쇠 아저씨, 참 오랫동안 고맙습니다. 아저씨 덕택에 이렇게 살까지 쪘으니 아저씨 은혜가 참 백골난망입니다. 그 대신 아저씨 소가 지금보다 백 갑절이나 기운이 세게 해드리겠습니다."

도깨비 새끼는 돌쇠 앞에 엎드려 이렇게 말하고 나서 넓죽 절을 하더니 상처가 나은 꼬리를 저으며 두어 번 재주를 넘었습니다. 그리고 나서 어디로 인지 없어지고 말았습니다.

그때에야 돌쇠는 겨우 정신을 차렸습니다. 입때껏 일이 꿈인지 정말인지 잠깐 동안은 분간할 수 없었습니다. 그러다가 고개를 들어 홀쭉해진 황소의 배를 바라보고 처음으로 모든 것을 깨닫고 하하하하 큰 소리를 내어 웃었습니다. 그리고 귀여워 죽겠다는 듯이 황소의 등을 쓰다듬었습니다.

죽게 되었던 황소가 다시 살아났을 뿐 아니라 이튿날부터는 입때보다 백 갑절이나 힘이 세어져서 세상 사람들을 놀래켰습니다. 돌쇠는 더욱 부지런 해져서 이른 아침부터 백 마력의 소를 몰며 '도깨비 아니라 귀신이라두 불쌍 하거든 살려 주어야 하는 법야' 이렇게 속으로 중얼거리고 콧노래를 불렀습니다.

공포의 기록

서장

생활, 내가 이미 오래 전부터 생활을 갖지 못한 것을 나는 잘 안다. 단편적으로 나를 찾아오는 '생활 비슷한 것'도 오직 '고통'이란 요괴뿐이다. 아무리 찾아도 이것을 알아줄 사람은 한 사람도 없다.

무슨 방법으로든지 생활력을 회복하려 꿈꾸는 때도 없지는 않다. 그것 때문에 나는 입때 자살을 안 하고 대기의 자세를 취하고 있는 것이다—이렇게 나는 말하고 싶다만.

제2차의 각혈이 있은 후 나는 어슴푸레하게나마 내 수명에 대한 개념을 파악하였다고 스스로 믿고 있다.

그러나 그 이튿날 나는 작은어머니와 말다툼을 하고 맥박 125의 팔을 안은 채, 나의 물욕을 부끄럽다 하였다. 나는 목을 놓고 울었다. 어린애같이 울었다.

남 보기에 퍽이나 추악했을 것이다. 그러다 나는 내가 왜 우는가를 깨닫고 곧 울음을 그쳤다.

나는 근래의 내 심경을 정직하게 말하려 하지 않는다. 말할 수 없다. 만

신창이의 나이건만 약간의 귀족 취미가 남아 있기 때문이다. 그러나 만약 남들기 좋게 말하자면 나는 절대로 내 자신을 경멸하지 않고 그 대신 부끄럽게 생각하리라는 그러한 심리로 이동하였다고 할 수는 있다. 적어도 그것에 가까운 것만은 사실이다.

불행한 계승

4월로 들어서면서는 나는 얼마간 기동할 정신이 났다. 각혈하는 도수도 훨씬 뜨고 또 분량도 훨씬 줄었다. 그러나 침침한 방 안으로 후틋한 공기가 들어와서 미적지근하게 미적지근한 체온과 어울릴 적에 피로는 겨울 동안보다 훨씬 더한 것 같음은 제 팔뚝을 들 힘조차 제게 없는 것이다. 하도 답답하면 나는 툇마루에 볕이 드는 대로 나와 앉아서 반쯤 보이는 닭장 쪽을 보려고 그래서가 아니라 보이니까 멀거니 보고 있자면 으레 작은어머니가 그 닭의 장을 얼싸안고 얼미적얼미적 하는 것이다. 저것은 즉 고 덜 여물어서 알을 안 까는 암탉들을 내려다보면서 언제나 요것들을 길러서 누이를 보나 하는 고약한 어머니들의 제 딸 노리는 그게 아닌가 내 눈에 비치는 것이다.

나는 물론 이래서는 안 된다고 생각한다. 작은어머니 얼굴을 암만 봐도 미워할 데가 어디 있느냐. 넓은 이마, 고른 치아의 열, 알맞은 코, 그리고 작은아버지만 살아 계시면 아직도 얼마든지 연연한 애정의 색을 띨 수 있는 총기가 있는 눈하며 다 내가 좋아하는 부분 부분인데 어째 그런지 그런 좋은 부분들이 종합된 '작은어머니'라는 인상이 나로 하여금 증오의 염을 일으키게 한다.

물론 이래서는 못쓴다. 이것은 분명히 내 병이다. 오래오래 사람을 싫어하는 버릇이 살피고 살펴서 급기야에 이 모양이 되고 만 것임에 틀림없다. 그렇다고 내 육친까지를 미워하기 시작하다가는 나는 참 이 세상에 의지할 곳이 도무지 없어지는 것이 아니냐. 참 안됐다.

이런 공연한 망상들이 벌써 나을 수도 있었을 내 병을 자꾸 덧들리게 하는 것일 것이다. 나는 마음을 조용히 또 순하게 먹어야 할 것이라고 여러 번 괴로워하는데 그렇게 괴로워하는 것은 도리어 또 겹겹이 짐되는 것도 같아서 나는 차라리 방심 상태를 꾸미고 방 안에서는 천장만 쳐다보거나 나오면 허공만 쳐다보거나 하려도 역시 나를 싸고 도는 온갖 것에 대한 증오의 염이 무럭무럭 구름 일 듯 하는 것을 영 막을 길이 없다.

비가 두어 번 왔다. 싹이 트려나 보다. 내려다보는 지면이 갈수록 심상치 않다. 바람이 없이 조용한 날은 툇마루에 드는 볕을 가만히 잡기만 하면 퍽 따뜻하다. 이렇게 따뜻한 볕을 쬐면서 이렇게 혼곤한데 하필 사람만을 미워해야 되는 까닭이 무엇이냐.

사람이 나를 싫어할 성싶은데 나도 내가 싫다. 이렇게 저를 사랑할 줄도 모르는 인간이 남을 위할 줄 알 수 있으랴. 없다. 그러면 나는 참 불행하구나.

이런 망상을 시작하면 정말이지 한이 없다. 그러니까 나는 힘이 들고 힘이 드는 것이 싫어도 움직여야 한다. 나는 헌 구두짝을 끌고 마당으로 나가서 담 한 모퉁이를 의지해서 꾸며 놓은 닭의 집 가까이 가본다.

혹 나는 마음으로 작은어머니에게 사과하려는 것인지도 모른다. 그런데 또 이것은 왜 그러나? 작은어머니는 나를 보더니 얼른 안으로 들어가 버린다. 저러기 때문에 안 된다는 것이다. 닭의 집 높이가 내 턱 좀 못 미쳤기 때문에 나는 거기 가로질린 나무에 턱을 받치고 닭의 집 속을 내려다보고 있자니까 냄새도 어지간한데 제일 그 수닭이 딱해 죽겠다. 공연히 성이 대밑둥까지 나서 모가지 털을 벌컥 일으켜 세워 가지고는 숨이 헐레벌떡 헐레벌떡 야단법석이다. 제만은 그 가운데 막힌 철망을 뚫고 이쪽 암닭들 있는 데로 가고 싶어서 그러는 모양인데 사람 같으면 그만하면 못 넘어갈 줄 알고 그만 둠직하건만 이놈은 참 성벽이 대단하다.

가끔 철망 무너진 구멍에 무작정하고 목을 틀어박았다가 잘 나오지 않아서 눈을 감고 끽끽 소리를 지르다가 가까스로 빠져나가는 걸 보고 저놈이 그만하면 단념하였다 하고 있으면 그래도 여전히 야단이다. 나는 그만 그놈의 끈기에 진력이 나서 못생긴 놈, 미련한 놈, 못생긴 놈, 미련한 놈, 하고 혼자서 화를 벌컥 내어 보다가도 또 그놈의 그런 미칠 것 같은 정열이 다시없이 부럽기도 하고 존경해야 할 것같이 생각키기도 해서 자세히 본다.

그런데 암탉들은 어떠냐 하면 영 본숭만숭이다. 모른 체하고 그저 모이 주워 먹기에만 열중이다. 아하 저러니까 수탉이란 놈이 화가 더 날밖에 하고 나는 그 새침데기 암탉들을 안타깝게 생각한 것이다. 좀 가끔 수탉 쪽을 한두 번쯤 건너다가도 보아 주지 원…… 하고 나도 실없이 화가 난다. 수탉은 여전히 모이 주워 먹을 생각도 하지 않고 뒤법석을 치는데 좀처럼 허기도 지지 않는다.

이러다가 나는 저 수탉이 대체 요 세 마리 암탉 중의 어떤 놈을 노리는 것인가 살펴보기로 하였다. 물론 수탉이란 놈의 변두가 하도 두리번거리니까 그놈의 시선만 가지고는 알아차리기가 어렵다. 그래서 나는 보통 사람 남자가 여자 보는 그런 눈으로 한번 보아야겠다.

얼른 보기에 사람의 눈으로는 짐승의 얼굴을 사람이 아무개 아무개 하듯 구별하기는 어려운 것같이 보이는데 또 그렇지도 않다. 자세히 보면 저마다 특징다운 특징이 있고 성미도 제각기 다르다. 요 암탉 세 마리도 기뻐하여서 얼른 보기에는 고놈이 고놈 같고 하더니 얼마 만큼이나 들여다보니까 모두 참 다르다.

키가 작달막하고, 눈앞이 검고, 털이 군데군데 빠지고 흙투성이의 그중 더러운 암탉 한 마리가 내 눈에 띄었다. 새침한 중에도 새침한 품이 풋고추

같이 맵겠다. 그렇게 보니 그럴 성도 싶은 게 모이를 먹다가는 때대로 흘깃 흘깃 음분淫奔한 계집같이 곁눈질을 곧잘 한다. 금방 달려들어 모래라도 한 줌 끼얹어 주었으면 하는 공연한 충동을 느끼나 그러나 허리를 굽히기가 싫다. 속 모르는 수탉은 수선도 피는구나.

아무것도 생각 않는 게 상수다. 닭들의 생활에도 그런 갸륵한 분쟁이 있으니 하물며 사람의 탈을 쓴 나에게 수없는 번거로움이 어찌 없으랴. 가엾은 수탉에 내 자신을 비겨 보고 비겨 보고 나는 다시 헌 구두짝을 질질 끈다. 바람이 없어서 퍽 따뜻하다. 싹이 트려나 보다.

얼굴이 이렇게까지 창백한 것이 웬일일까 하고 내가 번민해서…… 내 황막한 의학 지식이 그에 진단하였다. 회충……. 그렇지만 이 진단에는 심원한 유서가 있다. 회충이 아니면 십이지장충…… 십이지장충이 아니면 조충條蟲……이러리라는 것이다.

회충약을 써서 안 들으면, 십이지장충 약을 쓰고, 십이지장충 약을 써서 안 들으면 조충약을 쓰고, 조충약을 써서 안 들으면 그 다음은 아직 연구해 보지 않았다.

어떤 몹시 불쾌한 하루를 선택하여 위선 회충약을 돈복頓服하였다.

안다. 두 끼를 절식해야 한다는 것도, 복약 후에 반드시 혼도昏倒한다는 것도…….

대낮이다. 이부자리를 펴고 그 속으로 움푹 들어가서 너부죽이 누워서, 이래도? 하고 그 혼도라는 것이 오기를 기다렸다.

기다리는 마음이 늘 초조한 법, 귀로 위 속이 버글버글하는 소리를 알아듣고 눈으로 방 네 귀가 정말 뒤틍그러지려나 보고, 옆구리만 좀 근질근질해도 아하 요게 혼도라는 놈인가 보다 하고 긴장한다.

그랬건만 딱한 일은 끝끝내 내가 혼도 않고 그만두었다는 것이다.

3시를 쳐도 역시 그 턱이다. 나는 그만 흥분했다. 혼도커녕은 정신이 말똥말똥하단 말이다. 이럴 리가 없는데.

그렇다고 금방 십이지장충 약을 써보기도 싫다. 내 진단이 너무나 허황한데 스스로 놀라고 또 그 약을 구해야 할 노력이 아깝고 귀찮다.

구름 파듯 뭉게뭉게 불쾌한 감정이 솟아오른다. 이러다가는 저녁 지으시는 작은어머니와 또 싸우겠군…… 얼마 후에 나는 히죽히죽 모자도 안 쓰고 거리로 나섰다.

막 다방에를 들어서니까 수군壽君이 마침 문간을 나서면서 손바닥을 보인다.

"쉬…… 자네 마누라 와 있네."

나는 정신이 번쩍 났다.

"얘, 요것 봐라."

하고 무작정 그리 들어서려는 것을 수군이 아예 말리는 것이다.

"만좌지중에서 망신 톡톡이 당할 테니 염체 어델."

"그런가…….""

입맛을 쩍쩍 다시면서 발길을 돌리기는 돌렸으나 먼발치서라도 어디 좀 보고 싶었다.

솜옷을 입고 아내가 나갔거늘 이제 철은 홑것을 입어야 하니 넉 달지간이나 되나 보다.

나를 배반한 계집이다. 3년 동안 끔찍이도 사랑하였던 끝장이다. 따귀도 한 대 갈겨 주고 싶다. 호령도 좀 하여 주고 싶다. 그러나 여기는 몰려드는 사람이 하나도 내 얼굴을 모르는 사람이 없는 다방이다. 장히 모양도 사나우리라.

"자네 만나면 헐 말이 꼭 한마디 있다네."

"어쩔라누?"

"사생결단을 허겠대네."

"어이쿠."

나는 몹시 놀래어 보이고 레이먼드 하튼[1]같이 빙글빙글 웃었다. '아내…… 마누라'라는 말이 낮잠과도 같이 옆구리를 간지른다. 그 이미지는 벌써 먼 바다를 건너간다. 이미 파도 소리까지 들리지 않았느냐. 이러한 환상 속에 떠오르는 내 자신은 언제든지 광채 나는 루바슈카[2]를 입었고 퇴폐적으로 보인다. 소년과 같이 창백하고 무시무시한 풍모이다. 어떤 때는 울기도 했다. 어떤 때는 어딘지 모르는 먼 나라의 십자로를 걸었다.

수군에게 끌려 한강으로 나갔다. 목선을 하나 빌어 맥주도 싣고 상류로 거슬러 동작리 갯가에다 대어 놓고 목로 찾아 취토록 먹었다. 황혼에 수평은 시야와 어우러져서 아물아물 허공에 놓인 비조처럼 이 허망한 슬픔을 참어다다 의지해야 옳을지 비철거리지 않을 수 없었다.

"응…… 넉 달이 지나서 인제? 네가 내게 헐 말은 뭐냐? 애 더리고 더리다[3]"

"이건 왜 벤벤치 못하게 이러는 거야."

"아니, 아니, 일테면 그렇다 그 말이지, 고론 앙큼스런 놈의 계집이 또 있을 수가 있나."

"글쎄 관둬 관둬."

"관두긴 허겠지만 어차피 말을 허자구 자연 말이 이렇게쯤 나가지 않겠느냐 그런 말이야."

"이렇게 못생긴 건 내 보길 처엄 보겠네 원!"

"기집이란 놈의 물건이 아무리 독헌 물건이기루 고렇게 싹 칼루 엔 듯이 돌아설 수가 있냐고."

우리들은 술이 살렸다. 나야말로 술 없이 사는 도리가 없었다.

노들[4]서 또 먹었다. 전후불각으로 취하여 의식을 완전히 잃어버려야겠어서 그랬다.

넉 달…… 장부답지 못하게 뒤끓던 마음이 그만하고 차츰차츰 가라앉기 시작하려는 이 철에 뭐냐 부전附箋붙은 편지 모양으로 때와 손 자죽[5]이 잔뜩 묻은 채 돌아오다니,

"요 얌체두 없는 것아, 요 요 요."

나는 힘껏 고성 질타로 제 자신을 조소하건만도 이와 따로 밑둥 치운 대목 기울 듯 자분참 기우는 이 어리석지 않고 들을 소리도 없는 마음을 주체하는 방법이 없는 것이었다.

넉 달…… 이 동안이 결코 짧지가 않다. 한 사람의 아내가 남편을 배반하고 집을 나가 넉 달을 잠잠하였다면 아내는 그예 용서받을 자격이 없는 것이요 남편은 꿀꺽 참아서라도 용서하여서는 안 된다.

"이 천하의 공규公規를 너는 어쩌려느냐?"

와서 그야말로 단죄를 달게 받아 보려는 것일까.

어떤 점을 붙잡아 한 여인을 믿어야 옳을 것인가. 나는 대체 종잡을 수가 없어졌다.

하나같이 내 눈에 비치는 여인이라는 것이 그저 끝없이 경조부박한 음란한 요물에 지나지 않는 것이 없다.

생물이 이렇다는 의의를 홀떡 잃어버린 나는 환신宦臣[6]이나 무엇이 다르랴. 산다는 것은 내게 딴은 필요 이상의 '야유'에 지나지 않는다.

그것은 무슨 한 여인에게 배반당하였다는 고만 이유로 해서 그렇다는 것 아니라 사물의 어떤 포인트로 이 믿음이라는 역학의 지점을 삼아야겠느냐는 것이 전혀 캄캄하여졌다는 것이다.

"믿다니 어떻게 믿으라는 것인구."

함부로 예제 침을 퇴퇴 뱉으면서 보조步調는 자못 어지럽고 비창한 것이었다. 술을 한 모금이라도 마시고 나면 약삭빨리 내 심경에 아첨하는 이 전신의 신경은 번번이 대담하게도 천변지이가 이 일신에 벼락치기를 바라고 바라고 하는 것이었다.

"경칠…… 화물 자동차에나 질컥 치여 죽어 버리지. 그랬으면 이렇게 후텁지근헌 생활을 면허기라두 허지."

하고 주책없이 중얼거려 본다. 그러나 짜장 화물 자동차가 탁 앞으로 닥칠 적이면 텐겁해서[7] 피하는 재주가 세상의 어떤 사람보다도 능히 빠르다고는 못해도 비슷했다. 그럴 적이면 혀를 쑥 내밀어 제 자신을 조롱하였습네 하고 제 자신을 속여 버릇하였다.

이런 넉 달…….

이런 넉달이 지나고 어리석은 꿈을 그럭저럭 어리석은 꿈으로 돌릴 줄 알 만한 시기에 아내는 꿈을 거친 걸음걸이로 역행하여 여기 폭군의 인상으로 나타난 것이다.

나는 어떻게 해야 하나? 거암과 같은 불안이 공기와 호흡의 중압이 되어 덤벼든다. 나는 야행열차와 같이 자야 옳을는지도 모른다.

추악한 화물

그예 찾아내고 말았다.

나는 안을 들여다보았다. 풀칠한 현관 유리창에 거무데데한 내 얼굴의 하이라이트가 비칠 뿐이다. 물론 아무것도 보이지는 않았다.

나는 그 자리에 주저앉고 만다. 내 바로 옆에서 한 마리의 개가 흙을 파고 있다. 드러누웠다. 혀를 내민다. 혀가 깃발같이 굽이치는 게 퍽 고단해 보였다.

온돌방 한 칸과 '이첩칸二疊間'.

이렇단다. 굳게 못질을 하여 놓았다. 분주하게 드나드는 쥐새끼들은 이 집에 관해서 아무것도 나에게 전하지 않는다.

안면 근육이 별안간 바작바작 오그라드는 것 같다. 살이 내리나 보다. 사람은 이렇게 하루에도 몇 번씩 살이 내리고 오르고 하나보다.

날라와야겠다. 그 오물투성이의 대화물을!

절이나 하는 듯이 '대가大家'라 써 붙인 목패 옆에 조그마한 명함 한 장이 꽂혀 있다. '한○○, 전등료電燈料는 ○○정 ○○번지로 받으러 오시오.' (거 짓말 말어라) 이 한○○란 사나이도 오물투성이의 대화물을 질질 끌고 이리 저리 방황했을 것이어늘…… ○○정이 어디쯤인가!

(거짓말 말어라)

왜 사람들은 이삿짐이란 대화물을 운반해야 할 구차 기구한 책임을 가졌나.

나는 집 뒤로 돌아가 보려 했다. 그러나 길은 곧장 온돌방까지 뚫린 모양이다. 반 칸도 못 되는 컴컴한 부엌이 변소와 마주 붙었다. 나는 기가 막혔다. 거기도 못이 굳게 박혀 있다. 나는 기가 막혔다.

성격 파산, 무엇 때문에? 나의 교양은 나의 생애와 다름없이 되었다. 헌 누더기 수염도 길렀다. 거리. 땅.

한 번도 아내가 나를 사랑 않는 줄 생각해 본 일조차 없다. 나는 어느 틈에 고상한 국화 모양으로 금시에 수세미가 되고 말았다. 아내는 나를 버렸다. 아내를 찾을 길이 없다.

나는 아내의 구두 속을 들여다본다. 공복…… 절망적 공허가 나를 조롱하는 것 같다. 숨이 가빴다.

그 다음에 무엇이 왔나.

적빈…… 중요한 오물들은 집안 사람들이 하나 둘 집어냈다. 특히 더러운 상품 가치 없는 오물만이 병균같이 남아 있었다.

하룻날, 탕아는 이 처참한 현상을 내 집이라 생각하고 돌아와 보았다. 뜰 앞에 화초만이 향기롭게 피어 있다. 붉은 열매가 열린 것도 있었다. 그러나 가족들은 여지없이 변형되고 말았고, 기성을 발하여 욕지거리다.

종시 나는 암말 없었다.

이미 만사가 끝났기 때문이다. 나는 혼자서 손바닥만한 마당에 내려서서 주위를 둘러본다. 내 손때가 안 묻은 물건은 하나도 없다.

나는 책을 태워 버렸다. 산적했던 서신을 태워 버렸다. 그리고 나머지 나의 기념을 태워 버렸다.

가족들은 나의 아내에 관해서 나에게 질문하거나 하지는 않는다. 나도 말하지 않는다.

밤이면 나는 유령과 같이 흥분하여 거리를 뚫었다. 나는 목표를 갖지 않았다. 공복만이 나를 지휘할 수 있었다. 성격의 파편—그런 것을 나는 꿈에도 돌아보려 않는다. 공허에서 공허로 말과 같이 나는 광분하였다. 술이 시작되었다. 술은 내 몸 속에서 향수같이 빛났다.

바른팔이 왼팔을, 왼팔이 바른팔을 가혹하게 매질했다. 날개가 부러지고 파랗게 멍든 흔적이 남았다.

몹시 피곤하다. 아방궁을 준대도 움직이기 싫다. 이 집으로 정해버려야겠다.

빨리 운반해야 한다. 그 악취가 가득한 육신들을 피를 토하는 내가 헌 구루마 위에 걸레짝같이 실어 가지고 운반해야 한다.

노동이다. 나에게는 생각할 여유조차 없었다.

불행의 실천

나는 닭도 보았다. 또 개도 보았다. 또 소 이야기도 들었다. 또 외국서섬 그림도 보았다. 그러나 나는 너희들에게 이 행운의 열쇠를 빌려 주려고는 않는다. 내가 아니면(보아라 좀 오래 걸렸느냐) 이런 것을 만들어 놓을 수는 없다.

책상다리를 하고 앉은 채 그냥 앉아 있기만 하는 것으로 어떻게 이렇게 힘이 드는지 모른다. 벽은 육중한데 외풍은 되고 천장은 여름 모자처럼 이 방의 감춘 것을 뚜껑 젖히고 고자질하겠다는 듯이 선뜻하다. 장판은 뼈가 저리게 하지 않으면 안절부절을 못하게 달른다[8]. 반닫이에 바른 색종이는 눈으로 보는 폭탄이다.

그저께는 그그저께보다 여위고 어저께는 그저께보다 여위고 오늘은 어저께보다 여위고 내일은 오늘보다 여월 터이고…… 나는 그럼 마지막에는 보숭보숭한 해골이 되고 말 것이다.

이 불쌍한 동물들에게 무슨 방법으로 죽을 먹이나. 나는 방탕한 장판 위에 넘어져서 한없는 '죄'를 섬겼다. '죄'…… 나는 시냇물 소리에서 가을을 들었다. 마개 뽑힌 가슴에 담을 무엇을 나는 찾았다. 그리고 스스로 달래었다. 가만 있으라고, 가만 있으라고…….

그러나 드디어 참다 못하여 가을비가 소조하게 내리는 어느 날 나는 화덕을 팔아서 냄비를 사고, 냄비를 팔아서 풍로를 사고, 냉장고를 팔아서 식칼을 사고, 유리 그릇을 팔아서 사기 그릇을 샀다.

처음으로 먹는 따뜻한 저녁 밥상을 낯설은 네 조각의 벽이 에워쌌다. 6원…… 6원어치를 완전히 다 살기 위하여 나는 방바닥에서 섣불리 일어서거나 하지는 않았다. 언제든지 가구와 같이 주저앉았거나 서까래처럼 드러누웠거나 하였다. 식을까 봐 연거푸 군불을 땠고, 구들을 어디 흠씬 얼궈 보려고 중양重陽[9]이 지난 철에 사날씩 검부러기 하나 아궁이에 안 넣었다.

나는 나의 친구들의 머리에서 나의 번지수를 지워 버렸다. 아니 나의 복장까지도 말갛게 지워 버렸다. 은근히 먹는 나의 조석이 게으르게 나은 육신에 만연하였다. 나의 영양의 찌꺼기가 나의 피부에 지저분한 수염을 낳았다. 나는 나의 독서를 뾰족하게 접어서 종이 비행기를 만든 다음 어린아이와 같이 나의 자기自棄를 태워서 죄다 날려 버렸다.

아무도 오지 말아 안 들일 터이다. 내 이름을 부르지 말라. 칠면조처럼 심술을 내기 쉽다. 나는 이 속에서 전부를 살라 버릴 작정이다. 이 속에서는 아픈 것도 거북한 것도 동¹⁰⁾에 닿지 않는 것도 아무것도 없다. 그냥 쏟아지는 것 같은 기쁨이 즐거워할 뿐이다. 내 맨발이 값비싼 향수에 질컥질컥 젖었다.

한 달—맹렬한 절뚝발이의 세월—그동안에 나는 나의 성격의 서막을 닫아 버렸다.

두 달…… 발이 맞아 들어왔다.

호흡은 깨끼저고리처럼 찰싹 안팎이 달라붙었다. 탄도彈道를 잃지 않은 질풍이 가리키는 대로 곧잘 가는 황금과 같은 절정의 세월이었다. 그동안에 나는 나의 성격을 서랍 같은 그릇에다 담아 버렸다. 성격은 간 데 온 데가 없어졌다.

석 달…… 그러나 겨울이 왔다. 그러나 장판이 카스텔라 빛으로 타들어 왔다. 얄팍한 요 한 겹을 통해서 올라오는 온기는 가히 비밀을 그을릴 만하다. 나는 마지막으로 나의 특징까지 내어 놓았다. 그리고 단 한 재주를 샀다. 송곳과 같은, 송곳 노릇밖에 못하는, 송곳만도 못한 재주를……. 과연 나는 녹슨 송곳 모양으로 멋도 없고 말라 버리기도 하였다.

혼자서 나쁜 짓을 해보고 싶다. 이렇게 어두컴컴한 방 안에 표본과 같이 혼자 단좌하여 창백한 얼굴로 나는 후회를 기다리고 있다.

─ 주

1) 레이먼드 하튼: 영화배우 이름인 듯.

2) 루바슈카rubashka: 러시아 인들이 입는 블라우스 풍의 상의.

3) 더리다: 더럽다.

4) 노들: 지금의 노량진.

5) 자죽: '자국'의 방언.

6) 환신宦臣: 내시.

7) 뗀겁해서: 겁에 질려 허둥지둥거려서.

8) 달른다: 살이 얼어서 부르트다.

9) 중양重陽: 중양절. 음력 9월 9일.

10) 동: 사물의 조리條理.

종생기終生記

극유산호郤遺珊瑚[1]······ 요 다섯 자 동안에 나는 두 자 이상의 오자를 범했는가 싶다. 이것은 나 스스로 하늘을 우러러 부끄러워할 일이겠으나 인지人智가 발달해 가는 면목이 실로 약여하다.

죽는 한이 있더라도 이 산호 채찍을랑 꽉 쥐고 죽으리라. 네 폐포파립廢袍破笠 위에 퇴색한 망해亡骸[2] 위에 봉황이 와 앉으리라.

나는 내 종생기가 천하 눈 있는 선비들의 간담을 서늘하게 해놓기를 애틋이 바라는 일념 아래 이만큼 인색한 내 맵시의 절약법을 피력하여 보인다.

일발 포성에 부득이 영웅이 되고 만 희대의 군인 모某는 아흔에 귀를 단 황송한 일생을 끝막던 날 이렇다는 유언 한마디를 지껄이지 않고 그 임종의 장면을 곧잘(무사히 후— 한숨이 나올 만큼) 넘겼다.

그런데 우리들의 레우오치카[3]—애칭 톨스토이—는 괴나리봇짐을 짊어지고 나선 데까지는 기껏 그럴 성싶게 꾸며 가지고 마지막 5분에 가서 그만 잡쳤다. 자지레한 유언 나부랭이로 말미암아 70년 공든 탑을 무너뜨렸고 허울 좋은 일생에 가실 수 없는 흠집을 하나 내어 놓고 말았다.

나는 일개 교활한 옵서버의 자격으로 그런 우매한 성인들의 생애를 방청하여 왔으니 내가 그런 따위의 실수를 알고도 재범할 리가 없는 것이다.

거울을 향하여 면도질을 한다. 잘못해서 나는 생채기를 낸다. 나는 골을 벌컥 낸다.

그러나 와글와글 들끓는 여러 '나'와 나는 정면으로 충돌하기 때문에 그들은 제각기 베스트를 다하여 제 자신만을 변호하는 때문에 나는 좀처럼 범인을 찾아내기는 어렵다는 것이다.

그러기에 대저 어리석은 민중들은 '원숭이가 사람 흉내를 내네' 하고 마음을 놓고 지내는 모양이지만 사실 사람이 원숭이 흉내를 내고 지내는 바 지당한 전고典故를 이해하지 못하는 탓이리라.

오호라 일거수일투족이 이미 아담 이브의 그런 충동적 습관에서는 탈각한 지 오래다. 반사운동과 반사운동 틈바구니에 끼어서 잠시 실로 전광석화만큼 손가락이 자의식의 포로가 되었을 때 나는 모처럼 내 허무한 세월 가운데 한각閑却되어 있는 기암奇岩 내 콧잔등을 좀 만지작만지작했다거나, 고귀한 대화와 대화 늘어선 쇠사슬 사이에도 정히 간발을 허용하는 들창이 있나니 그 서슬 퍼런 날이 자의식을 걷잡을 사이도 없이 양단하는 순간 나는 내 명경같이 맑아야 할 지보至寶 두 눈에 혹시 눈곱이 끼지나 않았나 하는 듯이 적절하게 주름살 잡힌 손수건을 꺼내어서는 그 두 눈을 만지작만지작 했다거나…….

내 혼백과 사대四大의 점잖은 태만성이 그런 사소한 연화煙火들을 일일이 따라다니면서 (보고 와서) 내 통괄되는 처소에다 일러바쳐야만 하는 그런 압도적 망쇄忙殺[4]를 나는 이루 감당해 내는 수가 없다.

그러나 나는 내 지중한 산호편珊瑚鞭을 자랑하고 싶다.

'쓰레기' '우거지'.

이 구지레한 단자單字의 분위기를 족하足下는 족히 이해하십니까?

족하는 족하가 기독교식으로 결혼하던 날 네이브 앤드 아일[5]에서 이 '쓰레기' '우거지'에 근이近邇한 감흥을 맛보았으리라고 생각이 되는데 과연 그렇지는 않으십니까?

나는 그런 '쓰레기'나 '우거지' 같은 테이프를(내 종생기 처처에다 가련히 심어 놓은 자자레한 치레를 위하여) 뿌려 보려는 것인데……

다행히 박수하다. 이상以上.

'치사侈奢[6]한 소녀는' '해동기의 시냇가에 서서' '입술이 낙화지듯 좀 파래지면서' '박빙 밑으로는 무엇이 저리도 움직이는가' '고개를 갸웃거리는 듯이 숙이고 있는데' '봄 운기를 품은 훈풍이 불어와서' '스커트', 아니, 아니, '너무나', 아니, 아니, '좀' '슬퍼 보이는 홍발紅髮을 건드리면' 그만. 더 아니다. 나는 한마디 가련한 어휘를 첨가할 성의를 보이자.

'나붓나붓'.

이만하면 완비된 장치에 틀림없으리라. 나는 내 종생기의 서장을 꾸밀 그 소문 높은 산호편을 더 여실히 하기 위하여 위와 같은 실로 나로서는 너무나 과람過濫이 치사스럽고 어마어마한 세간살이를 장만한 것이다.

그런데……

혹 지나치지나 않았나. 천하에 형안이 없지 않으니까 너무 금칠을 아니했다가는 서툴리 들킬 염려가 있다. 하나……

그냥 어디 이대로 써보기로 하자.

나는 지금 가을바람이 자못 소슬한 내 구중중한 방에 홀로 누워 종생하고 있다.

어머니 아버지의 충고에 의하면 나는 추호의 틀림도 없는 만 25세와 11개월의 '홍안 미소년'이라는 것이다. 그렇건만 나는 확실히 노옹이다. 그날 하루하루가 '인생은 짧고 예술은 기다랗다' 하는 엄청난 평생이다.

나는 날마다 운명하였다. 나는 자던 잠(이 잠이야말로 언제 시작한 잠이더나)을 깨면 내 통절한 생애가 개시되는데 청춘이 여지없이 탕진되는 것은 이불을 푹 뒤집어쓰고 누웠지만 역력히 목도한다.

나는 노래老來에 빈한한 식사를 한다. 열두 시간 이내에 종생을 맞이하고 그리고 할 수 없이 이리 궁리 저리 궁리 유언다운 유언이 어디 유실되어 있지 않나 하고 찾고, 찾아서는 그중 의젓스러운 놈으로 몇 추린다.

그러나 고독한 만년 가운데 한 구의 에피그램을 얻지 못하고 그대로 처참히 나는 물고物故[7]하고 만다.

일생의 하루—하루의 일생은 대체(위선) 이렇게 해서 끝나고 끝나고 하는 것이었다.

자, 보아라.

이런 내 분장은 좀 과하게 치사스럽다는 느낌은 없을까, 없지 않다.

그러나 위풍당당 일세를 풍미할 만한 참신무비한 햄릿(망언다사妄言多謝)을 하나 출세시키기 위하여는 이만한 출자는 아끼지 말아야 하지 않을까 하는 느낌도 없지 않다.

나는 가을. 소녀는 해동기.

어느 제나 이 두 사람이 만나서 즐거운 소꿉장난을 한번 해보리까.

나는 그해 봄에도……

부질없는 세상이 스스러워서 상설霜雪 같은 위엄을 갖춘 몸으로 한심한 불우의 1월을 맞고 보내지 않으면 안 되었다.

미문美文, 미문, 애아曖呀[8]! 미문.

미문이라는 것은 적이 조처하기 위험한 수작이니라.

나는 내 감상의 꿀방구리[9] 속에 청산 가던 나비처럼 마취혼사痲醉昏死하기 자칫 쉬운 것이다. 조심조심 나는 내 맵시를 고쳐야 할 것을 안다.

나는 그날 아침에 무슨 생각에서 그랬던지 이를 닦으면서 내 작성중에 있는 유서 때문에 끙끙 앓았다.

열세 벌의 유서가 거의 완성해 가는 것이었다. 그러나 그 어느 것을 집어 내 보아도 다 같이 서른여섯 살에 자살한 어느 '천재'[10]가 머리맡에 놓고 간 개세蓋世의 일품의 아류에서 일보를 나서지 못했다. 내게 요만 재주밖에는 없느냐는 것이 다시없이 분하고 억울한 사정이었고 또 초조의 근원이었다. 미간을 찌푸리되 가장 고매한 얼굴은 지속해야 할 것을 잊어버리지 않고 그리고 계속하여 끙끙 앓고 있노라니까(나는 일시일각을 허송하지는 않는다. 나는 없는 지혜를 끊이지 않고 쥐어짠다) 속달편지가 왔다. 소녀에게서다.

선생님! 어젯저녁 꿈에도 저는 선생님을 만나 뵈었습니다. 꿈 가운데 선생님은 참 다정하십니다. 저를 어린애처럼 귀여워해 주십니다.

그러나 백일白日 아래 표표飄飄하신 선생님은 저를 부르시지 않습니다.

비굴이라는 것이 무슨 빛으로 되어 있나 보시려거든 선생님은 거울을 한 번 보아 보십시오. 거기 비치는 선생님의 얼굴빛이 바로 비굴이라는 것의 빛입니다.

헤어진 부인과 3년을 동거하시는 동안에 너 가거라 소리를 한마디도 하신 일이 없다는 것이 선생님 유일의 자만이십니다그려! 그렇게까지 선생님은 인정에 구구하신가요?

R과도 깨끗이 헤어졌습니다. S와도 절연한 지 벌써 다섯 달이나 된다는 것은 선생님께서도 믿어 주시는 바지요? 다섯 달 동안 저에게는 아무것도 없습니다. 저의 청절을 인정해 주시기 바랍니다. 저의 최후까지 더럽히지 않은 것을 선생님께 드리겠습니다. 저의 희멀건 살의 매력이 이렇게 다섯 달 동안이나 놀고 없는 것은 참 무엇이라고 말할 수 없이 아깝습니다. 저의 잔털 나스르르한 목 영靈한[11] 온도가 선생님을 기다리고 있습니다. 선생님이여! 저를 부르십시오. 저더러 영영 오라는 말을 안 하시는 것은 그것 역시 가실 적 경우와 똑같은 이론에서 나온 구구한 인생 변호의 치사스러운 수법이신가

요?

영원히 선생님 '한 분'만을 사랑하지요. 어서어서 저를 전적으로 선생님만의 것을 만들어 주십시오. 선생님의 '전용'이 되게 하십시오.

제가 아주 어수룩한 줄 오산하고 계신 모양인데 오산치고는 좀 어림없는 큰 오산이리라.

네 딴은 제법 든든한 줄만 믿고 있는 네 그 안전지대라는 것을 너는 아마 하나 가진 모양인데 그까짓 것쯤 내 말 한마디에 사태가 나고 말리라, 이렇게 일러 드리고 싶습니다. 또…… 예끼! 구역질 나는 인생 같으니 이러고도 싶습니다.

3월 3일 날 오후 2시에 동소문 버스 정류장 앞으로 꼭 와야 되지 그렇지 않으면 큰일나요. 내 징벌을 안 받지 못하리다.

—만 19세 2개월을 맞이하는 정희 올림

이상 선생님께.

물론 이것은 죄다 거짓부렁이다. 그러나 그 일촉즉발의 아슬아슬한 용심법用心法이 특히 그 중에도 결미의 비견할 데 없는 청초함이 장히 질풍신뢰를 품은 듯한 명문이다.

나는 까무러칠 뻔하면서 혀를 내둘렀다. 나는 깜빡 속기로 한다. 속고 만다.

여기 이 이상 선생님이라는 허수아비 같은 나는 지난밤 사이에 내 평생을 경력經歷했다. 나는 드디어 쭈글쭈글하게 노쇠해 버렸던 차에 아침(이 온 것)을 보고 이키! 남들이 보는 데서는 나는 가급적 어줍잖게 (잠을) 자야 되는 것이거늘, 하고 늘 이를 닦고 그리고는 도로 얼른 자버릇하는 것이었다. 오늘도 또 그럴 셈이었다.

사람들은 나를 보고 짐짓 기이하기도 해서 그러는지 경천동지의 육중한

경륜을 품은 사람인가 보다고들 속는다. 그러니까 그렇게 하는 것이 내 시시한 자세나마 유지시킬 수 있는 유일무이의 비결이었다. 즉 나는 남들 좀 보라고 낮에 잔다.

그러나 그 편지를 받고 흔희작약欣喜雀躍, 나는 개세의 경륜과 유서의 고민을 깨끗이 씻어 버리기 위하여 바로 이발소로 갔다. 나는 여간 아니 호걸답게 입술에다 치분齒粉을 허옇게 묻혀 가지고는 그 현란한 거울 앞에 가앉아 이제 호화장려하게 개막하려 드는 내 종생을 유유히 즐기기로 거기 해당하게 내 맵시를 수습하는 것이었다.

우선 그 작소鵲巢[12]라는 뇌명雷名[13]까지 있는 봉발蓬髮을 썰어서 상고머리라는 것을 만들었다. 오각수五角鬚[14]는 깨끗이 도태해 버렸다. 귀를 우비고 코털을 다듬었다. 안마도 했다. 그리고 비누세수를 한 다음 문득 거울을 들여다보니 품 있는 데라고는 한 귀퉁이도 없어 보이는 듯하면서 또한 태생을 어찌 어기리요, 좋도록 말해서 라파엘 전파前派 일원같이 그렇게 청초한 백면서생이라고도 보아 줄 수 있지 하고 실없이 제 얼굴을 미남자거니 고집하고 싶어하는 구지레한 욕심을 내심 탄식하였다.

아차! 나에게도 모자가 있다. 겨우내 꾸겨 박질러 두었던 것을 부득부득 끄집어내어다 15분 간 세탁소로 가지고 가서 멀쩡하게 만들었다. 그리고 흰 바지저고리에 고동색 대님을 다 치고 차림차림이 제법 이색異色이었다. 공단은 못 되나마 능직 두루마기에 이만하면 고왕금래古往今來 모모한 천재의 풍모에 비겨도 조금도 손색이 없으리라. 나는 내 그런 여간 이만저만하지 않은 풍모를 더욱더욱 이만저만하지 않게 모디파이어[15]하기 위하여 가늘지도 굵지도 않은 그다지 알맞은 단장短杖을 하나 내 손에 쥐어 주어야 할 것도 때마침 잊어버리지는 않았다.

별수없이…… 오늘이 즉 3월 3일인 것이다.

나는 점잖게 한 30분쯤 지각해서 동소문 지정받은 자리에 도착하였다.

정희는 또 정희대로 아주 정희답게 한 30분쯤 일찍 와서 있다.

정희의 입상은 제정 러시아적 우표딱지처럼 적잖이 슬프다. 이것은 아직도 얼음을 품은 바람이 해토解土머리[16]답게 싸늘해서 말하자면 정희의 모양을 얼마간 침통하게 해보인 탓이렷다.

나는 이런 경우에 천만뜻밖에도 눈물이 핑 눈에 그뜩 돌아야 하는 것이 꼭 맞는 원칙으로서의 의표가 아닐까 그렇게 생각하면서 저벅저벅 정희 앞으로 다가갔다.

우리 둘은 이 땅을 처음 찾아온 제비 한 쌍처럼 잘 앙증스럽게 만보漫步하기 시작했다. 걸어가면서도 나는 내 두루마기에 잡히는 주름살 하나에도, 단장을 한번 휘젓는 곡절曲折에도 세세히 조심한다. 나는 말하자면 내 우연한 종생을 감쪽스럽도록 찬란하게 허식하기 위하여 내 박빙을 밟는 듯한 포즈를 아차 실수로 무너뜨리거나 해서는 절대로 안 된다는 것을 굳게굳게 명銘하고 있는 까닭이다.

그러면 맨 처음 발언으로는 나는 어떤 기절참절奇絶慘絶한 경구를 내어놓아야 할 것인가, 이것 때문에 또 잠깐 머뭇머뭇하지 않을 수도 없었지만 그렇다고 바로 대고 거 어쩌면 그렇게 똑 제정 러시아적 우표딱지같이 초초楚楚[17]하니 어쩌니 하는 수는 차마 없다.

나는 선뜻,

"설마가 사람을 죽이느니."

하는 소리를 저 뱃속에서부터 우러나오는 듯한 그런 가라앉은 목소리에 꽤 명료한 발음을 얹어서 정희 귀 가까이다 대고 지껄여 버렸다. 이만하면 아마 그 경우의 최초의 발성으로는 무던히 성공한 편이리라. 뜻인즉, 네가 오라고 그랬다고 그렇게 내가 불쑥 올 줄은 너 꿈에도 생각하지 못했으리라는 꼼꼼한 의도다.

나는 아침 반찬으로 콩나물을 3전어치는 안 팔겠다는 것을 교묘히 무사히 3전어치만 살 수 있는 것과 같은 미끈한 쾌감을 맛본다. 내 딴은 다행히 노랑돈[18] 한푼도 참 용하게 낭비하지는 않은 듯싶었다.

그러나 그런 내 청천에 벽력이 떨어진 것 같은 인사에 대하여 정희는 실로 대답이 없다. 이것은 참 큰일이다.

아이들이 고추 먹고 맴맴 담배 먹고 맴맴 하고 노는 그런 암팡진 수단으로 그냥 단번에 나를 어지러뜨려서는 넘어뜨려 버릴 작정인 모양이다.

정말 그렇다면!

이 상쾌한 정희의 확호確乎 부동자세야말로 엔간치 않은 출품出品이 아닐 수 없다. 내가 내어 놓은 바 살인촌철은 그만 즉석에서 분쇄되어 가엾은 부작不作으로 내려 떨어지고 마는 것이다, 하고 나는 느꼈다.

나는 나로서 할 수 있는 가장 큰 규모의 손짓 발짓을 한번 해보이고 이윽고 낙담하였다는 것을 표시하였다. 일이 여기 이른 바에는 내 포즈 여부가 문제 아니다. 표정도 인제 더 써먹을 것이 남아 있을 성싶지도 않고 해서 나는 겸연쩍게 안색을 좀 고쳐 가지고 그리고 정희! 그럼 나는 가겠소, 하고 깍듯이 인사하고 그리고?

나는 발길을 돌려서 집을 향해 걷기 시작했다. 내 파란만장의 생애가 자지레한 말 한마디로 하여 그만 회신灰燼[19]으로 돌아가고 만 것이다. 나는 세상에도 참혹한 풍채 아래서 내 종생을 치른 것이라고 생각하면서 그렇다면 그럼 그럴 성싶기도 하게 단장도 한두 번 휘두르고 입도 좀 일기죽일기죽 해보기도 하고 하면서 행차하는 체 해 보인다.

5초…… 10초…… 20초…… 30초…… 1분…….

결코 뒤를 돌아다보거나 해서는 못쓴다. 어디까지든지 사심 없이 패배한 체하고 걷는 체한다. 실심한 체한다.

나는 사실은 좀 어지럽다. 내 쇠약한 심장으로는 이런 자약한 체조를 그렇게 장시간 계속하기가 썩 어려운 것이다.

묘지명이라. 일세의 귀재 이상은 그 통생通生의 대작 종생기 한 편을 남기고 서력 기원 후 1937년 정축 3월 3일[20] 미시 여기 백일 아래서 그 파란만장(?)의 생애를 끝막고 문득 졸하다. 향년 만 25세와 11개월. 오호라! 상심 크다. 허탈이야 잔존하는 또 하나의 이상李箱 구천九天을 우러러 호곡하고 이 한산寒山 일편석一片石을 세우노라. 애인 정희는 그대의 몰후歿後 수삼 인의 비첩秘妾된 바 있고 오히려 장수하니 지하의 이상아! 바라건댄 명목瞑目하라.

그리 칠칠치는 못하나마 이만큼 해가지고 이꼴 저꼴 구지레한 흠집을 살짝 도회韜晦[21]하기로 하자. 고만 실수는 여상如上의 묘기로 겸사겸사 매우고 다시 나는 내 반생의 진용陳容 후일에 관해 차근차근 고려하기로 한다. 이상以上.

역대의 에피그램과 경국傾國의 철칙이 다 내게 있어서는 내 위선을 암장하는 한 스무드한 구실에 지나지 않는다. 실로 나는 내 낙명落命의 자리에서도 임종의 합리화를 위하여 코로[22]처럼 도색挑色의 팔레트를 볼 수도 없거니와 톨스토이처럼 탄식해 주고 싶은 쥐꼬리만한 금언의 추억도 가지지 않고 그냥 난데없이 다리를 삐어 넘어지듯이 스르르 죽어 가리라.

거룩하다는 칭호를 휴대하고 나를 찾아오는 '연애'라는 것을 응수하는 데 있어서도 어디서 어떤 노소간의 의뭉스러운 선인들이 발라 먹고 내어 버린 그런 유훈을 나는 헐값에 거둬들여다가는 제련製鍊 재탕 다시 써먹는다―는 줄로만 알았다가도 또 내게 혼나는 경우가 있으리라.

나는 찬밥 한술 냉수 한 모금을 먹고도 넉넉히 일세를 위압할 만한 '고언苦言'을 적적摘摘할 수 있는 그런 지혜의 실력을 가졌다.

그러나 자의식의 절정 위에 발돋움을 하고 올라선 단말마의 비결을 보통 야시夜市 국수버섯을 팔러 오신 시골 아주먼네에게 서너 푼에 그냥 넘겨주고 그만두는 그렇게까지 자신의 에티켓을 미화시키는 겸허의 방식도 또한 나는 무루無漏히 터득하고 있는 것이다. 당목瞠目[23]할지어다. 이상以上.

난마와 같이 갈피를 잡쓸 수 없는 얼마간 비극적인 자기 탐구.

이런 흑발 같은 남루한 주제는 문벌이 버젓한 나로서 채택할 신세가 아니거니와 나는 태서泰西[24]의 에티켓으로 차 한잔을 마실 적의 포즈에 대하여도 세심하고 세심한 용의가 필요하다.

휘파람 한번을 분다 치더라도 내 극비리에 정선精選 은닉된 절차를 온고溫古하여야만 한다. 그런 다음이 아니고는 나는 희망 잃은 황혼에서도 휘파람 한마디를 마음대로 불 수는 없는 것이다.

동물에 대한 고결한 지식?

사슴, 물오리, 이 밖의 어떤 종류의 동물도 내 애니멀 킹덤[25]에서는 낙탈되어 있어야 한다. 나는 이 수렵용으로 귀여히 가여히 되어먹어 있는 동물 외의 동물에 언제든지 무가내하無可奈何로 무지하다.

또…… 그럼 풍경에 대한 오만한 처신법?

어떤 풍경을 묻지 않고 풍경의 근원, 중심, 초점이 말하자면 나 하나 '도련님'다운 소행에 있어야 할 것을 방약무인으로 강조한다. 나는 이 맹목적 신조를 두 눈을 그대로 딱 부르감고 믿어야 된다.

자진한 '우매' '몰각'이 참 어렵다.

보아라. 이 자득하는 우매의 절기絶技를! 몰각의 절기를.

백구白鷗는 의백사宜白沙하니 막부춘초벽莫赴春草碧[26]하라.

이태백李太白. 이 전후만고의 으리으리한 '화족華族'. 나는 이태백을 닮기도 해야 한다. 그러기 위하여 오언절구 한 줄에서도 한 자 가량의 태연자약한 실수를 범해야만 한다. 현란한 문벌이 풍기는 가히 범할 수 없는 기품과 세도가 넉넉히 고시 한 절쯤 서슴지 않고 생채기를 내어 놓아도 다들 어수룩한 체들 하고 속느니 하는 교만한 미신이다.

곱게 빨아서 곱게 다리미질을 해놓은 한 벌 슈미즈에 꼬박 속는 청절처럼 그렇게 아담하게 나는 어떠한 질차跌蹉에서도 거뜬하게 얄미운 미소와 함께 일어나야만 하는 것이니까.

오늘날 내 한 씨족이 분명치 못한 소녀에게 섣불리 딴죽을 걸려 넘어진다기로서니 이대로 내 숙망의 호화유려한 종생을 한 방울 하잘것없는 오점을 내는 채 투시投匙[27]해서야 어찌 초지初志의 만일萬一에 응답할 수 있는 면목이 족히 서겠는가, 하는 허울 좋은 구실이 영일永日 밤보다도 오히려 한 뼘 짧은 내 전정前程에 대두하기 시작하는 것이었다.

완만, 착실한 서술!

나는 과히 눈에 띌 성싶지 않은 한 지점을 재재바르게 붙들어서 거기서 공중 담배를 한 갑 사(주머니에 넣고) 피워 물고 정희의 뻔한 걸음을 다시 뒤따랐다.

나는 그저 일상의 다반사를 간과하듯이 범연하게 휘파람을 불고, 내 구두 뒤축이 아스팔트를 디디는 템포 음향, 이런 것들의 귀찮은 조절에도 깔끔히 정신차리면서 넉넉잡고 3분, 다시 돌친 걸음은 정희와 어깨를 나란히 걸을 수 있었다. 부질없는 세상에 제 심각하면, 침통하면 또 어쩌겠느냐는 듯싶은 서운한 눈의 위치를 동소문 밖 신개지 풍경 어디라고 정치 않은 한 점에 두어 두었으니 보라는 듯한 부득부득 지근거리는 자세면서도 또 그렇지도 않을 성싶은 내 묘기 중에도 묘기를 더한층 허겁지겁 연마하기에 골똘하는 것이었다.

일모日暮 청산…… 날은 저물었다. 아차! 저물지 않은 것으로 하는 것이 좋을까 보다.

날은 아직 저물지 않았다.

그러면 아까 장만해둔 세간 기구를 내세워 어디 차근차근 살림살이를 한번 치러볼 천우의 호기가 내 앞으로 다다랐나 보다. 자…….

태생은 어길 수 없어 비천한 '티'를 감추지 못하는 딸…….

(전기前記 치사한 소녀 운운은 어디까지든지 이 바보 이상의 호의에서 나온 곡해다. 모파상의 「지방脂肪 덩어리」를 생각하자. 가족은 미만 14세의 딸에게 매음시켰다. 두 번째는 미만 19세의 딸이 자진했다. 아— 세 번째는 그 나이 스물두 살이 되던 해 봄에 얹은 낭자²⁸⁾를 내리고 게다 다홍 댕기를 들여 늘어뜨려 편발 처자를 위조하여서는 대거大擧하여 강행으로 매끽賣喫하여 버렸다.)

비천한 뉘 집 딸이 해빙기의 시냇가에 서서 입술이 낙화 지듯 좀 파래지면서 박빙 밑으로는 무엇이 저리도 움직이는가고 고개를 갸웃거리는 듯이 숙이고 있는데 봄 방향을 품은 훈풍이 불어와서 스커트, 아니 너무나, 슬퍼 보이는, 아니, 좀 슬퍼 보이는 홍발紅髮을 건드리면…… 좀 슬퍼 보이는 홍발을 나붓나붓 건드리면…….

여상如上이다. 이 개기름 도는 가소로운 무대를 앞에 두고 나는 나대로 나다웁게 가문이라는 자지레한 '투套'는 어떤 일이 있더라도 잊어버리지 않고 채석장 희멀건 단층을 건너다보면서 탄식 비슷이,

"지구를 저며 내는 사람들은 역시 자연 파괴자리라."

는 둥,

"개미집이야말로 과연 정연하구나."

라는 둥,

"비가 오면, 아— 천하에 비가 오면."

"작년에 났던 초목이 올해에도 또 돋으려누, 귀불귀歸不歸란 무엇인가."

라는 둥…….

치레 잘하면 제법 의젓스러워도 보일 만한 가장 한산한 과제로만 골라서 점잖게 방심해 보여 놓는다.

정말일까? 거짓말일까. 정희가 불쑥 말을 한다. 한 소리가 "봄이 이렇게 왔군요" 하고 윗니는 좀 사이가 벌어져서 보기 흉한 듯하니까 살짝 가리고 곱다고 자처하는 아랫니를 보이지 않으려고 했지만 부지불식간에 그렇게

내어다 보인 것을 또 어쩝니까 하는 듯시피 가증하게 내어 보이면서 또 여간 해서 어림이 서지 않는 어중간한 얼굴을 그 위에 얹어 내세우는 것이었다.

좋아, 좋아, 좋아. 그만하면 잘되었어.

나는 고개 대신에 단장을 끄덕끄덕해 보이면서 창졸간에 그만 정희 어깨 위에다 손을 얹고 말았다.

그랬더니 정희는 적이 해괴해 하노라는 듯이 잠시는 묵묵하더니…… 정희도 문벌이라든가 혹은 간단히 말해 에티켓이라든가 제법 배워서 짐작하노라고 속삭이는 것이 아닌가.

꿀꺽!

넘어가는 내 지지한 종생, 이렇게도 실수가 허許해서야 물질적 전 생애를 탕진해 가면서 사수하여 온 산호편의 본의가 대체 어디 있느냐? 내내 울화가 북받쳐 혼도昏倒할 것 같다.

흥천사興天寺 으슥한 구석방에 내 종생의 갈력竭力이 정희를 이끌어 들이기도 전에 나는 밤 쓸쓸히 거짓말깨나 해놓았나 보다.

나는 내가 그윽이 음모한 바 천고불역千古不易의 탕아, 이상李箱이 자지레한 문학의 빈민굴을 교란시키고자 하던 가지가지 진기한 연장이 어느 겨를에 빼물르기 시작한 것을 여기서 깨달아야 되나 보다. 사회는 어떠쿵, 도덕이 어떠쿵, 내면적 성찰 추구 적발 징벌은 어떠쿵, 자의식 과잉이 어떠쿵, 제 깜냥에 번지레한 칠을 해내어 걸은 치사스러운 간판들이 미상불 우스꽝스럽기가 그지없다.

'독화毒花'.

족하足下는 이 꼭두각시 같은 어휘 한 마디를 잠시 맡아 가지고 계서 보구려?

예술이라는 허망한 아궁이 근처에서 송장 근처에서보다도 한결 더 썰썰기고 있는 그들 해반주그레한 사도死都의 혈족血族들 땟국내 나는 틈에 가

끼어서, 나는…….

내 계집의 치마 단속곳을 갈가리 찢어 놓았고, 버선 켤레를 걸레를 만들어 놓았고, 검던 머리에 곱던 양자樣姿[29], 영악한 곰의 발자국이 질컥 디디고 지나간 것처럼 얼굴을 망가뜨려 놓았고, 지기知己 친척의 돈을 뭉청 떼어 먹었고, 좌수터 유래 깊은 상호商號를 쑥밭을 만들어 놓았고, 겁쟁이 취리자取利者는 고랑떼[30]를 먹여 놓았고, 대금업자의 수금인을 졸도시켰고, 사장과 취체역取締役[31]과 사돈과 아범과 아비와 처남과 처제와 또 아비와 아비의 딸과 딸, 이 허다중생許多衆生으로 하여금 서로서로 이간을 붙이고 붙이게 하고 얼버무러서 싸움질을 하게 해놓았고, 사글세 방 새 다다미에 잉크와 요강과 팥죽을 엎질렀고, 누구누구를 임포텐스를 만들어 놓았고…….

'독화'라는 말의 콕 찌르는 맛을 그만하면 어렴풋이나마 어떻게 짐작이 서는가 싶소이까?

잘못 빚은 증편[32] 같은 시 몇 줄 소설 서너 편을 꿰어 차고 조촐하게 등장하는 것을 아— 무엇인 줄 알고 깜빡 속고 섣불리 손뼉을 한두 번 쳤다는 죄로 제 계집 간음당한 것보다도 더 큰 망신을 일신에 짊어지고 그리고는 앙탈 비슷이 시치미를 떼지 않으면 안 되는 어디까지든지 치사스러운 예의절차…… 마귀(터주가)의 소행(덧났다)이라고 돌려 버리자?

'독화'.

물론 나는 내일 새벽에 내 길든 노상에서 무려 내게 필적하는 한숨은 탕아를 해후할는지도 마치 모르나, 나는 신바람이 난 무당처럼 어깨를 치켰다 젖혔다 하면서라도 풍마우세風摩雨洗의 고행을 얼른 그렇게 쉽사리 그만두지는 않는다.

아, 어쩐지 전신이 몹시 가렵다. 나는 무연한 중생의 못 원한 탓으로 악역의 범함을 입나 보다. 나는 은근히 속으로 앓으면서 토일렛[33] 정한 대야에다 양손을 정하게 씻은 다음 내 자리로 돌아와 앉아 차근차근 나 자신을 반성 회오―쉬운 말로 자지레한 셈을 좀 놓아 보아야겠다.

에티켓? 문벌? 양식? 변신술翻身術?

그렇다고 내가 찔끔 정희 어깨 위에 얹었던 손을 뚝 뗀다든지 했다가는 큰 망발이다. 일을 잡치리라. 어디까지든지 내 뺨의 홍조만을 조심하면서 좋아, 좋아, 좋아, 그래만 주면 된다. 그리고 나서 피차 다 알아들었다는 듯이 어깨에 손을 얹은 채 어깨를 나란히 흥천사 경내로 들어갔다. 가서 길을 별안간 잃어버린 것처럼 자분참 산 위로 올라가 버린다. 산 위에서 이번에는 정말 포즈를 하릴없이 무너뜨렸다는 것처럼 정교하게 머뭇머뭇해 준다. 그러나 기실 말짱하다.

풍경 소리가 똑 알맞다. 이런 경우에는 제법 번듯한 식자識字가 있는 사람이면―

아, 나는 왜 늘 항례恒例에서 비켜서려 드는 것일까? 잊었느냐? 비싼 월사月謝[34]를 바치고 얻은 고매한 학문과 예절을.

현역 육군 중좌에게서 받은 추상열일秋霜烈日의 훈육을 왜 나는 이 경우에 버젓하게 내세우지를 못하느냐?

창연한 고찰 유루遺漏[35] 없는 장치에서 나는 정신차려야 한다. 나는 내 쟁쟁한 이력을 솔직하게 써먹어야 한다. 나는 고개를 숙이고 담배를 한대 피워 물고 도장屠場에 들어가는 소, 죽기보다 싫은 서투르고 근질근질한 포즈 체모독주體貌獨奏에 어지간히 성공해야만 한다.

그랬더니 그만두잔다. 당신의 그 어림없는 몸치렐랑 그만두세요. 저는 어지간히 식상이 되었습니다 한다.

그렇다면?

내 꾸준한 노력도 일조일석에 수포로 돌아가는 것이 아닌가. 대체 정희라는 가련한 '석녀石女'가 제 어떤 재간으로 그런 음흉한 내 간계를 요만큼까지 간파했다는 것이다.

일시에 기진한다. 맥은 탁 풀리고 앞이 팽 돌다 아찔하는 것이 이러다가 까무러치려나 보다고 극력 단장을 의지하여 버텨 보노라니까 희噫[36]라! 내 기사회생의 종생도 이번만은 회춘하기 장히 어려울 듯싶다.

이상! 당신은 세상을 경영할 줄 모르는 말하자면 병신이오. 그다지도 '미혹'하단 말씀이오? 건너다보니 절터지요? 그렇다 하더라도 「카라마조프의 형제」나 「40년」을 좀 구경삼아 들러 보시지요.

아니지! 정희! 그게 뭐냐 하면 나도 살고 있어야 하겠으니 너도 살자는 사기, 속임수, 일부러 만들어 내놓은 미신 중에도 가장 우수한 무서운 주문이오.

이상! 그러지 말고 시험삼아 한 발만 한 발자국만 저 개흙밭에다 들여놓아 보시지요.

이 악보같이 스무드한 담소 속에서 비칠비칠하노라면 나는 내게 필적하는 천의무봉의 탕아가 이 목첩目睫[37] 간에 있는 것을 느낀다. 누구나 제 내어 놓았던 협수룩한 포즈를 걷어치우느라고 허겁지겁들 할 것이다. 나도 그때 내 슬하에 이렇게 유산되는 자손을 느끼면서 만재萬載에 드리우는 이 극흉극비 종가의 부작符作[38]을 앞에 놓고서 적이 불안하게 또 한편으로는 적이 안일하게 운명하는 마지막 낙백落魄의 이내 종생을 애오라지 방불히 하는 것이었다.

나는 내 분묘될 만한 조촐한 터전을 찾는 듯한 그런 서글픈 마음으로 정희를 재촉하여 그 언덕을 내려왔다. 등 뒤에 들리는 풍경 소리는 진실로 내 심통心痛을 돕는 듯하다고 사자寫字하면 정경을 한층 더 반듯하게 매만져 놓은 한 도움이 되리라. 그럼 진실로 풍경 소리는 내 등 뒤에서 내 마지막 심통함을 한층 더 들볶아 놓는 듯하더라.

미문에 견줄 만큼 위태위태한 것이 절승絶勝에 혹사酷似한 풍경이다. 절승에 혹사한 풍경을 미문으로 번안 모사해 놓았다면 자칫 실족 익사하기 쉬운 웅덩이나 다름없는 것이니 첨위僉位는 아예 가까이 다가서서는 안 된다.

도스토예프스키나 고리키는 미문을 쓰는 버릇이 없는 체했고 또 황량 아담한 경치를 '취급'하지 않았으되 이 의뭉스러운 어른들은 오직 미문은 쓸 듯 쓸 듯, 절승경개는 나올 듯 나올 듯해만 보이고 끝끝내 아주 활짝 꼬랑지를 내보이지는 않고 그만둔 구렁이 같은 분들이기 때문에 그 기만술은 한층 더 진보된 것이며, 그런 만큼 효과가 또 절대하여 천년을 두고 만년을 두고 내리내리 부질없는 위무慰撫를 바라는 중속衆俗들을 잘 속일 수 있는 것이다. 그러나…… 왜 나는 미끈하게 솟아 있는 근대 건축의 위용을 보면서 먼저 철근 철골, 시멘트와 세사細沙, 이것부터 선뜩하니 감응하느냐는 말이다. 씻어 버릴 수 없는 숙명의 호곡號哭, 몽고지蒙古痣[40]오뚝이처럼 쓰러져도 일어나고 쓰러져도 일어나고 하니 쓰러지나 섰으나 마찬가지 의지할 얄팍한 벽 한 조각 없는 고독, 고고枯槁, 독개獨介, 초초楚楚.

나는 오늘 대오한 바 있어 미문을 피하고 절승의 풍광을 격하여 소조하게 왕생하는 것이며 숙명의 슬픈 투시벽은 깨끗이 벗어 놓고 온아종용溫雅慫慂, 외로우나마 따뜻한 그늘 아래서 실명失命하는 것이다.

의료意料[41]하지 못한 이 훌훌한 '종생'. 나는 요절인가 보다. 아니 중세中世 최절摧折[42]인가 보다. 이길 수 없는 육박肉迫, 눈먼 떼까마귀의 매리罵詈[43] 속에서 탕아 중에도 탕아, 술객術客 중에도 술객, 이 난공불락의 관문의 괴멸, 구세주의 최후연最後然히 방방곡곡이 여독은 삼투하는 장식 중에도 허식의 표백이다. 출색出色의 표백이다.

내부乃夫[44]가 있는 불의不義. 내부가 없는 불의. 불의는 즐겁다. 불의의 주가낙락酒價落落한 풍미를 족하는 아시나이까? 윗니는 좀 잇새가 벌고 아랫니만이 고운 이 한경漢鏡[45]같이 결함의 미를 갖춘 깜찍스럽게 시치미를 뗄 줄 아는 얼굴을 보라. 7세까지 옥잠화 속에 감춰 두었던 장분만을 바르고 그후 분을 바른 일도 세수를 한 일도 없는 것이 유일의 자랑거리. 정희는 사팔뜨기다. 이것은 무엇으로도 대항하기 어렵다. 정희는 근시近視 6도다. 이것은 무엇으로도 대항할 수 없는 선천적 훈장이다. 좌난시左亂視 우색맹右色盲아, 이는 실로 완벽이 아니면 무엇이랴.

속은 후에 또 속았다. 또 속은 후에 또 속았다. 미만 14세에 정희를 그 가족이 강행으로 매춘시켰다. 나는 그런 줄만 알았다. 한 방울 눈물…….

그러나 가족이 강행하였을 때쯤은 정희는 이미 자진하여 매춘한 후 오래오래 후다. 다홍 댕기가 늘 정희 등에서 나부꼈다. 가족들은 불의에 올 재앙을 막아줄 단 하나 값나가는 다홍 댕기를 기탄없이 믿었건만…….

그러나…… 불의는 귀인답고 참 즐겁다. 간음한 처녀…… 이는 불의 중에도 가장 즐겁지 않을 수 없는 영원의 밀림이다.

그럼 정희는 게서 멈추나?

나는 자기 소개를 한다. 나는 정희에게 분모分毛를 지기 싫기 때문에 잔인한 자기 소개를 하는 것이다.

나는 벼를 본 일이 없다. 자전거를 탈 줄 모른다. 생년월일을 가끔 잊어버린다. 아흔 노조모가 이팔소부二八少婦로 어느 하늘에서 시집온 10대조의 고성古城을 내 손으로 헐었고 녹엽천년綠葉千年의 호두나무 아름드리 근간을 내 손으로 베었다. 은행나무는 원통한 가문을 골수에 지니고 찍혀 넘어간 뒤 장장 4년 해마다 봄만 되면 독시毒矢 같은 싹이 엄돋는 것이었다.

나는 그러나 이 모든 것에 견뎠다. 한번 석류나무를 휘어잡고 나는 폐허를 나섰다.

조숙 난숙 감 썩는 골머리 때리는 내. 생사의 기로에서 완이이소莞爾而笑[46], 표한무쌍剽悍無雙[47]의 척구瘠軀 음지에 창백한 꽃이 피었다.

나는 미만 14세 적에 수채화를 그렸다. 수채화와 파과破瓜[48]. 보아라 목저木箸같이 야윈 팔목에서는 삼동에도 김이 무럭무럭 난다. 김 나는 팔목과 잔털 나 스르르한 매춘하면서 자라나는 회충같이 매혹적인 살결. 사팔뜨기와 내 흰자위 없는 짝짝이 눈. 옥잠화 속에서 나오는 기술奇術같은 석일昔日의 화장과 화장 전폐全廢, 이에 대항하는 내 자전거 탈 줄 모르는 아슬아슬한 천품. 다홍 댕기에 불의와 불의를 방임하는 속수무책의 내 나태.

심판이여! 정희에 비교하여 내게 부족함이 너무나 많지 않소이까?

비등比等 비등? 나는 최후까지 싸워 보리라.

홍천사 으슥한 구석방 한 칸, 방석 두 개, 화로 한 개. 밥상 술상…….

접전 수십 합. 좌충우돌. 정희의 허전한 관문을 나는 노사老死의 힘으로 들이친다. 그러나 돌아오는 반발의 흉기는 갈 때보다도 몇 배나 더 큰 힘으로 나 자신의 손을 시켜 나 자신을 살상한다.

지느냐. 나는 그럼 지고 그만두느냐.

나는 내 마지막 무장을 이 전장에 내세우기로 하였다. 그것은 즉 주란酒亂이다.

한 몸을 건사하기조차 어려웠다. 나는 게울 것만 같았다. 나는 게웠다. 정희 스커트에다, 정희 스타킹에다.

그리고도 오히려 나는 부족했다. 나는 일어나 춤추었다. 그리고 그 방 뒤 쌍창 미닫이를 열어 젖히고 나는 예서 떨어져 죽는다고 마지막 한 벌 힘만을 아껴 남기고는 나머지 있는 힘을 다하여 난간을 잡아 흔들었다. 정희는 나를 붙들고 말린다. 말리는데 안 말리는 것도 같았다. 나는 정희 스커트를 잡아 젖혔다. 무엇인가 철썩 떨어졌다. 편지다. 내가 집었다. 정희는 모른 체한다.

속달—'S와도 절연한 지 벌써 다섯 달이나 된다는 것은 선생님께서도 믿어 주시는 바지요?' 하던 S에게서다.

정희! 노하였소. 어젯밤 태서관 별장의 일! 그것은 결코 내 본의는 아니었소. 나는 그 요구를 하러 정희를 그곳까지 데리고 갔던 것은 아니오. 내 불민을 용서하여 주기 바라오. 그러나 정희가 뜻밖에도 그렇게까지 다소곳한 태도를 보여주었다는 것으로 적이 자위를 삼겠소.

정희를 하루라도 바삐 나 혼자만의 것을 만들어 달라는 정희의 열렬한 말을 물론 나는 잊어버리지는 않겠소. 그러나 지금 형편으로는 '아내'라는 저 추물을 처치하기가 정희가 생각하는 바와 같이 그렇게 쉬운 일은 아니오.

오늘(3월 3일) 오후 8시 정각에 금화장 주택지 그때 그 자리에서 기다리고 있겠소. 어제 일을 사과도 하고 싶고 달이 밝을 듯하니 송림을 거닙시다. 거닐면서 우리 두 사람만의 생활에 대한 설계도 의논하여 봅시다.

　　　　　　　　　　　　　　　　　　　　　　—3월 3일 아침 S.

내가 속달을 띄우고 나서 곧 뒤이어 받은 속달이다.

모든 것은 끝났다. 어젯밤의 정희는…….

그 낮으로 오늘 정희는 내게 이상 선생님께 드리는 속달을 띄우고 그 낮으로 또 나를 만났다. 공포에 가까운 변신술이다. 이 황홀한 전율을 즐기기 위하여 정희는 무고無辜의 이상을 징발했다. 나는 속고 또 속고 또 또 속고 또 또 또 속았다.

나는 물론 그 자리에 혼도하여 버렸다. 나는 죽었다. 나는 황천을 헤매었다. 명부에는 달이 밝다. 나는 또다시 눈을 감았다. 태허에 소리 있어 가로되[49] 너는 몇 살이뇨? 만 25세와 11개월이올시다. 요사夭死로구나. 아니올시다. 노사老死올시다.

눈을 다시 떴을 때에 거기 정희는 없다. 물론 8시가 지난 뒤였다. 정희는 그리 갔다. 이리하여 나의 종생은 끝났으되 나의 종생기는 끝나지 않는다. 왜?

정희는 지금도 어느 빌딩 걸상 위에서 드로어즈의 끈을 푸는 중이요, 지금도 어느 태서관 별장 방석을 베고 드로어즈의 끈을 푸는 중이요, 지금도

어느 송림 속 잔디 벗어 놓은 외투 위에서 드로어즈의 끈을 성盛히 푸는 중이
니까다.

이것은 물론 내가 가만히 있을 수 없는 재앙이다.

나는 이를 간다.

나는 걸핏하면 까무러친다.

나는 부글부글 끓는다.

그러나 지금 나는 이 철천의 원한에서 슬그머니 좀 비켜서고 싶다. 내 마
음의 따뜻한 평화 따위가 다 그리워졌다.

즉 나는 시체다. 시체는 생존하여 계신 만물의 영장을 향하여 질투할 자
격도 능력도 없는 것이리라는 것을 나는 깨닫는다.

정희, 간혹 정희의 후틋한 호흡이 내 묘비에 와 슬쩍 부딪는 수가 있다.
그런 때 내 시체는 홍당무처럼 화끈 달으면서 구천을 꿰뚫어 슬피 호곡한
다.

그동안에 정희는 여러 번 제(내 때꼽재기도 묻은) 이부자리를 찬란한 일광
아래 널어 말렸을 것이다. 누누한 이내 혼수 덕으로 부디 이 내 시체에서도
생전의 슬픈 기억이 창궁 높이 훨훨 날아가나 버렸으면…….

나는 지금 이런 불쌍한 생각도 한다. 그럼…… 만 26세와 3개월을 맞이
하는 이상 선생님이여! 허수아비여!

자네는 노옹일세. 무릎이 귀를 넘는 해골일세. 아니, 아니.

자네는 자네의 먼 조상일세. 이상以上.

― 주

1) 극유산호郤遺珊瑚: '산호를 버린다'는 뜻으로 당나라 시인 최국보崔國輔의 「소년
   행少年行」이란 시에서 따온 것인데 원문은 다음과 같다.

遺却珊瑚鞭 산호 채찍을 잃고 났더니
白馬驕不行 백마가 교만해져 가지 않구나
章臺折楊柳 장대(지명)에서 여인을 희롱하노라
春日路傍情 봄날 길가의 정경이여

2) 망해亡骸: 유골.

3) 레우오치카: 톨스토이(Lev Nikolayevich Graf Tolstoy, 1828~1910)의 이름의 첫 글자
   '레프Lev'의 애칭.

4) 망쇄忙殺: 정신을 차릴 수 없을 정도로 매우 바쁘다.

5) 네이브 앤드 아일(nave and aisle): 교회 본당과 복도.

6) 치사侈奢: '사치'를 일부러 거꾸로 쓴 것.

7) 물고物故: 죽거나 죽이는 것.

8) 애아曖呀: 백화문에서 사용하는 감탄사. '오오'와 같다.

9) 꿀방구리: 꿀을 담아 놓은 질그릇.

10) 천재: 일본의 소설가 아쿠타가와 류노스케(芥川龍之介, 1892~1927)를 가리킴. 이
    상은 그의 유서를 모델로 삼았다.

11) 영령한: 영검한.

12) 작소鵲巢: 까치집.

13) 뇌명雷名: 명성.

14) 오각수五角鬚: 다섯 각진 수염.

15) 모디파이어modifier: 수식.

16) 해토解土머리: 겨우내 얼었던 땅이 녹기 시작할 무렵.

17) 초초楚楚: 가시나무가 우거진 모양. 고통을 참는 듯한 모양.

18) 노랑돈: 몹시 아끼는 많지 않은 돈을 낮잡아 이르는 말.

19) 회신灰燼: 불에 타고 남은 끄트러기나 재.

20) 1937년 정축 3월 3일: 실제로 그가 사망한 것이 1937년 4월 17일이므로, 이상
    은 자신의 죽음을 거의 한 달여의 오차를 두고 맞춘 셈이다.

21) 도회韜晦: 지위나 재능 따위를 숨기어 감춤.

22) 코로(Camille Corot, 1796~1875): 프랑스의 화가.

23) 당목睹目: 눈을 휘둥그렇게 뜨고 바라보는 것.

24) 태서泰西: 서양.

25) 애니멀 킹덤(animal kingdom): 동물 왕국.

26) 백구白鷗는~: 백구는 흰모래와 어울리므로 봄풀의 푸르름에 가지 말라'는 뜻으로 이태백의 시구를 인용한 것.

27) 투시投匙: '숟가락을 놓는다'는 뜻으로 '죽음'을 뜻한다.

28) 낭자: 여자의 예장에 쓰는 딴머리의 하나. 쪽 찐 머리 위에 덧대어 얹고 긴 비녀를 꽂는다.

29) 양자樣姿: 모양. 모습.

30) 고랑떼: 골탕.

31) 취체역取締役: 주식회사의 '이사理事'를 가리키는 옛말.

32) 증편: 떡의 일종. 막걸리를 조금 탄 뜨거운 물로 멥쌀가루를 걸쭉하게 반죽하여 부풀린 다음, 증편틀에 붓고 위에 고명을 얹어 찐 떡.

33) 토일렛toilet: 화장실.

34) 월사月謝: 월사금月謝金.

35) 유루遺漏: 빠져나가거나 새어 나감.

36) 희噫: 탄식의 어조사.

37) 목첩目睫: 눈과 눈썹 사이처럼 아주 가까운 거리를 이르는 말.

38) 부작符作: '부적符籍'의 변한 말.

39) 첨위僉位: 여러분.

40) 몽고지蒙古痣: 몽고반점.

41) 의료意料: 뜻을 헤아리다.

42) 최절摧折: 꺾거나 꺾이는 것.

43) 매리罵詈: 심하게 욕하며 나무람.

44) 내부乃夫: 아버지.

45) 한경漢鏡: 중국 한나라 때의 거울.

46) 완이이소莞爾而笑: 빙그레 웃는 웃음.

47) 표한무쌍剽悍無雙: 무섭고 빨라서 맞서 싸울 수 없음.

48) 파과破瓜: 여자가 월경을 하기 시작하는 나이 16세를 이르는 말. '과瓜'자를 파자破字하면 '팔八'이 두 개로 2×8 = 16이 되기 때문이다.

49) 태허에~: 구약성경 「창세기」에 나오는 구절.

환시기幻視記

태석太昔[1]에 좌우를 난변難辨[2]하는 천치 있더니

그 불길한 자손이 백대를 겪으매

이에 가지가지 천형병자를 낳았더라.

암만 봐두 여편네 얼굴이 왼쪽으로 좀 삐뚤어진 거 같단 말야 싯?

결혼한 지 한 달쯤 해서.

처녀가 아닌 대신에 고리키 전집을 한 권도 빼놓지 않고 독파했다는 처녀 이상의 보배가 송宋 군을 동하게 하였고 지금 송 군의 은근한 자랑거리리라.

결혼하였으니 자연 송 군의 서가와 부인 순영 씨(이순영이라는 이름자 밑에다 '씨'자를 붙이지 않으면 안 되는 지금 내 가엾은 처지가 말하자면 이 소설을 쓰는 동기지)의 서가가 합병할밖에…… 합병을 하고 보니 송 군의 최근에 받은 고리키 전집과 순영 씨의 고색창연한 고리키 전집이 얼렸다.

결혼한 지 한 달쯤 해서 송 군은 드디어 자기가 받은 신판 고리키 전집 한 질을 내다 팔았다.

반만 먹세…….

반은?

반은 여편네 갖다 주어야지…… 지난달에 그 지경을 해놓아서 이달엔 아주 죽을 지경일세…….

난 또 마누라 화장품이나 사다 주는 줄 알았네그려…….

화장품? 암만 봐두 여편네 얼굴이라능 게 왼쪽으로 '약간' 비뚤어졌다는 감이 없지 않단 말야…… 자네 4년 동안이나 쫓아댕겼다니 삐뚤어징 거 알구두 그랬나? 끝끝내 모르구 그만두었나?

좋은 하늘에 별까지 똑똑히 잘 박힌 밤이 4년 전 첫여름 어느 날이었던지? 방송국 넘어가는 길 성벽에 가 기대선 순영의 얼굴은 월광 속에 있는 것처럼 아름다웠다. 항라적삼 성긴 구멍으로 순영의 소맥小脈 빛 호흡이 드나드는 것을 나는 내 가장 인색한 원근법에 의하여서도 썩 가쁘게 느꼈다. 어떻게 하면 가장 민첩하게 그러면서도 가장 자연스럽게 순영의 입술을 건드리나…….

나는 약 3분 가량의 지도地圖를 설계하였다. 우선 나는 순영의 정면으로 다가서 보는 수밖에…….

그때 나는 참 이상한 것을 느꼈다. 월광 속에 있는 것처럼 아름다운 순영의 얼굴이 웬일인지 왼쪽으로 좀 삐뚤어져 보이는 것이다.

나는 큰 범죄나 한 사람처럼 냉큼 바른편으로 비켜섰다. 나의 그런 불손한 시각을 정정하기 위하여…….

(그리하여) 위치의 불리로 말미암아서도 나는 순영의 입술을 건드리지 못하고 그만두었다. (실로 4년 전 첫여름 어느 별빛 좋은 밤) 경관이 무엇 하러 왔는지 왔다. 나는 삼천포읍에 사는 사람이라고 그러니까 순영은 회령읍에 사는 사람이라고 그런다. 내 그 인색한 원근법이 일사천리지세로 남북 2,500리라는 거리를 급조하여 나와 순영 사이에다 펴놓는다. 순영의 얼굴에서 순

간 월광이 사라졌다.

아내가 삼천포에서 편지를 했다. 곧 돌아가게 될는지 좀 지체가 될는지 지금 같아서는 도무지 짐작이 서지 않는단다.

내 승낙 없이 한 아내의 외출이다. 고물장수를 불러다가 아내가 벗어 놓고 간 버선짝까지 모조리 팔아먹으려다가……

아내가 십 중의 다섯은 돌아올 것 같았고 십 중의 다섯은 안 돌아올 것 같았고 해서 사실 또 가랬댔자 갈 데가 있는 바 아니고 에라 자빠져서 어디 오나 안 오나 기다려 보자꾸나…… 싶어서 나는 저녁이면 윤尹 군을 이용해서는 순영이 있는 바 모로코에를 부리나케 드나들었다.

아내가 달아났다는 궁상이 술 먹는 남자에게는 술 먹기 좋은 구실이다. 십 중 다섯은 아내가 돌아올 가능성이 있다는 눈치를 눈곱만치라도 거죽에 나타내어서는 안 된다. 나는 내 조금도 슬프지 않은 슬픔을 재주껏 과장해서 순영의 동정심을 끌기에 노력했다. 그러나 이런 던적스러운[3] 청승이 결국 순영을 어찌할 수도 없었다.

그후 얼마 되지 않아 순영은 광주로 갔다. 가던 날 순영은 내게 술을 먹였다. 나는 그의 치맛자락을 잡아 찢고 싶었다. 나는 울었다. 인생은 허무하외다 그러면서…… 그랬더니 순영은 이것은 아마 술이 부족해서 그러나 보다고 여기고 맥주 한 병을 더 청하는 것이었다.

반년 동안 나는 순영을 잊을 수가 없었다. 그동안에 십 중 다섯으로 아내가 돌아왔다. 나는 이 아내를 맞을 수밖에 없었다. 사랑하지 않는 아내를 나는 전의 열 갑절이나 사랑할 수 있었다. 내 순영에게 향하여 잔뜩 곪은 애정이 이에 순영이 돌아오기 전에 터져 버린 것이다. 아내는 이런 나를 넘보기 시작했다.

반년 만에 돌아온 순영이 돌아서서 침을 탁 뱉는다. 반년 동안 외출했던 아내를 말 한마디 없이 도로 맞는 내 얼굴 위에다…….

부질없는 세월이 4년 흘렀다. 아내의 두 번째 외출은 십 중 다섯은 돌아오지 않는 것이었다. 나는 내 고독을 일급 1원 40전과 바꾸었다. 인쇄공장 우중충한 속에서 활자처럼 오늘도 내일도 모레도 똑같은 생활을 찍어내었다. 그러면서도 나는 순영이 그의 일터를 옮기는 대로 어디까지든지 쫓아다니지 않을 수 없었다. 일급 1원 40전에 팔아 버린 내 생활에 그래도 얼마간 기꺼운 시간이 있었다면 그것은 오직 순영 앞에서 술잔을 주무르는 동안뿐이었다. 그러나 한번 돌아선 순영의 마음은…… 아니 한 번도 나를 향하지 않은 순영의 마음은 남북 2,500리와 같이 차디찬 거리 저편의 것이었다. 그 차디찬 거리 이편에는 늘 나와 나처럼 고독한 송 군이 오들오들 떨고 있었다.

나는 이미 순영 앞에서 내 고독을 호소할 수조차 없어졌다. 나는 송 군의 고독을 빌려다가 순영 앞에서 울었다. 송 군의 직업은 송 군의 양심이 증발해 버린 뒤의 것이었다. 그 때문에 그는 몹시 고민한다. 얼굴이 종이처럼 창백하다. 나는 이런 송 군의 불행을 이용하여 내 슬픔을 입증시켜 보느라고 실로 천만 어의 단자單字를 허비했다.

순영의 얼굴에는 봄다운 홍조가 돌기 시작하는 것 같았다. 나는 어느 틈엔지 나 자신의 위치를 그만 잃어버리고 말았다. 필사의 노력으로 겨우 내 위치를 다시 탈환했을 때에는 이미,

송 선생님이세요? 이상 씨하구 같이(이것은 과연 객쩍은 덧붙이였다) 오늘 밤에 좀 놀러오세요…… 네?

이런 전화가 끝난 뒤였다. 송 군은 상반기 상여금을 받았노라고 한잔 먹잔다.

먹었다.

취했다.

몽롱한 가운데서 나는 이 땅을 떠나리라 생각했다. 머얼리 동경으로 가 버리리라.

갈 테야 갈 테야. 가버릴 테야(동경으로).

아이 더 놀다 가세요. 벌써 가시면 주무시나요? 네? 송 선생님⋯⋯.

송 선생님은 점을 쳐보나 보다. 괘卦는 이상에게 '고기'를 대접하라 이렇게 나온 모양이다. 그래서 송군은 나보다도 먼저 일어섰다. 자동차를 타자는 것이다. 나는 한사코 말렸다. 그의 재정을 생각해서도 나는 그를 그의 하숙까지 데려다주는 데 그칠 수밖에 없었다. 하숙 이층 그의 방에서 그는 몹시 게웠다. 말간 맥주만이 올라왔다. 나는 송 군을 청결하기 위하여 한 시간을 진땀을 흘렸다. 그를 눕히고 밖으로 나왔을 때에는 6월의 밤바람이 아카시아의 향기를 가지고 내 피곤한 피부를 간지르는 것이었다. 나는 멕시코에서 커피를 마시면서 토하면서 울고 울다가 잠이 든 송 군을 생각했다.

순영에게 전화나 걸어 볼까.

순영이? 나 상이야⋯⋯ 송 군 집에 잘 갖다 두었으니 안심헐 일⋯⋯ 오늘은 어쩐지 그냥 울적해서 견딜 수가 없단다. 집으로 가 일찍 잠이나 자리라 했는데 멕시코에⋯⋯ 와두 좋지⋯⋯ 헐 이얘기두 좀 있구⋯⋯.

조용히 마주보는 순영의 얼굴에는 4년 동안에 확실히 피로의 자취가 늘어 보였다. 직업에 대한 극도의 염증을 순영은 나지막한 목소리로 호소한다. 나는 정색하고,

송 군과 결혼하지 응? 그야말루 송 군은 지금 절벽에 매달린 사람이오⋯⋯ 송 군이 가진 양심, 그와 배치되는 현실의 박해로 말미암은 갈등, 자살하고 싶은 고민을 누가 알아주나⋯⋯.

송 선생님이 불현듯이 만나 뵙구 싶군요.

10분 후 나와 순영이 송 군 방 미닫이를 열었을 때 자살하고 싶은 송 군의 고민은 사실화하여 우리들 눈앞에 놓여 있었다.

아로날[4] 서른여섯 개의 공동空洞 곁에 이상의 주소와 순영의 주소가 적힌 종잇조각이 한 자루 칼보다도 더 냉담한 촉각을 내쏘면서 무엇을 재촉하는 듯이 놓여 있었다.

나는 밤 깊은 거리를 무릎이 척척 접히도록 쏘다녀 보았다. 그러나 한 사람의 생명은 병원을 가진 의사에게 있어서 마작의 패 한 조각, 한 컵의 맥주보다도 우스꽝스러운 것이었다. 한 시간 만에 나는 그냥 돌아왔다. 순영은 쩡쩡 천장이 울리도록 코를 골며 인사불성된 송 군 위에 엎드려 입술이 파르스레하다.

어쨌든 나는 코 고는 '사체死體'를 업어 내려 자동차에 실었다. 그리고 단숨에 의전병원으로 달렸다. 한 마리의 세퍼드와 두 사람의 간호부와 한 분의 의사가 세 사람(?)의 환자를 맞아 주었다.

독약은 위에서 아직 얼마밖에 흡수되지 않았다. 생명에는 '별조別兆[5]'가 없으나 한 시간에 한 번씩 강심제 주사를 맞아야겠고 또 이 밤중에 별달리 어쩌는 도리도 없고 해서 입원했다.

시계를 들고 송 군의 어지러운 손목을 잡아 맥박을 계산하면서 한 밤 새라는 의사의 명령이다. 맥박은 '130'을 드나들면서 곤두박질을 친다. 순영은 자기도 밤을 새우겠다는 것을 나는 군이 보냈다.

가서 자고 아침에 일찍 와요. 그래야 아침에 내가 좀 자지 둘이 다 지쳐 버리면 큰일 아냐?

동이 환히 터왔다. 복도로 유령 같은 입원 환자의 발자취 소리가 잦아 간다. 수도는 쏴— 기침은 쿨룩쿨룩— 어린애는 으아—.

거기는 완연 석탄산수 냄새 나는 활지옥에 틀림없었다. 맥박은 '100'을 조금 넘나 보다.

병원 문이 열리면서 순영은 왔다. 조그만 보따리 속에는 송 군을 위한 깨끗한 내의 한 벌이 들어 있었다. 나는 소태같이 써 들어오는 입을 수도에 가서 양치질했다.

내가 밥을 먹고 와도 송 군은 역시 깨지 않은 채다. 오전 중에 송 군 회사에 전화를 걸고 입원 수속도 끝내고 내가 있는 공장에도 전화를 걸고 하느라고 나는 병실에 없었다. 오후 2시쯤 해서야 겨우 병실로 돌아와 보니 두 사람은 손을 맞붙들고 낮은 목소리로 이야기를 하고 있다. 나는 당장에 눈에서 불이 번쩍 나면서,

망신…… 아니 나는 대체 지금 무슨 '역할'을 하고 있는 것이냐. 순간 나 자신이 한없이 미워졌다. 얼마든지 나 자신에 매질하고 싶었고 침 뱉으며 조소하여 주고 싶었다.

나는 커다란 목소리로,

자네는 미친놈인가? 그럼 천친가? 그럼 극악무도한 사기한인가? 부처님 허리토막인가?

이렇게 부르짖는 외에 나는 내 맵시를 수습하는 도리가 없지 않은가. 울음이 곧 터질 것 같았다. 지난밤에 풀린 아랫도리가 덜덜 떨려 들어왔다.

태산이 무너지는 줄만 알구 나는 십년감수를 하다시피 했네…… 그래 이 병실 어느 구석에 쥐 한 마리나 있단 말인가 없단 말인가?

순영은 창백한 얼굴을 푹 숙이고 있다. 송 군은 우는 것도 같은 얼굴로 나를 쳐다보면서,

미안허이…….

나는 이 이상 더 이 방 안에 머무를 의무도 필요도 없어진 것을 느꼈다. 병실 뒤 종친부로 통하는 곳에 무성한 화단이 있다. 슬리퍼를 이끈 채 나는 그 화단 있는 곳으로 나갔다. 이름 모를 가지가지 서양 화초가 6월 볕 아래 피어 어우러졌다. 하나같이 향기 없는 색채만의 꽃들…… 그러나 그 남국적인

정열이 애타게 목말라서 벌들과 몇 사람의 환자가 화단 속을 초조히 거니는 것이었다.

어째서 나는 하는 족족 이따위 못난 짓밖에 못하나…… 그렇지만 이 허리가 부러질 희극두 인제 아마 어떻게 종막이 되었나 보다.

잔디 위에 앉아서 볕을 쬐었다. 피로가 일시에 쏟아지는 것 같다. 눈이 스르르 저절로 감기면서 사지가 노곤해 들어온다. 다리를 쭉 뻗고,

이번에야말루 동경으루 가버리리라…….

잔디 위에는 곳곳이 거즈와 붕대 끄트러기가 널려 있었다. 순간 먹은 것을 당장에라도 게우지 않고는 견디기 어려울 것 같은 극도의 오예감이 오관을 스쳤다. 동시에 그 불붙는 듯한 열대성 식물들의 풍염한 화판조차가 무서운 독을 품은 요화로 변해 보였다. 건드리기만 하면 그 자리에서 손가락이 썩어 문드러져서 뭉청뭉청 떨어져 나갈 것만 같았다.

마누라 얼굴이 왼쪽으루 삐뚤어져 보이거든 슬쩍 바른쪽으루 한 번 비켜서 보게나…….

흥…….

자네 마누라가 회령서 났다능 건 거 정말이든가…….

요샌 또 블라디보스토크에서 났다구 그러데…… 내 무슨 수작인지 모르지…… 그래 난 동경서 났다구 그랬지…… 좀더 멀찌감치 해둘 걸 그랬나 봐…….

블라디보스토크허구 동경이면 남북이 1만 리로구나 굉장한 거리다…….

자꾸 삐뚤어졌다구 그랬더니 요샌 곧 화를 내데…….

아까 바른쪽으루 비켜서란 소리는 괜헌 소리구 비켜서기 전에 자네 시각을 정정…… 그 때문에 다른 물건이 죄다 바른쪽으루 비뚤어져 보이더래두 사랑하는 아내 얼굴이 똑바루만 보인다면 시각의 직능은 그만 아닌가…… 그러면 자연 그 블라디보스토크 동경 사이 남북 만리 거리두 베제처럼 바싹

맞다가서구 말 테니.

─ 주

1) 태석太昔: 아주 오랜 옛날.

2) 난변難辨: 제대로 분간을 못함.

3) 던적스러운: 치사하고 더러운.

4) 아로날: 수면제 이름.

5) 별조別兆: 별다른 징조.

실화失花

1

사람이 비밀이 없다는 것은 재산 없는 것처럼 가난하고 허전한 일이다.

2

꿈…… 꿈이면 좋겠다. 그러나 나는 자는 것이 아니다. 누운 것도 아니다.

앉아서 나는 듣는다(12월 23일).

"언더 더 워치…… 시계 아래서 말이에요, 파이브 타운스…… 다섯 개의 동리란 말이지요. 이 청년은 요 세상에서 담배를 제일 좋아합니다…… 기다랗게 꾸부러진 파이프에다가 향기가 아주 높은 담배를 피워 빽— 빽— 연기를 풍기고 앉았는 것이 무엇보다도 낙이었답니다."

(내야말로 동경 와서 쓸데없이 담배만 늘었지. 울화가 푹 치밀 때 저 폐까지 쭉 연기나 들이켜지 않고 이 발광할 것 같은 심정을 억제하는 도리가 없다.)

"연애를 했어요! 고상한 취미…… 우아한 성격…… 이런 것이 좋았다는 여자의 유서예요…… 죽기는 왜 죽어…… 선생님…… 저 같으면 죽지 않겠습니다. 죽도록 사랑할 수 있나요…… 있다지요. 그렇지만 저는 모르겠어요."

(나는 일찍이 어리석었더니라. 모르고 연姸이와 죽기를 약속했더니라. 죽도록 사랑했건만 면회가 끝난 뒤 대략 20분이나 30분만 지나면 연이는 내가 '설마' 하고만 여기던 S의 품 안에 있었다.)

"그렇지만 선생님…… 그 남자의 성격이 참 좋아요. 담배도 좋고 목소리도 좋고…… 이 소설을 읽으면 그 남자의 음성이 꼭…… 웅얼웅얼 들려오는 것 같아요. 이 남자가 같이 죽자면 그때 당해서는 또 모르겠지만 지금 생각 같아서는 저도 죽을 수 있을 것 같아요. 선생님 사람이 정말 죽을 수 있도록 사랑할 수 있나요? 있다면 저도 그런 연애 한번 해보고 싶어요."

(그러나 철부지 C양이여. 연이는 약속한 지 두 주일 되는 날 죽지 말고 우리 살자고 그럽디다. 속았다. 속기 시작한 것은 그때부터다. 나는 어리석게도 살 수 있을 것을 믿었지. 그뿐인가. 연이는 나를 사랑하노라고까지.)

"공과功課는 여기까지밖에 안 했어요…… 청년이 마지막에는…… 멀리 여행을 간다나 봐요. 모든 것을 잊어버리려고."

(여기는 동경이다. 나는 어쩔 작정으로 여기 왔나? 적빈赤貧이 여세如洗…… 콕토가 그랬느니라…… 재주 없는 예술가야, 부질없이 네 빈곤을 내세우지 말라고. 아, 내게 빈곤을 팔아먹는 재주 외에 무슨 기능이 남아있누. 여기는 간다쿠 진보초(神田區 神保町), 내가 어려서 제전帝展[1], 이과二科에 하가키[2] 주문하던 바로 게가 예다. 나는 여기서 지금 앓는다.)

"선생님! 이 여자를 좋아하십니까?…… 좋아하시지요…… 좋아요…… 아름다운 죽음이라고 생각해요…… 그렇게까지 사랑을 받는…… 남자는 행복되지요…… 네…… 선생님…… 선생님 선생님."

(선생님 이상 턱에 입 언저리에 아, 수염이 숱하게도 났다. 좋게도 자랐다.)

"선생님…… 뭘…… 그렇게 생각하십니까?…… 네…… 담배가 다 탔는

데…… 아이…… 파이프에 불이 붙으면 어떻게 합니까?…… 눈을 좀……
뜨세요. 이야기는 끝났습니다. 네…… 무슨 생각 그렇게 하셨나요?"

(아, 참 고운 목소리도 다 있지. 10리나 먼…… 밖에서 들려오는…… 값비싼 시
계 소리처럼 부드럽고 정확하게 윤택이 있고…… 피아니시모…… 꿈인가. 한 시간
동안이나 나는 스토리보다는 목소리를 들었다. 한 시간…… 한 시간같이 길었지만
10분…… 나는 졸았나? 아니 나는 스토리를 다 외운다. 나는 자지 않았다. 그 흐르
는 듯한 연연한 목소리가 내 감관感官을 얼싸안고 목소리가 갔다.)

꿈…… 꿈이면 좋겠다. 그러나 나는 잔 것도 아니요 또 누웠던 것도 아
니다.

3

파이프에 불이 붙으면?

끄면 그만이지. 그러나 S는 껄껄…… 아니 빙그레 웃으면서 나를 타이른
다.

"상! 연이와 헤어지게. 헤어지는 게 좋을 것 같으니. 상이 연이와 부부(?)
라는 것이 내 눈에는 똑 부러 그러는 것 같아서 못 보겠네."

"거 어째서 그렇다는 건가?"

이 S는, 아니 연이는 일찍이 S의 것이었다. 오늘 나는 S와 더불어 담배를
피우면서 마주앉아 담소할 수 있었다. 그러면 S와 나 두 사람은 친우였던
가.

"상! 자네 〈에피그램〉이라는 글 내 읽었지. 한 번…… 허허…… 한 번.
상! 상의 서푼짜리 우월감이 내게는 우스워 죽겠다는 걸세. 한 번? 한
번…… 허허…… 한 번."

"그러면(나는 실신할 만치 놀란다) 한 번 이상…… 몇 번. S! 몇 번인가?"

"그저 한 번 이상이라고만 알아 두게나그려."

꿈…… 꿈이면 좋겠다. 그러나 10월 23일부터 10월 24일까지 나는 자지 않았다. 꿈은 없다.

(천사는…… 어디를 가도 천사는 없다. 천사들은 다 결혼해 버렸기 때문에다.)

23일 밤 10시부터 나는 가지가지 재주를 다 피워 가면서 연이를 고문했다.

24일 동이 훤하게 터올 때쯤에야 연이는 겨우 입을 열었다. 아! 장구한 시간!

"첫 번…… 말해라."

"인천 어느 여관."

"그건 안다. 둘째 번…… 말해라."

"……."

"말해라."

"N빌딩 S의 사무실."

"셋째 번…… 말해라."

"……."

"말해라."

"동소문 밖 음벽정."

"넷째 번…… 말해라."

"……."

"말해라."

"……."

"말해라."

머리맡 책상 서랍 속에는 서슬이 퍼런 내 면도칼이 있다. 경동맥을 따면…… 요물은 선혈이 댓줄기 뻗치듯 하면서 급사하리라. 그러나…….

나는 일찌감치 면도를 하고 손톱을 깎고 옷을 갈아입고 그리고 예년 10

월 24일경에는 사체가 며칠 만이면 썩기 시작하는지 곰곰 생각하면서 모자를 쓰고 인사하듯 다시 벗어 들고 그리고 방…… 연이와 반년 침식을 같이 하던 냄새나는 방을 휘 둘러 살피자니까 하나 사다 놓네 놓네 하고 기어이 뜻을 이루지 못한 금붕어도…… 이 방에는 가을이 이렇게 짙었건만 국화 한 송이 장식이 없다.

4

그러나 C양의 방에는 지금…… 고향에서는 스케이트를 지친다는데…… 국화 두 송이가 참 싱싱하다.

이 방에는 C군과 C양이 산다. 나는 C양더러 '부인'이라고 그랬더니 C양은 성을 냈다. 그러나 C군에게 물어 보면 C양은 '아내'란다. 나는 이 두 사람 중의 누구라고 정하지 않고 내 동경 생활이 하도 적막해서 지금 이 방에 놀러 왔다.

언더 더 워치…… 시계 아래서의 렉처[3]는 끝났는데 C군은 조선 곰방대를 피우고 나는 눈을 뜨지 않는다. C양의 목소리는 꿈 같다. 인토네이션이 없다. 흐르는 것같이 끊임없으면서 아주 조용하다.

나는 그만 가야겠다.

"선생님(이것은 실로 이상 옹을 지적하는 참담한 인칭대명사다) 왜 그러세요…… 이 방이 기분이 나쁘세요?(기분? 기분이란 말은 필시 조선말은 아니리라) 더 놀다 가세요…… 아직 주무실 시간도 멀었는데 가서 뭐 하세요? 네? 얘기나 하세요."

나는 잠시 그 계간유수溪間流水 같은 목소리의 주인 C양의 얼굴을 들여다본다. C군이 범과 같이 건강하니까 C양은 혈색이 없이 입술조차 파르스레하다. 이 오사게[4]라는 머리를 한 소녀는 내일 학교에 간다. 가서 언더 더 워치의 계속을 배운다.

사람이…… 비밀이 없다는 것은 재산 없는 것처럼 가난하고 허전한 일이다.

강사는 C양의 입술이 C양이 좀 횟배를 앓는다는 이유 외에 또 무슨 이유로 조렇게 파르스레한가를 아마 모르리라.

강사는 맹랑한 질문 때문에 잠깐 얼굴을 붉혔다가 다시 제 지위의 현격히 높은 것을 느끼고 그리고 외쳤다.

"쪼꾸만 것들이 무얼 안다고……."

그러나 연이는 히힝 하고 코웃음을 쳤다. 모르기는 왜 몰라…… 연이는 지금 방년이 스물, 열여섯 살 때 즉 연이가 여고 때 수신과 체조를 배우는 여가에 간단한 속옷을 찢었다. 그리고 나서 수신과 체조는 여가에 가끔 하였다.

여섯…… 일곱…… 여덟…… 아홉…… 열.

다섯 해…… 개꼬리도 3년만 묻어 두면 황모가 된다든가 안 된다든가 원…….

수신 시간에는 학감 선생님, 할팽割烹[5] 시간에는 올드미스 선생님, 국문 시간에는 곰보딱지 선생님.

"선생님 선생님…… 이 귀염성스럽게 생긴 연이가 엊저녁에 무엇을 했는지 알아내면 용하지."

흑판 위에는 '요조숙녀'라는 액額의 흑색이 임리淋漓하다.

"선생님 선생님…… 제 입술이 왜 요렇게 파르스레한지 알아맞히신다면 참 용하지."

연이는 음벽정에 가던 날도 R영문과에 재학중이다. 전날 밤에는 나와 만나서 사랑과 장래를 맹세하고 그 이튿날 낮에는 기성[6]과 호손[7]을 배우고 밤에는 S와 같이 음벽정에 가서 옷을 벗었고 그 이튿날은 월요일이기 때문에 나와 같이 같은 동소문 밖으로 놀러 가서 베제했다. S도 K교수도 나도 연이가 엊저녁에 무엇을 했는지 모른다. S도 K교수도 나도 바보요, 연이만이 홀로 눈 가리고 야웅 하는데 희대의 천재다.

연이는 N빌딩에서 나오기 전에 WC라는 데를 잠깐 들르지 않으면 안 되었다. 나오면 남대문통 15간 대로 GO STOP의 인파.

"여보시오 여보시오, 이 연이가 조 이층 바른편에서부터 둘째 S씨의 사무실 안에서 지금 무엇을 하고 나왔는지 알아맞히면 용하지."

그때에도 연이의 살결에서는 능금과 같은 신선한 생광生光이 나는 법이다. 그러나 불쌍한 이상 선생님에게는 이 복잡한 교통을 향하여 빈정거릴 아무런 비밀의 재료도 없으니 내가 재산 없는 것보다도 더 가난하고 싱겁다.

"C양! 내일도 학교에 가서야 할 테니까 일찍 주무셔야지요."

나는 부득부득 가야겠다고 우긴다. C양은 그럼 이 꽃 한 송이 가져다가 방에다 꽂아 놓으란다.

"선생님 방은 아주 살풍경이라지요?"

내 방에는 화병도 없다. 그러나 나는 두 송이 가운데 흰 것을 달래서 왼편 깃에다가 꽂았다. 꽂고 나는 밖으로 나왔다.

5

국화 한 송이도 없는 방 안을 휘 한번 둘러보았다. 잘하면 나는 이 추악한 방을 다시 보지 않아도 좋을 수도 있을까 싶었기 때문에 내 눈에는 눈물도 고일밖에.

나는 썼다 벗은 모자를 다시 쓰고 나니까 그만하면 내 연이에게 대한 인사도 별로 유루遺漏 없이[8] 다 된 것 같았다.

연이는 내 뒤를 서너 발자국 따라왔던가 싶다. 그러나 나는 예년 10월 24일경에는 사체가 며칠 만이면 상하기 시작하는지 그것이 더 급했다.

“상! 어디 가세요?”

나는 얼떨결에 되는 대로,

“동경.”

물론 이것은 허담이다. 그러나 연이는 나를 만류하지 않는다. 나는 밖으로 나갔다.

나왔으니, 자— 어디로 어떻게 가서 무엇을 해야 되누.

해가 서산에 지기 전에 나는 2, 3일 내로는 반드시 썩기 시작해야할 한 개 ‘사체’가 되어야만 하겠는데, 도리는?

도리는 막연하다. 나는 10년 긴 세월을 두고 세수할 때마다 자살을 생각하여 왔다. 그러나 나는 결심하는 방법도 결행하는 방법도 아무것도 모르는 채다.

나는 온갖 유행약을 암송하여 보았다.

그리고 나서는 인도교, 변전소, 화신상회⁹⁾ 옥상, 경원선, 이런 것들도 생각해 보았다.

나는 그렇다고…… 정말 이 온갖 명사의 나열은 가소롭다…… 아직 웃을 수는 없다.

웃을 수는 없다. 해가 저물었다. 급하다. 나는 어딘지도 모를 교외에 있다. 나는 어쨌든 시내로 들어가야만 할 것 같았다. 시내…… 사람들은 여전히 그 알아볼 수 없는 낯짝들을 쳐들고 와글와글 야단이다. 가등이 안개 속에서 축축해한다. 영경英京¹⁰⁾ 윤돈倫敦¹¹⁾이 이렇다지…….

6

NAUKA 사社가 있는 진보초 스즈란도(神保町 鈴蘭洞)에는 고본古本 야시夜市가 선다. 섣달 대목…… 이 스즈란도도 곱게 장식되었다. 이슬비에 젖은 아스팔트를 이리 디디고 저리 디디고 저녁 안 먹은 내 발길은 자못

창량蹌踉[12]하였다. 그러나 나는 최후의 24전을 던져 타임스 판 『상용영어 4,000자』라는 서적을 샀다. 4,000자…….

4,000자면 많은 수효다. 이 해양海洋만한 외국어를 겨드랑에 낀 나는 선불리 배고파할 수도 없다. 아, 나는 배부르다.

진따(옛날 활동사진 상설관에서 사용하던 취주악대)…… 진동야[13]의 진따가 슬프다.

진따는 전원 네 사람으로 조직되었다. 대목에 한몫을 보려는 소백화점의 번영을 위하여 이 네 사람은 클라리넷과 코넷과 북과 소고를 가지고 선조 유신 당초에 부르던 유행가를 연주한다. 그것은 슬프다 못해 기가 막히는 가각풍경街角風景이다. 왜? 이 네 사람은 네 사람이다 묘령의 여성들이더니라. 그들은 똑같이 진홍색 군복과 군모와 꼬꼬마[14]를 장식하였더니라.

아스팔트는 젖었다. 스즈란도 좌우에 매달린 그 영란鈴蘭꽃[15] 모양 가등도 젖었다. 클라리넷 소리도…… 눈물에…… 젖었다.

그리고 내 머리에는 안개가 자욱이 끼었다.

영경英京 윤돈倫敦이 이렇다지?

"이상은 무슨 생각을 그렇게 하십니까?"

남자의 목소리가 내 어깨를 쳤다. 법정대학 Y군, 인생보다는 연극이 더 재미있다는 이다. 왜? 인생은 귀찮고 연극은 실없으니까.

"집에 갔더니 안 계시길래!"

"죄송합니다."

"엠프레스[16]에 가십시다."

"좋—지요."

〈ADVENTURE IN MANHATTAN〉에서 진 아서[17]가 커피 한잔 맛있게 먹더라. 크림을 타 먹으면 소설가 구보[18] 씨가 그랬다…… 쥐 오줌내가 난다고. 그러나 나는 조엘 매크리[19]만큼은 맛있게 먹을 수 있었으니…….

MOZART의 41번은 〈목성〉이다. 나는 몰래 모차르트의 환술幻術을 투시하려고 애를 쓰지만 공복으로 하여 적이 어지럽다.

"신주쿠(新宿)[20] 가십시다."

"신주쿠라?"

"NOVA[21]에 가십시다."

"가십시다 가십시다."

마담은 루바슈카. 노바는 에스페란토. 헌팅을 얹은 놈의 심장을 아까부터 벌레가 연해 파먹어 들어간다. 그러면 시인 지용芝鎔[22]이여! 이상은 물론 자작의 아들도 아무것도 아니겠습니다그려!

12월의 맥주는 선뜩선뜩하다. 밤이나 낮이나 감방은 어둡다는 이것은 고리키의「나그네」구슬픈 노래, 이 노래를 나는 모른다.

7

밤이나 낮이나 그의 마음은 한없이 어두우리라. 그러나 유정兪政[23]아! 너무 슬퍼 마라. 너에게는 따로 할 일이 있느니라.

이런 지비紙碑가 붙어 있는 책상 앞이 유정에게 있어서는 생사의 기로다. 이 칼날같이 선 한 지점에 그는 앉지도 서지도 못하면서 오직 내가 오기를 기다렸다고 울고 있다.

"각혈이 여전하십니까?"

"네— 그저 그날이 그날 같습니다."

"치질이 여전하십니까?"

"네— 그저 그날이 그날 같습니다."

안개 속을 헤매던 내가 불현듯이 나를 위하여는 마코[24]……두 갑, 그를 위하여는 배 10전어치를, 사가지고 여기 유정을 찾은 것이다. 그러나 그의 유령 같은 풍모를 도회韜晦하기 위하여 장식된 무성한 화병에서까지 석탄산

냄새가 나는 것을 지각하였을 때는 나는 내가 무엇 하러 여기 왔나를 추억해 볼 기력조차도 없어진 뒤였다.

"신념을 빼앗긴 것은 건강이 없어진 것처럼 죽음의 꼬임을 받기 마치 쉬운 경우더군요."

"이상 형! 형은 오늘이야 그것을 빼앗기셨습니까! 인제…… 겨우…… 오늘이야…… 겨우…… 인제."

유정! 유정만 싫다지 않으면 나는 오늘 밤으로 치러 버리고 말 작정이었다. 한 개 요물에게 부상해서 죽는 것이 아니라 27세를 일기로 하는 불우의 천재가 되기 위하여 죽는 것이다.

유정과 이상…… 이 신성불가침의 찬란한 정사情死…… 이 너무나 엄청난 거짓을 어떻게 다 주체를 할 작정인지.

"그렇지만 나는 임종할 때 유언까지도 거짓말을 해줄 결심입니다."

"이것 좀 보십시오."

하고 풀어헤치는 유정의 젖가슴은 초롱草籠[25]보다도 앙상하다. 그 앙상한 가슴이 부풀었다 구겼다 하면서 단말마의 호흡이 서글프다.

"명일의 희망이 이글이글 끓습니다."

유정은 운다. 울 수 있는 외의 그는 온갖 표정을 다 망각하여 버렸기 때문이다.

"유형! 저는 내일 아침차로 동경 가겠습니다."

"……."

"또 뵈옵기 어려울걸요."

"……."

그를 찾은 것을 몇 번이고 후회하면서 나는 유정을 하직하였다. 거리는 늦었다. 방에서는 연이가 나 대신 내 밥상을 지키고 앉아서 아직도 수없이 지니고 있는 비밀을 만지작만지작하고 있었다. 내 손은 연이 뺨을 때리지는 않고 내일 아침을 위하여 짐을 꾸렸다.

"연이! 연이는 야옹의 천재요. 나는 오늘 불우의 천재라는 것이 되려다가 그나마도 못 되고 도로 돌아왔소. 이렇게 이렇게! 응?"

8

나는 버티다 못해 조그만 종잇조각에다 이렇게 적어 그놈에게 주었다.

"자네도 야옹의 천재인가? 암만해도 천재인가 싶으이. 나는 졌네. 이렇게 내가 먼저 지껄였다는 것부터가 패배를 의미하지."

일고一高[26] 휘장이다. HANDSOME BOY…… 해협 오전 2시의 망토를 두르고[27] 내 곁에 가 버티고 앉아서 동動치 않기를 한 시간(이상以上?)

나는 그동안 풍선처럼 잠자코 있었다. 온갖 재주를 다 피워서 이 미목수려한 천재로 하여금 먼저 입을 열도록 갈팡질팡했건만 급기야 나는 졌다. 지고 말았다.

"당신의 텁석부리는 말을 연상시키는구려. 그러면 말아! 다락 같은 말아! 귀하는 점잖기도 하다만 또 귀하는 왜 그리 슬퍼 보이오? 네?"(이놈은 무례한 놈이다.)

"슬퍼? 응…… 슬플밖에…… 20세기를 생활하는데 19세기의 도덕성밖에는 없으니 나는 영원한 절름발이로다. 슬퍼야지…… 만일 슬프지 않다면…… 나는 억지로라도 슬퍼해야지…… 슬픈 포즈라도 해보여야지…… 왜 안 죽느냐고? 헤헹! 내게는 남에게 자살을 권유하는 버릇밖에 없다. 나는 안 죽지. 이따가 죽을 것만 같이 그렇게 중속衆俗을 속여 주기만 하는 거야. 아, 그러나 인제는 다 틀렸다. 봐라. 내 팔. 피골이 상접. 아야야야. 웃어야 할 터인데 근육이 없다. 울려야 근육이 없다. 나는 형해形骸다. 나라는 정체는 누가 잉크 지우는 약으로 지워 버렸다. 나는 오직 내 흔적일 따름이다."

NOVA의 웨이트리스 나미코는 아부라에[28]라는 재주를 가진 노라[29]의 따님 콜론타이[30]의 누이동생이시다. 미술가 나미코 씨와 극작가 Y군은 4차원 세계의 테마를 불란서 말로 회화한다.

불란서 말의 리듬은 C양의 언더 더 워치 강의처럼 애매하다. 나는 하도 답답해서 그만 울어 버리기로 했다. 눈물이 촬촬 쏟아진다. 나미코가 나를 달랜다.

"너는 뭐냐? 나미코? 너는 엊저녁에 어떤 마치아이[31]에서 방석을 베고 19분 동안…… 아니아니 어떤 빌딩에서 아까 너는 걸상에 포개 앉았었느냐. 말해라…… 헤헤…… 음벽정? N빌딩 바른편에서부터 둘째 S의 사무실? (아, 이 주책없는 이상아 동경에는 그런 것은 없습네.) 계집의 얼굴이란 다마네기[32]다. 암만 벗기어 보려무나. 마지막에 아주 없어질지언정 정체는 안 내놓느니."

신주쿠의 오전 1시…… 나는 연애보다도 우선 담배를 피우고 싶었다.

9

12월 23일 아침 나는 진보초 누옥陋屋 속에서 공복으로 하여 발열하였다. 발열로 하여 기침하면서 두 벌 편지는 받았다.

'저를 진정으로 사랑하시거든 오늘로라도 돌아와 주십시오. 밤에도 자지 않고 저는 형을 기다리고 있습니다. 유정.'

'이 편지 받는 대로 곧 돌아오세요. 서울에서는 따뜻한 방과 당신의 사랑하는 연이가 기다리고 있습니다. 연妍서書.'

이날 저녁에 부질없는 향수를 꾸짖는 것처럼 C양은 나에게 백국白菊 한 송이를 주었느니라. 그러나 오전 1시 신주쿠 역 폼에서 비칠거리는 이상의 옷깃에 백국은 간데없다. 어느 장화가 짓밟았을까. 그러나…… 검정 외투에 조화를 단 댄서 한 사람. 나는 이국종 강아지[33]올시다. 그러면 당신께서는 또 무슨 방석과 걸상의 비밀을 그 농화장濃化粧 그늘에 지니고 계시나이까?

　사람이…… 비밀 하나도 없다는 것이 참 재산 없는 것보다도 더 가난하

외다그려! 나를 좀 보시지요?

1) 제전帝展: 일본에서 치러지던 '제국미술전람회'를 말함.

2) 하가키(葉書): '엽서'를 가리키는 일어.

3) 렉처lecture: 강의.

4) 오사게(御下): '소녀의 가랑머리'를 가리키는 일어.

5) 할팽割烹: '베고 삶는다'는 뜻으로, 음식을 조리함을 가리키는 말.

6) 기싱(George Robert Gissing, 1857~1903): 영국의 소설가.

7) 호손(Nathaniel Hawthorne, 1804~1864): 미국의 소설가.

8) 유루遺漏없이: 빠짐없이.

9) 화신상회和信商會: 1987년까지 보신각 맞은편에 있었던 화신백화점을 가리킴.

10) 영경英京: '영국의 서울'이란 뜻.

11) 윤돈倫敦: '런던'의 한자 표기.

12) 창량踉踉: 이리저리 비틀거리는 모양.

13) 진동야: 영화관 이름인 듯.

14) 꼬꼬마: 옛날 군졸들이 모자에 꽂던 붉은 털.

15) 영란鈴蘭꽃: 은방울꽃.

16) 엠프레스: 커피숍 이름.

17) 진 아서(Jean Arthur, 1905~1991): 미국의 영화배우.

18) 구보仇甫: 소설가 박태원의 호. 「소설가 구보 씨의 1일」이라는 작품도 있다.

19) 조엘 매크리(Joel McCrea, 1905~1990): 미국의 영화배우. 〈Adventure in Manhattan〉에서 주연을 맡았다.

20) 신주쿠(新宿): 일본 도쿄의 번화가.

21) NOVA: 에스페란토 어로 '우리'라는 뜻. 여기에서는 신주쿠에 있던 맥주집 이름.

22) 지용芝鎔: 시인 정지용(鄭芝溶, 1902~1950)을 말함. 구인회 동인으로 활동했다.

23) 유정兪政: 소설가 김유정(金裕貞, 1908~1937)을 동음의 한자로 쓰고 있다. 김유정은 구인회 후기 동인으로 활동했다.

24) 마코: 일제시대 담배 이름.

25) 초롱草籠: 짚이나 대나무로 만든 그릇.

26) 일고一高: 일제시대 수재들만 들어가던 명문 제일고등보통학교를 말함.

27) 오전 2시~: 정지용의 시 「해협」에 나오는 구절.

28) 아부라에(油繪): '유화' '양화'를 가리키는 일어.

29) 노라: 노르웨이의 시인·극작가 입센(Henrik Johan Ibsen, 1828~1906)의 희곡 〈인형

의 집〉에 나오는 여주인공.

30) 콜론타이(Aleksandra Mikhaylovna Kollontay, 1872~1952): 러시아의 혁명가·정치
    가·외교관·작가. 여성해방주의자였다.

31) 마치아이(待合): '요정料亭'을 가리키는 일어.

32) 다마네기(玉): '양파'를 가리키는 일어.

33) 나는 이국종 강아지: 정지용의 시 「카페 프랑스」에 나오는 구절.

단발斷髮

그는 쓸데없이 자기가 애정의 거자遽者[1]인 것을 자랑하려 들었고 또 그러지 않고 그냥 있을 수가 없었다.

공연히 그는 서먹서먹하게 굴었다. 이렇게 함으로 자기의 불행에 고귀한 탈을 씌워 놓고 늘 인생에 한눈을 팔자는 것이었다.

이런 그가 한 소녀와 천변을 걸어가다가 그만 잘못해서 그의 소녀에게 대한 애욕을 지껄여 버리고 말았다.

여기는 분명히 그의 음란한 충동 외에 다른 아무런 이유도 없다. 그러나 소녀는 그의 강렬한 체취와 악의의 태만에 역설적인 흥미를 느끼느라고 그냥 그저 흐리멍텅하게 그의 애정을 용납하였다는 자세를 취하여 두었다. 이 것을 본 그는 곧 후회하였다. 그래서 그는 이중의 역설을 구사하여 동물적인 애정의 말을 거침없이 소녀 앞에 쏟고 쏟고 하였다. 그러면서도 그의 육체와 그 부속품은 이상스러울 만치 게을렀다.

소녀는 조금 왔다가 이 드문 애정의 형식에 그만 갈팡질팡하기 시작하였다. 그리고는 내심 이 남자를 어디까지든지 천하게 대접했다. 그랬더니 또 그는 옳지 하고 카멜레온처럼 태도를 바꾸어서 소녀에게 하루라도 얼른 애인이 생기기를 희망한다는 등 하여 가면서 스스럽게 구는 것이었다.

소녀의 눈은 이런 허위가 그대로 무사히 지나갈 수가 없었다. 투시한 소녀의 눈이 오만을 장치하기 시작하였다. 그렇기 위한 세상의 '교심驕心한 여인'으로서의 구실을 찾아 놓고 소녀는 빙그레 웃었다.

"세상 사람들이 모두 연衍 씨를 욕허니까 어디 제가 고쳐 디리지요. 연 씨는 정말 악인인지두 모르니까요."

이런 소녀의 말버릇에 그는 가슴이 뜨끔했다. 그냥 코웃음으로 대접할 일이 못 된다. 왜? 사실 그는 무슨 그렇게 세상 사람들에게 욕을 먹고 있는 것도 아닐 뿐만 아니라 악인일 것도 없었다. 말하자면 애호하는 가면을 도적을 맞는 위에 그 가면을 뒤집어 이용당하면서 놀림감이 되고 말 것밖에 없다.

그러나 그렇다고 해서 소녀에게 자그마한 욕구가 없는 바는 아니었다. 아니 차라리 이것은 한 무적無敵 '에고이스트'가 할 수 있는 최대 욕구였는지도 모른다.

그는 결코 고독 가운데서 제법 하수下手[2]할 수 있는 진짜 염세주의자는 아니었다. 그의 체취처럼 그의 몸뚱이에 붙어 다니는 염세주의라는 것은 어디까지든지 게으른 성격이요 게다가 남의 염세주의는 어느 때나 우습게 알려 드는 참 고약한 아리아욕我利我慾의 염세주의였다.

죽음은 식전의 담배 한 모금보다도 쉽다. 그렇건만 죽음은 결코 그의 창호를 두드릴 리가 없으리라고 미리 넘겨짚고 있는 그였다. 그러나 다만 하나의 예외가 있는 것을 인정한다.

A double Suicide[3].

그것은 그러나 결코 애정의 방해를 받아서는 안 된다는 조건이 붙는다. 다만 아무것도 이해하지 말고 서로서로 스프링 보드 노릇만 하는 것으로 충분히 이용할 것을 희망한다. 그들은 또 유서를 쓰겠지. 그것은 아마 힘써 화려한 애정과 염세의 문자로 가득 차도록 하는 것인가 보다.

이렇게 세상을 속이고 일부러 자기를 속임으로 하여 본연의 자기를, 얼른 보기에 고귀하게 꾸미자는 것이다. 그러나 가뜩이나 애정이라는 것에 서먹서먹하게 굴며 생활하여 오고 또 오는 그에게 고런 마침 기회가 올까 싶지도 않다.

당연히 오지 않을 것인데도 뜻밖에 그가 소녀에게 가지는 감정 가운데 좀 세속적인 애정에 가까운 요소가 섞인 것을 알아차리자 그 때문에 몹시 자존심이 상하지나 않았나 하고 위구危懼하고 또 쩔쩔매었다. 이것이 엔간치 않은 힘으로 그의 정신 생활을 섣불리 건드리기 전에 다른 가장 유효한 결과를 예기하는 처벌을 감행치 않으면 안 될 것을 생각하고 좀 무리인 줄은 알면서 노름하는 셈치고 소녀에게 Double Suicide를 프로포즈하여 본 것이었다.

되어도 그만 안 되어도 그만 편리한 도박이다. 되면 식전의 담배 한 모금이요, 안 되면 소녀를 회피하는 구실을 내외에 선고할 수 있지 않느냐는 것이다.

거기는 좀 너무 어두운 그런 속에서 그것은 조인된 일이라 소녀가 어떤 표정을 하나 자세히 볼 수는 없으나 그의 이런 도박적 심리는 그의 앞에서 늘 태연한 이 소녀를 어디 한번 마음껏 놀려먹을 수 있었대서 속으로 시원해하였다. 그런데 나온 패牌는 역시 '노'였다. 그는 후— 한번 한숨을 쉬어 보고 말은 없이 몸짓으로만,

'혼자 죽을 수 있는 수양을 허지.'

이렇게 한번 배를 퉁겨 보았다. 그러나 이것 역시 빨간 거짓인 것은 물론이다.

황량한 방풍림 가운데 저녁 노을을 멀거니 바라다보고 섰는 소녀의 모양이 퍽 아팠다.

늦은 가을이라기보다 첫겨울 저물게 강을 건너서 부첩符牒과 같은 검은 빛 새들이 떼를 지어 날았다. 그러나 발 아래 낙엽 속에서 거의 생물이랄 만한 생물을 찾아볼 수조차 없는 참 적멸의 인외경人外境이었다.

"싫습니다. 불행을 짊어지고 살아가는 것이 제게는 더없는 매력입니다. 그렇게 내버리구 싶은 생명이거든 제게 좀 빌려 주시지요."

연애보다도 한 구句 위티시즘을 더 좋아하는 그였다. 그런 그가 이때만은 풍경에 자칫하면 패배할 것 같기만 해서 갈팡질팡 그 자리를 피해 보았다.

소녀는 그때부터 그를 경멸하였다느니보다는 차라리 혐오하는 편이었다. 그의 틈바구니투성이의 점잖으려는 재능을 향하여 소녀의 침착한 재능의 창槍끝이 걸핏하면 침략하여 왔다.

5월이 되어서 한 돌발 사건이 이들에게 있었다. 소녀의 단 하나의 동지 소녀의 오빠가 소녀로부터 이반하였다는 것이다. 오빠에게 소녀보다 세속적으로 훨씬 아름다운 애인이 생긴 것이다. 이 새 소녀는 그 오빠를 위하여 애정에 빛나는 눈동자를 가졌다. 이 소녀는 소녀의 가까운 동무였다.

오빠에게 하루라도 빨리 애인이 생겼으면 하고 바랐고 그래서 동무가 오빠를 사랑하였다고 오빠가 동생과의 군은 약속을 저버려야 되나?

소녀는 비로소 '세월'이라는 것을 느꼈다. 소녀의 방심을 어느 결에 통과해 버린 '세월'이 소녀로서는 차라리 자신에게 고소하였다.

고독. 그런 어느 날 밤 소녀는 고독 가운데서 그만 별안간 혼자 울었다. 깜짝 놀라 얼른 울음을 그쳤으나 이것을 소녀는 자기의 어휘로 설명할 수 없었다.

이튿날 소녀는 그가 하자는 대로 교외 조용한 방에 그와 대좌하여 보았다. 그는 또 그의 그 위티시즘과 아이러니를 아무렇게나 휘두르며 산비酸鼻할 연막을 펴는 것이었다. 또 가장 이 소녀가 싫어하는 몸맵시로 넙죽 드러누워서 그냥 사정없이 지껄여 대는 것이다. 이런 그 앞에서 소녀도 인제는 어지간히 피곤하였던지 이런 소용없는 감정의 시합은 여기쯤서 그만두어야겠다고 절실히 생각하는 모양 같았다. 그러나 이런 경우에 소녀는 그에게보다도 자기 자신에게 이기고 싶었다.

"인제 또 만나 뵙기 어려워요. 저는 내일 E하구 같이 동경으루 가요."

이렇게 아주 순량하게 도전하여 보았다. 그때 그는 아마 이 도전의 상대가 분명히 그 자신인 줄만 잘못 알고 얼른 모가지 털을 불끈 일으키고 맞선다.

"그래? 그건 섭섭하군. 그럼 내 오늘 밤에 기념 스탬프를 하나 찍기루 허지."

소녀는 가벼이 흥분하였고 고개를 아래위로 흔들어 보이기만 하였다. 얼굴이 소녀가 상기한 탓도 있었겠지만 암만 보아도 이것은 가장 동물적인 동물 이외의 아무것도 아니었다.

마지막 승부를 가릴 때가 되었나 보다. 소녀는 도리어 초조해하면서 기다렸다. 즉 도박적인 '성미'로!

(도박은 타기唾棄와 모멸! 뿐이러나 보다.)

(그가 과연 그의 훈련된 동물성을 가지고 소녀 위에 스탬프를 찍거든 소녀는 그가 보는 데서 그 스탬프와 얼굴 위에 침을 뱉는다.

그가 초조하면서도 결백한 체하고 말거든 소녀는 그의 비겁한 정도와 추악한 가면을 알알이 폭로한 후에 소인으로 천대해 준다.)

그러나 아마 그가 좀더 윗길 가는 배우였던지 혹 가련한 불감증이었던지 오전 1시가 훨씬 지난 산길을 달빛을 받으며 그들은 내려왔다. 내려오면서……

어느 날 그는 이 길을 이렇게 내려오면서 소녀의 3전 우표처럼 얄팍한 입술에 그의 입술을 건드려본 일이 있었건만 생각하여 보면 그것은 그저 입술이 서로 닿았었다 뿐이지, 아니 역시 서로 음모를 내포한 암중모색이었다. 두 사람은 서로 그리 부드럽지도 않은 피부를 느끼고 공기와 입술과의 따끈한 맛은 이렇게 다르고나를 시험한 데 지나지 않았다.

이 방 소녀는 그의 거친 행동이 몹시 기다려졌다. 이것은 거의 역설적이었다. 안 만나기는 누가 안 만나…… 하고 조심조심 걷는 사이에 그만 산길은 시가에 끝나고 시가도 그의 이런 행동에 과히 적당치 않다.

소녀는 골목 밖으로 지나가는 자동차의 헤드라이트를 보고 경칠, 나 쪽에서 서둘러 볼까까지 생각하여도 보았으나 그는 그렇게 초조한 듯한데 그때만은 웬일인지 바늘귀만한 틈을 소녀에게 엿보이지 않는다. 그러느라고 그랬는지 걸으면서 그는 참 잔소리를 퍽 하였다.

"가령 자기가 제일 싫어하는 음식물을 상 찌푸리지 않고 먹어 보는 거 그래서 거기두 있는 '맛'인 '맛'을 찾아내구야 마는 거, 이게 말하자면 '패러독스'지. 요컨대 우리들은 숙명적으로 사상, 즉 중심이 있는 사상 생활을 할 수가 없도록 돼먹었거든. 지성…… 흥! 지성의 힘으로 세상을 조롱할 수야 얼마든지 있지, 있지만 그게 그 사람의 생활을 리드할 수 있는 근본에 있을 힘이 되지 않는 걸 어떡허나? 그러니까 선仙이나 내나 큰소리는 말아야 해. 일절 맹세하지 말자—허는 게 즉 우리가 해야 할 맹세지."

소녀는 그만 속이 발끈 뒤집혔다. 이 씨름은 결코 여기서 그만둘 것이 아니라고 내심 분연하였다. 이따위 연막에 대항하기 위하여는 새롭고 효과적인 엔간치 않은 무기를 장만하지 않을 수 없다 생각해 두었다.

또 그 이튿날 밤은 질척질척 비가 내렸다. 그 빗속을 그는 소녀의 오빠와

걷고 있었다.

"연! 인제 내 힘으로는 손을 댈 수가 없게 되구 말았으니까 자넨 뒷갈망이나 좀 잘해 주게. 선이가 대단히 흥분한 모양인데…….."

"그건 왜 또?"

"그건 왜 딴청을 허는 거야?"

"딴청을 허다니 내가 어떻게 딴청을 했단 말인가?"

"정말 모르나?"

"뭐를?"

"내가 E허구 같이 동경 간다는걸."

"그걸 자네 입에서 듣기 전에 내가 어떻게 안단 말인가?"

"선이는 그러니까 갈 수가 없게 된 거지. 선이허구 E허구 헌 약속이 나 때문에 깨어졌으니까."

"그래서?"

"게서버텀은 자네 책임이지."

"흥."

"내가 동생버텀 애인을 더 사랑했다구 그렇게 선이가 생각할까봐서 걱정이야."

"하는 수 없지."

선이…… 오빠에게서 모든 이야기를 듣고 나는 참 깜짝 놀랐소. 오빠도 그럽디다. 운명에 억지로 거역하려 들어서는 못쓴다고. 나도 그렇게 생각하오.

나는 오랫동안 '세월'이라는 관념을 망각해 왔소. 이번에 참 한참 만에 느끼는 '세월'이 퍽 슬펐소. 모든 일이 '세월'의 마음으로부터의 접대에 늘 우리들은 다 조신하게 제 부서에 나아가야 하지 않나 생각하오. 흥분하지 말어요.

아무쪼록 이제부터는 내게 괄목刮目하면서 나를 믿어 주기 바라오. 그 맨 처음 선물로 우리 같이 동경 가기를 내가 프로포즈할까? 아니 약속하지. 선이 안 기뻐하여 준다면 나는 나 혼자 힘으로 이것을 실현해 보이리다.

그럼 선이의 승낙서를 기다리기로 하오.

그는 좀 겸연쩍은 것을 참고 어쨌든 이 편지를 포스트에 넣었다. 저로서 도 이런 협기俠氣가 우스꽝스러웠다. 이 소녀를 건사한다?…… 당분간만 내게 의지하도록 해?…… 이렇게 수작을 해가지고 소녀가 드나 안 드나 보 자는 것이었다. 더 그에게 발악을 하려 들지 않을 만하거든, 그는 소녀를 한 마리 카나리아를 놓아 주듯이 그의 위티시즘의 지옥에서 석방…… 아니 제 풀에 나가나? 어쨌든 소녀는 길게 그의 길에 같이 있을 것은 아니니까다. 답 장이 왔다.

처음부터 이렇게 되었어야 하지 않았나요? 저는 지금 조금도 흥분하거 나 하지는 않았습니다. 이런 제가 연께 감사하다고 말씀드린다면 연께서는 역정을 내시나요? 그럼 감사한다는 기분만은 제 기분에서 삭제하기로 하지 요.

연을 마음에 드는 좋은 교수로 하고 저는 연의 유쾌한 강의를 듣기로 하 렵니다. 이 교실에서는 한 표독한 교수가 사나운 목소리로 무엇인가를 강의 하고 있다는 것을 안 지는 오래지만 그 문간에서 머뭇머뭇하면서 때때로 창 틈으로 새어 나오는 교수의 위티시즘을 귓결에 들었다 뿐이지, 차마 쑥 들 어가지 못하고 오늘까지 왔습니다. 그렇지만 지금은 벌써 들어와 앉았습니 다. 자, 무서운 강의를 어서 시작해 주시지요. 강의의 제목은 '애정의 문제'인 가요? 그렇지 않으면 '지성의 극치를 흘깃 들여다보는 이야기'를 하여 주시나요?

엊그제 연을 속였다고 너무 꾸지람은 말아 주세요. 오빠의 비장한 출발을 같이 축복하여 주어야겠지요. 저는 결코 오빠를 야속하게 여긴다거나 하지 않아요. 애정을 계산하는 버릇은 미움받을 버릇이라고 생각하니까요. '세월'이오? 연께서 가르쳐 주셔서 참 비로소 이 '세월'을 느꼈습니다. '세월'! 좋군요…… 교수…… 제가 제 맘대로 교수를 사랑해도 좋지요? 안 되나요? 괜찮지요? 괜찮겠지요, 뭐? 단발斷髮했습니다. 이렇게도 흥분하지 않는 제 자신이 그냥 미워서 그랬습니다.

단발? 그는 또 한번 가슴이 뜨끔했다. 이 편지는 필시 소녀의 패배를 의미하는 것인데 그에게 의논 없이 소녀는 머리를 잘랐으니, 이것은 새로워진 소녀의 새로운 힘을 상징하는 것일 것이라고 간파하였다. 그러면서도 그는 눈물이 났었다. 왜?

머리를 자를 때의 소녀의 마음이 필시 제 마음 가운데 제 손으로 제 애인을 하나 만들어 놓고 그 애인으로 하여금 저에게 머리를 자르도록 명령하게 한, 말하자면 소녀의 끝없는 고독이 소녀에게 1인 2역을 시킨 것에 틀림없었다.

소녀의 고독!

혹은 이 시합은 승부 없이 언제까지라도 계속하려나…… 이렇게도 생각이 들었고…… 그것보다도 싹둑 자르고 난 소녀의 얼굴…… 몸 전체에서 오는 인상은 어떠할까 하는 것이 차라리 더 그에게는 흥미 깊은 우선 유혹이었다.

1) 거자遽者: 심부름꾼.

2) 하수下手: 손을 대어 사람을 죽임. 여기서는 '자살'이라는 뜻.

3) A double Suicide: '한 쌍의 자살', 즉 '정사'를 뜻함.

김유정金裕貞

소설체로 쓴 김유정론

암만해도 성을 안 낼 뿐만 아니라 누구를 대할 때든지 늘 좋은 낯으로 해야 쓰느니 하는 타입의 우수한 견본이 김기림[1]이라.

좋은 낯을 하기는 해도 적이 비례非禮를 했다거나 끔찍이 못난 소리를 했다거나 하면 잠자코 속으로만 꿀꺽 업신여기고 그만두는 그러기 때문에 근시 안경을 쓴 위험 인물이 박태원이다.

업신여겨야 할 경우에 '이놈! 네까진 놈이 뭘 아느냐'라든가, 성을 내면 '여! 어디 덤벼 봐라'쯤 할 줄 아는, 하되, 그저 그럴 줄 알다 뿐이지 그만큼 해두고 주저앉는 파派에, 고만 이유로 코밑에 수염을 저축한 정지용이 있다.

모자를 획 벗어던지고 두루마기도 마고자도 민첩하게 턱 벗어던지고 두 팔 훌떡 부르걷고 주먹으로는 적의 볼따구니를, 발길로는 적의 사타구니를 격파하고도 오히려 행유 여력에 엉덩방아를 찧고야 그치는 희유의 투사가 있으니 김유정이다.

누구든지 속지 말라. 이 시인 가운데 쌍벽과 소설가 중 쌍벽은 약속하고 분만된 듯이 교만하다. 이들이 무슨 경우에 어떤 얼굴을 했댔자 기실은 그 즐만驕慢[2]에서 산출된 표정의 디포메이션 외의 아무것도 아니니까. 참 위험하기 짝이 없는 분들이라는 것이다.

이분들을 설복할 아무런 학설도 이 천하에는 없다. 이렇게들 또 고집이 세다. 나는 자고로 이렇게 교만하고 고집 센 예술가를 좋아한다. 큰 예술가는 그저 누구보다도 교만해야 한다는 일이 내 지론이다.

다행히 이 네 분은 서로들 친하다. 서로 친한 이분들과 친한 나 불초 이상이 보니까 여상如上의 성격의 순차적 차이가 있는 것은 재미있다. 이것은 혹 불행히 나 혼자의 재미에 그칠는지 우려되지만 그래도 좀 재미있어야 되겠다.

작품 이외의 이분들의 일을 적확히 묘파해서 써내 비교교우학을 결정적으로 여실히 하겠다는 비장한 복안이어늘, 소설을 쓸 작정이다. 네 분을 각각 주인으로 하는 네 편의 소설이다.

그런데 족보에 없는 비평가 김문집[3] 선생이 내 소설에 59점이라는 좀 참담한 채점을 해놓으셨다. 59점이면 낙제다. 한 끗만 더 했더면…… 그러니까 서울말로 '낙제 첫째'다. 나는 참 낙담했습니다. 다시는 소설을 안 쓸 작정입니다……는 즉 거짓말이고, 이 경우에 내 어줍잖은 글이 네 분의 심사를 건드린다거나 읽는 이들의 조소를 산다거나 하지나 않을까 생각을 하니 아닌게 아니라 등허리가 꽤 서늘하다.

그렇거든 59점짜리가 그럼 그렇지 하고 그저 눌러 덮어 주어야겠고 뜻밖에 제법 되었거든 네 분이 선봉을 서서 김문집 선생께 좀 잘 말해 주셔서 부디 급제 좀 시켜 주시기 바랍니다.

김유정 편

이 유정은 겨울이면 모자를 쓰지 않는다. 그러면 탈모인가? 그의 그 더벅머리 위에는 참 우굴쭈굴한 벙거지가 얹혀 있는 것이다. 나는 걸핏하면,

"김형! 그 김형이 쓰신 모자는 모자가 아닙니다."

"김형!(이 김형이라는 호칭인즉은 이상을 가리키는 말이다) 거 어떡하시는 말씀입니까?"

"거 벙거지, 벙거지지요."

"벙거지! 벙거지! 옳습니다."

태원도 회남[4]도 유정의 모자 자격을 인정하지 않는다. 벙거지라고밖에! 엔간해서 술이 잘 안 취하는데 취하기만 하면 딴사람이 되고 만다. 그것은 무엇을 보고 아느냐 하면…….

보통으로 주먹을 쥐고 쓱 둘째 손가락만 쪽 펴면 사람 가리키는 신호가 되는데 이래 가지고는 그 벙거지 차양 밑을 우벼파면서 나사못 박는 흥내를 내는 것이다. 하릴없이 젖먹이 곤지곤지 형용에 틀림없다.

창문사[5]에서 내가 집무랍시고 하는 중에 떠억 나를 찾아온다. 와서는 내 집무 책상 앞에 마주 앉는다. 앉아서는 바위 덩어리처럼 말이 없다. 낸들 또 무슨 그리 신통한 이야기가 있으리요. 그저 서로 벙벙히 앉았는 동안에 나는 나대로 교정 등속 일을 한다. 가지가지 부호를 써서 내가 교정을 보고 있노라면 그는 불쑥,

"김형! 거 지금 그 표는 어떡하라는 표구요?"

이런다. 그럼 나는 기가 막혀서,

"이거요, 글자가 곤두섰으니 바루 놓으란 표지요."

하고 나서는 또 그만이다. 이렇게 평소의 유정은 뚱보다. 이런 양반이 그 곤지곤지만 시작되면 통성通姓다시 해야 한다.

그날 나도 초저녁에 술을 좀 먹고 곤해서 한참 자는데 별안간 대문을 두드리는 소리가 요란하다. 1시나 가까웠는데…… 하고 눈을 비비고 나가 보니까 유정이 B군과 S군과 작반作伴해 와서 이 야단이 아닌가. 유정은 연해

성히 곤지곤지 중이다. 나는 일견에 '익키! 이건 곤지곤지구나' 하고 내심 벌써 각오한 바가 있자니까 나가잔다.

"김형! 이 유정이가 오늘 술 좀 먹었습니다. 김형! 우리 또 한잔 하십시다."

"아따, 그러십시다그려."

이래서 나도 내 벙거지를 쓰고 나섰다. 나는 단박에 취해 버려서 역시 그 비장의 가요를 기탄없이 내뽑은가 싶다. 이렇게 밤이 늦었는데 가무음곡으로써 가구街衢⁶⁾를 소란케 하는 것은 법규상 안 된다. 그래 주파酒婆가 이러니저러니 좀 했더니 S군과 B군은 불온하기 짝이 없는 언사로 주파를 탄압하면, 유정은 또 주파를 의미 깊게 흘깃 한번 흘겨보더니,

"김형! 우리 소리 합시다."

하고 그 척척 붙어 올라올 것 같은 끈적끈적한 목소리로 〈강원도 아리랑〉 '팔만구암자'를 내뽑는다. 이 유정의 〈강원도아리랑〉은 바야흐로 천하 일품의 경지다.

나는 소독젓가락으로 추탕 보시깃전을 갈기면서 장단을 맞춰 좋아하는데 가만히 보니까 한쪽에서 S군과 B군이 불화다. 취중 문학담이 자연 아마 그리된 모양인데 부전부전하게⁷⁾ 유정이 또 거기가 한몫 끼이는 것이다. 나는 술들이나 먹지 저 왜들 저러누, 하고 서서 보고만 있으니까 유정이 예의 그 벙거지를 떡 벗어던지더니 두루마기 마고자 저고리를 차례로 벗어던지고는 S군과 맞달라붙는 것이 아닌가.

싸움의 테마는 아마 춘원의 문학적 가치 운운이던 모양인데 어쨌든 피차 어지간히들 취중이라 문학은 저리 집어치우고 이제 문제는 체력이다. 뺨도 치고 제법 태권도들 한다. B군은 이리 비철 저리 비철 하면서 유정의 착의일식着衣一式⁸⁾을 주워 들고 바로 뜯어말린답시고 한가운데 가 끼어서 꾸기적꾸기적하는데 가는 발길 오는 발길에 이래저래 피해가 많은 꼴이다.

놀란 것은 주파와 나다.

주파는 술은 더 못 팔아도 좋으니 이분들을 좀 밖으로 모셔 내라는 애원이다. 나는 S군과 협력해서 가까스로 용사들을 밖으로 끌고 나오기는 나왔으나 이번에는 자동차가 줄지어 왕래하는 대로 한복판에서들 활약이다. 구경군이 금시로 모여든다. 용사들의 사기는 백열화한다.

나는 섣불리 좀 뜯어말리는 체하다가 얼떨결에 벙거지 벗어진 것이 당장 용사들의 군용화에 유린을 당하고 말았다. 그만 나는 어이가 없어서 전선주에 가 기대서서 이 만화를 서서히 감상하자니까…….

B군은 이건 또 언제 어디서 획득했는지 모를 5홉들이 술병을 거꾸로 쥐고 육모방망이 내휘두르듯 하면서 중재중인데 여전히 피해가 많다. B군은 이윽고 그 술병을 한번 허공에 한층 높이 내휘두르더니 그 우렁찬 목소리로 산명곡응山鳴谷應하라고 최후의 대갈일성을 시험해도 전황은 여전하다.

B군은 그만 화가 벌컥 난 모양이다. 그 술병을 지면 위에다 내던지고 가로대,

"네놈들을 내 한꺼번에 죽이겠다."

고 결의의 빛을 표시하더니 좌충우돌로 동에 번쩍 서에 번쩍 S군, 유정의 분간이 없이 막 구타하기 시작이다.

이 광경을 본 나도 놀랐거니와 더욱 놀란 것은 전사 두 사람이다. 여태껏 싸움 말리는 역할을 하느라고 하던 B군이 별안간 이처럼 태도를 표변하니 교전하던 양인이 놀라지 않을 수가 없다.

B군은 위선 유정의 턱밑을 주먹으로 공격했다. 경악한 유정은 방어의 자세를 취하면서 한쪽으로 비키니까 B군은 이번에는 S군을 걷어찼다. S군은 눈이 뚱그래서 이 역亦 한켠으로 비키면서 이건 또 무슨 생각으로,

"너 유정이! 덤벼라."

"오냐! S! 너! 나한테 좀 맞어 봐라."

하면서 원래의 적이 다시금 달라붙으니까 B군은 그냥 두 사람을 얼러서 걷어차면서 주먹비를 내리는 것이다. 두 사람은 일제히 공세를 B군에게로 모아 가지고 쉽사리 B군을 격퇴한 다음 이어 본전本戰을 계속 중에 B군은 이번에는 S군의 불두덩을 걷어찼다. 노발대발한 S군은 B군을 향하여 맹렬한 일축一蹴을 수행하니까 이 틈을 타서 유정은 S군에게 이 또한 그만 못지 않은 일축을 결행한다. 이러면 B군은 또 선수船首를 돌려 유정을 겨누어 거룩한 일축을 발사한다. 유정은 S군을, S군은 B군을, B군은 유정을, 유정은 S군을, S군은……

이것은 그냥 상상만으로도 족히 포복절도할 절경임에 틀림없다. 나는 그만 내 벙거지가 여지없이 파멸한 것은 활연豁然[9]히 잊어버리고 웃음보가 곧 터질 지경인 것을 억지로 참고 있자니까 사람은 점점 꼬여드는데 이 진무류珍無類[10]의 혼전은 언제나 끝날는지 자못 묘연하다.

이때 옆 골목으로부터 순행하던 경관이 칼 소리를 내면서 나왔다. 나와서 가만히 보니까 이건 싸움은 싸움인 모양인데 대체 누가 누구하고 싸우는 것인지 종잡을 수가 없는 것이다.

경관도 기가 막혀서,

"이게 날이 너무 춥더니 실진失眞들을 한 게로군."

하는 모양으로 뒷짐을 지고 서서 한참이나 원망遠望한 끝에 대갈 일성,

"가에렛[11]!"

나는 이 추운 날 유치장에를 들어갔다가는 큰일이겠으므로,

"곧 집으로 데리구 가겠습니다. 용서하십쇼. 술들이 몹시 취해 그렇습니다."

하고 고두백배한 것이다. 경관의 두 번째 '가에렛' 소리에 겨우 이 삼국지는 아마 종식하였던가 한다.

이 이야기를 듣고 태원이 "거 요코미쓰 리이치의 「기계機械」 같소그려" 하였다(물론 이 세 친구는 그 이튿날은 언제 그런 일이 있었더냐는 듯이 계속하여 정다웠다).

유정은 폐가 거의 결딴이 나다시피 못 쓰게 되었다. 그가 웃통 벗은 것을 보았는데 기구한 유신庾身[12]이 나와 비슷하다. 늘,
"김형이 그저 두 달만 약주를 끊었으면 건강해질 텐데."
해도 막무가내하더니, 지난 7월 달부터 마음을 돌려 정릉리 어느 절간에 숨어 정양중이라니, 추풍이 점기漸起에 건강한 유정을 맞을 생각을 하면 나도 독자도 함께 기쁘다.

─ 주

1) 김기림(金起林, 1908~?): 시인·평론가·영문학자. 본명은 인손仁孫, 호는 편석촌片
石村. 영국 비평가 I. A. 리처즈의 이론을 도입해 모더니즘 시 이론을 세우고, 그
이론에 따른 시를 썼다. 구인회 동인으로 활동하다가 6·25 때 납북되었다.

2) 즐만驚慢: 매우 교만함.

3) 김문집(金文輯, 1907~?): 문학평론가. 일본의 신감각파 소설가인 요코미쓰 리이치
밑에서 소설을 공부하다가 1935년 귀국, 이상·김유정 등 구인회 동인들과 교유
했다. 1941년 일본으로 건너가 귀화했다.

4) 회남: 소설가 안회남(安懷南, 1910~?)을 말함.

5) 창문사彰文社: 이상의 친구였던 서양화가 구본웅이 세운 출판사. 구인회의 동인
지『시와 소설』을 출간하기도 하고, 한때는 이상이 직접 이 출판사의 일을 맡아
보기도 했다.

6) 가구街衢: 길거리.

7) 부전부전하게: 남의 사정은 돌보지 아니하고 자기가 하고 싶은 일에만 서두르는
모양.

8) 착의일식着衣一式: 입은 옷 전부.

9) 활연豁然: 환하게 터져 시원한 모양.

10) 진무류珍無類: 비슷한 것이 없을 정도로 진기함.

11) 가에렛(歸れ): '돌아가라'는 뜻의 일어.

12) 유신瘐身: 짚단처럼 앙상한 몸.

불행한 계승[1]

한여름 대낮 거리에 나를 배반하여 사람 하나 없다.

패배에 이은 패배의 이행, 그 고통은 절대絶代한 것일 수밖에 없다.

나는 그것을 잘 알고 있다…… 자살마저 허용되지 않고 있다는 것을.

그래 그렇기에…….

나는 곧 다시 즐거운 산, 즐거운 바다를 생각하지 아니하면 아니 된다—

달뜬 친절한 말씨와 눈길—그리고 나는 슬퍼하기보다는 우선 괴로워하기부

터 아니하면 아니 된다.

한여름 대낮 거리 사람들 모두 날 배반하여 허허롭고야[2]

1

상箱은 참으로 후회하지 아니할까? 그렇진 않겠지. 그건 참을 수 없는 냉

정함보다도 더욱 냉정하여 참을 수 없는 것. 그럼에도 불구하고 그는 기다

리고 있다. 후회를…… 상에게서 후회하지 아니하는 시간은 더욱 위태하다

는 그런 말일까. 그는 절실히 후회를 고대하고 있다.

그런 꼴이었다.

혼자서 못된 짓 하고 싶다. 난 이제 끝내 살아나지 못할 것 같다. 필경 살아나지 못할 테지.

하나 언제나 상과 꼭 같은 모양을 한, 바로 상 자신이 아니면 아니 된다. 그림자보다도 불투명한 한 사나이가 그의 앞에 막아서면서 어정버정하는 것이었다.

그는 그 빛바랜 세피아 색 그림자 앞에선 고개를 들지 못한다.

어차피 살아날 수 없는 것이라면, 혼자서 한껏 잔인한 짓을 해보고 싶구나.

그래 상대방을 죽도록 기쁘게 해주고 싶다. 그런 상대는 여자, 역시 여자라야 한다. 그래 여자라야만 할지도 모르지.

그래 그는 후회하지 아니했는가. 거듭될수록 오히려 후회는 심각해지지 아니했던가. 그럴 때 그의 지쳐 버린 머리로 어떤 것을 생각했던가. 이 경우의 여자, 그의 이른바 여자란 무엇인가.

상은 사실은 이토록 후회하고 있단 말이다. 그의 머리는—이성은, 참으로 그가 고대하고 있는 것은 물론 후회 같은 씁쓰레한 서툰 요리는 아니다. 후회하지 아니하고 되는 일.

그래 이번만은 후회하지 않고 되는 첩경을 찾아내리라.

아니 이거 무슨 물건이 바로 이내 몸에 달라붙어서 떨어지지 않기 때문이겠지. 요놈을 떼쳐 버려야지…….

그러나 그건 대체 무슨 놈일까.

그는 이성은 멀쩡했었다. 그것이 보였을 만큼…… 그러나 그가 피로를 회복하기가 무섭게 이내 그의 그러한 이성은 다시 무디어지고 마는 것이었다.

그래 표본처럼 혼자 의자에 단좌하여 창백한 얼굴이 후회를 기다리고 있었던 것이다.

이제 금시 도어가 열리면 사건이—사건이라고 하기엔 너무나도 초라한 장난이, 혹은 친구의 호주머니에 혹은 미지의 남의 가십 gossip에 숨겨져 들어오지나 아니할까.

상은 보기에도 딱하게 벌벌 떨고 있었다.

아아, 후회하긴 싫다, 아무것도 갖다 주지 않는 게 좋겠다.

그렇지 그래, 오전 중에 잘라 파는 꽃을 어린아이가 사러 온다. 그 뒤로는 반드시 그 꽃보다도 어린아이보다도 신선한 유혹이 전연 유혹이라는 그 면모를 바꿔 가지고 제법 신나게 들어오는 것이었다.

2

목부용木芙蓉은 인사하듯 나가 버렸다. 이젠 그 이상 그는 참을 수가 없다. 그도 그 뒤를 쫓아서 나간다.

읽다 만 교과서를 접기보다도 더욱 쉽게 육친 위에 덮쳐 오는 온갖 치욕마저 그의 앞서의 후회와 함께 치워 버리곤, 그는 행복한 곤충처럼 뛰어가는 것이다.

범죄 냄새가 나는 그러한 신식 좌석은 없을 것인가. 허나 그는 다시 공기총 가진 사람보다도 쉽게 그 비슷한 것을 발견해 낸다. 그는 그만 미소하면서 인사를 하고 마는 것이다.

오늘 밤은 둘이 함께해야 하나 보다. 그 언짢은 그림자의 사나이와 상은 한 의자 위에 걸터앉고 이젠 요리도 아주 한 사람 몫이다.

누이처럼 생각한 적도 있답니다.

케티 폰 나기[3]같이 아름다운 오뎅집 딸한테 그는 인제 그야말로 전혀 의미 없는 말을 한마디 해보았다. 누굴 말입니까(정말 별난 소리 다 한다. 누이처럼 생각했던 사람이란 대체 누구를 말하는 건가)?

난 야단친 적도 있답니다, 좀더 견문을 넓히라고요. 허어,

한데 그 여자와 악마가 걸으니까 거참 지독한 절름발이였지요. 하지만 어느 쪽이 길고 어느 쪽이 짧은지는 전혀 알 수 없었지요.

나기 양은 웃었다. 그건 상의 수다에 언제나 번쩍이는, 더럽게 기독교 냄새만 나는 사고방식을 슬쩍 조소한 것일까. 어떻든 그는 별안간 아연해지고 말았다.

주기로 뻘개진 얼굴의 내면에 발그레 홍조가 도는 걸 느꼈다. 평소 그가 업신여기고 있던 것들이 실은 그로서 업신여겨선 안 될 것이라는 사실이 내심 몹시 창피했기 때문이다.

뭐 이런 건 이 언짢은 그림자의 사나이가 집게손가락으로 장난스런 주름살을 만들면서 나를 쿡쿡 찔러대기 때문이다.

(대단할 건 없다. 따돌려 버려라) 해서…… 난 이후로도 그를 누인 줄 알고 위로해 주곤 할 작정입니다.

나기 양은 비로소 알아차린 것 같다. 허나 나기 양을 깨우치게 한 그 한 마디는 또 얼마나 세상에 어리석기 그지없는 수작이겠는가.

이상야릇한 밤이었다. 허나 또 결정적인 밤이었다. 집 밖에서 저회低徊하며 가지 않는 나그네가 그제서야 겨우 집안에다 짐을 부린 것 같은…….

농후한 지방색脂肪色 사색에 결코 접근시켜선 안 된다. 하나의 백금선의 정체를 마침내 백일하에 폭로하고 만 조롱받아야 할 밤이 아니면 아니 된다.

단 한 줄기의 백금선……(나기 양, 당신만 해도 모노그램과 같은 백금선의 바둑무늬란 말이오).

고단한 인생에 이건 또 부질없는 농담이다. 주기가 그의 혈액 속에 도히 밀려 흐르고 있는 불행한 조상의 체취를 더욱더 부채질 하고 있다. 허나

이 경우만은 그는 제멋대로 여전히 불길한 호흡을 시작할 수는 없는 것 같았다.

피해자를 낼 만한 농담은 금해야 할 것이다. 그의 뇌리에 첫째로 떠오르는 금제의 소리는 몽롱하나마 그것은 피해자에의 경계인 것 같았다. 그렇다, 상의 앞에 살해자는 육안이라는 조건을 가지고 상을 위협하는 포즈를 계속할 것이다. 그것은 괴롭다.

차라리 이렇게 하자. 저 언짢은 그림자의 사나이가 나중에 무엇이라고 나무라든지 아랑곳할 것이 뭐냐.

옳지, 하고 그는 후회보다도 더욱 냉정한 푼돈을 집어던지고 오뎅집 콘크리트 바닥을 차고 일어섰다.

그리곤 가을바람처럼 비틀거리면서 일로一路…….

차압이다. 특히 네놈이 이번엔 지명당하고 있단 말이다. 그런 기세로 상의 속도에는 시뻘거니 발홍한 노여움이 충만해 있었다.

3

불길한 예감에는 그는 무섭도록 민감했다. 불길한 사건 앞에선 반드시 무슨 일에나 불길한 조짐이 그를 괴롭히는 것이었다.

그는 이런 괴로움에서 벗어날 수는 없었다. 항상 전전긍긍하여 겁을 먹고 있지 아니하면 아니 되었다.

머리 정수리를 분쇄당한 부동명왕不動明王같이 그의 민감은 이미 전기의자 위에 단좌하고 있었다. 푸른 눈은 허망한 전방에 무형의 일점을 택하여 불꽃 튀듯 응시하고 있었다. 아니나 다를까…… 그렇다, 딱 잘라말하겠다. 그렇다, 하지만 그러면 나쁠까, 죄악이 될까.

그러는 소운素雲[4]의 한마디에 상은 가슴꽉 전면에 한 잎발[簾]의 미끄러져 내리는 소리를 들었다. 이것이 불길이었던가…… 허나 이젠 이것을 똑바

로 볼 수는 없다. 발 너머로 보이는 이 불길의 정체라는 건 그다지 대단한 것
도 아닌 듯했다.

그렇다면 무엇일까…… 한 걸음 앞에 있는 그는 아직껏 겁을 먹고 있다.
아까보다 더욱 한층 파랗게 질려 있다. 난 우정인지 뭔지를 통 믿지 않는다
는 것쯤 알아채고 있을 게다. 이런 내 말의 근거일랑 그래 가령 우정에서라
도 해두기로 하자. 그러고 보면 너는 살았고나?…… 이봐…….

가볍게 주먹으로 소운의 허리께를 쿡 찌르면서, 상은 울며 웃는 상판이었
다. 이런 때 그는 가장 많이 가면을 사용하는 것인데, 그 가면이야 말로 상
자신의 본 얼굴에 제일 가까운 것인 줄을, 그 자신의 본 얼굴을 한 번도 보지
못한 사람으론 결코 알아챌 수는 없다. 모르면 몰라도 상 자신조차……가
그 정교함에는 미처 주의하지 못한다.

이젠 더 내 평생엔 사랑을 한다든가 하는 기회는 없을 것이라고 단정하
고 있었단다. 설령 어느 경우 이쪽에서 연연한 연정을 느낀다손 치더라도,
결국은 바닷가 조가비의 짝사랑이 되고 말 것이라고 굳게 체념하고 있었단
다. 불긋불긋 녹슨 들판만 아득한 천리란다.

사귀면 손해 본다. 허나 되려 반갑다. 두셋 친구 이외에 내 자살을 만류
해 줄 이유의 근원이 있을 턱이 없다.

자넨 혹은, 하필이면 네가 그러느냐 그럴지도 모른다. 허나 난 정당방위
그것마저 준비하고 있었단다…… 아니지, 어느 경우 이건 놀림받기는 싫단
말이야. 그래서 그 손쉬운, 즉 조그마한 희생을 택했던 게야. 이러한 점에서
내가 하수인이라는 책임을 지게 될지도 모르지만, 그 점에서만 말하자면 난
굳이 그 책임을 회피하려곤 하지 않을 작정이다. 아니, 자넨 아주 무관심한
것 같군. 하나의 조소거리를 얻을 것 같을지도 모르지. 허나,

이런 날에도 어쩌다 떠오르는 추억의 조각 한강 물 반짝이는 여름햇살 보

누나[5]

여름햇살이라고 한 것은 안 좋다. 더더구나 안 좋다.

(한여름 햇살이 퍼붓는 거리에 사람들은 나를 배반한 것이다. 한 사람도 없다. 허나 나 또한 즐거운 산山 희롱거리는 해변을 생각할 것을 잊지는 아니 한다. 지껄대는 친절한 말과 말. 정겨운 눈매⋯⋯ 나는 거리를 쏘다니지 아니하면 아니 된다. 한여름 살갗을 어여 흐르는 땀에 헐떡이면서 사람 하나 없는 거리를 쏘다니지 아니하면 아니 된다.)

4

상은 그러나 조종을 받고 있었다. 그는 저 10년이 하루 같은 몸짓을 그만두지는 못한다. 산다는 것은 어쩌면 이다지도 재미 없는 몸짓의 연속인 것일까. 허나 그만두든 그만두지 않든 인형人形 자신의 의사에 의하는 것은 아니다.

7월 보름밤 한강에 사람 많이 나온 것을 말하면서 주가酒家의 일부분(그는 쓰러지면 점원 아이의 물세례를 받을 것만 같았다⋯⋯) 가랑비가 내리다가 이윽고 제법 쏟아져 내렸다. 사람들은 그래도 흩어지려고는 하지 않았다. 그래 속세는 더욱더 공기를 탁하게 해갔다.

타자꾸나

타자꾸나

꼭두각시 인형을 태운 보트는 그 인형을 다시 조종하면서, 또 한 사람에 의해 조종받고 있었다. 상은 어떻게 하면 좋단 말인가. 이 무슨 궁지. 그는 양말을 벗어던지고 여차할 때 헤엄칠 준비를 했다. 허나 그는 헤엄쳤던가. 알고 보면 그는 헤엄칠 줄 모르는 것이다.

무슨 생각에서일까. 배는 반드시 뒤집히는 거라고만 단정하고 있는 근거는 어디 있단 말인가.

그는 전날 밤의 그의 실언(?)을 상기해 보았다. 혹은 전복을 불러 올 것 같은…… 심장의 어떤 어두운 공기를 자아낼 것 같은…….

무관심하다니, 무슨 소리냐?

이 한마디가 과연 어떻게 받아졌을 것인가. 이제 와서 생각해 보면, 그것은 분명 의외의 폭언이지. 그렇지, 폭언이지.

상은 그 한마디만을 뉘우쳤다. 묘한 데까지 손을 내밀고 싶어하는 놈이라는 소리를 듣고 싶지 않기 때문에…….

손을 내밀어? 어느 쪽이 손을 내밀었단 말이지? 아니면 손은 양쪽에서 함께 내밀었던 것일까. 우습기 짝이 없다. 사람을 우습게 보는군.

상은 소리를 내어(그때 그의 앞에 비굴한 몸짓으로 막아서는 자가 있었기에)

(비켯…… 비키라니깐)

언짢은 그림자의 사나이는 경악했다. 처음으로, 정녕 처음으로 그의 성난 골이 무서웠던 것이다. 위험햇, 뭘하고 있나?

바보 같군…… 물이야, 한강이란 말야…… 보트는 크고 그리고 강물은 작다. 가랑비는 친절하지 뭐냐. 예서 난 혼자 낮잠을 자고 싶다.

난 젊어질 작정이야……(그리고 상은 한꺼번에 10년이나 늙을 작정이야).

그러면서 소운은 무엇인지 상에게 몰래 명령했다. 알고 있어. 난 그렇게 할게. 산다, 살지 못한다 그런 문제가 아니야. 자존심, 이건 또 어쩌면 이렇게도 낡은 장난감 훈장일까. 결코 그런 건 아니다. 그런 식으론 진짜 어쩌지는 못할걸.

그럼 왜? 왜 잠자코 보트를 둘이서 탔느냐 말이다. 반대—소운이 물에 빠지면 그는 배 안에 점잖이 있어야 하는 것쯤은 알고 있었을 게다. 알고 있었지. 허나 이건 '하는 후회'가 아닌 '있는 후회'가 시킨 일일 게다.

기슭 위에 있는 것은 모두가 따스하다. 그리고 배 안에 있는 그는 차갑다. 그리고 그가 기슭에 있을 땐, 후회 때문에 모두가 반대가 아니면 아니되었다.

피하지 아니하면 아니 되는 것, 피해서 안전한 것을 어째서 피하지 아니하였느냐 말이다. 한 줄기의 백금선을 백일에 드러냈던 때의 후회…… 아니다…….

그래 그것은 나중이야, 아니면 정녕 먼저냐? 예감이라니 정말이냐.

허나 분명 얻은 것은 아니다. 무엇인가 송두리째 잃은 것만은 사실이다. 속일 순 없다. 이건 또 치명적인 결석이었다.

무엇일까. 누이인 줄 알고 있던 두 가지의 성격을 두 가지의 방법으로 생각했던 그것일까. 아니면, 한꺼번에 10년 후로 후퇴해 버린 자신의 위치일까. 아니면, 10년이란 먼 곳에 미소 짓는 해변의 소운…… 그 친구일까.

아니면, 그것들과는 전혀 다른 무엇일까.

훗훗한 풀냄새가 코를 쿠욱 찔러 왔다. 피로한 두 사람은 어렴풋한 어둠 속에서 께느른하게 잠자고 있다. 모든 직업, 모든 실망, 모든 무료를 분담하면서 시방 두 사람이 내려다보고 있는 주택군住宅群—그 속에서 사람들은 역시 서로 사랑하고 있는 것일까. 역시 걱정을 하고들 있을 테지. 보게, 이렇게. 이 레일은 경의선이었나. 예전의 그, 지금은 근교 일주, 동경의 성선省線[6] 같은 거지. 한번 타보지 않겠나, 천하태평한 기차라구. 동녘이 밝아왔구면.

자아, 가자구. 그러지 말고 가자구. 고집 부리지 말고. 멋꼬라지 없게, 새삼스레, 자아, 자아.

그렇지, 상은 결국 가만히 있을 수는 없었다. 가만히 있는다는 것은…… 전연 손을 내밀지 않는다는 것. 그래, 그렇게 하려고 한다면, 대체 그는 어떻게 하고 있으면 좋단 말인가. 결국 가만히 있는 것. 그런 일은 있을 수 없거든.

가만히 있기는커녕, 정녕 가만히 있진 못하겠다. 이건 또 불가사의한 처
지인 것 같았다. 왜 가만히 있지 못한단 말인가?

소운은 집에 가겠노라 했던 것이다. 집에 가서 혼자 조용한 시간을 가지
고 싶다는 것이었다. 슬픈 심정을 주체스러워 하고 싶다는 것이었다. 그리
고 괴로워하겠노라고…….

괴로워해?

그 괴로움이야말로 사람들이 원해도 쉬이 얻을 수 없는, 말하자면 괴로
움 같은 그런 것은 절대로 아닌, 어떤 그 무엇이지 않을까.

조용한 시간만큼 적어도 두 사람에게 있어서 싫은 것은 없을 터이다. 설
상 상은 그것이 무엇보다도 무서운 것이었다.

그러나 완전히 외톨로 남게 되어…… 상은 소운의 팔을 잡아끌면서, 저
릴 만큼의 서러움을 몸에 느끼지 않을 수가 없었던 것이었다.

무슨 수를 쓰든 이 자리를 면하지 아니하면 아니 된다. 아니다, 소운으
로 하여금 이 '눈물의 장'에서 달아나게 해선 안 된단 말이다.

억지로, 오기로도……(혹은 있고 싶지는 않단 말이다. 혼자 있는 건 무서워).

혼자서? 혼자서 있는 것일까 그것이? 그리고 그런 내용을 가지고서의 혼
자서 있는 것. 그것이 허용될 수 있는 일일까.

숫자는 3이다. 2와 1이라는 짝맞춤밖에는 전혀 방법은 없는 것이다.

그리하여 이미 결정된 것이나 다름없지 않은가. 그런데도 무엇을 그렇게
우물쭈물하고 있는 것이냐? 얌전하게 단념해야지…….

그러고 싶어. 사실은 그래도 좋다고는 생각해. 허나 그저 가만히 있지는
못하겠다 그런 소리일 따름이야. 이걸 달래 주는 법은 없을까.

상은 체념한 듯 또다시 레일 위에 걸터앉았다. 풀냄새가 한층 드세게 코

372 _ 소설

로 왔다. 자연은 결코 게으르진 않은 것이다.

동녘은 더욱 밝아 왔다. 그것은 체념하는 표정과도 같은 가냘픈 탄식이었다. 벌써 아침이 오지 않는가.

절망의 새끼줄을 붙잡고…… 이 무슨 멋꼬라지 없는 하룻밤이었던가. 이미 분리된 것을 끌어당긴다는 것은 적어도 비굴한 일이 아닐 수 없다.

밤이 밝아 온다. 절망은 절망인 채, 밤이 사라져 없어지듯 놓아주지 아니하면 아니 될 성질의 것이다. 날뛰는 망념 위에, 광기 어린 나유(揶揄) 위에, 그야말로 희디흰 새벽빛 베일이 덮쳐 오는 것이었다.

레일은 더욱더 차갑다. 매질하듯 상의 저주받은 육체를 가로질렀다. 그리고 뺨엔 두 줄기 차가운 것이 있었다.

레일 앞에는 무엇이 있었는가. 거기엔 오로지 그의 재능을 짓밟는 후회가 있을 따름이었다. 그럼에도 불구하고, 거기 아니면 그는 살아날 수 없다고—아니다, 그릇된 생각이다—내뿜는 분류를 막아낼 수는 없다고 생각했던 것일까.

바보 같은…… 상은 돌아다보듯 하면서, 저만치 선착해 있는 자신의 무모하고 치둔癡鈍함을 비웃으려 했던 것이다. 허나 돌연…….

가자, 상! 가자꾸나…… 좋은 앨(창녀) 사자꾸나. 아니야, 난 이제 단념했어. 벌써 날도 샜어. 저것 봐, 제법 붉어 왔는걸.

일언 중천금! 뿔뿔이 갈라진 역류가 예기치 않은 방향으로…… 그리하여 그들은 숙소로부터 더욱더 멀어져갈 따름이었다.

5

밤이 사라졌다. 벗어던져진 전등에는 아련한 애수와 외잡한 수다가 이국인처럼 우두커니 버림받고 있었다.

은화銀貨에 의한 정조의 새 색칠—상의 생명은 이런 섬에 당도하여 비로소 찬란한 광망光芒을 발하는 것 같았다.

모든 것은 현관 신발장 께에 구두와 함께 벗어던져져 있다. 이제 이 지폐 냄새 물씬거리는 실내엔 고독이란 찾아볼 수가 없다.

상은 녹음된 완구처럼 토오키[7] 브로마이드…… 신나게 지껄였다. 그의 얼굴은 웃음으로 넘쳐 있었다.

─은선아! 전등이 꺼졌어, 졸립질 않니?(등불이 꺼지면 잠이 깬다는 걸 아는 사람들은 여기 없다.)

─아아뇨.

─난 말야, 애인을 친구한테 뺏겼단 말야. 분명하진 않지만, 아무래도 그런 것 같아. 아냐, 난 그 애가 내 애인인지 아닌지 그런 거 쇠통 알지 못했어. 허지만 내 친구가…… 어느 틈에 내 친구가 그 앨 좋아하게 됐단 말야. 그랬더니 그때 그 애는 내 애인이란 사실을 깨닫게 됐단 말야. 그러고 보면 뺏기고 만 셈이지 뭐냐. 그래서 난 지각했다고나 할까 그렇게 되고 만 꼴인데, 이제 새삼 그 앤 내 애인이란 주장은 못하게 됐지. 그렇지, 주장할 수가 없지. 그래서 난 친구한테 그런 말을 들었을 때, 아 그런가, 그건 안 되지. 아니, 괜찮어. 아니, 역시 안 되겠어. 그렇게 어린애를, 그건 죄악이야. 허지만 잘됐어. 그렇다면 그 애도 살게 되는 셈이니, 자네 같은 거시기 다소 나이 많은 신뢰할 만한 사람에게 자기 일생을 맡길 수 있다는 건, 그건 그 애로선 행복된 일임에 틀림없어. 그런 소릴 하고 얼버무려 버렸던 것인데…….

─예쁜 여잔가?

─글쎄 그렇군. 예쁘달 수도 있겠지만, 아무튼 아주 두드러지게 특색이 있는 여자인데, 얼굴은 창백하고 작달막한 몸집에 근시이고 머리털이 빨강고 절대로 웃지 않는다구. 그래 웃지 않기는커녕 입을 열지 않는다구. 그런 아주 색다른, 어쩌면 내일 당장 자살해 버리지나 않을까 싶은 염세형인데, 그러면서도 개성이 강해서 남의 말은 쉬이 들어먹지 않거든. 그렇지, 입술이

퍼렇지. 난 또 그 애 눈알의 검은 자위를 본 적이 없어. 즉 사람을 똑바로는 절대로 보지 않는다 그 말야.

—근사한 여학생?

—여자 대학생 그런 종류 같은데…….

은선은 곧잘 면도칼을 갖다 대고 밋밋한 상의 뺨을 두 손으로 만지곤 했다. 털 밑 피부 언저리에 찌르는 듯한 아픔을 느꼈다.

—그런 이상야릇한 여자 좋아할 것 뭐예요. 내가 사랑해 드릴게요.

그러고 보니 은선은 미인이었다. 정사하려다 남자만 죽였는지, 목 언저리에 끔찍스런 칼날 자국이 있던 것으로 기억한다.

—그래서 난 홧김에 여기로 끌고 들어왔단 말이야. 내일 아침, 그러니까 오늘 아침이지, 랑데부한다는 거야. 그렇지. 저 꼴 좀 보라구. 분한 김에 그러긴 했지만, 좀 안됐군(말 말라지. 저 사람이 내 애인을 뺏은 사람이거든).

—촌뜨기 같은 소리…… 깔보지 말라구요(어째서 너보곤 내 심정을 이렇게 똑똑히 말할 수 있을까. 그리고 넌 또 영리해. 이 심정을 참 잘도 알어).

—나이는 열아홉, 처녀란 말씀이야. 이래도 마음이 동하지 않는 작자는, 그렇지 거세당한 몸이랄 수밖에.

—하지만 뺏길 때꺼정 자기 애인인지 아닌지조차 알지 못했다니, 댁도 어지간히 칠칠치가 못했나 보군요.

—아이고, 사람 작작 웃겨요(요점은 그곳에 있는 모든 것은 아무 일도 없었던 양 지극히 무사태평하다 그 말씀이야).

—그래 난 실은 아무 말도 안 했어. 물론 둘이 다 그런 걸 알아챌 까닭은 애당초 없었지.

계산計算과 같은 햇살이 유리 장지문을 가로질렀다. 그리하여 1회분 표를 가진 사나이가 하나 정조의 건널목을 바람을 헤치듯 가로질러 간다. 땀이 납덩이처럼 냉랭한 도면 위에 침전했다.

─주

1) 이 소설은 미발표 창작 노트의 글이다.

2) 한여름 대낮 거리~: 원문은 일본 고유의 정형시 단카(短歌)의 형식으로 되어 있다.

3) 케티 폰 나기: 영화배우 이름인 듯.

4) 소운素雲: 시인이자 수필가인 김소운(金素雲, 1907~1981)을 말함. 이상과 상당한 교분이 있었다.

5) 이런 날에도~: 이 역시 원문은 단카 형식으로 되어 있다.

6) 성선省線: 동경 근교를 도는 전차 노선.

7) 토오키: 'talkie(발성)'를 말하는 듯.

8) 쇠퉁: '전혀'의 방언.